Åke Edwardson

Winterdunkel

Åke Edwardson

Winterdunkel

Erzählungen

Aus dem Schwedischen
von Angelika Kutsch

Ullstein

Die Originalausgabe erschien 2016
unter dem Titel *Vintermörker*
bei Semic, Sundbyberg.

Die deutsche Ausgabe ist eine um einige Erzählungen
gekürzte Fassung.

MIX
Papier aus verantwortungsvollen Quellen
FSC® C083411
www.fsc.org

ISBN 978-3-550-05010-7

Gesetzt aus der Sabon
Satz: LVD GmbH, Berlin
Druck und Bindearbeiten: CPI books GmbH, Leck
Printed in Germany

Inhalt

Eigentlich ist alles perfekt 9

Winterdunkelheit 27

Fast ein Lächeln 60

Eiszeit 97

Für alles gibt es ein erstes Mal 120

Eins-zwei-drei-vier-fünf 133

Es geht niemals vorbei 153

Bald würde es dunkel werden 166

Stille Minute 179

Größer als das Leben 204

Niemals in Wirklichkeit 215

Viareggio 239

Himmelsleiter 325

Für Lilly, meinen Augenstern

Eigentlich ist alles perfekt

Am Lucia-Abend klingelte das Telefon, es war noch nicht spät, aber die Kinder schliefen schon. Er kannte die Nummer nicht, meldete sich jedoch trotzdem.

»Ja? Hier ist Peter.«

»Peter! Christian hier!«

Name und Stimme kamen ihm bekannt vor, aber nur vage, wie eine Erinnerung, die sich fast in Luft aufgelöst hat.

»Christian Becker! Eine Stimme aus der Vergangenheit!«

»Becker!« Er hörte sein eigenes Ausrufezeichen. Die Erinnerungen kehrten zurück, unmittelbar wie ein Windstoß, nicht alle waren angenehm. Aber Becker war ein Freund gewesen.

»Ich hab was über dich gelesen«, sagte Christian.

»Dann hast du mehr gelesen als ich.«

»Haha, du bist berühmt, alter Freund.«

»Vorbei.«

»Wie meinst du das, Peter?«

»Es ist schon lange her, seit ich in den Medien war. Nicht, dass ich gerade darunter leide. Aber es ist lange her, seit ich etwas geschrieben habe, das Aufmerksamkeit erregt hat. Auch darunter leide ich nicht.«

»Unsinn, mein Freund. Du bist einer der größten Schriftsteller des Landes, und alle warten auf dein nächstes Buch.«

»Alle?«

»Haha, ja genau, alle. Wir warten alle! Wird Zeit, dass du's rausbringst, Junge.«

»Vielleicht in meiner nächsten Inkarnation.«

Sie unterhielten sich noch eine Weile. Christian war enthusiastisch, und Peter versuchte, es auf das zu reduzieren, was es war: Schreibblockade und Schweigen. Vielleicht war es keine richtige Schreibblockade, morgens spürte er jedenfalls keine Sehnsucht nach seinem Schreibtisch. Früher hätte man ihn nicht einmal mit Gewalt davon vertreiben können. Jetzt verließ er den Schreibtisch schon am Vormittag, je eher, desto besser. Er hatte vorgeschlagen, dass die Kinder den ganzen Tag bei ihm zu Hause sein könnten, weil er ja ohnehin nicht schrieb. Das könnten sie sich eine Weile leisten. Irgendwann würde er wieder ein Buch schreiben, das Geld einbrachte. Er hatte keine Eile.

Dennoch war er traurig, als wäre etwas für immer in ihm abgestorben. Als wüsste er, dass es ihm nie mehr gelingen würde, eine Geschichte zu Ende zu erzählen.

»Dann sehen wir uns also Freitag«, hörte er Christian sagen. Sie hatten offenbar verabredet, sich zu treffen. Hier bei ihm zu Hause. Er fragte sich, was Elin dazu sagen würde.

»Muss das wirklich sein?«, sagte sie. »Mitten in den Weihnachtsvorbereitungen.«

»Es wird nicht länger als eine Stunde dauern.«

»Ihr hättet euch in einem Pub treffen können. Das ist eine bessere Idee, finde ich. Ich bin zu müde, um Gastgeberin zu spielen.«

»Das brauchst du nicht. Christian möchte einfach gern sehen, wie wir leben.«

»Und du konntest nicht nein sagen?«

»Nein.« Er lächelte. »Es ist schwer, Christian etwas abzuschlagen.«

»Wann habt ihr euch das letzte Mal gesehen?«

»Das ist ... ungefähr fünfundzwanzig Jahre her. Dreißig Jahre.«

»Und du kannst ihm immer noch nichts abschlagen?«

»Ich hab bloß Spaß gemacht.«

»So klang das aber nicht.«

Um sieben klingelte Christian an der Haustür. Die Kinder waren noch auf. Sie rannten um die Wette zur Tür.

»Aber hallo, ihr Kleinen!«, sagte er und lachte.

Er hatte sich nicht verändert, überhaupt nicht. Peter konnte keinen Unterschied sehen zu den dreißig Jahren, aber vielleicht hatte er es vergessen. Christian sagte etwas, das er nicht verstand.

»Entschuldige, was hast du gesagt?«

»Du hast dich überhaupt nicht verändert, Peter.«

»Ach was. Komm rein und mach die Tür zu. Es ist kalt.«

»Ja, es ist sehr kalt für die Jahreszeit«, sagte Christian und schloss die Tür hinter sich.

»Es ist Winter«, sagte Elin. »Da muss es doch kalt sein.«

»Das ist meine Frau«, sagte Peter.

»Angenehm.« Christian streckte die Hand aus. Elin sah sie an und nahm sie, ohne zu lächeln. Peter dachte, sie könnte sich ruhig ein bisschen mehr Mühe geben, aber das tat sie nie. Sie verstellte sich nicht, in dieser Hinsicht war sie wie ein Kind.

»Ich bring jetzt die Kinder ins Bett«, sagte sie.

»Gute Nacht, Kinder«, sagte Christian.

»Ich komm später rauf und sag euch gute Nacht«, sagte Peter.

»Vielleicht komme ich mit.« Christian lächelte.

Sie saßen vorm Kaminfeuer. Der Kamin war eins der schönsten Details des Hauses, Peter konnte stundenlang davorsitzen, in die Flammen und die Glut schauen und von nichts träumen. Wenn er an nichts dachte, ging es ihm am besten. Wenn er schrieb, ging es ihm am schlechtesten, das hatte er begriffen. All diese Reisen zurück im Leben, um Stoff zu finden, ein endloser Highway 61 revisited, das war nicht gut für die Seele. Der Mensch ist nicht dafür geschaffen, zurückzuschauen, es galt, nach vorn zu schauen. Es spielt keine Rolle, woher man kommt, dachte er, sondern wohin man unterwegs ist und so weiter und so weiter. Das konnte er sich einreden und es dann vergessen, aber das große Glück war nicht gekommen, um zu bleiben. Und jetzt war Christian aufgetaucht, der die Vergangenheit überhaupt nicht verlassen zu haben schien. Fast jeden Satz begann er mit: »Erinnerst du dich …«

»Erinnerst du dich, wie der Rektor die Schulzeitung verboten hat?«, sagte er jetzt. »Und du hast sie trotzdem rausgebracht.«

»Ich war nicht allein.«

»Erinnerst du dich, wie der Hausmeister geholfen hat, sie zu drucken?«

»Klar erinnere ich mich.«

»Erinnerst du dich, dass du für jede Ausgabe eine Novelle geschrieben hast?«

»Jetzt hör auf, Christian.«

»Erinnerst du dich nicht?«

»Ich will mich nicht an jeden Scheiß erinnern, den man in der Jugend verzapft hat.«

Christian war plötzlich ernst. Er stellte das Whiskyglas, das er schon halbwegs zum Mund geführt hatte, wieder ab.

»Aber das hat dich doch zum Schriftsteller gemacht. Dass du dich erinnern und es später gestalten kannst. Das ist kein Scheiß, das ist alles andere als Scheiß. Du hast eine einzigartige Begabung, Peter. Nur einer von Millionen besitzt so eine Begabung. Du bist ein richtiger Schriftsteller. Manche nennen sich Schriftsteller, aber sie reichen nicht an deine Klasse heran. Man kann sie nicht einmal zu den Schriftstellern zählen. Sie sind bestenfalls Brotschreiber. Niemand erreicht deine Klasse, Peter.«

»Erzähl das mal den Ausschüssen für Stipendien.« Peter versuchte zu lachen, aber das Lachen blieb ihm im Hals stecken.

»Das werde ich bestimmt tun«, sagte Christian. Er lächelte immer noch nicht, es war, als würde er sein dummes Gerede ernst nehmen. »Gib mir ihre Adressen. Ich kümmre mich darum.«

»Das sollte nur ein Witz sein«, sagte Peter.

»Darüber macht man keine Witze«, sagte Christian. »Wir sprechen über deine Zukunft, Peter. Es geht um deine einzigartige Begabung.«

»*Du* sprichst darüber.«

»Du weißt, wie ich das meine. Das muss ein Ende haben.«

Christian saß jetzt sehr gerade im Sessel, als wollte er sich erheben und vielleicht gehen. Peter wäre es nur recht gewesen, er hatte keine Lust, das Gespräch fortzusetzen, es war kein Gespräch, sondern ein Monolog, der zu kippen drohte, als geilte Christian sich an dem auf, was er sagte, als glaubte er wirklich daran. In seinen Augen war ein Blitzen, etwas Fremdes.

Christian stand auf, ging zum Fenster und sah in den Winterabend hinaus, der mehr weiß als schwarz war. Der Schnee schien zum Himmel aufzusteigen, um die ganze Welt zu übernehmen. Heute Abend war der Himmel weiß und schwarz, so, wie alles sein sollte, so einfach wie möglich sollte alles sein.

Ihr Haus lag fernab am Ortsrand, alles, was man sehen konnte, gehörte zum Grundstück, und es war weiß und unschuldig wie ihre Kinder, dachte er. Heute hatten sie Engel im Schnee gemacht, wenn man wollte, konnte man ihre Abdrücke immer noch erkennen, die überfrieren würden und den ganzen langen Winter zu sehen wären. Vielleicht wird es sie immer geben, dachte er. Es war ein merkwürdiger Gedanke, als hätte er ihn nicht selbst gedacht.

»Eigentlich ist alles perfekt«, sagte Christian und schaute weiter hinaus in den stillen Abend.

»Wie meinst du das?«

Christian drehte sich um.

»Alles ist perfekt. Hier könntest du die perfektesten Voraussetzungen schaffen, Peter.«

»Voraussetzungen für was?«

»Dein Schreiben natürlich.« Christian machte eine Handbewegung, die das unterstreichen sollte. »Hier kannst du große Kunst schaffen.«

»Zum Teufel, nun hör auf.«

»Du verstehst es nicht, Peter. Du siehst nicht, was du haben könntest.«

Elin betrat das Zimmer.

»Sie möchten dir jetzt gute Nacht sagen«, sagte sie.

Sie sah, dass Christian am Fenster stand. Er hatte sich wieder dem Weißen und Schwarzen zugewandt. Es wirkte fast so, als ob Elin sie stören würde. Als würde sie sich aufdrängen.

»Ich geh zu ihnen«, sagte Peter und verließ das Zimmer.

Als er wieder herunterkam, spürte er immer noch die Wärme der schläfrigen Kinder. Er war selbst fast eingeschlafen, es wäre schön gewesen, einfach einzuschlafen und erst morgen wieder aufzuwachen.

Aber sie hatten einen Gast.

Er hörte Lachen aus dem Wohnzimmer. Es war Elin. Ihr Lachen machte ihn froh, es bedeutete, dass sie beschlossen hatte aufzubleiben, bis ihr Gast ging. Er würde ohnehin bald gehen.

»Christian hat gerade erzählt, wie man einen perfekten Martini macht«, sagte sie, als er das Zimmer betrat. Sie saß Christian gegenüber auf dem Sofa.

»Ich kenne das Rezept«, sagte Peter.

»Kein Wermut, keine Olive, kein Eis«, sagte sie.

»Gin, ein Glas und einen Kühlschrank, das ist alles, was man braucht«, sagte Peter.

»Nicht mal einen Kühlschrank«, sagte Christian. »Nicht in dieser Jahreszeit. Man braucht Glas und Flasche nur in den Schnee zu stellen.«

»Wir haben keinen Gin«, sagte Peter.

»Wir können es morgen machen«, sagte Christian.

»Morgen?«, fragte Elin.

»Klar. Ich bring den Schnaps mit, wenn ich komme.«

»Wir haben … morgen viel vor«, sagte Elin. »Es sind nur noch wenige Tage bis Weihnachten.«

»Umso besser, wenn wir dann zu mehreren sind«, sagte Christian. »Ich kann euch helfen.«

Elin sah Peter an. Was war das in ihren Augen? Panik?

Sie stand auf.

»Ich geh jetzt schlafen«, sagte sie. »Ich muss morgen früh raus.«

»Du hast noch gar nichts von deinem Wein getrunken«, sagte Christian.

Sie antwortete nicht, sah Christian wieder mit diesem merkwürdigen Blick an, vielleicht ein ängstlicher Blick, schweigend ging sie hinaus.

»Nun hat sich die Familie endlich zurückgezogen«, sagte Christian.

»Wie meinst du das?«

»Jetzt hast du endlich etwas Ruhe.«

»Du bist doch noch da.«

»Haha, so hab ich das nicht gemeint.«

»Wie denn?«

»Du brauchst Ruhe, Peter. Das habe ich vorhin gemeint. Hier ist alles perfekt für dich, für dein Schreiben. Die Ruhe. Die Schönheit draußen. Dieses wunderbare Haus. Die Einsamkeit. Das brauchst du am allermeisten. Einsamkeit. Dann kann sich deine einzigartige Begabung wieder entfalten.«

»Was zum Teufel meinst du mit Einsamkeit?«

»Ein Künstler braucht Einsamkeit, um etwas zu erschaffen. Darüber sind wir uns doch einig?«

»Ich bin allein, wenn ich schreibe. Was denkst du denn?«

Christian sah ihn lange an.

»Meinst du, ich sollte allein leben?«

Christian schwieg.

»Das würde nicht das Geringste ändern«, sagte Peter. »Es ist nicht die Art Einsamkeit, die man braucht.«

»Nachdenken«, sagte Christian.

»Was?«

»Man braucht Einsamkeit, um denken zu können. Beim Schreiben geht es nicht nur ums Schreiben, du hast das in einem Interview gesagt, das ich gelesen habe. Die meiste Arbeit besteht im Nachdenken vorher oder auch nachher, bevor man mit dem Niederschreiben beginnt. Das ist die Stille, die ein Schriftsteller braucht. Das ist Einsamkeit.«

»Wenn man dir folgen würde, ist es wohl am besten, man wird Mönch«, sagte Peter.

»Du machst Witze über alles, was ich sage.«

»Machen wir das nicht gerade, Witze?«

»Nein.«

»Was machen wir denn?«

»Wir diskutieren über deine Zukunft, Peter.«

»Ich dachte, wir reden über meine Vergangenheit.«

Christian hatte sich entschuldigt und war zur Toilette gegangen. Peter stand am Fenster. Draußen lag weiße Kälte. Er sah die Tanne, in der er sich Heiligabend, verkleidet als Weihnachtsmann, mit Laterne und dem Sack mit den Paketen versteckte. Elin und die Kinder standen am Fenster und sahen ihn kommen, und er wusste, dass die Kinder schrien vor mit Entzücken gemischtem Schreck, das war genau der richtige Ausdruck in diesem Zusammenhang, mit Schreck gemischtes Entzücken. Etwas, das man wollte und doch nicht wollte, aber dennoch herbeisehnte. Bald würde er wieder Weihnachtsmann spielen. Er hatte Bart und Mütze überprüft, alles war an seinem Platz. Alles ist perfekt für ein weiteres strahlendes Weihnachtsfest, dachte er. Während der Feiertage würde er nicht schreiben, das galt jedoch im Großen und Ganzen auch für alle anderen Tage, es spielte also keine Rolle. Aber er wusste, dass er sich selbst belog. Ein Schriftsteller, der nicht schreibt, ist kein Schriftsteller, er ist nur ein einfacher Alltagsmensch, der sich einmal selbst belogen hatte und schließlich von seinen Lügen eingeholt worden war. Christian hatte einerseits recht, andererseits nicht. Peter machte nicht das Beste aus seiner Begabung, seine Begabung war allerdings auch nicht einzigartig.

Er sah auf die Uhr. Christian war schon eine ganze Weile weg. Vielleicht hatte er Magenprobleme. Peter erinnerte sich dunkel, dass der Mann in seiner Jugend Magenprobleme gehabt hatte. Wenn man einen schwachen Magen hatte, war mit Whisky nicht zu spaßen, aber vielleicht war der verrückte Alkohol auch die beste Kur. Whisky war verrückter Alkohol, ein Gesöff des Teufels, schottisches Heideland, Strände, Torfmoore, Gewässer und Getreide machten das Getränk zu einem Halluzinogen. Alpträume konnten Wirklichkeit werden.

Peter sah wieder auf die Uhr. Unternahm der Kerl eine Hausbesichtigung? Wenn es so war, dann sehr leise, Peter hatte kein einziges Geräusch gehört.

Jetzt war Christian wieder da. Er sah aus, als wäre er draußen gewesen, etwas war mit den Haaren, der Gesichtsfarbe.

»Warst du draußen?«

»Nein, nein.« Er zitterte wie vor Kälte. »Nein, nein«, wiederholte er.

Inzwischen war es sehr spät.

»Möchtest du noch einen kleinen Whisky?«, fragte Christian, als wäre er der Gastgeber.

»Es ist spät.«

»Musst du morgen früh raus, um etwas Besonderes zu erledigen, Peter?«

»Was? Nein, wegen der Kinder … sie sind über die Feiertage zu Hause.«

»Was hättest du sonst getan?«

»Wie meinst du das?«

»Wenn du dich nicht um die Kinder kümmern müsstest, hättest du dann geschrieben?«

»Darum geht es nicht.«

Christian hatte sich einen Whisky eingeschenkt. Seine Hand zitterte sichtbar, als er das Glas hob. Er stellte es wieder ab.

»Genau darum geht es«, sagte er. »Die Familie, die sogenannte Familie. Sie hält dich davon ab, Kunst zu erschaffen.«

»Nein, zum Teufel, jetzt hör endlich damit auf.«

»Aufhören? So wie du aufgehört hast?«

»Ich habe nicht aufgehört!«

»Ach nein? Wann hast du zuletzt ein Buch veröffentlicht?«

»Das geht dich einen Scheißdreck an!«

Christian schwieg. Er hob sein Glas, nahm einen Schluck und setzte es wieder ab. Er sah Peter mit einem bekümmerten Blick an, ja, er war bekümmert. Peter sah Tränen in seinen Augen, es mussten Tränen sein.

»Das geht mich einen Scheißdreck an«, wiederholte Christian langsam.

»Entschuldige. Ich habe mich provoziert gefühlt.«

»Ich verstehe.«

»Was verstehst du?«

»Wie wenig nötig ist, um dich zu provozieren. Das nennt man den wunden Punkt«, sagte Christian.

»Ich fühle mich nicht provoziert.«

Christian lächelte wieder sein seltsames Lächeln. Peter fühlte einen Kälteschauer am ganzen Körper, als hätte er ohne Mantel im Schnee gestanden. Es war ein Lächeln, das ihn bis auf die Knochen frieren ließ.

»Die Welt wartet auf deine Bücher«, sagte Christian. »So einfach ist das. Ich habe mit Tausenden von Menschen gesprochen, die meiner Meinung sind.«

»Wo?«

»Was?«

»Wo hast du mit den Tausenden gesprochen?«

»Hier und da und überall.«

»Wo hast du in den vergangenen Jahren gearbeitet, Christian?«

»Hier und da.«

»Was zum Beispiel?«

»Das spielt jetzt keine Rolle. Es geht darum, dass du wieder schreiben kannst.«

»Hast du denn eine Idee?«

»Ja.«

»Du hast eine Idee, die mir helfen soll, wieder zu schreiben.«

»Wirklich. Eine Idee, die funktioniert.«

»Und wie sieht die aus?«

»Das weißt du schon. Wir haben heute Abend darüber gesprochen.«

»Aha, die Familie. Die also hält mich davon ab, große Kunst zu erschaffen.«

Christian nickte. In seinen Augen blitzte es wieder. Es waren nicht die Flammen vom Kaminfeuer. Das Licht in seinen Augen hatte hier nichts zu suchen. Es gehörte in die Finsternis, in totale Dunkelheit.

»Ich glaube nicht, dass ich mich aus dem Grund scheiden lasse.«

»Es gibt eine schnellere Lösung. Es ist die einzige Lösung. Du wirst schon sehen.«

»Ich … werde es sehen? Was werde ich sehen?«

»Verstehst du nicht? Du musst es verstehen. Du bist nicht dumm. Du bist nur in die Irre geführt.«

»In die Irre geführt? Von wem?«

»Von deiner kleinen Frau, deinen kleinen Kindern.«

»Kein Wort mehr über meine Familie!«

»Es ist auch keins mehr nötig.«

»Nicht … nötig? Wie ist das gemeint?«

Christian schwieg. Er lächelte nur sein unheimliches Lächeln.

Gerade eben – Christian war weggegangen. Er war ungewöhnlich lange weggeblieben. Er war verändert zurückgekommen. Er hatte ein bisschen gezittert. Er war lange weggeblieben. Er schien vor Kälte zu zittern, als er zurückkam. Das war keine Kälte. Er hatte …

Schreckliche Übelkeit überkam Peter. Himmel! Lass es nicht wahr sein. Er versuchte aufzustehen, sank aber zurück in den Sessel. Christian sagte etwas, doch Peter konnte es nicht hören. In seinem Kopf tobte ein Sturm. Er sah Bilder, die kein Lebender sehen sollte.

Jetzt stand er, seine Füße funktionierten, er lief durchs Zimmer, sprang die Treppen hinauf, stolpernd, rutschte ein paar Stufen abwärts, schlug etwas mit dem Ellenbogen kaputt, spürte keinen Schmerz, flog über die Schwelle oben, knallte mit der Stirn gegen die Kinderzimmertür, als er sie öffnen wollte, kriegte sie schließlich auf, stürzte ins Zimmer, eine Lampe brannte, er sah …

Zwei schlafende Kinder. Zwei friedlich schlafende Kinder. Schluchzend sank er auf die Knie neben dem Kopfende des Bettes, weinte im Schock, weinte vor Freude, vor Erleichterung.

Er richtete sich auf, verließ das Zimmer, öffnete die Tür zum großen Schlafzimmer, *master bedroom*, wie der Makler gesagt hatte, betrat es leise, sah Elins schlafende Gestalt, die Atemzüge waren regelmäßig, sie hatte nichts gehört, sie musste eine Schlaftablette genommen haben, um schnell einschlafen zu können, ihre Rettung an diesem Abend. Ihn selbst hätte fast der Schlag getroffen. Sollte er Elin wecken? Nein. Nichts war passiert. Es war seine lebhafte Phantasie. Vielleicht war sie endlich zurückgekehrt. Jetzt konnte er wieder anfangen zu schreiben. Das hatte er Christian zu verdanken. Vielleicht hatte der Mann es so geplant. Meine Phantasie anzustacheln und zu sehen, was passiert. Makaber, aber effektiv.

Als er wieder ins Wohnzimmer kam, war Christian verschwunden. Er ging in die Küche, aber die war leer, genau wie die Diele, das Gästezimmer und die Toilette.

»Christian? Hallo, Christian?« Er bekam keine Antwort. Die Haustür war von innen abgeschlossen, er war also nicht nach draußen gegangen. Peter war seinem alten Freund nicht auf der Treppe begegnet. Sein alter Freund. Was zum Teufel suchte der Kerl hier? Warum hatte er ihn überhaupt reingelassen? Ich bin einfach zu nett. Vielleicht war ich auch ein bisschen neugierig. Das gehört zum Job. Sollte es noch mein Job sein. Aber wo ist er?

»Christian!? Christian?«

Die Kellertür war von außen abgeschlossen. Kein Christian da unten.

Das Festnetztelefon klingelte. Sie hatten den Vertrag nicht gekündigt, weil die Handyverbindung hier draußen unzureichend war, sie kam und ging. Das Klingeln hallte wie ein greller Ruf durch die Diele.

»Hallo? Ja?«

»Ist da Familie Edwards?«

»Ja? Wer ist da?«

»Mit wem spreche ich?«

»Mit wem spreche *ich*?!«, sagte Peter. »Hier ist Peter Edwards.«

»Danke. Hier ist Kriminalkommissar Bengt Emilsson. Ich komme gleich zur Sache. Heute Morgen ist jemand aus der Rechtspsychiatrie geflohen. Ein gefährlicher Mörder und Psychopath, auf den Punkt gebracht. Ein lebensgefährlicher Kerl, um es klar auszudrücken. Wir haben Grund zu glauben, dass er versucht haben könnte, Kontakt zu Ihnen aufzunehmen. Sie vielleicht zu besuchen.«

»Mich zu besuchen?«, echote Peter.

Das Echo wiederholte sich in der Leitung, das Geräusch kam und ging. Es klang, als würde der Kriminalkommissar draußen im Wald telefonieren.

»Ein Mitinsasse hat gerade erzählt, dass er oft von Ihnen gesprochen hat«, fuhr der Kommissar fort. »Sie kannten einander offenbar. Er schien von Ihnen besessen zu sein, sagte der Mitinsasse.«

»Wie heißt der Psychopath?«

»Christian Becker.«

»Was hat er getan?«

»Unter anderem seine Familie umgebracht.«

»Er ist hier im Haus«, sagte Peter. »Irgendwo.«

Er rief nicht mehr Christians Namen. Er konnte dankbar sein, wenn er das Obergeschoss lebendig erreichte. Der Kerl hielt sich hier unten irgendwo versteckt, vielleicht mit einer Waffe, einem Messer oder sogar einer Feuerwaffe. Jetzt denk nach, Peter, denk nach. Er hat es nicht auf dich abgesehen. Dir darf nichts passieren. Er will mein Manager werden, ha.

Peter lief wieder die Treppe hinauf. Die Polizei war unterwegs, aber alles konnte innerhalb von Sekunden geschehen.

Elin saß aufrecht im Bett.

»Was ist los? Ich habe das Telefon gehört.«

»Warte«, sagte er und ging zu den Kindern. Er brachte das Mädchen zu Elin und ging zurück, um den Sohn zu holen. Sie wogen so gut wie nichts. Ein Leben wiegt nichts, dachte er, vielleicht werde ich diese Formulierung in einem Roman benutzen, wenn wir lebend aus dem hier rauskommen.

Sie warteten, bis die Kinder wieder zur Ruhe kamen.

Leise erzählte er Elin von dem Vorgefallenen.

»Was sollen wir tun?«

»Nichts. Die Polizei ist schon unterwegs.«

»Aber wenn er versucht, hier einzudringen? Ist die Tür abgeschlossen?«

»Ja. Aber wahrscheinlich ist er aus dem Fenster gesprungen.«

»Hast du ein offenes Fenster gesehen?«

»Ich hatte keine Zeit, das zu kontrollieren.«

Elin stand auf und ging zum Schlafzimmerfenster.

»Ich seh nichts da draußen, nur Schnee.«

»Gut. Es ist leicht, jemanden im Schnee zu erkennen.«

»Er ist wie ein weißes Feld. Seltsam, dass man so viel Weiß sehen kann, wenn es schwarze Nacht ist.« Sie drehte sich um. »Dann bewegt er sich also ungehindert in unserem Haus? Hier will ich nicht mehr wohnen, wenn alles vorbei ist.«

»Es ist bald vorbei.«

»Himmel«, sagte sie, »dass uns so was passiert.«

»Es ist bald vorbei«, wiederholte er.

»Jetzt sehe ich was!«

Er ging zum Fenster. Blaulicht rotierte am Himmel. Die Rettung nahte. Blau war die Farbe der Hoffnung. Das Licht erreichte sie vor der Rettung.

»Wo ist das Auto?«, fragte Elin.

»Scheint hinter der Hecke zu sein.«

»Ich dachte, sie würden einen Hubschrauber schicken.«

»Der ist wahrscheinlich auch unterwegs.«

»Da ist das Auto!«, sagte sie.

»Ja.«

»Es hält.«

»Wahrscheinlich wollen sie erst das Grundstück überprüfen.«

»Bestimmt.«

»Ich kann nicht das ganze Auto sehen.«

»Es wird von der Hecke verdeckt.«

»Beeilt euch!«, sagte sie.

Das Blaulicht zerschnitt den Nachthimmel. Jetzt war es Nacht. Durch Peters Körper ging ein Zittern. Immer noch stand das Auto hinter der Hecke. Sicher koordinierten sie den Einsatz über Funk. Garantiert waren noch mehr Streifenwagen zu ihnen unterwegs.

Der Streifenwagen fuhr an, er war schwarz und weiß in der Nacht, aber er war blau und weiß, das Auto war nun ganz zu sehen, bog langsam in die Hauszufahrt ein, die Kommune hatte gestern geräumt, es war nicht mehr Schnee gefallen, es war genügend Schnee für ein ganzes Jahr gefallen, das Polizeiauto fuhr langsam, als würde es das ganze Umfeld absuchen. Das war natürlich nötig, ein psychotischer Mörder oder wie man das nannte, auf jeden Fall lebensgefährlich.

Das Auto hielt. Der Fahrer stieg aus, er trug eine Art Helm, sie waren auf alles vorbereitet, gut, Peter sah die Waffe des Polizisten an einem Gurt über der Brust, die Uniform sah aus wie bei einem Soldaten auf dem Weg in den Kampf. Im Innern des Autos waren Gestalten zu erkennen, aber sie blieben sitzen, kontrollierten wohl das Umfeld.

Der Polizist ging auf das Haus zu und verschwand unter dem Verandadach.

Sie hörten die Türklingel. Ein ersehntes Geräusch.

»Ich öffne«, sagte Peter.

Er ging mit leichten Schritten nach unten, schloss die Tür auf und öffnete sie. Der Helm des Polizisten glitzerte unter der Haustürbeleuchtung. Sein Gesicht lag im Schatten. Das Licht glitzerte auf der Maschinenpistole in den Händen des Polizisten.

»Willkommen«, sagte Peter. Das klang idiotisch, aber etwas anderes fiel ihm nicht ein. »Danke, dass Sie kommen. Wir brauchen alle Hilfe der Welt.« Er merkte, dass er zu schnell und zu viel redete. Es war die Anspannung, die nachließ.

Der Polizist machte einen Schritt nach vorn. Peter sah ein Lächeln. Das Lächeln kannte er.

»Ich bin da, um dir zu helfen«, sagte Christian.

Winterdunkelheit

Als er vom Flugplatz auf dem Weg nach Hause war, fing es an zu schneien. Die Autobahn wie leergefegt. Der Taxifahrer stellte die Scheibenwischer an, und alles wurde schwarz und weiß. Im Radio sang ein Kinderchor, und der Weihnachtsmann, der am Rückspiegel hing, schien sich im Takt der Scheibenwischer und zur Musik zu wiegen. »So machen wir das, so machen wir unsere Hände nass, so macht Händewaschen Spaß«, sangen die Kinder.

Er schaute auf seine Hände, die schwarz und weiß leuchteten, hob eine Hand. Er wusste, dass sie eher braun als weiß war. Er sah den Blick des Taxifahrers im Rückspiegel.

»Es waren siebenundzwanzig Grad, als wir gestartet sind«, sagte er.

»Donnerwetter«, sagte der Taxifahrer.

»Siebenundzwanzig«, wiederholte er und sah die schwarzweiße Landschaft schattengleich vorbeiziehen.

»Wo sind Sie gewesen?«, fragte der Fahrer.

»Kanarische Inseln.«

»Oh!«

»Eine Woche bombiges Wetter, nicht eine einzige Wolke.«

»Oh!«

»Die richtige Jahreszeit, um in den Süden zu fliegen«, sagte er und machte eine Handbewegung in Dunkelheit und Kälte hinaus.

»Ja, das stimmt«, sagte der Fahrer.

Der Mann auf dem Rücksitz holte wieder sein Handy hervor, wählte die Nummer und wartete auf eine Antwort, die nicht kam. Kaum hatte er sich ins Taxi gesetzt, hatte er sofort angerufen und zu sich gesagt, aber laut genug, dass es der Taxifahrer hören konnte: »Warum meldet sie sich nicht?«

Das Auto hielt in der zweiten Reihe vor der Haustür. Der Schnee fiel immer noch dicht. Er reichte dem Fahrer seine Mastercard und unterschrieb die Quittung.

»Frohe Weihnachten«, sagte der Fahrer, nachdem er den Koffer aus dem Kofferraum gehoben und die Klappe geschlossen hatte.

»Müssen Sie die ganze Nacht arbeiten?«, fragte er.

»Ja, leider«, antwortete der Fahrer.

»Na, dann frohe Weihnachten.«

»Danke«, sagte der Taxifahrer und fuhr davon.

Frohe Weihnachten, dachte der Mann. Es ist noch eine Woche bis Weihnachten, um diese Jahreszeit gibt es nur brave Kinder.

Er warf einen Blick auf die Uhr, es war halb neun, und schaute an der sechsstöckigen Hausfassade empor. In allen Fenstern schien Licht zu brennen, feuergelbes Licht, das zur Weihnachtszeit gehörte. Er sah die Straße entlang. Das Taxi war verschwunden, jetzt bewegte sich nichts mehr. Kein Mensch unterwegs. Alle waren hinter den erleuchteten Fenstern.

Er dachte wieder an sie, aber diesmal ohne sie vom Handy aus anzurufen.

Er klingelte und öffnete die Tür gleichzeitig mit dem Schlüssel. Er rief:

»Susanne! Ich bin zu Hause. Hallo! Hallo?«

Seine Stimme hallte im Treppenhaus wider. Er sah sich um, ehe er die Tür hinter sich schloss.

Er stand im Vorraum. Stellte den Koffer ab, schaltete die Deckenbeleuchtung ein und blinzelte im Licht. Er zog den Mantel aus und hängte ihn auf einen Bügel. Er schleuderte sich die Schuhe von den Füßen, ohne vorher die Schnürsenkel zu lösen, ging in die Küche. Auf dem Tisch standen ein Teller und ein Glas, beide leer, sauber. Kein Besteck. Die Spüle war auch leer und sauber. Auf der Anrichte, im Winkel zur Spüle gebaut, lag eine volle Tüte Kartoffeln, daneben auf dem Schneidebrett ein Kartoffelschäler.

Es war sehr still, so still, dass er das Summen des Kühlschrankkompressors wie dumpfe Atemzüge hörte. Er rief laut:

»Susanne? SUSANNE?«

Er kehrte zurück in den Vorraum, und jetzt sah er den Anrufbeantworter, der rot blinkte. Er ging zu dem Tischchen, drückte auf die Taste und lauschte seiner eigenen Stimme:

»Hallo, ich bin's nur. Jetzt ist es so weit, ich komme nach Hause. Hier scheint die Sonne nie unterzugehen. Aber jetzt ist sie gerade rot. Wünschte, du wärst hier. Ähhh ... ruf mich an, falls es nicht zu spät wird.«

Zweiter Anruf:

»Noch mal hallo ... Ja, nun ist es also so weit. Es ist ... halb neun und ich bin auf dem Weg zum Flugplatz ... Ruf mich an, falls du kannst. Vermute, du musstest letzte Nacht eine Extraschicht einlegen. Ich sag dir Bescheid, wenn ich weiß, wann der Flieger abhebt. Falls es eine Verspätung gibt.«

Dritter Anruf:

»Noch mal hallo, jetzt fängt das Boarding an. Scheint keine Verspätung zu geben. Ich ruf an, wenn wir gelandet sind.«

Vierter Anruf:

»Warum meldet sie sich nicht?«

Seine kaum eine Stunde alte Stimme vom Taxirücksitz. Er schaltete den Anrufbeantworter ab und näherte sich dem Schlafzimmer.

Sie lag unter der Decke.

Er ging um das Bett herum, und es war unmöglich, ihren Augen auszuweichen, die geradewegs in die Ewigkeit starrten.

Kriminalkommissar Erik Winter folgte ihrem Blick ins Nirgendwo und Nichts. Er hatte sich hingehockt, nah an dem Gesicht der Frau, das eine furchtbare Maske geworden war, als die Hauteinblutungen eingesetzt hatten. Nachdem der Blutdruck gestiegen war und die »großen Adern« vom Kopf abgeschnürt hatte, war das Zungenbein gebrochen, und sie war erstickt.

Er hatte schon viele erdrosselte Menschen gesehen, er erkannte es, wenn er sie sah.

Er wusste, dass Pia Fröberg, die Gerichtsmedizinerin, die Todesursache später bestätigen würde, nach einer Untersuchung in einem Raum, in dem es heller war als in diesem Schlafzimmer. Noch war es fast friedlich, bevor die Leute von der Spurensicherung, Ärzte und Fahnder hereinkommen würden. Aber im Augenblick war er allein, das war sein ausdrücklicher Befehl. Es war noch vor Mitternacht. Nur wenige Minuten nach dem Alarm war er durch sachten Schneefall hierhergefahren. Angela hatte nichts dazu gesagt, dass er in die Nacht hinausfuhr. Sie war Ärztin, sie wusste, was Dienst bedeutet, Bereitschaftsdienst. Menschen konnten auch in der fröhlichen Vorweihnachtszeit ernsthaft krank werden.

Sie können sogar ermordet werden, dachte er, während er das Gesicht der Frau und ihre Gestalt unter der Decke betrachtete. Wenn es denn ... heute passiert war. Es könnte auch gestern gewesen sein. Das herauszufinden war Pias Job.

Hinter ihm bewegte sich etwas, und er drehte sich um. Kommissar Bertil Ringmar stand in der Tür.

»Wollen wir ihren Mann in die Skånegatan bringen oder möchtest du ihn sofort verhören?«, fragte Ringmar.

»In meinem Büro«, sagte Winter.

Sein Büro: Schreibtischstuhl, Besucherstuhl, Schreibtisch, Archivschrank, Waschbecken, CD-Spieler auf dem Fußboden unterm Fenster, still, kein Glockenklang, kein »Oh, du fröhliche«, kein »Stille Nacht«.

Winter strich sich übers Gesicht und sah den Mann an, der ihm gegenübersaß. Er hieß Anders Balker. Er war blass unter der Sonnenbräune, was sein Gesicht seltsam durchsichtig wirken ließ. Seine Frau hieß Susanne Balker.

»Herr im Himmel«, sagte Anders Balker zum dritten oder vierten Mal.

»Wann haben Sie das letzte Mal mit ihr gesprochen?«, fragte Winter.

»Ähhh ... ja, das war wohl ... Donnerstag ...«, sagte Balker.

Winter warf einen Blick auf den Kalender, der aufgeschlagen vor ihm lag.

»Zwei Tage bevor Sie nach Hause gefahren sind?«

»Ähhh … ja …«

»Zwei Tage vorher«, wiederholte Winter.

»Ja … ich hab auch danach versucht, sie anzurufen«, sagte Balker, »ähhh … danach also.« Er bewegte sich auf dem Stuhl. »Ich habe ihr Nachrichten hinterlassen.«

»Wir haben das Band abgehört«, sagte Winter.

»Ja …«, sagte Balker.

»Haben Sie sich Sorgen gemacht, als sie sich nicht meldete?«

»Ähhh … klar. Ich … hab doch immer wieder versucht, sie zu erreichen.«

»Gab es niemand sonst, den Sie hätten anrufen können?«

Der Mann antwortete nicht. Er starrte auf den Schreibtisch, als studierte er Winters Kalender.

»Konnten Sie niemand anderen anrufen?«, wiederholte Winter.

»Nein.« Balker schaute auf. »Ich hatte … niemand.«

»War es früher auch so?«, fragte Winter.

»Wie?«

»Dass Ihre Frau … Susanne … sich nicht gemeldet hat, wenn Sie sie angerufen haben.«

»Nein«, antwortete Balker, »so … war es nie.«

»Was?«

»Dass … ich allein verreist bin. So … so lange.«

»Warum jetzt?«, fragte Winter.

Balker antwortete nicht. Winter war nicht sicher, ob der Mann ihn verstand. Vielleicht würde er sich nicht mehr lange mit diesem Ehemann unterhalten können, der seine Frau in der eigenen Wohnung tot aufgefunden hatte. Vielleicht würde er in wenigen Minuten zusammenbrechen, sich über den Schreibtisch werfen, auf Winter, über diesen verdammten Kalender, der für Susanne Balker nicht mehr sinnvoll war.

Ich würde das tun, dachte Winter. Wenn es mir passierte. Mich vollkommen verlieren. Ich würde ein lebendiger Toter werden, wenn es mir passierte. Daran muss ich denken, während ich hier sitze und meine Fragen stelle. Aber sie mussten ja gestellt werden.

»Warum sind Sie in der Woche vor Weihnachten allein in Urlaub gefahren?«, fragte er wieder.

»Es war kein Urlaub«, antwortete Balker.

»Was war es dann?«

Balker antwortete nicht.

»Was war das für eine Reise?«, wiederholte Winter.

»Ich ... bin Alkoholiker«, sagte Balker. Jetzt sah er Winter an. »Ich bin ... wie man das nennt, Quartalssäufer.« Er schaute auf seine Hände.

Winter sah, dass sie zitterten.

»Manchmal ... muss ich wegfahren.« Er blickte auf. »So war es ... diesmal.«

»Sie mussten eine Woche verreisen, um zu trinken«, sagte Winter. »Habe ich das richtig verstanden?«

»Ja.«

»Wann haben Sie das beschlossen?«

»Das ... das ist kein Beschluss«, antwortete Balker. »Es ... kommt einfach so ... Plötzlich ... muss man weg.«

»Aber Sie spüren doch bestimmt, wenn so ein Schub kommt«, fuhr Winter fort. »Sie müssen das doch ... irgendwie planen können?«

»Jaaa«, sagte Balker, »manchmal.«

»Warum sind Sie also ausgerechnet eine Woche vor Weihnachten weggefahren?«

Balker antwortete nicht.

»Weil das Reisen dann am billigsten ist?«, fragte Winter.

Er wusste es. Wie oft hatte seine Mutter, die an der Costa del Sol wohnte, erzählt, wann das Reisen am günstigsten ist. Als ob sie es nötig hätte, sich darüber Gedanken zu machen.

»Ach, ist das so?«, sagte Balker.

Winter saß im Dunkeln in seinem Zimmer. Vom Panasonic blies John Coltrane »Like someone in love« hinaus in die Nacht.

Er hatte Angela angerufen und eine gute Nacht gewünscht, eine stille Nacht.

»Wir trinken den Branntweinpunsch zum Frühstück«, hatte er gesagt. Den wollten sie gerade warm machen, als das Telefon nachts geklingelt hatte, das Diensttelefon.

»Frühstück?«, hatte Angela gesagt. »Für dich ist es wahrscheinlich Mittagszeit, wenn du kommst.«

Mittag. Würde er dann zu Hause sein? Balker war nicht in seiner Wohnung. Sie hatten ihm ein Zimmer im Savoy gebucht, da sie ihn nicht in Untersuchungshaft nehmen konnten – Skånegatan Hilton. Es gab nichts, weshalb man ihn festhalten konnte. Er war nicht im Land gewesen, als seine Frau dem Tod begegnet war.

Pia Fröberg hatte Winter angerufen, kurz nachdem Balker hinaus in die Einsamkeit gewandert war.

»Gestern«, hatte Pia gesagt. »Sie wurde erdrosselt, Donnerstagabend, spät oder in der Nacht zu Freitag, der Nacht zu dem Freitag, an dem Balker nach Hause kam. Aber alles ist Donnerstagabend nach sechs Uhr passiert.«

So viel wusste er selbst. Susanne hatte ihre Arbeitsstelle als Krankenschwester im Sahlgrenschen Krankenhaus am Donnerstag um halb sechs verlassen und war ganz offenbar zu Hause angekommen.

Nach Aussage ihres Mannes hatte er sie um sechs Uhr von seinem Handy aus Puerto Rico auf Gran Canaria angerufen.

Sie hatte sich nicht gemeldet, nicht beim ersten und nicht beim zweiten Anruf. Sie würden die Zeiten überprüfen, die Balker angegeben hatte. Sie würden überprüfen, ob er wirklich in Puerto Rico gewesen war. Aber Winter glaubte nicht, dass er an diesem stillen Abend einen offenherzigen Lügner vor sich gehabt hatte. Dann wäre der Mann verrückt.

Winter wusste, die Mehrzahl aller Gewaltverbrechen wurde von Familienmitgliedern begangen, den nahen Liebsten. Manchmal dachte er, die einzige Möglichkeit, sein Leben zu schützen, wäre, als Eremit in einer Höhle an geheimem Ort zu leben. So weit wie möglich von den Angehörigen entfernt. Das war keine angenehme Vorstellung.

»Wie ist er reingekommen?«, sagte Kriminalinspektor Fredrik Halders. »Der Mörder. Der Erwürger. Er ist jedenfalls nicht eingebrochen, das ist mal sicher.«

Es war Morgen.

Im Konferenzraum roch es nach Kaffee. Winter wusste, dass er nach Alkohol roch, aber nicht mehr lange. Er hatte sein Versprechen gehalten und den Punsch zum Frühstück getrunken, aber nur zwei Zehntelliter. Angela hatte keinen getrunken, sie schlief noch fest, und Elsa auch nicht, die ebenfalls noch schlief, und selbst wenn sie wach gewesen wäre, hätte er seiner Vierjährigen nicht erlaubt, Branntweinpunsch zu trinken. Ja auch keinen Punsch mit Cognac oder Bier.

»Er hatte einen Schlüssel«, sagte Winter. »Oder sie hat ihn reingelassen.«

»Woher wissen wir, dass es ein Er ist?«, fragte Kriminalinspektorin Aneta Djanali und sah sich um.

»Du treibst die Frage der Gleichberechtigung in neue Höhen«, sagte Halders.

»Es gibt tatsächlich auch Mörderinnen«, sagte Aneta.

»Nichts dürfen wir für uns allein behalten«, sagte Halders.

»Was sagt Pia über die Verletzungen?«, fragte Aneta Djanali und sah Winter an.

»Sie wurde mit großer Kraft erdrosselt«, antwortete Winter.

»Also von einem Mann«, sagte Aneta Djanali.

»Davon gehen wir aus«, sagte Winter.

»Das ist doch selbstverständlich«, sagte Halders.

»Hier gibt es nichts, was selbstverständlich ist«, sagte Winter.

»Du riechst nach Schnaps«, sagte Halders.

»Du riechst nach Schweiß«, sagte Winter.

»Mangels Schnaps«, sagte Halders.

»Punsch«, sagte Winter, »es war Punsch.«

»Kann ich das Rezept haben?«, fragte Halders.

»Wenn du dir ein Deodorant zulegst.«

»Wie hieß sie, hast du gesagt?« Bertil Ringmar, der vor der Schreibtafel stand, räusperte sich. Halders und Winter drehten sich zu ihm um.

»Wir müssen also das Privatleben von ... Susanne Balker ... überprüfen«, sagte Ringmar.

»Nicht nur das Privatleben«, sagte Aneta Djanali. »Der

Mord kann auch mit etwas an ihrem Arbeitsplatz zusammenhängen. Mit jemandem.«

Ringmar nickte.

»Es kann auch mit ihm zusammenhängen«, sagte Halders, »Anders Balker.«

»Wie meinst du das?«, fragte Winter.

»Tja ... vielleicht hat er was damit zu tun ... so in der Art, dass jemand hinter ihm her war und auftauchte, er war nicht zu Hause, und es hat die Frau erwischt.«

Alle schwiegen.

»Es ist nur so ein Gedanke«, sagte Halders.

»Der erste des Tages?«, fragte Aneta Djanali.

»Aber nicht der letzte.« Halders lächelte.

»Oh«, sagte Aneta Djanali, »das wird ein neuer Halders-Rekord.«

Ringmar räusperte sich wieder.

»Ihr habt gehört, was Bertil vorhin gesagt hat«, sagte Winter. »Wir müssen ihr ... Leben untersuchen. Sein Leben und das seiner Frau. Arbeitskollegen. Freunde. Bekannte. Die Bekannten von Bekannten.«

»Die Bekannten von den Bekannten der Bekannten«, sagte Halders.

Es zeigte sich bald, dass Halders recht gehabt hatte. Sie mussten lange nach Leuten suchen, zu denen Anders und Susanne Balker Kontakt gehabt hatten. Sie fanden keine Freunde, jedenfalls nicht zu Anfang. Und der Begriff Freunde war eine Frage der Definition. Susanne und Anders Balker waren ein einsames Paar gewesen, einsame Menschen.

Man würde eine Befragung an den Wohnungstüren starten und mit allen reden, die in dem großen Gebäude wohnten, aber niemand würde die beiden kennen, und wenn, dann nur von fern.

Wie nah waren sie einander überhaupt gewesen, würde Winter zwei Tage später denken, und mit der Zeit würde er noch mehr Entdeckungen über das dunkle Verhältnis der Menschen zueinander machen.

Am frühen Nachmittag betrat Aneta Djanali Winters Zimmer. Er stand vorm Waschbecken und wusch sich die Hände mit heißem Wasser.

»Mir war kalt«, sagte er.

»Ich habe mit der Hotelchefin vom Spies in Puerto Rico gesprochen«, sagte Aneta Djanali.

»Da ist es ja bestimmt warm?«, fragte Winter.

»Siebenundzwanzig Grad«, antwortete Aneta Djanali.

»Was hat sie gesagt?«

»Ich habe nach Balker gefragt ... wie betrunken er gewesen ist ... Ob er die ganze Zeit in seinem Zimmer gesessen und gesoffen hat oder unten am Swimmingpool herumgetorkelt ist.«

»Und?«

»Nichts«, sagte Aneta Djanali.

»Wie bitte?«

»Sie hat noch nie einen Touristen gesehen, der so nüchtern war wie er.«

Erik Winter und Aneta Djanali beendeten den Arbeitstag mit einer Tasse Kaffee in seinem Zimmer. Sie saßen einander am Schreibtisch gegenüber. Zwischen ihnen waren die Untersuchungsunterlagen ausgebreitet.

Plötzlich zuckte sie zusammen, so dass der Kaffee fast

überschwappte. Winter sah, wie sie eins der Fotos von der toten Susanne Balker zu sich heranzog. Es war ein friedliches Gesicht.

Während der Besprechung hatten sie die Tatsache diskutiert, dass Aneta im selben Häuserblock wohnte wie Familie Balker, nur zwei Eingänge entfernt. Weniger als fünfzig Meter.

Jetzt hielt sie das Foto in der Hand, als sähe sie es zum ersten Mal.

»Ich erkenne sie tatsächlich.« Aneta schaute Winter an. »Ich habe sie mit einem Mann zusammen gesehen.«

Dann musterte sie wieder das Gesicht der bleichen Frau.

»Aber es war nicht ihr Ehemann.«

Als Aneta Djanali an diesem Abend nach Hause kam, bemerkte sie, dass sie am Morgen vergessen hatte, das Licht im Badezimmer auszuschalten. Im Vorraum lag ein Lichtstreifen, da es draußen schon dunkel war.

So ein Lichtstrahl ist behaglich, wenn man nach Hause kommt, dachte sie. Nächstes Mal muss ich wieder vergessen, das Licht auszuschalten. Falls ich mich daran erinnere.

Sie ging in die Küche und ließ Wasser in den Wasserkocher laufen, stellte ihn an, legte ein Tee-Ei in eine Tasse und goss dann Milch und das kochende Wasser darüber. Sie ging mit der Tasse in das größere Zimmer auf der anderen Seite des Flurs, setzte sich in den Sessel, legte die Füße auf einen Schemel und sagte »Aahhhh«, nahm vorsichtig einen Schluck und versuchte einige Minuten lang nichts zu denken, aber das gelang ihr nicht.

Soll ich Weihnachten mit Fredrik und seinen Kindern feiern?, dachte sie. Soll ich allein hier rumhocken?

Oder soll ich einen Flug nach Afrika buchen und in Papas

Haus sitzen und ihm Sachen erzählen, die er am liebsten vergessen möchte, um es in dem Sturm und der ewigen Hitze auszuhalten?

Aneta Djanali war im Östra-Krankenhaus in Göteborg geboren worden, ihre Eltern kamen aus Burkina Faso, das damals Obervolta hieß. Als sie erwachsen war, beschlossen ihre Eltern, in die Hauptstadt Ouagadougou zurückzukehren, aber für Aneta war es selbstverständlich gewesen, in dem Land zu bleiben, in dem sie geboren war. Sie verstand, warum ihre Eltern in das Land, in dem sie geboren waren, zurückkehren wollten, ehe es zu spät war.

Ihre Mutter war gerade rechtzeitig zurückgekehrt, aber höchstens für zwei Monate. Sie wurde in der harten ausgebrannten Erde am Nordrand der Stadt begraben.

Ihr Vater zerbrach sich lange den Kopf darüber, ob die Rückkehr den Tod verursacht hatte, zumindest indirekt.

Aneta blieb bei ihm in der Hauptstadt, solange er es wünschte.

Mit großen Augen ging sie durch Straßen, in denen sie ihr ganzes Leben hätte verbringen können, statt als Fremde zurückzukehren. Hier sah sie wie alle anderen aus, sie hätte sich mit ihnen auf Französisch unterhalten können, wenn sie es gewollt hätte – jedenfalls mit denen, die zur Schule gegangen waren. Und manchmal tat sie es. Ohne Aufmerksamkeit zu erregen, konnte sie weiter bis zur Stadtgrenze und hinaus in die Wüste gehen, die unmittelbar dahinter begann, ja die sogar in die Stadt eindrang, sie manchmal mit ihrem scharfen Wind überfiel. Sie hatte den Wind gespürt, als sie im Haus ihres Vaters saß, in der weißen Hütte.

Jetzt hörte sie den schwedischen Wind. Er war runder und weicher – und kälter.

Aneta Djanali erhob sich und trug die Tasse in die Küche. Sie dachte wieder an Fredrik Halders.

Vor einem Jahr hatte er seine Exfrau verloren, sie war von einem Betrunkenen überfahren worden und daraufhin gestorben.

Sie hatten angefangen, sich zu treffen, sie und Fredrik. Sie lernte seine Kinder kennen, Hannes und Magda. Die beiden akzeptierten ihre Anwesenheit in ihrem Zuhause, akzeptierten sie wirklich.

Sie mochte Fredrik, seine Person. Ihr Jargon hatte sich in eine andere Richtung entwickelt.

Das Telefon klingelte.

»Ja?«

Es war Fredrik.

»Was machst du?«

»Nichts«, antwortete sie.

Was hätte sie sagen sollen? Ich denke an dich, Fredrik.

Vielleicht hätte sie genau das sagen sollen.

»Du hast niemanden vor Balkers Haustür herumschleichen sehen?«

»Dann müsste ich mir einen Fernstecher anschaffen oder ein Periskop.«

»Mach keine Dummheiten!«, sagte Fredrik.

»Wie meinst du das?«, fragte sie.

Diese Ermahnung kommt von jemandem, der den dämlichen Taten ein Gesicht gegeben hat, dachte sie.

»Schleich nicht vor Balkers Haustür rum!«

Sie lachte.

»Ich bin ganz ernst«, sagte Halders.

»Meinst du, ich brauche Schutz?«

Halders antwortete nicht.

»Fredrik!«

»Ich weiß es nicht.«

»Bist du wirklich ernst?«

»Er – also, wenn es ein Mann ist – denkt jetzt vielleicht auch daran, dass er dir einige Male begegnet ist. Das könnte ihm wieder eingefallen sein.«

»Du machst mir langsam Angst, Fredrik.«

»Ich finde nur, dass du vorsichtig sein sollst.«

»Ich bin vorsichtig. Ich bin Ermittlerin, oder? Und warum sollte er gerade jetzt auf mich kommen? Es war doch nur eine Begegnung mit irgendeiner Fremden.«

Als sie das sagte, fiel ihr die Fremde ein, die sie in Afrika gewesen war, fremd und trotzdem nicht fremd.

»Du siehst nicht aus wie irgendwer«, sagte Fredrik.

»Ach, hör auf, Fredrik! In diesem Land gibt es schon länger schwarze Gesichter. Sogar welche, die Göteborger Dialekt reden.«

Halders lachte.

»Okay, okay.«

Er schwieg einen Moment. Sie hörte, wie die Fahrstuhltür im Treppenhaus geöffnet und geschlossen wurde, meinte Schritte zu hören.

»Kommst du ... Heiligabend zu uns?«, fuhr Halders fort.

»Ich glaube ... ja, Fredrik.«

»Wir müssen uns wohl bald entscheiden ... Magda und Hannes, du weißt.«

»Okay, sag ihnen, dass ich komme.«

Sie sah sein Lächeln vor sich, hörte es in seinem Abschiedsgruß.

Sie stand immer noch mit dem Telefonhörer in der Hand da, als sie im Treppenhaus Schritte hörte, die trostlos zwischen Backsteinwänden widerhallten. Diese Schritte klangen nach Schuhen mit Stahlabsätzen. Jetzt hielten sie inne.

Es klingelte an ihrer Tür. Bing, baang, biing.

Sie schaute auf die Armbanduhr, ein Reflex, und dachte an das Gespräch mit Fredrik. Das Echo der Klingel hing noch in der Wohnung, ein dünner Ton, wie ein Wind. Rasch verließ sie das Zimmer, ging in den Flur und spähte durch den Spion. Vor der Tür war niemand.

Sie öffnete, ohne die Sicherheitskette abzunehmen. Niemand. Gleichzeitig hörte sie, wie sich der Lift weiter rechts in Bewegung setzte. Aber von dort hatte sie keine Schritte gehört.

Aneta Djanali öffnete die Tür, sah jedoch niemanden. Sie sprang in die am nächsten stehenden Schlappen und lief zum Fahrstuhl. Der Pfeil zeigte abwärts. Sie stürmte die fünf Doppeltreppen nach unten. Am Eingang sah sie, wie die Haustür langsam zuglitt, nachdem jemand hinausgegangen war.

Sie lief nach draußen. Nichts rührte sich auf der Straße, niemand entfernte sich. Überall Häuser wie schwarze Kulissen, zwischen denen jemand in Sekundenschnelle verschwinden konnte.

Himmel, dachte sie. Hier stehe ich in Badelatschen und Jogginghose! Ich hätte nicht auf Fredrik hören sollen.

Da hat sich jemand verirrt, redete sie sich auf dem Weg zurück zu ihrer Wohnung ein. Die Tür war zugefallen, sie war ausgeschlossen.

Was mache ich hier eigentlich?, dachte sie. Eben habe ich mich noch wie ein Idiot gefühlt, und jetzt habe ich den Beweis, dass ich einer bin. Was nun? Schlüsseldienst? Der unsichtbare und nie erreichbare Hausmeister? Oder ich selber?

Aber dann brauche ich Werkzeug, und ich habe nur die Badelatschen.

Ihr blieb nichts anderes übrig, als bei den Nachbarn zu klingeln – bing, baang, boong –, einem älteren Paar, das kürzlich eingezogen war. Von ihnen aus konnte sie telefonieren.

Fredrik war innerhalb von zwanzig Minuten da und brach elegant in ihre Wohnung ein. Es gab nichts, wo Fredrik nicht einbrechen konnte.

Der Schnee blieb dank der Kälte liegen, die sich in der Nacht über die braven Kinder und alle anderen gesenkt hatte.

Auf dem Weg über Heden zum Polizeipräsidium sah Winter seinen Atem wie eine Rauchsäule. Vielleicht war es eine Rauchsäule. Er rauchte ja tatsächlich. Der erste Zigarillo des Tages wurde immer angezündet, wenn er noch sieben Minuten zu gehen hatte.

»Wir stellen das Haus unter ständige Bewachung«, sagte er, als sie sich in dem üblichen Raum versammelt hatten.

»Ich dachte, das sei schon geschehen«, sagte Lars Bergenhem, der jüngste Kriminalinspektor.

»My mistake«, sagte Winter.

»Vielleicht ist ja gar nichts«, sagte Aneta Djanali. »Da hat sich bloß jemand verlaufen.«

»Glaubst du daran?«, fragte Winter.

»Das möchte ich am liebsten«, sagte Aneta. »Nur jemand, der sich verirrt hat.«

Winter nickte.

»Die andere Alternative ist ja nicht so angenehm«, fuhr sie fort.

Winter nickte wieder. Alle schwiegen. Dann sagte Aneta:

»Da niemand etwas sagt, aus Taktgefühl, nehme ich an,

muss ich wohl selber aussprechen, was die Alternative ist: Jemand ist hinter mir her. Vielleicht um mich zu erschrecken, vielleicht aus einem anderen Grund. Vielleicht nur als erste Warnung, aus der nicht mehr wird.«

»Aber warum?«, sagte Bergenhem. »Es ist doch wohl besser, sich zurückzuhalten.«

»Für wen ist es besser, sich zurückzuhalten?«, fragte Ringmar.

»Natürlich für den Mörder«, sagte Bergenhem.

»Auch da gibt es eine Alternative«, sagte Winter.

»Wie bitte?«, sagte Bergenhem.

»Den Mann. Anders Balker. Er hat bei Aneta geklingelt und ist verschwunden. Er kennt das Haus. In seine Wohnung konnte er natürlich nicht abhauen, aber er wusste, wie er das Haus auf schnellstem Weg verlassen kann.«

»Aber warum?«, wiederholte Bergenhem.

»Das ist wie immer die beste Frage«, antwortete Winter.

Anders Balker wohnte weiterhin im Savoy, während seine Wohnung versiegelt war, Winter rief ihn an und bat ihn aufs Polizeipräsidium. So wollte Winter es, er bat ihn.

Balker saß mit verschränkten Armen da. Er schien nicht an Delirium tremens zu leiden und nicht einmal an Durst. Er zitterte nicht. Winter sah sein Handy aus der Brusttasche ragen. Über eine Relaisstation hatten sie Balkers Anrufe von und zu diesem Handy verfolgt, und alle vier Anrufe hatten Susanne zu Hause gegolten. Sie hatte nicht zurückgerufen.

»Warum, sagen Sie, sind Sie nach Puerto Rico gefahren, um zu trinken?«, fragte Winter.

»Wie?«

»Sie haben gesagt, Sie sind Quartalssäufer und sind nach

Gran Canaria gefahren, um zu trinken, aber das stimmt nicht, oder?«

»Ähh ... doch ... klar stimmt das.«

»Erzählen Sie von der Woche.«

»Was denn ... da gibt es nichts zu erzählen. Es war wie ... immer. Drei Whisky im Flieger und dann eine ganze Woche im Nebel.«

»Ist das schon öfter passiert?«

»Was?«

»Dass Sie während dieser ... Phasen ins Ausland gefahren sind?«

»Ähh ... einmal.«

»Wohin sind Sie gefahren?«

»Gran Canaria, Playa del Inglés.« Er fingerte an seinem Handy. »Aber was ist ...«

»Als Sie in Puerto Rico waren, haben Sie im Hotelzimmer gesessen und getrunken?«

»Ja ... meistens. Bin nur mal raus, um was zu essen ... aber fast nie ...«

»Ich habe Zeugen, die Sie in der Woche regelmäßig gesehen haben, und da waren Sie genauso nüchtern, wie ich es jetzt bin, und ich kann Ihnen versichern, dass ich total nüchtern bin.«

»Was zum Teu–«, sagte Balker. »Das stimmt doch nicht ... Blödsinn!«

»Was stimmt nicht?«

»Man kann nicht erkennen, ob jemand ganz nüchtern ist oder nicht. Erst recht dann nicht, wenn es sich um einen Alk– Alkoholiker handelt.«

Genau das hatte Winter zu der Hotelchefin vom Altamar in Puerto Rico auch gesagt.

»Machen Sie Witze?«, hatte die gefragt. »Wenn man etwas perfekt in diesem Job lernt, dann, das Trinkverhalten der Leute einzuschätzen.«

»Aber hier geht es doch um das Gegenteil. Er war nüchtern.«

Sie hatte gesagt:

»Genau. Selbst wenn er so einer gewesen wäre, der mit drei Komma vierzehn Promille im Blut über ein durchhängendes Seil gehen kann, hab ich gelernt zu erkennen, wer Promille im Blut hat und wer nicht.«

Winter schaute Balker an. Dessen Stirn war jetzt schweißbedeckt.

»Warum lügen Sie also?«, fragte Winter.

»Ich hab verdammt noch mal nicht gelogen«, erwiderte Balker.

»Auf Ihrer Arbeitsstelle hat niemand bemerkt, dass Sie ein Alkoholproblem haben«, sagte Winter.

»Dort haben Sie auch schon herumgeschnüffelt? Herzlichen Dank!«

»Niemand hat etwas bemerkt«, wiederholte Winter.

»Darauf kommt's doch an«, sagte Balker. »Dass niemand etwas merkt. Darauf läuft alles hinaus.«

Abends versiegelte Winter Weihnachtspäckchen zusammen mit Elsa. Er hielt seine Hand über ihre, um sie vor dem tropfenden Lack zu schützen. Sie drückte fest zu und jubelte, wenn das Siegel klebte.

Angela kam mit drei Bechern Punsch herein, zwei davon enthielten einige Promille.

»Ich hab mir ja schon gedacht, dass der Branntweinpunsch nicht bis Heiligabend reicht«, sagte sie.

»Wir machen neuen«, sagte Winter.

»Bist du auf dem Weg, Alkoholiker zu werden, Erik?«

Er lächelte, hob seinen Becher, blies über den Punsch und prostete Elsa zu, die ihren Becher ebenfalls hob.

Später, als Elsa schlief:

»Heute habe ich den Mann der ermordeten Frau verhört, du weißt schon. Er setzt alles dran, uns zu überzeugen, dass er Alkoholiker ist.«

»Hm«, machte Angela.

»Ist das nicht ein merkwürdiges Verhalten? Genau das Gegenteil ist doch natürlich. Der Alkoholiker weigert sich, seinen Missbrauch zuzugeben. Und hier haben wir einen Nüchternen, der sich weigert zuzugeben, dass er nicht getrunken hat.«

»Bedeutet das denn was? Spielt es eine Rolle, ob er auf den Kanarischen Inseln nüchtern oder besoffen war?«

»Ja, da gibt es einen Zusammenhang. Angeblich ist er nur aus dem Grund dorthin gefahren, um zu trinken. Aber wenn er dort nicht getrunken hat, wenn er überhaupt nicht getrunken hat, warum ist er dann eine Woche vor Weihnachten allein hingefahren?«

Die Sonne schien stärker als seit Monaten, schon früh am Vormittag, als wäre sie über Nacht von den Kanarischen Inseln nach Norden gereist. Es war der Tag vor Weihnachten.

Auf der Vasagatan hatte Winter, bevor er sich den Zigarillo anzündete und alles verpestete, die frische Luft eingeatmet.

Am frühen Vormittag kam Lars Bergenhem mit der Neuigkeit.

»Das haben wir im Banksafe gefunden.«

Er legte die Dokumente auf Winters Schreibtisch.

Winter las sie und pfiff durch die Zähne.

»Das habe ich auch gemacht«, sagte Bergenhem.

»Jetzt haben wir ein mögliches Motiv für Balker«, sagte Winter.

»Wir haben aber auch sein wasserdichtes Alibi«, sagte Bergenhem.

Alibi, der Beweis für den Aufenthalt an einem anderen Ort als dem Tatort, Winter mochte weder das Wort noch seine Bedeutung. Das Alibi bedeutete Komplikationen für die Voruntersuchung. Wie einfach wäre alles, wenn niemand ein Alibi hätte.

Winter las das Testament noch einmal. Susanne Balker war eine reiche Frau gewesen. Sie hatte die Millionen von ihren Eltern geerbt, und jetzt erbte sie ihr Mann. Anders Balker. Er war der einzige Erbe.

»Nicht schlecht, so ein Weihnachtsgeschenk«, sagte Bergenhem.

»Du sprichst von einem Mann in Trauer«, sagte Winter.

»Oder einem Mann, der unter Schock steht«, sagte Bergenhem.

»Der war so groß, dass er vergessen hat, uns zu erzählen, was ihn nun erwartet, nachdem seine Frau verstorben ist.«

»Vielleicht wusste er es auch nicht«, sagte Bergenhem.

»Wir müssen ihn wohl fragen«, sagte Winter.

Anders Balker gab eine gute Imitation eines lebenden Fragezeichens ab.

»Ich schwöre, dass ich es nicht wusste«, sagte er.

Auf was willst du schwören?, dachte Winter. Auf das Gedenken an deine Frau?

»Ist es nicht merkwürdig, dass sie nichts gesagt hat?«, fragte er.

Balker antwortete nicht.

»Vielleicht sollte es eine Überraschung sein«, sagte Bergenhem, der neben Winter saß.

Es war eine grob provozierende Frage, aber Balker reagierte nicht. Eine Überraschung wann? »Nach meinem Tod zu öffnen ...«

Balker schwieg, dann sagte er: »Herr im Himmel!«, und sah wirklich aus wie ein Trauernder, der unter Schock steht.

Er schaute Winter an und schien noch etwas sagen zu wollen, doch es kam nichts. Winter wartete, aber Balker stand auf und ging. Sie konnten ihn nicht daran hindern.

Später sprachen sie mit dem Testamentsvollstrecker, Notar Peter Schmidt, und der bestätigte, dass das Testament ohne Anders Balkers Wissen aufgesetzt worden war. Vor drei Monaten.

»Warum hat sie das Testament geändert?«, fragte Winter.

Vorher war es in verschiedenen Staatspapieren mit unterschiedlichen Zwecken angelegt worden. Eigentlich hatte es gar kein Testament im eigentlichen Sinn gegeben. Warum wollte Susanne jetzt eins haben?

»Ich weiß es nicht«, antwortete der Notar. Auf jeden Fall sei ein Testament eine gute Idee.

Jedenfalls für Anders Balker, dachte Winter.

»Haben Sie ihr zugeraten?«, fragte er.

»Natürlich nicht.«

Sie besaß Geld, arbeitete jedoch als Krankenschwester, dachte Winter. War sie eine Florence Nightingale?

Sie konnten sie nicht mehr fragen. Ihr Mann konnte auf die Frage nicht antworten. Schließlich meinte Winter es verstanden zu haben: Sie war ein einsamer Mensch und hatte am Arbeitsplatz die Gemeinschaft gefunden, die sie nirgendwo anders gefunden hatte.

Winter und Aneta Djanali saßen im Café im dritten Stock, die Sonne war auf dem Weg zu anderen Orten, und Winter musste die Augen gegen die schrägen Strahlen vom Horizont abschirmen, als er Aneta ansah.

Das Café bestand aus einem Kaffeeautomaten, drei Tischen und neun Stühlen. Halders hatte es »Café Alibi« getauft. »Wenn ihr mich sucht, findet ihr mich immer dort, tralalala.«

»Warst du schon mal auf den Kanarischen Inseln?«, fragte Winter.

»Nein.« Sie rührte in ihrer Kaffeetasse und lächelte. »Geographisch gesehen gehören sie wohl zu Afrika, aber ... nein, ich hatte noch nie das Vergnügen.«

Sie sah Winter an, dessen Gesicht immer noch im Halbschatten seiner Hand war.

»Du denn?«

»Nein. Mich zieht es an die Costa del Sol.«

Winters Mutter wohnte in Nueva Andalucía, westlich von Marbella. Nachdem er früher nie dort gewesen war, fuhr er nun so oft mit seiner Familie dorthin, dass er sich selbst wunderte. Vielleicht war es das Alter, sein Alter und das seiner Mutter? Oder Versöhnung? Oder ganz einfach die Sehnsucht nach wärmerem Wetter als dem Eismeerklima, das hier oben am nördlichen Außenrand der Welt herrschte?

»Aber er ist hingefahren«, sagte Aneta Djanali.

»Während seine Frau hier in Göteborg ermordet wurde«, sagte Winter.

»Von jemandem, den sie vielleicht reingelassen hat«, sagte Aneta Djanali.

»Oder von jemandem, der einen Schlüssel hat.«

»Oder der genauso elegant eingebrochen ist, wie Fredrik Halders einzubrechen pflegt.« Aneta Djanali lächelte.

»Nein«, sagte Winter, »wir hätten Spuren gefunden, ganz gleich, wie elegant er es angestellt hätte.«

»Also ein Bekannter.«

»Oder mehr als das«, sagte Winter.

»Ein Geliebter ... hatte sie eine Affäre?«

»Das ist möglich.«

Er nahm die Hand von der Stirn. Seine Schulter war langsam steif geworden und fast in der Haltung erstarrt. Das Alter.

»Alles ist möglich«, fuhr er fort und beugte sich zu Aneta. »Du hast sie doch mit einem Mann zusammen gesehen. Was für einen Eindruck hattest du?«

»Das kann ich nicht genau sagen«, antwortete sie. »Ich hab ja versucht, mich zu erinnern.« Sie lachte. »Da kann man mal sehen. Manchmal ist man irritiert von Zeugen, die nicht aufmerksam genug waren, und dann ist man selber auch nicht besser.«

»Ich glaube nicht, dass ich eine bessere Hilfe wäre«, sagte Winter. »Du bist also zwei Fremden begegnet, was an die hundert Mal am Tag geschehen kann, aber erst jetzt erinnerst du dich, dieser Person schon mal begegnet zu sein. Wie jetzt. Ich finde das schön. Dass du dich erinnerst.«

»Danke, Erik«, sagte Aneta Djanali. »Aber wir haben ja versucht, sein Gesicht mit Hilfe eines Zeichners zu rekonstruieren, und ich kann mich einfach nicht erinnern. Ich schließe die Augen, aber ich sehe ihn nicht.«

»Würdest du ihn wiedererkennen, wenn du ihm noch mal begegnest?«, fragte Winter.

»Ja.« Sie war selbst erstaunt, dass sie wie aus der Pistole geschossen antwortete. »Ist das nicht merkwürdig?«

»Nein.«

»Aha.« Sie sah ihn wieder an. »Aber da ist was ... Es ist mir ein bisschen ... unheimlich.«

Winter wartete, dass sie weitersprach.

»Er kann ja nicht wissen, dass ich vergessen habe, wie er aussieht.«

»Und da ist noch was«, sagte Winter. »Er weiß vielleicht nicht, dass du Polizistin bist.«

Winter versiegelte noch einmal Weihnachtspäckchen mit Elsa. Und sie hatte recht. Es machte umso mehr Spaß, je mehr Päckchen man versiegelte. Angela kam mit den Punschbechern.

»Jetzt ist er endgültig alle«, sagte sie.

»Endlich«, sagte Winter und stieß mit Elsa an. »Dann muss ich neuen machen. Ich will das nächste Mal was ausprobieren, eine Gewürznelke weglassen und eine halbe Zimtstange dazutun.«

Er sah aus, als ob er es schon am Gaumen schmeckte.

»Vielleicht noch eine Prise Zucker. Und zwei Zehntelliter Cognac dazu. Noch eine Rosine.«

»Ein Glück, dass dich niemand hören kann«, sagte Angela. »Man könnte glauben, du seist ein Snob.«

»Genau«, sagte Winter. »Auf Genauigkeit kommt es an.«

Das Telefon klingelte, und Angela ging in den Flur. Elsa begann zu zeichnen. Angela kam zurück.

»Es ist Lars«, sagte sie.

Winter ging an den Apparat.

»Ja?«

»Wir haben alle identifiziert, die das Haus bis jetzt betreten und verlassen haben«, sagte Bergenhem.

Er stand vor Anetas großem hundert Jahre altem Wohnblock. Daneben lag das Gebäude, in dem Balker wohnte. Kollegin Sara Helander saß mit der Kamera in einem zivilen Dienstwagen. Es war kalt. Bergenhem schwor sich, morgen früh lange Unterhosen anzuziehen.

»Und?«, fragte Winter.

»Alle, die reingegangen sind, wohnen hier oder konnten beweisen, dass sie Bekannte besuchen wollten, die das auch bestätigten.«

»Habt ihr alle fotografiert?«

»Ja.«

»Aneta muss die Bilder gleich morgen früh sehen.«

»Klar.«

»Ich wünsche dir eine gute Nacht«, sagte Winter, und Bergenhem bedankte sich leicht ironisch.

Als Winter ins Wohnzimmer an den Tisch mit den Weihnachtssachen zurückkehrte, war Elsas Zeichnung fertig. Das Telefonklingeln hatte sie inspiriert. Sie hielt die Zeichnung hoch. Darauf war ein Mann, der in einem Häuschen stand und einen Hörer in der Hand hielt.

»Te-le-foon-sselle«, sagte Elsa und lächelte. Winter erlebte die Offenbarung, auf die er gewartet hatte, seit er vor der toten Susanne Balker gestanden hatte.

Ich bin ein Idiot gewesen, dachte er. Eigentlich müsste Elsa Schwedens jüngster Kommissar sein, nicht ich.

Eins wusste er. Susanne Balker hatte ihren Mann Donnerstagnachmittag angerufen, jedenfalls versucht, ihn zu erreichen. Er wusste es, weil sie die eingehenden Telefonate im Altamar in Puerto Rico kontrolliert hatten. Sie hatten alle ausgehenden Telefonate, besonders aus Anders Balkers Zimmer, sicherheitshalber auch aus allen anderen Zimmern, von den Bars und Restaurants kontrolliert.

Es waren weniger Gespräche, als er geglaubt hatte.

Entweder machten die Leute wirklich Urlaub von allem oder sie benutzten nur noch ihre Handys. Niemand hatte Susanne Balker aus dem Altamar angerufen außer ihrem Mann, aber er hatte nur sein Handy benutzt.

Warum hatte sie dann am Donnerstagnachmittag versucht, ihn zu erreichen?

»Es war nichts Besonderes«, hatte er geantwortet, als sie ihn gefragt hatten, und er sagte dasselbe mit anderen Worten, als sie ihn unter Druck setzten.

Sie wussten, dass sie ganz plötzlich ihre Schicht gewechselt hatte, dass sie abends nicht gearbeitet hatte, wie es auf dem Plan stand. War Susanne krank?

»Nein«, hatte die Abteilungsleiterin geantwortet. »Eine andere Schwester wollte noch einen weiteren Abend vor Weihnachten arbeiten, damit sie zwischen den Feiertagen mehr freihatte – wegen einer Reise –, und Susanne Balker hatte nichts dagegen, die Schicht zu tauschen. Sie plante keine Reise. Sie hatte in dieser Woche selbst einen Tausch vorgenommen.«

»Hat sie Ihnen das erzählt, als sie angerufen hat?«, fragte Winter dann.

»Nein«, antwortete Balker.

Als Winter Elsas gezeichnete Telefonzelle sah, kam ihm die Idee, die womöglich eine Offenbarung war. Er rief im Altamar an und sprach mit dem stellvertretenden Chef des

Reisebüros. Er stellte seine Fragen. Dann führte er alle weiteren nötigen Gespräche.

Ungeduldig wartete er auf Nachricht.

Aneta Djanali versuchte, Nick Lowes neueste CD »The Convincer« zu hören, ohne jedoch überzeugt zu sein, dass sie an diesem späten Abend stillsitzen, zuhören und genießen sollte. In ihrem Körper spürte sie eine Unruhe, die sich nicht legen wollte.

Sie sah ein Phantombild vor sich, ein Gesicht, aber die Züge zerflossen, wenn sie versuchte, es zu fixieren. Sie wusste, dass sie vielleicht einen Mörder finden könnten, wenn es ihr gelang, das Gesicht zu fixieren.

Sie stand auf, schaltete die Musik ab, ging zwischen den Zimmern hin und her und blätterte in der Tageszeitung, stand wieder auf. Füllte den Wasserkocher, schaltete ihn jedoch nicht an. Sie ging ins Schlafzimmer und zog sich aus, zog den Morgenmantel an, ging ins Bad und ließ heißes Wasser ein.

Sie lag in der Wanne und schloss die Augen. Spürte wie einen weichen Hauch im ganzen Körper, dass die Unruhe nachließ. Sie versuchte, an etwas Schönes zu denken, an Dinge, die das Leben wert machten, es weiter zu leben. Es war still.

Sie hörte ein Knacken im Schloss. Zuerst ein Kratzen. Wie von einem Stahldraht. Oder einem abgenutzten Dietrich. Sie hörte, wie die Wohnungstür geöffnet wurde. Mit einem Quietschen, gegen das sie schon lange etwas hatte unternehmen wollen. Sie hörte einen Schritt und noch einen.

Gleichzeitig fingen alle Telefone in der Wohnung an zu klingeln, sie klingelten und klingelten.

Kommissar Winter war schneller benachrichtigt worden, als er erwartet hatte. Viel schneller. Vielleicht weil er die Person, mit der er gesprochen hatte, bedroht hatte.

Er hatte Aneta Djanali angerufen, aber sie hatte nicht abgenommen. Er hatte Bergenhem angerufen.

»Ist eben jemand ins Haus gegangen?«

»Mindestens seit einer Stunde niemand mehr.«

»Lauf rauf zu Aneta!«

»Was?«

»Aneta! Schnell – du und Sara! Du weißt doch, wo Aneta wohnt?«

»Ja, das ist Hausnummer ...«

»Renn los, zum Teufel! Sie ist in Gefahr! Sara soll über Funk Unterstützung anfordern!«

Winter rief Halders an, dann Ringmar. Er sagte ungefähr das Gleiche, bekam ungefähr die gleiche Antwort:

»Es ist der Notar. Peter Schmidt.«

»Was?«

»Was?«

»An dem Abend, an dem Susanne Balker ermordet wurde, hat Anders Balker ein Telefongespräch aus Puerto Rico geführt. Aus einer Telefonzelle vor einem Geschäft, das zum Hotel gehört. Rate, wen er angerufen hat!«

»Schmidt ...«

»Richtig.«

»Warum?«

»Weil es eilte. Er wollte ja am nächsten Tag nach Hause kommen. Anfang der Woche war irgendwas schiefgegangen. Schmidt wollte Susanne Balker umbringen, aber sie war nicht zu Hause. Sie hatte Nachtschicht, als sie eigentlich zu Hause sein und schlafen sollte.«

»Und?«

»Donnerstag hat sie ihren Mann angerufen und ihm gesagt, dass sie zu Hause sein würde, wenn er davon ausging, sie würde arbeiten. Er ist zur Telefonzelle gestürzt und hat Schmidt angerufen. Er hat gedacht, wir kämen nicht dahinter. Oder könnten den Anruf nicht aufspüren.«

»Wie hast du das herausgefunden?«

»Das erzähle ich dir später.«

»Aber wie sollen wir das beweisen?«

»Es steht noch nicht fest, ob wir es überhaupt beweisen müssen.«

»Jetzt kann ich dir nicht mehr folgen.«

»In dieser Sekunde könnte Schmidt auf dem Weg zu Anetas Wohnung sein. Wir können ihn auf frischer Tat ertappen.«

»Warum sollte er dorthin unterwegs sein?«

»Weil sie ihn gesehen hat. Und er weiß es.«

»Aber wie soll er in ihre Wohnung kommen? Wir haben die Häuser doch unter Kontrolle.«

»Schmidt hat den Schlüssel zu Balkers Wohnung. Den hat er von Anders Balker gekriegt. Ich hab gerade erfahren, dass der Schlüssel auch zu den Kellerverschlägen der beiden benachbarten Gebäude passt. Sie gehören demselben Besitzer, das hätte längst überprüft werden müssen, ist aber versäumt worden. Frag mich nicht, woher ich das weiß, ich weiß es einfach. Zwischen den Häusern gibt es einen unterirdischen Gang. Und zum Keller gibt es von jeder Seite der Häuser Zugänge.«

»Aber wie …«

»Und vom Keller gelangt man zu den Wohnungen«, sagte Winter.

Als Aneta das Gesicht des Mannes sah, erkannte sie ihn, genau wie sie vermutet hatte. Sie hatte sich in der Badewanne aufgerichtet, stand aber immer noch im Wasser.

Das hier passiert nicht, dachte sie.

Sie kannte Notar Schmidt nicht. Aber sie wusste, er war es. In seinen Augen war ein wahnsinniger Glanz, und in den Händen hielt er ein Seil, das unheimlich wirkte.

Aneta schrie laut, um ihn zu verwirren. Sie versuchte, ein Bein anzuheben, aber es war wie festzementiert im Wasser. Der Mann warf sich ihr entgegen, das Seil um die Fingerknöchel gewunden, die im kalten Badezimmerlicht weiß leuchteten. Sie schrie wieder, schrie.

Sara Helander stürmte durchs Treppenhaus, als sie die Schreie durch die Wohnungstür hörte. Sie war sieben Schritte davon entfernt. Ohne zu zögern oder die Türklinke zu prüfen, schoss sie sich den Weg frei, hörte Bergenhems Schritte hinter sich, hörte Aneta wieder und wieder schreien. Sie stürzte in den Flur, stürzte durch die Tür zum Bad und zögerte keine Sekunde, als sie den Rücken des Mannes sah und gleichzeitig Anetas Körper, der noch unverletzt war.

Der Mann schrie auf, Aneta warf sich zur Seite, aus der Schusslinie, und Sara Helander schoss.

Fast ein Lächeln

Erik Winter hatte versucht, eine Antwort im Gesicht der Frau zu finden. Eine Antwort auf was? Was? Nein, nicht auf das Warum. Noch nicht. Es war etwas anderes ... als wollte die Frau mit ihrem letzten Gesichtsausdruck etwas erzählen, das er, Winter, verstehen musste, etwas, das er aus dem Zimmer mitnehmen musste, einem stillen Zimmer, als wäre es von allen Geräuschen abgeschirmt, die eindringen konnten.

Aber nichts war eingedrungen, nicht auf die Art. Es hatte keine Beschädigung an Tür oder Schloss gegeben. Es gab keine Spuren von Gewalt in der Wohnung. So viel wussten sie jetzt. Nur eine tote Frau. Ein seltsamer Gesichtsausdruck, fast ein Lächeln. Kriminalkommissar Erik Winter musste an Mona Lisas Lächeln denken, während er sich über die Frau beugte. Auch das hatte sich seltsam angefühlt. Er konnte sich nicht erinnern, bei seiner Arbeit jemals an Mona Lisa gedacht zu haben. Er hatte das Gemälde gesehen, das Original, im Louvre, als er jung gewesen war, und hatte kurz darüber nachgedacht, ob wirklich ein Lächeln auf ihren Lippen lag.

Er dachte an das Gesicht der Frau in diesem Zimmer, das genauso aussah wie andere Zimmer, in denen andere Menschen lebten. Und starben. Die Frau war in dem Zimmer gestorben, das wussten sie. Einen überraschenden Tod, das wussten sie, überraschend für sie. Sie hatte ihn nicht geplant, so viel meinten sie zu wissen.

Das ungefähr wussten sie.

Winter stand auf, ging zum Plattenspieler und drehte die Platte um, kehrte zurück zum Sessel, während der Kontrabass durchs Zimmer rollte. Er blieb vor der Balkontür stehen und schaute hinaus durch die Scheiben, die teilweise vereist waren. Draußen war es kalt. Er beugte sich vor und nahm das Glas Whisky, das auf dem Tisch neben dem Sessel stand. Er trank einen sehr kleinen Schluck von dem sechzigprozentigen Glenfarclas, den er im vergangenen Jahr in Schottland gekauft hatte. Der Alkohol war sämig von dem Wasser, das er hineingegossen hatte. Er wärmte ihn sofort.

Winter stellte das Glas ab und nahm das Telefon, das auf dem Tisch lag. Während er die Nummer eintippte, hörte er, wie sich die letzte Straßenbahn des Abends oder der Nacht durch das Eis auf dem Vasaplatsen schabte. Es war ein einsames Geräusch, es gehörte in die Einsamkeit dort unten. Bei der Januarkälte bewegte sich niemand freiwillig in den Straßen.

Winter lauschte auf das Freizeichen. Auch das klang einsam.

Eine bekannte Stimme meldete sich: »Ja?«

»Du bist hoffentlich noch nicht im Bett, Bertil?«

Winter hörte ein Grunzen seines Kollegen Bertil Ringmar. »Wie kommst du denn darauf, Erik? Es ist doch erst Viertel vor eins.«

»Genau.«

»Seit Angela und die Kinder nach Marbella gegangen sind, lebst du fröhliche Junggesellentage«, sagte Ringmar.

»Nächte«, korrigierte Winter, »fröhliche Junggesellennächte.«

»Das hab ich doch gemeint.«

»Bist du jetzt richtig wach?«, fragte Winter.

»Was willst du?«

»Ihr Gesicht«, sagte Winter. »Charlotte Sanders.«

»Was ist damit?«

»Es sah ... seltsam aus«, sagte Winter.

»Das kann daran liegen, dass sie tot war«, sagte Ringmar. »Und das ist sie immer noch.«

»Wie viele tote Gesichter haben wir gesehen, du und ich?«, fragte Winter. »Zusammen oder jeder für sich.«

»Allzu viele«, sagte Ringmar.

»Und fast alle haben etwas gemeinsam«, sagte Winter.

»Woran denkst du?«

»Ich weiß es nicht ... aber da ist eine ... Leere, ein ... Nichts. Als gäbe es keine Antwort in diesen Gesichtern. Alles ist ... verschwunden.«

»Das ist es ja auch«, sagte Ringmar.

»Aber bei Charlotte Sander nicht.«

»Hör mal, Erik, um diese Zeit kann ich nicht besonders gut denken, erst recht nicht, wenn ich kurz vorm Einschlafen bin.«

»Schläfst du gerade ein?«

»Können wir nicht morgen darüber reden?« fragte Ringmar.

»Schlaf ruhig«, sagte Winter, »dann denke ich nach.«

Er nahm noch einen kleinen Schluck. Der Alkohol wärmte seinen Körper und stimulierte seine Gedanken.

»Ich höre, dass du Whisky trinkst«, sagte Ringmar. »Beim Whisky glaubt doch jeder, er sei ein Denker.«

»Du solltest es mal ausprobieren.«

»Denken? Oder Whisky trinken?«

»Beides gehört zusammen, das hast du gerade selbst gesagt.«

»Scheiße, jetzt bin ich endgültig wach«, sagte Ringmar.

Winter hörte Geräusche am anderen Ende, Bettzeug raschelte.

»Du musst Birgitta um Entschuldigung bitten, falls ich sie geweckt habe«, sagte Winter.

»Sie ist nicht zu Hause«, sagte Ringmar. »Übernachtet bei Moa, hängt Gardinen auf und so was. Unsere Tochter hat endlich eine Wohnung gefunden.«

»Da kann man ja gratulieren«, sagte Winter.

»Kannst du«, sagte Ringmar, »aber damit hat sich meine Pension in Rauch aufgelöst.«

»Jetzt kann ich dir nicht ganz folgen, Bertil.«

»Wie war das noch mit der Geschwindigkeit der Gedanken, Herr Kommissar?«

»Du hast ihr eine Wohnung gekauft?«

»So ist es.«

»Ich verstehe.«

»So was können Leute wie du nicht verstehen«, sagte Ringmar. »Die finanziellen Bedingungen von uns im Bodensatz der Gesellschaft werdet ihr nie verstehen.«

»Dann geht es jetzt um Klasse gegen Klasse, Bertil?«

»Darauf kannst du Gift nehmen, du Kapitalistenschwein«, sagte Ringmar.

»Du schaffst es schon, dir eine weitere Pension zu erarbeiten, mein Junge.«

»Haha.«

»Jetzt denk mal daran, wie froh Moa ist. Denk an ihre Zukunft. Wie sie sich zu einem freien und selbständigen Menschen entwickeln wird.«

»Eine freie, selbständige Proletin«, sagte Ringmar. »Das wird bei Gott auch Zeit für eine Fünfundzwanzigjährige.«

»Der Wohnungsmarkt in der Stadt ist nicht gut.«

»Es freut mich, dass du mir folgen kannst«, sagte Bertil.

»Was hältst du von Mona Lisa?«, fragte Winter.

»Jetzt kann *ich* dir nicht folgen«, sagte Ringmar. »Obwohl ich hellwach bin.«

»Das Lächeln der Mona Lisa, Bertil. Ist es ein Lächeln?«

»Ich freu mich, dass du mich mitten in der Nacht anrufst, um mir genau diese Frage zu stellen«, sagte Ringmar.

»Es hat etwas mit Charlotte Sander zu tun«, sagte Winter.

»Na klar«, sagte Ringmar.

»Ich meine es ernst«, sagte Winter.

»Sechzigprozentiger Glenfarclas meint es auch ernst.«

Winter warf einen Blick auf die Flasche, die vor ihm stand. Es war noch ziemlich viel drin. Er hatte den Pegel an diesem Abend um einen Zentimeter gesenkt, vielleicht zwei. Bertil hatte so manches Mal geholfen, ihn zu senken.

»Hatte Charlotte Sander ein Lächeln im Gesicht?«, fragte Winter.

»Hat Leonardo ein Lächeln in Mona Lisas Gesicht gemalt?«, fragte Ringmar. »Oder war das ein Staunen?«

»Genau«, sagte Winter.

»Ich sehe trotzdem keinen Zusammenhang.«

»Charlottes Gesicht teilt uns etwas darüber mit, wie sie gestorben ist«, sagte Winter. »Und warum.«

Charlotte Sander. Sie hatte in einem der südlichen Vororte allein in der Wohnung gelebt. Die Häuser waren vor vierzig

Jahren gebaut worden, und zu der Zeit war Charlotte auch geboren worden, genau wie Winter. Es war der Übergang von der alten in die neue Zeit gewesen. Winter gehörte wie Charlotte Sander der neuen Zeit an, aber jetzt gehörte sie der Ewigkeit.

Hatte allein gelebt. Manchmal hatte er das Gefühl, als bewegte er sich in einer Welt, die den Einsamen gehörte. Es waren so viele, dass sie eine eigene Gemeinschaft bildeten. Ein Club, bei dem niemals Treffen abgehalten wurden. Ein Verein ohne Regeln oder Vereinslokal.

Einsame Menschen, die kamen und gingen in ihren einsamen Wohnungen. So war auch sein Leben gewesen, aber es war eine selbstgewählte Einsamkeit. So hatte er es immer gesehen.

Als er beschloss, mit anderen zusammenzuleben, war ihm klargeworden, dass er sich selbst betrogen hatte.

Wie war es mit Charlotte Sander gewesen? Hatte sie sich auch selbst betrogen? Hatte sie eine Wahl gehabt, wie Winter das einmal geglaubt hatte?

Er ging über das Feld. Es war umgeben von zweistöckigen Häusern, die wie eine unregelmäßige Mauer angeordnet waren. Sie waren für die Zukunft erbaut im Glauben, dass der kleine traurige Haufen einmal größer und zu einer eigenen Stadt werden würde oder Teil der großen Stadt, ein richtiger Teil. Jetzt waren die Bruchbuden nur wie ein unfertiger Gedanke, das Ergebnis war auf dieses verdammte Feld geworfen worden, das Winter überquerte, auf dem Weg vom Parkplatz, der am entgegengesetzten Ende des Feldes war.

Von Norden näherte sich ein Bus und hielt an einer Haltestelle, die wenigstens etwas näher zu den Häusern lag. Der

Bus fuhr wieder an und verschwand hinter den größeren Feldern. Winter hörte nichts als den Wind, der plötzlich mit dem Bus von Norden hier angekommen war. Doch der Wind blieb, Winter sah, wie sich das froststarre Gras auf dem Feld neigte, erst nach Süden und dann nach Westen. Er schloss einen weiteren Mantelknopf gegen den Januarwind. Es war Ende des Monats, und der Wind pfiff, aber kein Schnee, und das war besonders schlimm. Es war die schlimmste Zeit im Jahr, am weitesten entfernt vom Sommer, ganz gleich, wie man rechnete, rückwärts oder vorwärts, manchmal fühlte es sich wie ein Leben an, in dem es weder Vergangenheit noch Zukunft gab, so dachte er mitunter, es gab nur den verdammten Wind vom Eismeer und das Warten auf etwas Besseres.

Worauf hatte Charlotte Sander gewartet? Auf wen hatte sie gewartet?

Winter erreichte den Hauseingang. »2 B« stand auf der Lampe über der Tür oder hatte dort einmal gestanden, die Farbe war zur Hälfte abgeblättert. Nein, noch mehr. Wer dieses Haus suchte, musste wissen, was da vorher gestanden hatte.

Wie viele Male war Charlotte durch diese Tür gegangen, wie viele Male allein?

Sie war zwei Tage tot gewesen, als sie gefunden wurde, und sie hatten versucht, alle aufzuspüren, die sie in ihrem Leben gekannt hatte, eine deprimierende Arbeit, aber vielleicht auch zufriedenstellend. Deprimierend, weil sie so wenige Menschen gekannt hatte, Winter hatte an die Einsamkeit gedacht, als er das einzige Blatt mit dem Bericht in der Hand hielt. Positiv, weil sie nur wenige befragen mussten.

Aber es konnte ja noch mehr geben.

Er öffnete die Haustür mit Charlottes Schlüssel. Wie üblich hatte er das Gefühl einzubrechen, nicht durch die Tür, aber in das Leben eines anderen Menschen. Und wie üblich tauchte das Gefühl immer dann auf, wenn der andere Mensch tot war. Er wollte keine fremden Türen mit dem Schlüssel von anderen öffnen, aber das tat er ständig, Jahr für Jahr, er stieg Treppen hinauf, die immer kalt waren, aber nach den Jahreszeiten rochen. Er schloss neue Türen auf und betrat Wohnungen, die immer noch nach Leben rochen, das jetzt tot war, aufgebraucht, voller Stille.

Winter tippte eine Telefonnummer ins Handy, während er Charlotte Sanders Telefon betrachtete. Es war rot, eine auffallende Farbe.

»Ringmar hier.«

»Hallo, Bertil. Ich stehe in Charlottes Wohnung. Weißt du was Neues über die Telefongespräche?«

»Die Telefonzelle ist etwa zwei Kilometer von der Stelle entfernt, wo du stehst. In der Nähe gibt es ja noch so ein halbfertiges Satellitendorf.« Neben Ringmar sagte jemand etwas. »Einige Leute sind gerade dorthin unterwegs.«

»Warum zum Teufel hat es so lange gedauert, bis die gefunden wurde?«

»Mit den Bezeichnungen hat was nicht gestimmt«, sagte Ringmar. »Es gab offenbar Probleme mit den neuen Kartenapparaten.«

Diese verflixten Karten, dachte Winter.

»Und den Rest hat das Computersystem besorgt«, sagte Ringmar.

Diese verflixten Computersysteme, dachte Winter. Er hob den Blick und sah das Feld und das halbfertige Satellitendorf in der Nähe. Das schwarze Gras beugte sich, lag platt. Er sah die Silhouetten der Häuser auf der anderen Seite. Dazwischen stand eine Telefonzelle, die er nicht sehen konnte. Von dort hatte jemand, den er noch nicht kannte, das rote Telefon angerufen, und das nur wenige Stunden, bevor Charlotte ihrem Tod begegnete.

Es musste kein Zusammenhang bestehen.

Es gab nur diesen einzigen Anruf aus der Telefonzelle.

Das Gespräch am roten Telefon dauerte etwa dreißig Sekunden.

Ungefähr so viel Zeit, wie nötig war, um den Weg von der Telefonzelle hierher zu beschreiben, dachte Winter, den Blick immer noch auf das Feld und die grauen Silhouetten hinter dem Feld gerichtet.

Es ist 2 B. Die Farbe ist weg, aber es ist der zweite Eingang von links.

Wie lange mochte es dauern, das Feld zu überqueren? Wenn die Häuser auf der anderen Seite keine optische Täuschung waren ... vielleicht zwanzig Minuten, eine halbe Stunde.

Er sah sich im Zimmer um.

Hatten sie in der Wohnung Spuren vom Feld gefunden? Das schwarze Gras, zusammengeklebt in der Kälte.

»Was sagt Beier?«, fragte Winter. Ringmar war immer noch dran.

»Worüber?«

»Egal *was*, zum Teufel«, sagte Winter und sah den gepflegten Lars Beier vor sich, den Chef der Spurensicherung, gepflegter, als Winter jemals gewesen war, obwohl auch er ganz besonders gepflegt gewesen war. Gepflegt und ängstlich. Ein junger Kommissar, in Anzügen von Baldessarini, der Schiss hatte, der versuchte, sich gegen den Abgrund zu schützen. Winter hatte jeden Morgen seine Panzerhemden von Harvie & Hudson gebügelt, und es hatte lange gedauert, ehe er begriff, dass er die falschen Panzer trug.

»Hast du einen Kater, Erik?«

»Ich bin ungeduldig.«

»Das ist Beier auch«, sagte Ringmar.

»Bestell ihm, dass wir nach Gras suchen müssen«, sagte Winter.

»Gras?«

»Vor dem Haus ist ein Feld, und die Telefonzelle, von der wir gesprochen haben, steht auf der anderen Seite«, sagte Winter. »Der Anrufer kann geradewegs über das Feld gegangen sein.«

»Okay.«

»Es gibt keinen Weg, soweit ich sehen kann«, führte Winter weiter aus.

»Vielleicht einen Pfad«, sagte Ringmar.

Es gab einen Pfad, schwarz wie das Meer aus Gras rundherum und jetzt, da der Januartag in Dämmerung überging, noch schwärzer.

Winter stand am Beginn des Pfades, genau an der Stelle, wo der in den asphaltierten Gehweg mündete. Der Pfad war einen halben Meter breit und konnte genauso alt sein wie die Häuser beiderseits des Feldes. Zwischen ihnen war nie ein Asphaltweg angelegt worden, die Gedanken und Pläne hatten nie Gestalt angenommen. Die Leute mussten sich ihren eigenen Weg zwischen den Häusern trampeln. Es war das reinste Mittelalter.

Winter setzte sich in Bewegung, es ging bergan und dann

bergab, für einen Moment sah er nichts als Feld. Er bekam ein merkwürdiges Gefühl, als wäre er allein in der Prärie, tausend Kilometer entfernt von der nächsten Siedlung.

Jetzt führte der Pfad wieder bergan, und plötzlich sah er die Häuser auf der anderen Seite, die Dämmerung war fast in Dunkelheit übergegangen, und in einigen Fenstern brannte Licht. Er ging weiter über das Feld. Der Wind klang hier anders, wenn er an den Häusern entlangstrich. Im Gras raschelte es.

Hatte Charlotte diesen Weg benutzt? Hatte sie jemanden in den Häusern besucht, die verschwommen vor ihm lagen? Jemand, der sie von der Telefonzelle aus angerufen hatte? Oder es nur ein einziges Mal tat.

Plötzlich sah er den Streifenwagen, der hundert Meter entfernt parkte, an einem anderen Gehweg, neben einer Telefonzelle. Er sah zwei Kollegen in Uniform, genauso schwarz wie das Gras auf dem Feld.

Er drehte sich um. Charlottes Haus war zu einer Silhouette geworden. Die Fenster waren dunkel.

Er hörte ein Auto und drehte sich wieder um. Es waren zwei Männer von der Spurensicherung aus dem Polizeipräsidium. Sie stiegen aus und umstellten die Telefonzelle zusammen mit den uniformierten Polizisten.

Winter ging zu ihnen.

»Wo kommst du denn her?«, fragte einer von der Spurensicherung. Winter zeigte zum Feld.

»Der Mann aus der Weite«, sagte der andere.

»Untersucht das da genau«, sagte Winter und deutete mit dem Kopf auf die Telefonzelle.

»Wir arbeiten immer genau«, sagte der eine Polizist.

»Wonach suchen wir?«, fragte der andere.

»Nach einem Mörder«, sagte Winter.

»Glaubst du, der ist hier?«

Winter antwortete nicht. Er drehte sich um und schaute über das Feld. Auf der anderen Seite leuchteten jetzt vereinzelt Fenster. Der Weg dorthin schien kürzer zu sein, nachdem es dunkel geworden war und Lichter brannten.

»Glaubst du, er war hier, Winter?«, wiederholte der Polizist.

Winter konnte die Gesichter nicht mehr erkennen.

»Ja«, antwortete er. »Er hat von hier aus angerufen und ist dann zu ihr rübergegangen.«

Sie wussten, dass es ein Er war. Nur ein Mann konnte einer Frau die Verletzungen zufügen, die Charlotte hatte.

»Sie war sofort ... weg«, hatte die Gerichtsmedizinerin gesagt, eine Frau, die Winter noch nicht kannte und an deren Namen er sich im Augenblick nicht erinnerte. »Innerhalb von Sekunden.«

»Das ist gut zu wissen«, sagte Winters Kollegin, Kriminalinspektorin Aneta Djanali.

»Warum sieht sie so friedlich aus?«, fragte Winter mehr sich selbst. »Oder ist das etwas anderes?«

»Es sieht fast wie ein Lächeln aus«, hatte Aneta Djanali gesagt.

Winter war nicht über den Pfad zurückgegangen.

»Wir sperren das Feld ab«, sagte er zu einem von der SpuSi. Einer von ihnen murrte.

»Was war das?«, fragte Winter scharf.

»Nichts, Chef, nichts.«

»Nun mal ganz ruhig«, sagte der andere Polizist.

Aber Winter wollte nicht ruhig bleiben, nicht jetzt. Viele bleiben im falschen Moment ruhig und sind gestresst, wenn es darauf ankommt, Ruhe zu bewahren. Wie in diesem Augenblick, er versuchte sich zu beruhigen, als er wieder in Charlottes Wohnung stand, im Dunkeln, und die schwachen Lichter auf der anderen Seite des Feldes sah, den Wind hörte und versuchte, sich vorzustellen, was vor zwei Tagen hier passiert war, nein, nicht was passiert war, sondern *warum*. Dieses verdammte Warum, auf das es selten eine Antwort gab und das einzig und allein eine Lösung bieten konnte. Oder den Teil einer Lösung. Er hatte Fälle gelöst, Rätsel gelöst, alle Antworten gefunden, Ermittlungen durchgeführt, die als Schulbeispiel auf der Polizeihochschule angeführt werden konnten, übrigens vielleicht schon eingesetzt worden waren, aber in einigen Fällen war er trotz allen Geschicks gescheitert. Die Operationen waren geglückt, aber die Patienten gestorben.

All das hatte ihn zweifeln lassen, manchmal an allem. An den Menschen.

Er sah sich in der dunklen Wohnung um, im Licht der Winterdunkelheit wirkte sie wie verrußt. Hier hatte ein Mensch gelebt. Hier war dieser Mensch einem anderen Menschen begegnet. Eins plus eins. Für einen Augenblick waren es zwei gewesen, und dann war es nur noch einer. Eins plus eins wurde eins.

Winter starrte aus dem Fenster, wie ein Blinder. Vielleicht war dieser Mensch jetzt irgendwo dort draußen. Vielleicht hatte er Winter über das Feld gehen, ihn zurückkommen und das Haus wieder betreten sehen.

Es war nicht ungewöhnlich, dass Mörder zurückkehrten. Sie suchten etwas, etwas mehr.

Vielleicht war es ein *Warum*.

Winter trat näher ans Fenster.

In fünfzig Meter Entfernung rechts stand eine Straßenlaterne. Sie tauchte den Platz vor den Häusern in blaues Licht, das jedoch nicht weit reichte.

Am Feldrand, ganz links, meinte Winter jemanden zu sehen. Es war kein Baum. Dort gab es keine Bäume. Die Gestalt bewegte sich.

Es konnte sonst wer sein. Winter stürmte die Treppen hinunter und über den Platz vor den Häusern.

Dort war niemand. Er horchte nach Schritten, hörte keine. Sah keine Gestalt auf dem Feld, das jetzt ein schwarzes Meer war. Er hörte nur den Wind.

Er blickte zurück zum Haus. In der Wohnung über Charlottes brannte Licht. Einige Fenster über den anderen Hauseingängen waren auch erleuchtet. Sie hatten alle, die in diesen stummen Häusern wohnten, verhört. Niemand wusste etwas. Niemand konnte sich überhaupt an Charlotte Sander erinnern. Sie hatten gefragt und gefragt.

Es war, als hätte es Charlotte nie gegeben.

Winter kehrte in die dunkle Wohnung zurück. Er stellte sich ans Fenster, so, dass er nicht zu sehen war, aber draußen rührte sich nichts, nicht einmal der Wind über dem Feld. Er sah keine Menschenseele und beschloss, die Stehlampe neben dem Sofa anzumachen. Das Licht gab die Farben im Zimmer wieder. Charlottes rotes Telefon leuchtete auf dem Couchtisch, wie eine Fackel.

Plötzlich klingelte es.

Er hatte sich abgewandt und angefangen, eine kurze SMS an die Leitzentrale einzutippen, dann ging er zum Telefon und nahm nach vier- oder fünfmaligem Läuten ab. Die einzigen Fingerabdrücke, die es auf dem Hörer gab, waren von Charlotte.

»Hallo? Hallo?«

Er hörte das Heulen des Windes in der Leitung, deutlicher und stärker jetzt. In einer Pause hörte er etwas anderes.

»Wer ist da?«, sagte er. »Hallo!« Wieder die schwere Stille.

Wieder ein Atmen. Ja. Ein Atmen.

Dann nichts mehr. Nur der Wind war noch da.

Winters Handy klingelte. Er hielt immer noch Charlottes Telefonhörer ans Ohr, als er sich meldete.

»Wir konnten es nicht orten«, sagte der wachhabende Kommissar.

»Ich hab's gehört.«

»Wir hätten ...«

»Ich will abends eine Telefonüberwachung haben«, unterbrach Winter den Kommissar, »und nachts.«

Er war am frühen Abend zu Hause. Die Dunkelheit narrte alle, die Dunkelheit und Müdigkeit.

Auch in seiner Wohnung war es dunkel. Er schaltete die Lampe über dem Herd an und blieb am Küchentisch sitzen. Das Fenster stand offen, der Abend war klarer und kälter geworden. Er schauderte, stand auf und ging in das große Zimmer, das zum Vasaplatsen lag, und goss sich einen Ardbeg ein. Im Augenblick wollte er nicht an etwas Sechzigprozentigem nippen, er wollte einen größeren Schluck nehmen. Der Whisky schmeckte wie das Feld vor Charlottes Wohnung schmecken musste, nach Salz, Wind, schwarzem Gras und Torf, Rauch, Pfeffer und Teer. Winter schauderte es erneut, als all das auf sein Zwerchfell stürzte. Bald würde ihm warm werden, innerhalb von Sekunden. Er setzte sich und schleuderte die Schuhe von den Füßen. Als Erstes, wenn ich nach Hause komme, dachte er, trinke ich einen Whisky, dann ziehe ich mir die Schuhe aus.

Er lehnte sich zurück und schloss die Augen. So war es früher gewesen, als er noch allein gelebt hatte, vor Angela und vor Elsa und der kleinen Lilly. Er war nach Hause gekommen, und Stille und Schweigen hatten ihn umringt. Schließlich hatte er sie nicht mehr bemerkt, sie waren eben da, waren ein Teil von ihm selbst. Erst als es andere Menschen in der Wohnung gab, bemerkte er, dass die Stille fort war. Hatte er sie gemocht? Hatte er sie behalten wollen? Wollte er zu ihr zurückkehren? Nein. Nein, nein. Aber während er hier saß, schätzte er das Gefühl von Einsamkeit, die einsame Stille. An diesem Abend brauchte er sie. Er wollte in der Stille denken, trinken und vielleicht lauschen.

Das Handyklingeln zerriss die Stille. »Was meinst du, wer es war?«, fragte Ringmar.

Winter antwortete nicht, atmete nur.

»Jemand, der weiß, dass sie tot ist, oder jemand, der es nicht weiß«, sagte Ringmar.

»Hm.«

»Wer ist es also?«

»Jemand, der mich gesehen hat, als ich ins Haus ging«, sagte Winter.

»Hast du jemanden gesehen?«

»Vielleicht. Ja. Nein. Ich weiß es nicht.«

»Ich verstehe«, sagte Ringmar, und Winter konnte ihn lächeln hören.

»Er wollte etwas von mir«, sagte Winter nach einer Weile.

»Was wollte er?«

»Er … wollte mir zu verstehen geben, er wusste, dass ich dort war.«

»Sprechen wir jetzt vom Mörder?«, fragte Ringmar.

»Wem sonst, Bertil?«

»Da ist etwas mit Charlotte, das mir nicht aus dem Kopf geht«, sagte Ringmar.

»Was?«

»Man bekommt den Eindruck, dass sie der einsamste Mensch auf Erden war. Keine Eltern, keine Geschwister, keine Verwandten, soweit wir wissen. Keine Arbeit. Nachbarn, die sich kaum an sie erinnern. Die sich eigentlich gar nicht an sie erinnern. Und keine Freunde.«

»Soweit wir wissen«, sagte Winter.

»Aber sie hatte einen Bekannten«, sagte Ringmar. »Oder Freund.«

»Der sie einige Stunden vor ihrem Tod angerufen hat. Oder eine Stunde.«

»Der vielleicht noch mehr getan hat«, sagte Ringmar.

Winter schwieg.

»Wenn man solche Freunde hat, braucht man keine Feinde«, sagte Ringmar.

»Abgedroschen!«

»Hier passt es«, sagte Ringmar.

»Du hast recht«, sagte Winter. »Warum wird ein Mensch ermordet, der keine Freunde hat?«

»Hat sie versucht, Freunde zu finden?«, sagte Ringmar.

»Das wissen wir noch nicht«, sagte Winter.

Sie hatten alles versucht, um Charlottes Leben zu erkunden. Hatte sie zu jemandem Kontakt aufgenommen? Wann? Wie? War sie dabei, Kontakte zu suchen? War gerade eine Kontaktannonce in Druck? Oder schon veröffentlicht?

»Es geht um die Vergangenheit«, sagte Ringmar.

Ja. Wann ging es nicht um die Vergangenheit? Winter strich sich übers Gesicht. Die Vergangenheit warf ihre Schatten in die Zukunft. Man entging ihr nicht. Niemand entkam. Man muss ernten, was man gesät hat. Das ist auch eine abgedroschene Phrase. Vielleicht traf sie in diesem Fall nicht zu.

Was war es nur, dem Charlotte Sander nicht hatte entfliehen können?

Der Abend war fortgeschritten. Die Stimmen auf dem Vasaplatsen verstummten. Die Straßenbahnen rasselten in größeren Abständen vorbei. Noch immer gab es keinen Schnee. Es war ein schwarzer Winter. Der Schnee brachte Licht und andere Geräusche. Alles klang anders, wenn Schnee den Boden bedeckte.

Im Schnee war es leichter, Spuren zu entdecken. In gefrorenem Gras war es schwerer.

Das Telefon klingelte. Als Winter abhob, dachte er an das Klingeln in Charlottes Wohnung. Er hatte eine Geheimnummer. Er wusste, wer anrief.

»Sag nicht, dass die Sonne scheint«, sagte er.

»Sie ist eben untergegangen«, sagte Angela.

»Ha!«

»Was machst du gerade, Erik?«

»Denke an Schnee.«

»Hat es schon geschneit?«

»Nein, noch nicht. Wie ist es bei euch?«

»Kein Schnee«, sagte Angela.

»Wie geht es den Kindern?«

»Lilly hat heute die Füße im Mittelmeer gebadet.«

»Nächste Woche bin ich an der Reihe.« Er war schon fast

unterwegs. Nächste Woche würde er am Strand von Puerto Banús stehen und, Elsa auf dem einen Arm und Lilly auf dem anderen, ins Wasser gehen.

»Deine Mutter hat umgebaut«, sagte Angela. »Einen größeren Patio.«

»Ist das dasselbe wie eine Terrasse?«

»Keine Ahnung«, sagte Angela.

»Hat sie selbst gemauert?«

Angela lachte. Der Gedanke war absurd. Winter sah das weiße kleine Haus vor sich, die Lichter oben in Nueva Andalucía. Das Haus lag in einer Art Überwinterungsgetto, bevölkert von Skandinaviern, wie eine isolierte, geschützte Insel, aber das Licht war gut, und Wind und Himmel waren groß.

»Angela?«

»Ja?«

»Wenn du einsam wärst, ganz allein auf der Welt ... was würdest du dann tun?«

Um drei Uhr morgens war Winter wieder in Charlottes Wohnung. Warum? Erwartete er einen neuen Anruf auf dem roten Telefon? Wartete er auf eine Gestalt unten auf dem Feld, auf dem Weg zur Wohnung?

Er wusste es nicht. Während er auf eine deutliche Antwort wartete, durchsuchte er langsam Charlottes wenige Schubladen und alle Borde in den Schränken der Wohnung, eine Arbeit, die die Spurensicherung schon geleistet hatte, aber das machte nichts.

Er leuchtete mit der Taschenlampe in Kühlschrank, Spülmaschine und Waschmaschine. Er untersuchte alle Fußleisten.

Nach fünfundvierzig Minuten fand er das dünne Briefbündel oder den Stapel steifer Blätter, die aussahen wie Briefe ohne Umschlag. Eine flache Türschwelle hatte sich bewegt, als er vorsichtig seinen Fuß daraufsetzte. Die Briefe hatten fest zusammengerollt in dem Hohlraum gelegen, wie eine Spule.

Die Briefe waren ihr Leben, Charlottes Leben. Die beiden ersten hatte ein Kind geschrieben. »Hallo, Tante und Onkel …« Hinter ihren Namen hatte sie ihr Alter geschrieben: »Charlotte, 10.« Beide Briefe waren an eine »Tante« und einen »Onkel« gerichtet, die Winter noch nicht kannte.

Ein weiterer Brief war zwanzig Jahre später geschrieben worden. Er war datiert. Das fand Winter merkwürdig, als hätte Charlotte gewusst, dass dieser Brief in der Voruntersuchung wichtig werden würde. Aber warum hatte sie ihn dann versteckt? Oder hatte das jemand anderes getan?

Winter las, er begann mit dem letzten Satz: »Ich will nicht, dass du mir schreibst.« Der Brief war ohne Anrede.

Briefe an Charlotte hatte er nicht gefunden. Die Briefe in seiner Hand stammten von ihr.

Er musterte sie eingehend. Sie wirkten nicht wie Kopien, aber sie könnte ja alles noch einmal abgeschrieben haben.

Hatte sie Briefe an sich selbst geschrieben? Nein. Aber sie wollte ihre Worte für einen anderen erhalten. So musste es sein.

»Jemand ist ihr gefolgt«, sagte Ringmar.

»Durch die Haustür? Die Treppe hinauf?«

Winter stand in seinem Büro und sah aus dem Fenster. Auch vor seinem Fenster gab es Gras, aber dicht, gestutzt und kurz, ein Grasstreifen zum Fattighusån hinunter, der unbewegt im Vormittagslicht lag. Die Häuser am anderen Ufer waren neu gebaute Eigentumswohnungen, errichtet auf den Gräbern der früheren Armenhäusler. Auf der anderen Seite des Flusses glitt eine Straßenbahn westwärts. Sie schien es nicht eilig zu haben.

»Er hat die Haustür aufgehalten, ehe sie wieder zuschlug«, sagte Ringmar. »Das ist klassisch.«

»Wie ist er aber in ihre Wohnung gelangt?«, wollte Winter wissen.

»Hat geklingelt«, sagte Ringmar mit einem schwachen Lächeln. »Das ist auch klassisch.«

»Die Wohnungstür hat einen Spion«, sagte Winter. »Einem Fremden hätte sie nicht geöffnet.«

»Vielleicht war er ihr nicht fremd«, sagte Ringmar.

»Dann passt deine Theorie ja plötzlich«, sagte Winter.

»So ist es wohl.« Ringmar lächelte wieder sein schmallippiges Lächeln. Es war wie der Januartag da draußen, etwas, das kaum vorhanden war. Ringmars Lächeln erreichte kaum die Lippen.

»Diese Briefe, die sie als Kind geschrieben hat …«, sagte Winter und zeigte auf den Schreibtisch. »Falls sie noch ein Kind war … sie schreibt ja aus einem Ferienlager.«

»Was sagen Beiers Leute?«, fragte Ringmar.

»Wozu?«

»Ob es wirklich ein Kind ist, das die Briefe geschrieben hat?«

»Sie haben das Alter des Papiers noch nicht festgestellt, oder der Tinte. Das ist schwer. Es ist noch nicht genügend Zeit vergangen. Und was das Alter der Briefschreiberin angeht, so habe ich gerade eine Graphologin beauftragt.«

»Genügt nicht ein Lehrer von der Mittelstufe?«

»Die Graphologin ist Lehrerin in der Mittelstufe«, sagte Winter und merkte, dass auch er jetzt dünn lächelte.

»Du hast gesagt, sie hat aus einem Ferienlager geschrieben?«

»Ja.«

Winter wandte sich vom Fenster ab, ging zum Schreibtisch und nahm einen der Briefe. Er war eine Kopie. Die Originale wurden gerade oben in der Abteilung der Spurensicherung geprüft.

»Du hast sie ja auch gelesen«, sagte er und schaute auf. »Das klingt doch nach einem Ferienlager.«

»Könnte ein Kinderheim sein«, sagte Ringmar.

»Ja.«

»Oder reine Phantasie.«

»Wenn sie als Kind in einem Heim gewesen ist, dann werden wir es sicher herausfinden«, sagte Winter.

»Zur Abwechslung zum Kinderheim«, sagte Ringmar, ohne zu lächeln, »wer sind dann Tante und Onkel?«

»Die Einzigen, an die wir uns hätten halten können, sind ja tot«, sagte Winter. »Die Pflegeeltern.«

»Und wer soll ihr nicht mehr schreiben?«, fragte Ringmar.

Es gab ein Ferienlager, das an einem See lag, 40 Kilometer südöstlich von Göteborg. Die Kinderheimbetreiber hatten es gepachtet. Aus den Unterlagen ging hervor, dass Charlotte dort zwei Sommer in Folge gewesen war.

Winter und Ringmar fuhren in Winters Auto hin. Keiner von ihnen redete viel. Sie hörten sich »Sketches of Spain« an und schauten auf die gefrorene Landschaft, die weit entfernt von der verbrannten Erde weiter südlich lag.

Als sie sich dem Hochland näherten, hatte es angefangen

zu schneien. Es schien der erste Schnee zu sein, aber ehe er Spuren auf dem Boden hinterlassen konnte, hörte es schon wieder auf zu schneien.

Jetzt fuhren sie einen Waldweg entlang, der von Traktorreifen zerfurcht war. Die Furchen waren gefroren, und das Auto schaukelte wie ein Schiff in den Unebenheiten.

Vor ihnen öffnete sich eine Lichtung, auf der ein einstöckiges Holzhaus lag, eingerahmt von zwei länglichen Gebäuden, die aussahen wie Baracken. Dahinter ein See, das Wasser in der Seemitte war offen und bewegte sich langsam und schwer, wie Stahl, am Ufer war es gefroren. Es war still, einige Ahornbäume spreizten ihre toten Äste vor dem lederartigen Himmel.

Winter parkte auf dem Platz vor dem größeren Gebäude, und sie stiegen aus. Vom See meinte er ein Geräusch wie Flügelschläge zu hören.

An einem Gerüst in Ufernähe schwang langsam eine Schaukel über dem gefrorenen Gras. Daneben stand eine Rutschbahn, die blanke Rutsche war wie Eis. Ein altertümliches Karussell stand still, die Farbe war größtenteils in Wind und Wetter verwittert.

»Die sind heute verboten«, sagte Ringmar und deutete mit dem Kopf auf das Karussell.

»Warum?«, fragte Winter.

»Die Kinder können mit einem Schal oder was anderem hängenbleiben und unter die Platten gezogen werden.« Ringmar trat zu dem Karussell und versuchte es anzuschieben. Es war am Boden festgefroren und rührte sich nicht. »Wahrscheinlich sind einige Unfälle passiert. Aber das Karussell war ganz lustig. Man kriegte eine enorme Geschwindigkeit.«

»Ich durfte es nie ausprobieren«, sagte Winter.

»Das tut mir leid«, sagte Ringmar. »So ist es, wenn man zu spät geboren wurde.« Er ließ das kalte Metall los. »Aber dir ist wenigstens das Kotzen erspart geblieben. Nach fünfzig Umdrehungen mussten wir immer kotzen.«

»Hoffentlich nicht während der Fahrt.«

Ringmar antwortete nicht.

»Deswegen sind sie vielleicht verboten worden«, sagte Winter. Ringmar schwieg immer noch. Er deutete mit dem Kopf auf etwas hinter Winter.

»Die Tür da ist offen«, sagte er.

Winter drehte sich um. Eine der Glastüren zum Hauptgebäude schien nur angelehnt zu sein, es sah aus wie ein dunkler Pfeiler neben der Tür, aber vielleicht war es auch eine optische Täuschung, geschaffen aus all den verschiedenen Lügen in der Landschaft, die sie umgab.

»Ist jemand hier?«, sagte Ringmar.

Sie standen in einem Raum, dessen Fußboden wie eine Eishaut glänzte. Das graue Licht fiel durch drei Fenster, die vom Boden bis zur Decke reichten. Winter sah den See, das offene Wasser und in der Ferne das Eis.

»Ich nehme an, das war der Speisesaal«, sagte Ringmar.

»Bist du mal in einem Ferienlager gewesen?«, fragte Winter.

»Nein, weder als Gast noch als zufälliger Besucher.«

»Gast? Glaubst du, die haben sich wie Gäste gefühlt? Die Kinder?«

»Einige, die hierherkamen, kannten vielleicht Schlimmeres«, sagte Ringmar.

»Dort hängen einige Fotos.« Winter deutete zur hinteren Wand.

Sie traten näher heran. Es war eine Serie von Fotografien, die an einem Schwarzen Brett hingen.

»Hier haben wir viele Gäste«, sagte Winter.

Es waren fünf Fotos. Auf jedem war eine große Kindergruppe, die vor einem Baum stand, hinter ihnen der See. Winter erkannte Baum und See. Er trat noch näher heran und studierte die Gesichter auf jedem Bild, lauter Mädchengesichter. Ringmar tat dasselbe.

»Suchen Sie jemand?«

Sie drehten sich um.

Die plötzliche Stimme in der Stille hatte sie zusammenzucken lassen.

Ein älterer Mann kam langsam näher.

Seine Turnschuhe machten keine Geräusche. »Wer sind Sie?«, fragte er.

Jonas Björk prüfte ihre Ausweise und deutete auf die Plastikkarten.

»So was hab ich nicht, und Sie müssen sich schon darauf verlassen, dass ich hier Hausmeister bin«, sagte er, »oder war.«

»Was machen Sie jetzt hier?«, fragte Ringmar so freundlich wie möglich.

»Ich habe nichts anderes zu tun«, antwortete Björk. »Ich komme aus alter Gewohnheit hierher.«

»Haben Sie lange hier gearbeitet?«, schaltete sich jetzt Winter ein.

»Solange das Ferienlager in Betrieb war«, sagte Björk. »Ich war vom Anfang bis zum Ende dabei.«

Er wedelte mit der Hand, die in einem Fausthandschuh steckte, in Richtung der Bilder an der Wand.

»Suchen Sie jemand Bestimmtes?«

»Ein Mädchen mit Namen Charlotte Sander«, antwortete Winter.

Björk drehte sich zur Wand um und musterte die Fotos. »Sander ... das ist ein ungewöhnlicher Name. Kann nicht behaupten, dass ich mich erinnere ...« Er verstummte und musterte die Bilder erneut. »Den einen oder anderen erkenne ich ja wieder ...«

»Wer ist die Frau?« Winter zeigte auf eine Frau mittleren Alters, die am Rand der Kindergruppe stand. Auf jedem Foto stand sie an der gleichen Stelle. Auf keinem Bild lächelte sie.

»Das ist Tante Wilhelmsson«, sagte Björk. »Sie war die Vorsteherin.«

»Die ganze Zeit?«

»Ja, die ganzen zehn Jahre.« Björk deutete mit dem Kopf zum Gesicht von Tante Wilhelmsson. »Dann wurde sie krank, und das Ferienlager wurde geschlossen.« Er sah Winter an. »Es gab wohl niemanden, der es übernehmen wollte.«

»Gab es auch einen Onkel?«, fragte Winter.

»Wie?«

»Einen Onkel Wilhelmsson. Sie nennen sie ja Tante.«

»Alle haben sie Tante genannt«, sagte Björk.

»Gab es jemanden, der Onkel genannt wurde?«

»Nein. Sie war nicht verheiratet. Vielleicht war sie auch Witwe. Ich habe sie nie gefragt.«

»Was war es für eine Krankheit?«

»Wie?«

»Sie haben gesagt, Tante Wilhelmsson sei krank geworden. Was ist passiert?«

»Ich weiß es nicht. Nach der letzten Saison ist sie nicht zurückgekommen. Ich weiß nicht, was passiert ist.« Björk machte eine unbestimmte Handbewegung zu den Schwarzweißfotos an der Wand. Es waren Sommerbilder. Alle Kinder trugen Sommerkleider. »Niemand ist wiedergekommen.«

»Wer ist das hier?« Ringmar zeigte auf den blonden Kopf eines jüngeren Mannes. Er mochte zwanzig oder einige Jahre älter sein. Die Frisur machte ihn älter. Er stand, von der Frau aus gesehen, auf der anderen Seite der Kindergruppe. Die beiden Erwachsenen waren zwei Köpfe größer als die Kinder. »Er ist nur auf diesem einen Foto dabei.«

»Das ist Sivert«, sagte Björk, und Winter bemerkte eine Veränderung in der Stimme des alten Mannes. »Sivert war Tante Wilhelmssons Junge.«

»Junge? Meinen Sie, ihr Sohn?«

»Ja.«

»Warum ist er auf diesem Foto dabei?«

»Er war manchmal hier ... und half«, antwortete Björk.

»Jeden Sommer?«

»Nee ... erst zum Ende hin.« Björk nahm die Kappe ab und kratzte sich in seinem schütteren Haar. Dann setzte er sie wieder auf. »Es waren wohl die beiden ... letzten Jahre oder so.«

»Wann wurde das Camp geschlossen?«, fragte Winter. »Wann war die letzte Saison?«

Björk dachte nach und nannte dann eine Jahreszahl.

»Da war das Mädchen hier«, sagte Winter. »Charlotte Sander.« Er drehte sich wieder zu dem Foto um. »Demnach müsste sie auf diesem Bild sein.«

Erneut studierte er das Foto, jedes Gesicht, aber er fand keines, das an die tote Frau erinnerte.

»Charlotte ...«, sagte Björk, der neben Winter stand, dem Foto etwas näher. »Charlotte Sander ...« Er wandte sich mit einem Ruck zu Winter. »Du lieber Gott.«

»Was ist?«, fragte Winter.

»Sie war ja mit im Boot«, sagte Björk. »Als es passiert ist. Sie war dabei!«

»Welchem Boot?«, fragte Ringmar.

»Was ist damals passiert?«, fragte Winter.

»Sander. Jetzt erinnere ich mich. Ich weiß, dass ich daran dachte, als sie das Boot über den Sand zogen. Dass es fast dasselbe Wort ist ...«

Er drehte sich wieder zu dem Foto um und betrachtete es mit seinen kurzsichtigen Augen.

»Da ist sie.« Er streckte einen Finger aus und berührte ein kleines Mädchengesicht.

»Das ist Charlotte?«, fragte Winter. Er sah ein junges Gesicht mit einem schwachen Lächeln. Plötzlich spürte er Kühle über dem Scheitel. War das ein Lächeln im Gesicht des Mädchens? Warum war ihm das nicht eher aufgefallen? »Ist sie das?« Er fragte noch einmal, obwohl er es wusste.

»Das ist sie.« Björks Finger deutete auf ein anderes Mädchen. »Und das ist die, die ertrunken ist. Sie stehen ja nebeneinander. Dass ich nicht gleich darauf gekommen bin.«

»Wer ... ist ertrunken?«, fragte Ringmar.

»Sie waren mit dem Boot auf dem See«, antwortete Björk. »Weit draußen. Es war Abend, aber es war noch hell, die beiden und Sivert.«

»Sivert? Der Sohn?«

»Er hat sie rausgerudert.«

»Was ist da draußen passiert?« Winter spürte immer noch die Kühle über seinem Scheitel. Ihm war klar, dass er Björk dazu bringen musste, so leichtverständlich wie möglich zu erzählen und gleichzeitig so schnell wie möglich.

»Das weiß niemand«, sagte Björk. »Das andere Mädchen … sie hieß Lena … ist vom Boot gesprungen, um zu baden, hat Sivert gesagt … und offenbar ist sie wie ein Stein untergegangen.« Sie schauten auf das Foto. Das Mädchen sah leicht aus, leicht und fröhlich. »Am nächsten Tag haben sie sie gefunden. Sie haben sie mit dem Draggen gesucht.«

»Konnte Sivert sie nicht retten?«, fragte Ringmar.

»Offenbar nicht«, sagte Björk. Winter hörte die Veränderung in seiner Stimme.

»Was hat denn Charlotte erzählt?«, fragte Ringmar. »Sie war doch auch im Boot.«

»Ich weiß nicht«, sagte Björk. »Sie stand unter Schock oder wie das heißt. Ich war ja nicht dabei, als sie hinterher mit ihr gesprochen haben.«

»Wie ging es Sivert?«, fragte Winter. »Stand er unter Schock?«

»Das weiß ich nicht«, antwortete Björk und wandte das Gesicht ab.

»Wann ist das passiert?«, fragte Ringmar.

»Wann? Wie wann?« Björk sah Ringmar an und dann wieder das Foto. »Es war wohl im Juli …«

»In welchem Jahr?«

»Es war das letzte Jahr. Der letzte Sommer. Zwei Wochen nach … dem Unglück wurde das Heim geschlossen, die Tante wurde krank und kam nicht wieder.«

»Was machte Sivert, wenn er hier war?«, fragte Winter. »Hat er gearbeitet? Hat er bei irgendwas geholfen?«

Winter musste seine Frage wiederholen.

»Er war keine Hilfe«, antwortete Björk.

»Ach?«

»Er hat geschadet.«

»Wem?«

»Den Mädchen«, sagte Björk.

»Wie?«

»Er … er …« Aber Björk fand keine Worte.

»Herr Björk?«

»Ich habe versucht, mit der Tante zu reden … Aber sie wollte es nicht hören.«

»Was wollten Sie ihr sagen?«

»Dass er … dass er den Mädchen Böses wollte.«

»Böses wie?«

»Ich weiß es nicht. Böses.«

»Haben die Kinder Ihnen das erzählt?«

»Ich hatte so meinen Verdacht.«

»Trotzdem durfte er mit zwei Mädchen hinaus auf den See rudern.«

»Ich war damals nicht hier«, sagte Björk.

»Aber danach«, sagte Winter, »was haben Sie danach gesagt? Nach dem Ertrinken. Was haben Sie der Polizei erzählt?«

»Der Polizei?«

»Es muss doch eine Ermittlung stattgefunden haben?«

»Ja … schon … aber ich … ich wusste ja nichts. Ich hatte doch keine Beweise oder wie das heißt. Die Tante hat mir auch nicht geglaubt.« Jetzt schaute er Winter an. »Ich war nachts nicht mehr hier.« Björk machte eine unbestimmte Geste zu den Fenstern, dem See. »Und ich war da draußen auch nicht dabei.« Er schaute über den See. »Das habe ich viele Male bereut.«

»Was bereut?«, fragte Ringmar.

»Dass ich nie mit jemand anderem gesprochen habe, nur mit Tante Wilhelmsson.«

Tante Wilhelmsson hieß Rosa Wilhelmsson und war schon dreißig Jahre tot, als Winter die Nachricht bekam. Es ist dasselbe Jahr, dachte er, dasselbe Jahr, als das Camp für immer schloss. Er las den Bericht genau. Sie war am 29. August gestorben, zwei Wochen nachdem das Camp geschlossen worden war.

Sie war ertrunken.

Dem Bericht zufolge war sie allein gewesen, als sie in einem See ertrank, weit entfernt von dem See, an dem Winter zwei Tage zuvor gestanden hatte.

In dem Bericht stand nichts von einer Krankheit.

Kein Wort über ihren Sohn, Sivert, nichts, das irgendetwas erklärte.

Sivert selbst konnte nichts erklären, nicht im Augenblick.

Ihn gab es im Augenblick nicht.

Sie hatten einen Sivert Wilhelmsson in einer Wohnung in den nördlichen Stadtteilen ausfindig gemacht. Dort gab es, genau wie im Süden, Felder um die Häuser herum. Sie waren vor ungefähr vierzig Jahren gebaut worden in der Hoffnung, dass sie einmal eine Stadt werden würden, eine richtige Stadt.

Als sie Wilhelmsssons Wohnung betraten, hatte Winter den Geruch nach abgestandener Luft und Leere wahrgenommen. Hier war schon seit Wochen niemand mehr gewesen, vielleicht seit Monaten nicht. Winter wusste, dass sie Gräser in der Wohnung finden würden, von den Feldern im Norden und im Süden.

Auf einer altmodischen Anrichte stand eine Fotografie, die Winter kannte.

»Er könnte in die Stadt gezogen sein«, sagte Ringmar.

Sie saßen zur Abwechslung in seinem Büro. Eine Stunde lang brauchte Winter den Fattighusån nicht zu sehen.

»Der Alte redet vielleicht nur Stuss«, fuhr Ringmar fort. »Womöglich ist er selbst verwirrt.«

»Selbst?«

»Sivert Wilhelmsson ist wahrscheinlich eine verwirrte Seele.«

»Björk ist nicht verwirrt.« Winter glaubte es nicht. Er hatte den Bericht über den Badeunfall gelesen, der schließlich als Unfall eingestuft wurde. Sivert Wilhelmsson stand nicht unter Verdacht.

Charlotte Sander wurde nicht verdächtigt. Aber was hatte sie gesehen? Hatte sie etwas getan? Sie konnten gehen, frei wie der Wind. Es gab niemanden, der sie festhielt. Ihr Leben war wie der Wind gewesen. Das Einzige, was er von ihr kannte, war das Lächeln.

»Hat er sie in all den Jahren in der Hand gehabt? Wilhelmsson?«, fragte Ringmar.

Winter antwortete nicht. Er dachte immer noch an ihr Gesicht.

»Auf jeden Fall wusste sie etwas«, sagte Ringmar. »Sie hat etwas gesehen.«

»Sie war ja mit im Boot«, sagte Winter.

»Sie hat gesehen, wie er das andere Mädchen, Lena, über Bord geworfen hat.«

Winter antwortete nicht.

»Warum hat er nicht auch Charlotte angegriffen?«, fragte Ringmar.

»Vielleicht hat er das getan.«

»Nein«, sagte Ringmar, »nicht auf die Art. Dass ein Mädchen ertrinkt, kann vielleicht erklärt werden ... oder als Unfall eingestuft werden ... aber zwei?«

»Warum hat er es getan?«, fragte Winter.

»Er hatte irgendwas mit ihr gemacht. Sie würde es erzählen.«

»Wem?«

»Der Vorsteherin. Seiner Mutter.«

»Hätte das geholfen?«

»Ich weiß es nicht«, sagte Ringmar.

Winter dachte nach. Er dachte an einen See, See und Eis. Er sah ein Boot. Er sah noch ein Boot.

»Vielleicht hatte sie es schon getan«, sagte er. »Es Tante Wilhelmsson erzählt.«

Ringmar nickte.

»Vielleicht waren es beide«, fuhr Winter fort.

»Himmel«, sagte Ringmar. »Es schaudert einen.«

»Der Sohn hat die Mädchen auf einen Bootsausflug mitgenommen.« Ringmars Gesicht war starr und weiß.

»Haben sie jemand anderem erzählt, dass sie bedroht waren? Irgendwelchen Übergriffen ausgesetzt waren?«, fuhr Winter fort.

»Dem Alten«, sagte Ringmar, »Björk.«

»Damals war er nicht alt«, sagte Winter.

Jonas Björk erwartete sie. Er stand am Baum mit dem starken Ast, der zum Ufer zeigte. Dort hatten alle Kinder gesessen, jede Saison. Jetzt waren alle erwachsen, manche nicht mehr am Leben.

Einige Details, hatte Winter am Telefon gesagt. Es dauert nicht lange.

»Bedenk, dass er tatsächlich von dem Unglück erzählt

hat«, sagte Ringmar im Auto. »Und er hat auf Sivert hingewiesen.«

»Nach ihm hätten wir sowieso gefragt«, antwortete Winter. »Er war ja mit auf dem Foto. Und von dem Unglück hätten wir ohnehin bald erfahren.«

Jetzt löste sich Björk von der Birke, an der er lehnte. »Was sind das nun für Details, die Sie wissen wollen?«

»Waren Sie an dem Abend hier, als sich das Unglück ereignet hat?«, fragte Winter.

»Äh … ich war wohl zu Hause.«

»Und wo war zu Hause?«

»Das … das war im Ort.«

»Ist es immer noch so?«

»Jetzt versteh ich ni–«

»Wohnen Sie heute noch im Ort?«

»Äh … ja …«

»Zeigen Sie es uns«, sagte Winter.

»Nein, die kön–«

»ZEIGEN SIE ES UNS!«

Eine Stunde später hatten sie drei Fotos gefunden. Es wäre noch schneller gegangen, wenn sie am anderen Ende angefangen hätten.

Auf dem einen Foto stand Tante Wilhelmsson vor einem Gebäude. Winter erkannte es. Sie war allein. Auf ihrem Gesicht lag kein Lächeln.

Auf dem anderen Foto war sie zusammen mit ihrem Sohn. Keiner von beiden lächelte. Sivert war auf diesem Bild ungefähr genauso alt wie auf dem Foto mit den Kindern.

Auf dem dritten Foto war Jonas Björk zusammen mit einem Jungen von ungefähr zehn Jahren.

»Es ist wohl nichts dabei, dass man etwas aufbewahrt«, sagte Björk.

»Wirklich nicht?«, fragte Winter. Björk antwortete nicht.

»Sie haben es so eingerichtet, dass Sie in ihrer Nähe waren«, sagte Winter.

»Was sagt er?« Björk sah plötzlich älter aus, älter und taub.

»Ganz natürlich«, fuhr Winter fort, ohne Björks Taubheit zu beachten. »Sie waren keine Familie, aber Sie konnten nicht voneinander lassen.«

»Was sagt er?«, wiederholte Björk.

»Aber vielleicht hat Sivert nie erfahren, dass Sie sein Vater sind?«, sagte Winter.

Ringmar sah Winter an. Das hatten sie nicht einstudiert.

»Hat sie es ihm nie erzählt?«, fuhr Winter fort. »Seine Mutter?«

Björk antwortete zunächst nicht.

»Sie hat es mir erzählt«, sagte er dann. »Siv. Sie hieß auch Siv, nicht nur Rosa.«

Siv und Sivert, dachte Winter. Sie gehören zusammen. »Was erzählt?«

»Von ... den Mädchen. Was er mit den Mädchen machte. Nachts.«

»Und was haben Sie unternommen?«

»Ich ... nichts. Ich habe nichts unternommen«, sagte Björk und brach plötzlich in Tränen aus. »Ich habe NICHTS unternommen.« Er schaute zu Winter auf. »Aber s– SIE haben etwas getan.«

»Haben sie geplant, die Mädchen zu ertränken?«, fragte Winter.

»Das Mädchen wollte auspacken«, sagte Björk. »Sie hätte es den ... Behörden erzählen können.«

»Warum wurde Charlotte verschont?«, fragte Winter.

»Ich ... bin rausgekommen«, sagte Björk. »Wir hatten noch ein Boot. Ich war rechtzeitig da.«

»Was ist mit Tante Wilhelmsson passiert?«, fragte Ringmar.

»Sie wurde nicht verschont«, sagte Winter.

»Ich war nicht dabei«, sagte Björk. »Ich ... wollte nie mehr etwas mit ihnen zu tun haben.«

»Sie haben geschwiegen«, sagte Winter. »Sie haben versprochen zu schweigen.«

»Was hätte ich tun sollen? Was hätte ich sagen sollen? Wer hätte mir geglaubt?«

»Ihrem Sohn genügte das Schweigen nicht«, sagte Winter. »Er wollte mehr.«

»Nein«, sagte Björk. »Sie ... wollte es selber so. Siv ist von sich aus ins Wasser gegangen. Sie hielt es nicht aus. Das war nicht Sivert.«

»Wo ist Sivert jetzt?«, fragte Winter.

»Ich weiß es nicht.« Björk sah ihm in die Augen. »Ich weiß es wirklich nicht.«

»Charlotte wurde nicht verschont«, sagte Winter wieder. »Er hat sie sich aufgespart.«

Björk antwortete nicht.

»Warum?«, fragte Winter. »Warum konnte er sie nicht verschonen? Nach so vielen Jahren?«

»Da ist ein ... Brief gekommen«, sagte Björk.

Winter wartete. Björk wollte weiterreden, die Worte waren unterwegs.

»Hierher. Ich habe ihn an Sivert weitergeschickt. Das hätte ich nie tun sollen. Es war Wahnsinn.«

»Haben Sie den Brief gelesen?«

»Nein, nein.«

»Haben Sie erkannt, von wem er war?«

Björk antwortete nicht. Winter wiederholte die Frage.

»Ich habe es erkannt«, sagte Björk. »Es gab keinen Absender, aber ich habe es trotzdem verstanden.« Er schluchzte. »Sivert hat sich nie … frei gefühlt. Nicht, solange sie lebte.«

Frei. Seine Freiheit hatte allzu lange gewährt, dreißig Jahre zu lange. Winter dachte an Charlottes Gesicht, wie es aussah, als er sie zum ersten Mal gesehen hatte. Ihr letzter Gesichtsausdruck, der ihm vielleicht etwas erzählt hatte. Jetzt wusste er, dass es kein Lächeln gewesen war.

Eiszeit

Nun konnte nichts mehr schlimmer werden. Ich dachte, was hiernach auch geschieht, es kann nur besser werden. Nein, nicht besser ... heller? Nein, das auch nicht. Ich fand kein Wort. Es gab keins. Es war so, als wollte man die verschiedenen Vorhöfe der Hölle einstufen.

Die Frau lag im Graben, hinter der Abfalltonne, die am südlichen Ende des Parkplatzes stand. Wir konnten nicht sofort erkennen, ob die Tat an der Stelle verübt worden war, wo sie lag, oder ob die Leiche dorthin gebracht worden war.

Ihren Kopf fanden wir nicht.

Und ihrem Körper war auch noch anderes angetan worden.

Sie war nackt. Neben der Leiche lag eine Handtasche. Ich war als Erster bei ihr. Als ich mich über die Tasche beugte, nahm ich einen Geruch wahr, den ich nicht identifizieren konnte. Kannte ich ihn? Vielleicht. Er war nur eine Zehntelsekunde da, dann war er verschwunden. Ich sah mich um, aber es gab nichts, das ich sofort als Duftquelle erkannte. Und im nächsten Augenblick hatte ich den Geruch schon wieder vergessen.

Die Frau war seit zwei oder drei Stunden tot. Unser Gerichtsmediziner war sich dessen sicher, und wir glaubten ihm. »Um die dreißig«, sagte er. »Vielleicht etwas jünger.«

»Was sagst du, Andreas?« Der Kommissar wandte sich an mich, als wir zurückfuhren. Es war eisglatt, und ich versuchte, so vorsichtig wie möglich zu fahren. Es war der 8. Januar, es hatte geschneit, der Schnee war gefroren, und mit der Schneeräumung war man nicht dagegen angekommen, was normal war. In Schweden gibt es keine Bereitschaft bei Schneefall. Der Schnee konnte genauso gut auf Südspanien fallen. Dasselbe Erstaunen: Schnee? Hier?

»Schrecklich«, sagte ich.

»Wird nicht leicht, Autospuren zu finden«, sagte Kommissar Lars Munter, mein Chef. Er hatte seine Mütze in die Stirn gezogen und saß im Schatten. Er war genau das Gegenteil von seinem Namen. Immer. Im Mund hatte er eine nicht angezündete Zigarette, an der er saugen würde, bis sie nass war, dann würde er sie wegwerfen und sich eine neue zwischen die Lippen stecken. Das war seine Art, Rauch zu schlucken. So ging es schon seit vor Weihnachten. Auf die Weise war sein Zigarettenkonsum genauso groß wie früher, aber er rauchte nicht.

»Der Schnee ist zu hart geworden«, fuhr er fort. »Glatt wie eine verdammte Eisbahn.«

Ich fuhr die Zufahrtsstraße hinunter. Ein gigantischer Laster war auf der gegenüberliegenden Seite in den Graben gerutscht, ein Teil des Anhängers ragte auf die Fahrbahn, und die Schlange dahinter war kilometerlang. Der Stau hatte sich aufgebaut, während wir den Fundort besichtigten. Es war Sonntagabend, das Hockeymatch war zu Ende, und die Leute fuhren nach Hause, aber weiter als bis hierher waren sie nicht gekommen.

»Das war das Schrecklichste, was ich je gesehen habe«, sagte Munter. Er meinte die ermordete Frau.

»Das habe ich vorhin auch gedacht«, sagte ich.

»Du hast ja noch gar nichts gesehen, Andreas«, sagte Munter, und die durchfeuchtete Zigarette wippte in seinem Mund. Es roch nach nassem Tabak im Auto. Ich hatte mich an den Geruch gewöhnt.

»Ich meine, dass es das Schlimmste war, was ich bisher gesehen habe.«

Er grunzte. Jetzt fuhr ich durch die Innenstadt. Die Schneeräumfahrzeuge brüllten wie verrückt gewordene Kühe und schienen ziellos herumzufahren. Seit Dreikönig hatte es geschneit und erst gestern aufgehört. Es war eine beschwerliche Situation, aber mit dem Schneeräumen hätte man weiter vorangekommen sein müssen.

»Annie Lundberg.« Der Name war meinem Chef wohl gerade eingefallen. Er bewegte sich auf dem Beifahrersitz. Sein Gesicht wurde von den Straßenlaternen beleuchtet. »Wir haben ihren Führerschein, hübsch unangetastet in ihrer unangetasteten Brieftasche in ihrer unangetasteten Handtasche, gefunden. Wir haben ein Foto von einem hübschen Mädchen, das am 8. Januar 1985 geboren wurde, aber ihre Leiche können wir trotzdem nicht identifizieren.«

»Das ist ja heute«, sagte ich.

»Was?«

»Sie hat heute Geburtstag.«

»Hm.«

»Sechsundzwanzig Jahre«, fuhr ich fort.

»Vielleicht besteht da ein Zusammenhang«, sagte Munter. »Glaubt Inspektor Berger, dass ein Zusammenhang besteht?«

»Ich glaube nicht«, antwortete ich.

»Gut.«

Im Polizeipräsidium kontrollierten wir als Erstes, ob unser Registrator schon die Vermisstenanzeigen der letzten Tage überprüft hatte. Wir hatten ihn vom Fundort aus angerufen.

Es schien zu gut zu sein, um bei der Ermittlung zu nützen: die sechsundzwanzigjährige Annie Lundberg war am frühen Sonntag vermisst gemeldet worden. Die Merkmale könnten zu der Toten passen, ihre Haarfarbe kannten wir allerdings nicht.

Nun brauchten wir ihren Partner nur noch in den Kühlraum neben dem Obduktionssaal kommen und die Leiche identifizieren zu lassen.

»Selbst wenn der Kopf fehlt, muss ein Partner doch seine Partnerin erkennen«, wie Munter es ausdrückte.

»Ich möchte nicht in seiner Haut stecken«, sagte ich.

»Die legen etwas an die Stelle, wo der Kopf sein müsste, und decken es zu«, sagte Munter.

»Wir müssen es aber schon vorher erklären«, sagte ich.

»Das müssen wir wohl«, sagte Munter. »Sonst fragt er sich vermutlich, warum ihr Kopf in einen Fußball verwandelt wurde.«

Der Partner war eine Frau. Munter sah erstaunt aus, obwohl er wissen müsste, dass das heutzutage nicht ungewöhnlich ist.

Sie stellte sich als Birgitta Sonesson vor. Sie war um die dreißig, vielleicht jünger, üppiges blondes Haar.

»Hier entlang«, sagte der Gerichtsmediziner.

Sie schaute auf die Leiche – ich hatte ihr vorher das mit dem Kopf erzählt.

»Das ist nicht Annie«, sagte sie fast sofort. »Das ist sie nicht.«

»Sind Sie ganz sicher?«, fragte Munter.

»Annie hatte eine Tätowierung auf … auf dem Bauch.« Birgitta Sonesson machte eine Handbewegung zu der nackten Leiche auf der nackten Stahlbank. »Dort, genau unter dem Nabel.« Sie schaute wieder Munter an, dann mich. »Ich mochte die Tätowierung nicht und hab sie gebeten, es zu lassen. Aber sie wollte es unbedingt so.« Birgitta Sonesson brach in Tränen aus, Munter gab dem Gerichtsmediziner ein Zeichen, und er brachte sie hinaus. Sie weint, als würde hier wirklich ihre Geliebte liegen, dachte ich.

»Was stellt die Tätowierung dar?«, fragte Munter draußen.

»Es ist ein … kleiner Vogel«, antwortete sie. »Eine Schwalbe, glaube ich.«

Wir saßen in Munters Zimmer. Die Zigarette in seinem Mund hüpfte auf und ab, wenn er sprach.

»Wir haben eine Vermisste, deren Papiere neben eine Leiche gelegt wurden«, sagte Munter. »Und wir haben eine Ermordete, die keine Identität hat.«

Natürlich hatten wir Birgitta Sonessons Angaben zur Tätowierung und anderem überprüft. Es war offensichtlich, dass niemand versucht hatte, eine Tätowierung vom Bauch der Toten zu entfernen.

»Mist«, sagte Munter. »Und an die Zähne können wir uns ja auch nicht halten.«

Zähne waren normalerweise der beste Anhaltspunkt, um einen unbekannten Toten zu identifizieren. »Wir müssen die Vermisstenanzeigen noch einmal überprüfen«, sagte Munter.

Wir nahmen uns erneut alle vor, die alten und inzwischen neu eingegangenen Anzeigen. Zwei oder drei trafen vage auf die Leiche zu, und wieder gingen wir mit aufgewühlten Angehörigen in die Leichenhalle, aber jedes Mal verließen sie den Ort erleichtert. Nächstes Mal darf das ein anderer machen, dachte ich, als wir mit dem letzten Besucher rausgingen.

Wir diskutierten das, was Munter »die Qualität der Leiche« nannte.

»Eine Form von Sport«, hatte der Gerichtsmediziner gesagt. »Vor allen Dingen in den Beinen zeigt die Muskelmasse, dass sie gerade erst kürzlich hart trainiert hat. Aber sie hat auch Gewichte gestemmt.«

»Was trainiert?«, hatte Munter gefragt.

Der Arzt zuckte mit den Schultern.

»Sag schon.«

»Ich würde auf eine Art Leichtathletik tippen«, antwortete der Arzt. »Möglicherweise Laufen. Oder Weitsprung. Ich weiß es nicht. Wir sollten uns vielleicht mit einem Physiologen unterhalten.«

»Chiropraktiker?«, schlug Munter vor.

Der Arzt antwortete nicht. Das war zu heikel für seine Berufsehre – Ärzte halten nicht viel von Chiropraktikern.

»Du sagst, sie habe kürzlich trainiert«, sagte ich. »Meinst du Stunden oder Tage, bevor sie starb?«

»Ja ... an und für sich könnte sie eine Trainingsrunde absolviert haben, aber ich wage doch zu behaupten, dass sie ihre aktive Karriere hinter sich hatte.«

»Wie lange schon?«, hatte Munter dann gefragt. »Kann man so was messen?«

»Ja«, hatte der Arzt geantwortet.

»Dann erfahren wir vielleicht, welche Art Karriere sie gemacht hat«, sagte Munter. »Welchen Sport.«

Während wir auf das eventuelle Resultat der Muskelmassenmessung und anderer Untersuchungen des Gerichtsmediziners und seiner Kollegen warteten, nahmen wir Kontakt zu den Sportverbänden des Landes auf, nicht nur denen für Leichtathletik. Wir erbaten Listen über alle Aktiven der vergangenen zehn Jahre, es waren furchtbar viele Listen. Es waren furchtbar viele Sportler. Von einigen hatte ich noch nie gehört. Der Arbeitsaufwand erschien uns zu groß.

»Ich hoffe bei Gott, dass es um Leichtathletik geht«, sagte Munter. »Der Sport ist ziemlich out. Da gibt es nicht mehr so viele Aktive.«

»Wenn es überhaupt ein richtiger Sport ist«, antwortete ich. »Vielleicht hat sie einfach nur … trainiert. Krafttraining.«

»Wir sind doch bei allen Fitnessstudios der Stadt gewesen«, sagte Munter.

»Sie kann ja auf eigene Faust trainiert haben«, sagte ich. »Hat es vielleicht immer getan.«

Ein weiteres Problem war, dass der Körper, der im kalten blauen Licht der Leichenhalle lag, eigentlich keine besonderen Merkmale hatte. Es war ein normaler gut trainierter Körper, Anlass für mich, darüber nachzudenken, wie … erschreckend nichtssagend ein Menschenkörper ohne Kopf ist.

Aber es gab eine große, entsetzliche Ausnahme. Der Mörder hatte an der linken Wade der Frau einen Teil der Haut weggeschnitten.

»Da haben wir die Tätowierung«, sagte Munter und schaute mich an. »Dort gab es eine Tätowierung.«

»Vielleicht«, sagte ich.

Munter tauschte seine Zigarette aus und legte die benutzte in einen Drehaschenbecher, den er mitgebracht hatte.

»Aber wo zum Teufel ist dann Annie Lundberg?« sagte er, und die neue Zigarette, die er sich zwischen die Lippen gesteckt hatte, fiel geradewegs in den Drehaschenbecher.

Wir hatten sämtliche Stellen im ganzen Land alarmiert, erfolglos. Wir verstanden immer noch nicht, warum Annie Lundbergs Tasche neben der Toten gelegen hatte. Es war offenbar Absicht des Mörders. Warum? Wollte er uns etwas damit sagen? Etwas über Annie Lundberg? Oder über die nicht identifizierte Tote?

War Annie Lundberg das nächste Opfer?

War schon ein weiterer Mord passiert?

Wir hatten versucht, Annies Leben und ihre Bekanntschaften zu überprüfen, waren aber noch nicht auf einen Trainingskameraden gestoßen, mit dem sie Umgang hatte. Gleichzeitig hatten wir Hinweise auf ehemalige Studienkollegen an der pädagogischen Hochschule gefunden, die wir weiterverfolgen konnten. Und wir wussten nicht alles über Freunde und ... Freundinnen. Birgitta Sonesson zufolge war Annie Lundberg bisexuell. Das erschwerte natürlich unsere Nachforschungen. Vielleicht mehrere Partner? Oder war das ein Vorurteil?

Für ihre Eltern war die Bisexualität »eine totale Überraschung«, wie sie sagten, als wir sie danach fragen mussten.

»Hat das was mit ihrem Verschwinden zu tun?«, fragte

ihr Vater. Das war eine sehr gute Frage. Hing das auch mit dem Mord an der unbekannten Frau zusammen?

Wir versuchten, in verschiedene Richtungen zu denken. Hin und wieder dachte ich auch an den speziellen Charakter dieser Ermittlung: eine verschwundene Person zu finden war eine Voraussetzung dafür, ein verschwundenes Gesicht zu finden. Wir hatten einen Namen und hatten doch keinen Namen. Wir hatten einen Namen ohne Leiche und eine Leiche ohne Namen. Und ein … unbekanntes Gesicht, das über alldem schwebte.

Wir versuchten vom Inhalt der Tasche auszugehen, die Annie Lundberg gehört hatte, Birgitta Sonesson hatte sie jedenfalls identifiziert, und auch den Inhalt, so gut sie konnte.

In der Tasche hatte ein kleines Adressbuch gelegen, auf der Innenseite des Umschlags stand »Annie Lundberg«. Wir hatten es Birgitta Sonesson nicht gezeigt, noch nicht, und ihr auch nicht davon erzählt.

Eine unserer Hypothesen war, dass die fehlende Identität der Ermordeten unter den Bekannten von Annie Lundberg zu finden war, so musste es sein. Unter ihnen war die Ermordete. Gleichzeitig stimmte es mich natürlich misstrauisch, dass Annies Tasche mit Führerschein und allem am Fundort hinterlassen worden war. Deutete das in eine ganz andere Richtung? Wie dachte der Mörder? Mal so, mal so? Wenn ich es so mache, denken sie so, und wenn ich es so mache, denken sie so … Etwa wie wenn ein Fußballspieler einen Elfmeter schießen soll, von dem der Torwart ahnt, dass der Schütze in die linke Ecke schießen wird, und der denkt, der Torwart weiß auch, dass der Schütze ahnt, der Torwart weiß, wie es häufig ist, deshalb konzentriert er sich vielleicht auf die andere Ecke, aber da er, der Torwart, weiß, auch der

Schütze vermutet, dass er es weiß, so dass der Schuss trotzdem in die alte Ecke geht, falls nicht ...

Vermutlich war das allzu ambitioniert gedacht. Womöglich hatten wir es in diesem Fall »nur« mit einem geisteskranken Mörder zu tun, der sich seiner Taten nicht einmal bewusst war oder auf eine Art »bewusst«, die nur er allein kannte.

Ich wusste nicht, welche Alternative erschreckender war.

Munter kehrte regelmäßig zu den Gedanken an die grauenvolle Leiche zurück, während wir das Gefühl hatten, dass die Voruntersuchungen stillstanden oder auf jeden Fall gebremst waren.

»Was zum Teufel will er mit ihrem Kopf?«, hatte Munter mehr als einmal wiederholt.

Oder ihrem Gesicht, dachte ich. Geht es um mehr als um das Gesicht? Bedeutet es etwas für den Mörder? Will er es nicht ... loslassen? Niemals loslassen?

Gilt es, die Identität zu verbergen? Wessen Identität?

Nachts träumte ich. Gesichter flogen über weiße und kalte Felder. Die Köpfe rollten wie Fußbälle, schwarze, weiße. Es waren keine angenehmen Träume.

Ein Tag verging und noch einer. Die Kälte blieb, aber es schneite nicht mehr. Am Sonntag fuhr ich zu der Trainingsanlage am Nordrand der Stadt, um eine Runde Ski zu laufen. Ich merkte, wie untrainiert mein Körper war, und dachte an den muskulösen und gleichzeitig entstellten Körper auf dem Stahltisch. Ich sollte nicht jammern, und ich tat es auch nicht. Ich lief noch eine Runde und spürte eine Mischung aus Übelkeit und Blutgeschmack, als ich über die

Ziellinie wankte, die ich mir bei den Pforten zu der Anlage vorstellte.

Lange saß ich in der Sauna und dachte über Partnerbeziehungen nach. Ich hatte kürzlich selbst noch in einer gelebt. Ich funktionierte nicht als Partner, und die Frau, die ich nun zu vergessen versuchte, auch nicht. Das Skilaufen hatte geholfen, aber die Sauna nicht. Man saß zu still.

Als ich über den Parkplatz zurück zu meinem Auto ging, hörte ich Pfeiftöne und Rufe, die wie Zeitangaben klangen.

Es waren Zeitangaben. Ich folgte den Stimmen rechts über den Hügel, der durch die aufgeschaufelten Schneemassen höher geworden war, und sah die Schlittschuhbahn dahinter.

Die Schlittschuhläufer liefen rund, rund, rundherum in ihrem charakteristischen Stil, der wie eine Pantomime von Leidenden war. Ich hatte immer gefunden, dass der Sport etwas Mittelalterliches an sich hatte, wie Menschen auf alten Gemälden: Die Kleidung sah aus wie mittelalterliche Trikots, und die langen Schlittschuhe konnten genauso gut die langen spitzen Schnabelschuhe sein, die man im Mittelalter getragen hatte. Und dann das Leiden damals und die Tatsache, dass der Sport in diesem Land ausgestorben zu sein schien, es war, als hätte er seine Hochzeit im Mittelalter gehabt.

Da stand ein Mann mit einer Trillerpfeife und rief den Läufern Zeiten zu – ihn hatte ich gehört. Fünf Läufer drehten ihre Runden, anscheinend ohne ihr Tempo zu erhöhen oder zu drosseln. Das war kein Wettkampf, auch wenn es so hätte sein können: Mit Publikum konnte man hier nicht rechnen. Die niedrigen Ränge aus Holz, die vor langer Zeit gebaut worden waren – im Spätmittelalter, wie mir schien – waren leer. Aber die Läufer hielten manchmal an, das sah ich jetzt, und diskutierten mit dem Trainer, bevor sie weiterliefen.

Ich ging näher. Es war immer etwas Besonderes gewesen, Schlittschuhläufer in ihren Trikots zu sehen, die die muskulöse Kraft vor allen Dingen in den Beinen und dem extrem vorgebeugten Oberkörper zeigten.

Ich blieb stehen, den Blick auf einen der Läufer gerichtet, der für eine Sekunde angehalten hatte, aber jetzt weiterlief. Vielleicht hatte der Läufer mich mit meiner schwarzen Mütze angesehen, jedenfalls konnte ich lange genug hinschauen, um zu erkennen, dass sich unter dem engen Trikot der muskulöse Körper einer Frau verbarg.

Ich dachte an die muskulösen Schenkel der ermordeten Frau. An ihren Körper, der sich einem harten Training unterworfen hatte. Die Ärzte wussten immer noch nicht genau, wann.

Ihre kräftigen Schenkelmuskeln. Ich sah die Schlittschuhläuferin mit großen ausholenden Schritten, den Körper gebogen wie eine Bohne, über das Eis vorwärtsgleiten. Der Trainer rief etwas, aber ich konnte es nicht verstehen. Als die Frau das nächste Mal vorbeilief, machte sie ein Zeichen, und der Mann rief wieder etwas. Beim nächsten Mal stoppte sie mit kleinen ruckartigen Bewegungen der grotesk langen Schlittschuhe. Ich sah ihren Rücken. Sie führte eine Hand zur enganliegenden Haube, die wie festgeklebt an ihrem Kopf lag, und als sie diese zurückschob, sah ich das üppige blonde Haar geradezu über ihrem Hinterkopf und den Schultern explodieren. Sie drehte sich um, sagte wieder etwas zu dem Mann. Plötzlich küsste sie ihn.

Es war Birgitta Sonesson.

»Hat sie dich gesehen?«, fragte Munter. Wir saßen in meinem Zimmer. Er hatte seinen freien Sonntag unterbrochen. »Hatte im Augenblick sowieso keinen guten Roman zu lesen«, sagte er, als er kam, und er lachte eins seiner seltenen, freudlosen Lachen. Munter hatte in seinem Erwachsenenleben noch nie Belletristik gelesen.

»Das weiß ich nicht. Vielleicht. Aber ich glaube, sie hat mich mit der Mütze nicht erkannt.«

»Nein«, sagte Munter, »nicht mal ich erkenne dich.«

»Was meinst du also?«

»Schlittschuhe? Das klingt wirklich perfekt. Noch mehr out als Leichtathletik.«

»Perfekt«, sagte der Gerichtsmediziner. »Stimmt genau mit den Muskelgruppen überein.«

»Gut, dass wir es dir erzählt haben«, sagte Munter.

»Wir waren fast fertig«, sagte der Arzt, der ein wenig zusammengezuckt war. »Und wir befassen uns nicht mit ... Zufällen.«

»Auf das Resultat hätten wir warten können, bis Schweden mal wieder Olympiagold im Schlittschuhlaufen gewinnt, das heißt nie, wenn Andreas nicht so aufmerksam gewesen wäre.«

»Jetzt sei nicht unverschämt, Munter.«

»Beruhigt euch mal«, sagte ich. »Um diesen Fall zu lösen, müssen wir alle zusammenhalten.«

»Und wie gehen wir jetzt weiter vor, Inspektor Berger?«, fragte Munter, als wir wieder in seinem Zimmer saßen. »Können wir von der Hypothese ausgehen, dass die ermordete Frau Mitglied im Schlittschuhclub ist oder war?«

»Noch nicht«, sagte ich.

»Gut. Und es ist gut, dass wir sie bisher noch nicht gefragt haben.« Munter wechselte die Zigarette aus und betrachtete gedankenvoll die neue. »Sind wir je bis zu einem kleinen beschissenen Schlittschuhclub am äußersten Rand der Sportwelt vorgedrungen?«

»Wir müssen uns fragen, ob Birgitta Sonesson überhaupt etwas verbirgt«, sagte ich. »Oder es bisher getan hat.«

»Ja.«

»Wir haben sie nur nach ihrer Freundin gefragt«, sagte ich. »Die Geliebte, Annie. Wir haben sie nicht nach den eventuellen sportlichen Aktivitäten der Ermordeten gefragt. Dafür hat es bisher ja auch keinen Grund gegeben.« Ich sah Munter an, der die Augen geschlossen hielt. »Wir haben sie nicht nach eventuellen Berührungspunkten zwischen Annie und der Ermordeten gefragt, weil es nichts gab, wonach wir hätten fragen können.«

»Außer Training und Sport«, sagte Munter.

»Und damit wollten wir ja morgen anfangen«, sagte ich. »Die zweite Runde.«

Bei Birgitta Sonesson hatten wir abgewartet, um zuerst Namen, Adressen und Telefonnummern in Annie Lundbergs Adressbuch zu überprüfen, was nichts Neues ergeben hatte.

»Dann machen wir das«, sagte Munter, »fangen wir an.«

»Nein, Schlittschuhlaufen war nichts für Annie«, sagte Birgitta Sonesson. »Ich glaube, sie hat nie an einem Training teilgenommen.« Sie machte eine Bewegung mit dem Bein. »Das war nicht ihr Sport.«

»Was war dann ihr Sport?«, fragte ich.

»Sie lief oft«, antwortete Birgitta Sonesson. »Machte auch ein bisschen Krafttraining.«

Ich notierte, dass Birgitta Sonesson über Annie Lundberg in der Vergangenheit sprach, als ob schon alle Hoffnung dahin war. Ich sah Munter an, aber er zeigte keine Regung.

»Sie versuchen sich vermutlich fit zu halten«, sagte er stattdessen, »Sie und Ihr Freund.«

»Klar«, antwortete sie.

»Hatte Annie Umgang mit jemand, der hier trainierte?«, fragte Munter.

Wir saßen in Birgitta Sonessons und Annie Lundbergs gemeinsamem Zuhause. Ich sah mich nach mehr Fotos von Annie um, konnte aber keine entdecken. Vielleicht war Birgitta Sonessons Schmerz zu groß. Vielleicht war sie bereits überzeugt von Annies Tod.

Das Wohnzimmer war behaglich, ich saß auf einem bequemen Sofa. Von dort sah ich den Schnee in den Bäumen. Bald war es Februar, die Kälte schnappte noch einmal zu, noch eine Runde. Runde, Runde. Ich sah Birgitta Sonesson vor mir. Runde um Runde im selben Tempo. Viel Eiszeit. Der Vorteil eines kleinen Clubs musste ja darin bestehen, dass man viel Zeit auf dem Eis bekam.

»Hatte sie Umgang mit jemandem im Club?«, wiederholte Munter.

»Nein«, antwortete Birgitta Sonesson.

»Kannte sie keinen von den Mitgliedern?«

»Nicht soviel ich weiß.«

»Wie lange sind Sie Mitglied des Clubs?«

»Äh … ja … vier Jahre. Vielleicht fünf.«

»Es ist ein etwas ungewöhnlicher Sport«, sagte Munter.

»Nicht für mich«, antwortete sie.

»Wir müssen Kontakt zu allen Clubmitgliedern herstellen«, sagte Munter. »Können Sie uns dabei behilflich sein?«

»Natürlich.« Ich sah, dass sie zögerte. »Darf ich fragen, warum?«

Wir bekamen ein Verzeichnis von allen Mitgliedern, aktiven und passiven.

»Wenn man einen Wettkampf sieht, ist es oft nicht leicht zu unterscheiden, wer von denen aktiv oder passiv ist«, sagte Munter und las die Namen.

»Wann siehst du denn einen Wettkampf?«, fragte ich.

»Nie«, antwortete er auf die selbstverständlich logische Art, an die ich mich langsam gewöhnte.

»Ist dir aufgefallen, dass sie von ihrer Partnerin in der Vergangenheit sprach?«, sagte ich.

»Ja«, antwortete Munter, »sie hat wahrscheinlich die Hoffnung aufgegeben.«

»Jedenfalls geht sie zum Training«, sagte ich. »Allzu verzweifelt wirkt sie nicht.«

»Das Training ist vielleicht das Einzige, was sie aufrecht hält«, sagte Munter. »Für solche Leute ist Training wie Rauschgift. Endorphin. Ohne Training brechen sie zusammen. Training hat nichts mit Trauer zu tun.« Er sah mich an. »Ein Heroinabhängiger wird mit dem Scheiß nicht aufhören, nur weil Tante Emma verstorben ist, oder?«

»Annie Lundberg ist für Birgitta Sonesson ja wohl nicht Tante Emma«, sagte ich.

»Du verstehst, was ich meine, Berger.«

Ich war nicht sicher, ließ das Thema jedoch fallen und kehrte zu den Listen zurück.

Es war ein kleiner Club, und wir hatten die Aktiven bald insoweit überprüft, dass wir feststellen konnten, alle hatten noch ihren Kopf. Fehlte etwas anderes? Was? Eine Person, die früher Mitglied gewesen war? Nein.

Wir arbeiteten uns durch das Verzeichnis der passiven Mitglieder und spürten jeden Einzelnen auf, der noch lebte.

Wir suchten ehemalige Mitglieder. Wir führten viele Telefongespräche und hatten ein bisschen Verstärkung bekommen.

Wir fanden keine Frau, die Clubmitglied gewesen und nun verschwunden war. Niemand war verschwunden.

Ich bekam langsam das Gefühl, dass wir auf der falschen Fährte waren, der total falschen Fährte. Und dass ich uns teilweise dorthin geführt hatte, als ich Birgitta Sonesson Schlittschuh laufen sah. Ich hätte nie auf das verdammte Gepfeife hören sollen, als ich die Trainingsanlage mit meinen Skiern auf den Schultern verließ.

Wir hatten keinen Mörder, und jetzt verschwand auch langsam das Opfer. Es war, als ob sie nicht existierte, die tote Frau, aber ich brauchte nur die kalte Leichenhalle zu betreten, um einen physischen Beweis für ihre Existenz zu bekommen. Ihren Körper gab es. Gab es ihren Kopf?

Und noch einmal: Wo war Annie Lundberg?

Wir saßen in meinem Zimmer. Vor dem Fenster kroch die Kälte über Bäume und Büsche und füllte die Luft mit schwerem Rauch. Die Temperatur war noch tiefer gesunken. Heute Morgen hatte ich das Auto kaum in Gang gebracht.

»Es sind fast sibirische Verhältnisse«, sagte Munter. »Wenn man durch so eine eisig kalte Luft geht, hinterlässt man einen Abdruck.«

»Macht man nicht Aufnahmen beim Training?«, fragte ich.

»Was?«

»Das Training filmen«, sagte ich. »Gehört es nicht zu modernen Trainingsmethoden, dass man das Training des Sportlers filmt?«

»Nicht soviel ich weiß«, sagte Munter. »Aber ich verstehe, was du meinst.«

»Ich werde mich mit dem Clubsekretär unterhalten«, sagte ich.

»Aber es gibt ja niemanden, den wir suchen«, sagte Munter. »Wir haben alle denkbaren Kandidaten überprüft. Die wenigen, die es gibt.«

»Trotzdem«, sagte ich.

Ich fuhr hinaus zur Schlittschuhbahn. Es war ein Gefühl, als führe ich durch Eis, ein kristallklarer Widerstand in der Luft. Ich schaute in den Rückspiegel nach Abdrücken von meinem Ford Mondeo 2008.

Vorher hatte ich mit dem Clubsekretär gesprochen, der die rechte Hand des Clubs war. Es war ein seriöser Mann, der allen Widerständen zum Trotz an die Zukunft glaubte.

»Jaaa, ein bisschen haben wir wohl«, antwortete er auf meine Frage. »Vom letzten Jahr, glaube ich.«

»Wo sind sie?«

»Ich verwahre die Filme zu Hause«, sagte er. »Eingeschlossen an einer geheimen Stelle, wie man so sagt. Ich nehme es genau mit dem Eigentum des Clubs. Wir hatten hier kürzlich einen Einbruch, jemand hat herumgestöbert, fast so, als wäre er seltsamerweise hinter diesen Filmrollen her gewesen.« Er wirkte etwas verwirrt. »Es war ein Gefühl, als hätte jemand bei mir eingebrochen ...«

Auf meine Bitte arrangierte er sofort eine Privatvorführung und zog das dunkelblaue Rollo im Wohnzimmer runter. Die weiße Landschaft draußen schimmerte trotzdem hindurch, doch die Umrisse der einzelnen Schlittschuhläufer, die ihre Runden drehten, waren zu erkennen. Normalerweise wäre das genauso interessant gewesen, wie zuzuschauen, wenn Farbe an einer Wand trocknet. Aber ich versuchte, Gesichtszüge und vor allen Dingen die Konturen der Körper in den Trikots zu erkennen.

Plötzlich tauchte ein Gesicht in Nahaufnahme auf, ein Lächeln. Das Lächeln sagte etwas zum Fotografen, das ich nicht verstehen konnte.

»Wer hat gefilmt?«, fragte ich.

»Unser Trainer.«

Das Gesicht auf dem Bild gehörte einer Frau zwischen fünfundzwanzig und dreißig Jahren. Ich richtete mich auf und spürte, dass sich meine Haare ebenfalls aufrichteten.

»Wer ist das?«, fragte ich.

»Das ist Birgitta Sonesson«, antwortete er.

»Wie bitte?«

»Birgitta Sonesson.«

»Birgitta Sonesson? Das ist nicht Birgitta Sonesson!«

Er sah mich mit einem eigentümlichen Blick an.

»Das kann nicht sein«, sagte ich. »Ich weiß, wer Birgitta Sonesson ist.«

»Das weiß ich auch.« Er zeigte auf das Foto.

»Ich hab sie auf dem Eis gesehen«, sagte ich. »Ich hab sie schon mal getroffen.«

Ich sah das Gesicht der fremden Frau an und dann wieder den Sekretär. Ich erzählte ihm von meinem ersten Besuch, als ich Ski gelaufen war.

»An dem Tag war ich nicht im Club«, sagte er.

»Aber wenn das ... Birgitta Sonesson ist ...« Ich deutete mit dem Kopf zur Videoaufnahme, auf der ein Frauengesicht erstarrt, gefroren war, das in die Kamera lächelte ... »Wer ist dann die Frau, die sich Birgitta Sonesson nennt?«

»Annie Lundberg«, sagte Munter. »Himmel.«

»Wir haben sie nie mit den Eltern konfrontiert.«

»Himmel.«

»Wir fahren sofort los.«

»Warte mal, Andreas! Sie haut nicht ab, und wenn sie es tut, finden wir sie.« Er zeigte mit der Fluppe im Mund auf mich. »Erzähl mir genau, wie du gedacht hast.«

»Gedacht? Es reicht doch zu sehen, oder? Das, was man sehen kann.«

»Fang an«, sagte Munter und ließ die Zigarette zwischen den Lippen kreisen, Runde um Runde. Es wirkte debil, aber für Menschen, die zu rauchen aufgehört haben, ist nichts unnormal oder wird jedenfalls von anderen nicht für unnormal gehalten.

»Sie hat ihre Freundin und vielleicht Geliebte umgebracht«, sagte ich. »Wir pfeifen jetzt auf ein Motiv oder ob sie allein war oder wie es sich abgespielt hat. Wir gehen von Mord aus, okay? Annie Lundberg will Birgitta Sonesson töten und tut es. Sie vernichtet alles, was sie identifizieren könnte, und lässt uns glauben, dass Annie Lundberg wahrscheinlich umgebracht oder entführt worden ist.«

»Hm.« Munter nickte.

»Annie Lundberg verschwindet von der Erdoberfläche. Jetzt gibt es Birgitta Sonesson. Die eigentlich ermordet wurde. Die eigentlich Annie Lundberg ist.« Ich sah Munter an. »Verstehst du?«

»Ich weiß nicht«, sagte er.

»Annie Lundberg als Birgitta Sonesson hat uns erzählt, dass die Leiche nicht Annie Lundberg ist«, sagte ich. »Das ist wirklich teuflisch geschickt eingefädelt.«

»Wäre es nicht noch besser gewesen, sie hätte gesagt, dass es Annie ist?«, fragte Munter. »So bescheuert, wie wir zu sein scheinen, wären wir vermutlich drauf reingefallen.«

»Wir sind nicht bescheuert«, sagte ich. »Wir haben es nur nicht gesehen. Alles war ... so natürlich. Glaubwürdig war zum Teil, sie nicht als Annie zu identifizieren.«

»Die Tätowierung«, sagte Munter.

»Siehst du? Geschickt. Und wenn wir sie aufs Präsidium bestellen, werden wir die Tätowierung auf ihrem Bauch finden.«

Mir fiel plötzlich ein, wie wir mit Annie Lundberg vor Birgitta Sonessons Leiche gestanden hatten. Wir hatten geglaubt, sie stehe vor einer Fremden, aber ich hatte mir doch Gedanken darüber gemacht, dass sie geweint hatte, als läge dort ihre Geliebte.

Und so war es also gewesen.

»Aber hat sie es allein getan?«, fragte Munter.

Ich schaute ihn an. Er sah aus, als wäre er Schlittschuh gelaufen, Runde um Runde. Erschöpft.

»Ich habe dir was vorenthalten«, sagte ich, »aber auch mir selber.«

Er schwieg, wartete.

»Als wir die Leiche gefunden haben. Ich war zuerst da,

und als ich mich runterbeugte, habe ich einen deutlichen Geruch wahrgenommen, nur einen sehr kurzen Moment, dann war er weg. Nur eine Zehntelsekunde.«

»Ja?«

»Heute habe ich ihn wiedererkannt, draußen in der Schlittschuhanlage. Im Auto des Trainers.«

»Des Trainers?« Munter wiederholte meine Worte, sah fast aus, als bewegte er die eigenen Lippen, während ich redete.

»Als wir ihn verhört haben, hat er nicht viel gesagt, und das haben wir akzeptiert, oder? Es gab ja nicht viel zu sagen. In dem Augenblick. Aber heute bin ich wieder hingefahren, nachdem ich die Filme zu Hause beim Sekretär gesehen habe, und der Trainer kam raus, als ich geparkt hatte und ins Haus ging. Aber ich habe einen anderen Weg genommen. Als ich wieder rauskam, war er da. Und ich erzählte ihm, dass mein Auto nicht startet, und fragte ihn, ob er mich mit in die Stadt nehmen würde.«

»In die Stadt«, echote Munter.

»Ich nahm den Geruch wahr«, sagte ich.

»Denselben Geruch?«, fragte Munter, der jetzt begriff.

»Ja. Er war am Körper der Leiche, nachdem sie in seinem Auto gelegen hatte. Daran besteht kein Zweifel, Kommissar. Es ist der Geruch.«

»Reicht nicht als Beweis«, sagte Munter.

»Das weiß ich. Aber ich bin mir sicher.«

»Hast du was zu ihm gesagt?«

»Nein, nein. Er ließ mich aussteigen und sagte, er müsse weiter. Rate mal, wohin?«

»Zu Annie Lundberg. Uns bekannt als Birgitta Sonesson«, sagte Munter.

»Korrekt.«

»Was war das übrigens für ein Geruch?«, fragte er.

»*Wunderbaum*«, sagte ich.

»*Tannenbaum?*«

»Nein, *Wunderbaum*. Die grüne kleine Tanne, die man an den Rückspiegel hängt. Sie verbreitet im ganzen Auto Wohlgeruch.«

»Herr im Himmel«, sagte Munter.

»Das ist ein dauerhafter Duft«, sagte ich.

Wir hielten die Schlittschuhläuferin und ihren Trainer sechsmal sechs Stunden fest, und sie lachten uns natürlich nur ins Gesicht.

Das hätte ich in ihrer Situation auch getan.

Dann lachten sie nicht mehr so oft.

Sie hatte eine Tätowierung auf dem Bauch. Ein Vogel, der versuchte, weit wegzufliegen.

Jetzt wussten wir, dass die richtige Birgitta Sonesson eine Tätowierung an der Wade gehabt hatte – die entfernt worden war.

Mir wurde klar, dass es sich um ein Liebesdrama gehandelt hatte, das furchtbar schiefgegangen war.

Vielleicht hätte Annie Lundberg weiter mit ihrer Lüge leben können und sie und Birgitta Sonesson wären für uns für ewig verschwunden geblieben.

In der Wohnung sahen wir, dass sie dabei war, sich aus dem Staub zu machen, vermutlich für immer – und wahrscheinlich zusammen mit dem Herrn Trainer.

Nachdem wir einige Male im Eis herumgehackt und gestochert hatten, fanden wir den Kopf. Wir hätten bis zur Schmelze warten können, aber ich vermutete, dass es ein langer und kalter Winter werden würde.

Für alles gibt es ein erstes Mal

Am Mittsommerabend waren wir bei Freunden eingeladen und saßen unter doppelt gefaltetem Segeltuch auf der Veranda. Es duftete nach jungem Sommer und Salz vom Meer, das man in fünfhundert Meter Entfernung hörte. Der Regen war warm. Um Mitternacht tranken wir Whisky und lauschten einem Herz-Schmerz-Sänger, der mit der richtigen Lakonie von Liebesleid sang.

Am nächsten Morgen schien die Sonne unbarmherzig auf Gute und Böse. Es würde offenbar der heißeste Tag des Jahres werden. In der Luft lag noch die Feuchtigkeit der vergangenen Monate, und durch das Fenster drang tropische Wärme herein. Sonne nach dem Monsun. Draußen roch es wie in einem anderen Land. Es war still. Die Straßen waren leer, wie immer nach der Mittsommernacht.

»Musst du heute Abend wirklich zu diesem Treffen gehen, Erik?« Angela sah mich über den Tisch an. Unsere zwei Jahre alte Elsa guckte genauso. Schon als ich den ersten tropischen Duft gerochen hatte, wurde mir bewusst, dass etwas war. Es ist immer etwas.

»Schei–«, sagte ich und brach mitten im Wort ab. Hier saß ein Kind mit am Tisch. »Ssei!«, sagte Elsa.

»Es ist freiwillig«, sagte Angela.

»Soll ich absagen?«, fragte ich.

»Du beantwortest eine Frage mit einer Frage«, sagte sie.

»Hast du eine Frage gestellt? Ich meine nur eine vage Behauptung von Freiwilligkeit gehört zu haben.«

»Trink noch eine Tasse Kaffee.« Sie lächelte. Ich trank und sehnte mich hinaus in die Wärme.

»Ich hab's doch versprochen«, sagte ich nach einer Weile. »Praktisch bin ich einer der Arrangeure.«

»Okay, okay.«

»Aber natürlich ist es der falsche Tag. So mancher wird noch ganz schön müde sein.«

»Hättet ihr das nicht anders planen können?« Sie lächelte wieder. »Du bist ja praktisch einer der Arrangeure.«

»Es war der einzige Tag, an dem alle konnten. Nach der Mittsommerfeier reisen die meisten wieder ab.« Ich schenkte mir Kaffee ein und spürte, wie die Müdigkeit im Körper nachließ.

Im letzten Moment hatten einige abgesagt, aber die meisten kamen. Wir waren zwanzig Jahre älter, und die Zeit hatte es mit einigen gut gemeint und mit anderen weniger.

»Kommissar Winter hat sich nicht verändert«, sagte ein Junge, den ich fast nicht wiedererkannt hätte, wenn er sich nicht vorgestellt hätte. Er hieß Erik wie ich. Erik Werner. Dieselben Initialen, das hatte in der Schule manchmal zu Problemen geführt.

»Mit vierzig hat man das Gesicht, das man verdient«, antwortete ich.

»Nicht mit fünfzig?«, sagte Erik.

»In deinem Fall sind es vierzig«, sagte ich.

»Scharfsinnig!«, sagte er und entfernte sich. Ich begriff nicht ganz, was er meinte. Oder ich.

Die Veranstaltung wirkte etwas surrealistisch. Wir waren dieselben wie früher und gleichzeitig ganz andere Personen, die unterschiedliche Reisen durchs Leben unternommen hatten. Ich konnte ihnen ansehen, wer immer noch nach irgendwohin unterwegs war und wer meinte, seine Chancen verpasst zu haben. Scharfsinnig!

Einige versuchten, die Verluste in der Bar wettzumachen. Ich trank allerdings weniger als üblich.

Plötzlich stand meine alte Liebe vor mir. Sie war auch die erste gewesen.

»Wie geht es dir?«, fragte sie.

»Gut.«

»Ich lese manchmal was über dich.«

»Lass es lieber.«

»Willst du nicht, dass über dich geschrieben wird?«

»Es geht nicht um mich.«

»Worum geht es denn?«

»Verbrechen. Es geht um Verbrechen. Am besten wäre es, dass gar nichts darüber geschrieben würde.«

Ein Mann kam dazu. »Dann wärst du arbeitslos«, sagte er.

»Hallo, Per.«

Er nickte.

»Und hallo, Monika«, sagte ich zu der Frau.

»Seit dem letzten Mal ist viel Wasser unter der Göta-Älv-Brücke durchgeflossen«, sagte Per. Jetzt war ich an der Reihe zu nicken.

»Wir haben vor fünf Jahren geheiratet«, sagte er.

»Bitte?«

»Monika und ich.« Er legte einen Arm um ihre Schultern. Sie lächelte, und ich meinte, eine kleine Verlegenheit in dem Lächeln auszumachen. Oder eine Art Schüchternheit.

»Das wusste ich nicht.«

»Vor einem halben Jahr sind wir zurück in die Stadt gezogen«, sagte Per. »Von Stockholm.«

»Gratuliere.« Ich hob mein Glas. »Zu beidem.«

Hinter ihm sah ich Erik Werner, der zu uns herüberschaute. In seinem Gesicht war ein Ausdruck, den ich nicht kannte. Es war plötzlich hundert Jahre alt. Oder wieder zwanzig. Plötzlich erinnerte ich mich, dass Monika und Erik ein Paar gewesen waren, bevor ich ein Verhältnis mit ihr gehabt hatte, das kurz und ziemlich stürmisch war und gleichzeitig jung und unerfahren.

Erik Werner war nur schwer über den Verlust von Monika hinweggekommen. Jetzt sah er aus, als hätte er sie erneut verloren.

Zwei Wochen waren nach dem Klassentreffen vergangen. Die Sonne schien, und die Leute jammerten schon über die Hitze. Mein Urlaub hatte gerade angefangen, und ich hatte nicht die Absicht zu jammern. Mein Zimmer im Polizeipräsidium war in den letzten Tagen ein Bunker gewesen.

Wir wollten gerade ans Meer fahren, als mein Telefon klingelte. »Monika ist verschwunden«, sagte Per.

Seine Stimme war die eines anderen. Diesen Tonfall hatte ich schon oft gehört. Schrecken, unüberhörbare Nervosität, die rasant Kurs auf Panik nahm.

»Was ist passiert?«

»Sie ist seit zwei Tagen verschwunden«, sagte er. »Und keine Nachricht. Frag mich bloß nicht, ob das schon mal vorgekommen ist und all solchen Scheiß, das ist es natürlich nicht, und ob wir uns gestritten haben und so weiter und so fort, ob ich sie verprügelt habe oder ob sie einen Geliebten hat und all so was.«

»Ich hab doch noch gar keine Frage gestellt.«

»Ihr ist etwas passiert«, sagte er. »Und sie hatte das Auto.«

»Hast du ihr Verschwinden angezeigt?«

»Das tue ich hiermit, Erik.«

Unsere kleine Familie kam an diesem Tag nicht ans Meer. Angela seufzte, sagte aber nichts. Elsa verstand noch nichts, doch es würde nicht mehr lange dauern.

Nach einigen weiteren Angaben von Per kümmerte ich mich um die Vermisstenanzeige.

Wir verabredeten uns, in zwei Stunden etwas zusammen zu essen. Ich hatte Urlaub, aber ich konnte ihn einfach nicht an andere verweisen. Ich musste ihn wenigstens treffen, und dann konnten meine Kollegen die Sache übernehmen.

Mir gefiel es nicht, wenn Menschen einfach so verschwanden. Manche verschwanden aus freiem Willen, und das gefiel mir auch nicht, aber wenn sie aufgrund eines Verbrechens verschwanden, dann wurde ich wütend.

Außerdem hatte ich so etwas wie persönliche Verantwortung für diese Sache. Ich ging zu Fuß zu dem Restaurant in der Avenyn und wählte einen Tisch vor dem Lokal auf dem Trottoir. Eine Uhr schlug. Ich bestellte ein Bier vom Fass und wartete.

Nach einer Viertelstunde begann der Oberkellner mir Blicke zuzuwerfen. Viele warteten auf einen Tisch, und ich hatte noch nichts bestellt.

»Ich warte noch auf jemanden«, sagte ich, als er sich näherte. Außerdem hatte ich ein Bier bestellt, das genauso viel kostete wie das Gericht des Tages.

Eine halbe Stunde später war mein Bierglas genauso leer wie der Stuhl vor mir. Ich wählte Pers Telefonnummer zu Hause, die ich am Vormittag bekommen hatte. Eigentlich hatte ich sie nicht haben wollen, sie aber trotzdem in meinem Adressbuch notiert.

Der Anrufbeantworter verwies auf die Handynummer. Ich wählte sie. Neuer Anrufbeantworter. Ich sah auf die Uhr. Er war fünfundvierzig Minuten verspätet. Ein merkwürdiges Benehmen von einem Mann, der verzweifelt seine verschwundene Frau sucht und jetzt Hilfe haben könnte von einem ... tja, Profi.

Ich wählte erneut beide Nummern, aber niemand meldete sich. Ich hinterließ eine Nachricht und erhob mich. Der Oberkellner warf mir wütende Blicke zu. Hierher würde ich nie mehr gehen.

Am Nachmittag fuhren wir ans Meer. Ich hatte mein Handy eingeschaltet, aber die Einzige, die anrief, war meine Mutter aus ihrem Haus in Nueva Andalucía an der spanischen Sonnenküste. Es war Zeit für den Cocktail, und das war ihrer Stimme anzuhören. Ich konnte mir auch vorstellen, bald einen Martini zu trinken.

Als wir nach Hause kamen, bereitete ich ihn vor, und er war sehr kalt und sehr trocken. Ich wählte wieder Pers Nummer, aber immer noch meldete sich niemand.

Elsa war schon im Auto eingeschlafen.

Wir saßen auf dem Balkon und sahen zu, wie der Himmel die blaue Tönung des Abends annahm. Es roch nach Stadtsommer.

»Das ist ja merkwürdig«, sagte Angela. »Was willst du tun?«

»Weiter Urlaub machen«, sagte ich.

»Das glaubst du doch selber nicht.«

»Was meinst du denn, was ich tun soll?«

Sie zuckte mit den Schultern. Wir hörten Elsa in ihrem Zimmer schreien. Angela erhob sich, weil ich gerade den Drink in der Hand hielt.

Die beiden kamen zurück. »Sie ist wieder munter geworden.«

»Was hältst du von einem Spaziergang?«

»Einverstanden.«

»Es sind nur wenige Kilometer zu ihrem ... Domizil. Pers und Monikas.«

»Dann haben wir wenigstens ein Ziel«, sagte Angela.

Sie wohnten in einem sechsstöckigen Mietshaus aus den dreißiger Jahren. Wenn es noch nicht unter Denkmalschutz stand, war es nur eine Frage der Zeit.

Es gab einen Fahrstuhl, und wir fuhren mit dem Kinderwagen hinauf. Der Fahrstuhl erinnerte an unseren eigenen. Im Treppenhaus gab es drei Türen, und eine von ihnen war angelehnt. »Sjölander« stand auf dem Schild an der Tür, Pers Nachname und jetzt auch Monikas.

»Die Tür ist ja offen«, sagte Angela.

Ich drückte auf die Klingel, die sehr laut durch den Türspalt zu hören war. Ich rief Pers Namen, bekam jedoch keine Antwort. Elsa rief auch seinen Namen.

»Was jetzt?« Angela sah ein bisschen ängstlich aus.

»Du nimmst Elsa und fährst wieder runter. Dort wartest du ein Weilchen auf mich.«

»Und du? Du gehst da doch wohl nicht rein?«

»Ich versuche es wieder auf seinem Handy.« Ich wählte die Nummer, aber er meldete sich nicht.

Angela hatte den Lift raufgerufen, der mit einem alten, melancholischen Seufzer auf dem Stockwerk hielt.

»Ich muss es doch überprüfen«, sagte ich.

Angela schüttelte den Kopf, schob den Kinderwagen in den Fahrstuhl und fuhr mit Elsa nach unten.

Ich drückte die Tür mit dem Ellbogen auf und trat vorsichtig ein. Ich hatte keine Waffe bei mir. Auf dem Fußboden im Flur lag Kleidung. Ich hörte das Brausen des Ventilators und von draußen schwache Verkehrsgeräusche. Der Küchentisch war leer, aber in der Spüle stapelte sich ziemlich viel Geschirr, obwohl die Geschirrspülmaschine, die mit offener Klappe dastand, ganz leer war.

Rasch ging ich durch die drei Zimmer der Wohnung, niemand war da. Die Zimmer waren erfüllt vom abendlichen Licht der Stadt, vom Kreisen und Strahlen der sinkenden Sonne, vom Neonlicht und dem der Straßenlaternen durch die gardinenlosen Fenster.

Niemand war im Schrank versteckt. Niemand unterm Doppelbett. Niemand in der Badewanne.

Abgesehen von den Kleidungsstücken im Flur wirkte die Wohnung aufgeräumt.

Ich ging zurück in den Flur und hörte, wie der Fahrstuhl von oben nach unten schlurfte.

Die Tür zur Wohnung war offen gewesen. Das missfiel mir.

Plötzlich wusste ich, dass ich mich mitten in einer neuen Voruntersuchung befand. Ganz ruhig bleiben. Er konnte aus irgendeinem Grund rausgestürzt sein und die Tür hinter sich offen gelassen haben.

Vielleicht hatte sie angerufen. Und da hatte es keinen Grund mehr gegeben, Kommissar Winter zu treffen, denn das Problem war gelöst, oder? Sie war nicht mehr verschwunden, und falls sie Eheprobleme hatten, waren die jetzt auch gelöst.

Vielleicht.

Ich kehrte zurück ins Schlafzimmer, wo der Anrufbeantworter stand, und drückte mit einem taschentuchumwickelten Finger auf »Play«.

Die einzigen Mitteilungen, die es dort gab, waren die von mir.

Ich verließ die Wohnung, schloss die Tür hinter mir und hörte, wie sie ins Schloss schnappte.

Unten wartete Angela. Elsa war wieder eingeschlafen.

»Es war niemand da«, sagte ich.

»Schön«, sagte Angela.

»Ich weiß, was du denkst.«

»Vielleicht brauchst du im Urlaub doch ein oder zwei Verbrechen.«

»Nein.«

»Aber diese Sache lässt dich nicht los, wie?«

»Was würdest du denn tun?«

»Überlegen, ob ich der einzige Kriminalkommissar in Göteborg bin oder ob es noch einen anderen gibt, der den Fall untersucht, während ich eine Pause von all den schrecklichen Geheimnissen der Leute einlege.«

»Wir haben nur einen Abendspaziergang gemacht«, sagte ich.

Ich rief meinen Stellvertreter im Ermittlungsdezernat an, Kommissar Bertil Ringmar. Er war gerade aus dem Urlaub zurückgekehrt, der überwiegend verregnet und stürmisch gewesen war.

»Sollen wir auch nach ihm fahnden?«, fragte er.

»Warte bis morgen.«

»Vielleicht sind sie in den zweiten Flitterwochen.«

»Ich habe zwei Reisekoffer in der Wohnung gesehen.«

»Sei nicht so konventionell«, sagte Ringmar. »Bist du noch nie nur mit einer Zahnbürste in der Gesäßtasche verreist?«

»Im Badezimmer standen in den Bechern zwei Zahnbürsten.«

»Haha. Aber okay, wir warten, und in der Zwischenzeit bitte ich die Bereitschaftspolizei und Verkehrspolizisten in der Stadt, die Augen offen zu halten.«

»Gut.«

»Ich schau mal ins Register, damit wir auch nach ihrem Auto Ausschau halten können.«

Sie fanden das Auto. Bertil rief mich am nächsten Morgen an. »Es stand bei Näset. Leer.«

»Auf dem Parkplatz?«

»Ja.«

Näset. Der Badeplatz am Meer. Dorthin waren es fast drei Kilometer von Sjölanders Wohnung. Aber ich dachte an sie als Monika und Per.

»Wir untersuchen das Auto«, sagte Bertil.

»Ruf mich an, wenn du das Ergebnis hast.« Ich trank ein Glas Wasser. Ich war verwirrt oder besser gesagt besorgt. Dies war kein guter Urlaub.

Angela kam mit frischen Mohnbrötchen aus der Bäckerei unten im Haus. Ich stellte Käse, Butter und Marmelade auf den Tisch. Die Brötchen waren noch warm. Als ich gerade abgebissen hatte, klingelte das Telefon im Flur. Ich stand auf.

»Wie schön ist es doch, Urlaub zu haben«, sagte Angela mit leicht ironischem Tonfall.

»Die Jungs haben einen Zettel auf dem Boden im Fahrerraum gefunden«, sagte Bertil. »Unter der Gummimatte.«

»Und?«

»Eine Zahlenreihe. Vielleicht eine Telefonnummer.«

»Dann wähl sie doch.«

»Dachte, du wolltest ...«

»Gib sie mir.«

Er las sie mir vor, und ich schrieb mit. Wir beendeten das Gespräch, und ich tippte die Zahlen ein.

Eine Automatenstimme forderte mich auf, neun, null, eins, zwei, null zu wählen, und darauf bekam ich die Information, dass es keinen Abonnenten mit der Nummer gab. Ich studierte die Zahlen. Sie *sahen ja aus* wie eine Telefonnummer.

Mir kam eine Idee, und ich ging zum Schreibtisch und nahm eine Liste, die fast zuoberst auf einem Haufen Papier lag. Sie enthielt Namen und Telefonnummern. Ich verglich sie eine nach der anderen mit den Zahlen auf dem Zettel. Keine stimmte überein, aber wenn man eine Neun gegen eine Vier auf dem Zettel mit den Zahlen austauschte, würden sie mit einer der Nummern auf den Listen übereinstimmen.

Ich wählte diese Nummer und hörte ein Freizeichen. Dann der Anrufbeantworter: Ich bin gerade nicht zu Hause, aber wenn ... und so weiter. Eine Männerstimme, die mir bekannt vorkam.

Erik Werner. Das Klassentreffen.

Mein Namensvetter. So gut wie.

Seine Adresse hatte ich nicht, bekam sie aber von der Auskunft. Hammarvägen. Ich fand die Straße auf dem Stadtplan, Seite 4. Nicht weit entfernt von Näsets Badväg und Parkplatz.

Der Verkehr hinaus ans Meer war dicht. Der Sommer war da, vielleicht für immer. Die Sonne knallte aufs Autodach.

Erik Werners Haus lag im Schatten. Ein weiß geklinkertes Haus wie die meisten in der Siedlung. Werner schien es zu etwas gebracht zu haben im Leben. Die Garage stand offen, aber sie war leer.

Niemand öffnete, als ich klingelte. An Türen zu klingeln, die nicht geöffnet wurden, nahm einen Großteil vom Alltag eines Kriminalkommissars in Anspruch.

Hinter mir hörte ich ein Auto, und ich drehte mich um. Ich sah es in die Auffahrt einbiegen und vor der Garage halten. Mein Namensvetter stieg aus.

»Für alles gibt es ein erstes Mal«, sagte er.

Vielleicht meinte er meinen Besuch. Vielleicht etwas anderes.

»Ich suche Per und Monika«, sagte ich.

»Du hättest niemals dieses verdammte Klassentreffen arrangieren sollen«, sagte er.

»Ich war nicht mal ...«

»Zu viele schlechte Erinnerungen«, sagte er.

Er stand jetzt sehr nah. Seine Augen verrieten etwas, das ich schon früher gesehen hatte bei Menschen, die Verbrechen begangen hatten, schreckliche Verbrechen.

»Ich dachte, ich hätte das alles hinter mir«, sagte er jetzt.

»Wo sind sie, Erik?«, fragte ich.

»Wo sind sie, Erik?«, ahmte er mich nach.

»Wir haben das Auto gefunden.«

»Ich habe ihn angerufen«, sagte Werner. Er schaute in Richtung Meer. Plötzlich lachte er auf und sah mich mit diesen Augen an. Sie glühten wie von einer inneren Sonne, die schwarz war. »Jetzt werden wir ja sehen, wie scharfsinnig du bist, Erik!«

Eins-zwei-drei-vier-fünf

Ich hörte den Gesang aus der Kirche. Über der Tür war ein Schild, das neu aussah: FILADELFIA. Es reichte über den ganzen Eingang, über den Giebel von links nach rechts.

Als ich vom Bahnhof durch den Ort ging, war die Sonne wieder durchgebrochen. Die Wolken waren weitergereist mit dem Zug, in dem ich gekommen war. Es war Mittwochnachmittag, und die Straßen waren leer in einer Hitze, die vielleicht bis zum Mittsommerfest in zwei Tagen bleiben würde.

Auf Josefssons Grundstück hatte ein Hund angeschlagen. Am Ende der Straße sah ich die Einfahrt zum Fußballplatz. Dahinter begann der Wald. Zwischen den Bäumen war das Sägewerk zu ahnen. Die Sonne spiegelte sich in den Schaufenstern des Schuhgeschäfts gegenüber der Pfingstkirche, und da hörte ich den Lobgesang auf den Herrn.

Ich betrat die Kirche. Die Gemeindemitglieder sangen laut, die Kirche war vollbesetzt wie immer in unserem Ort. Ich blieb in der Vorhalle stehen, die nach frischer Farbe roch. Der Gesang verstummte, und der Pastor sprach. Ich sah, wie er mir leicht zunickte, oder meinte er Gott. Er sprach vom Glück in Gottes Nähe.

Die Leute saßen mit gefalteten Händen und geschlossenen Augen in den Bänken und sprachen leise mit sich selbst oder mit dem Herrn oder seinem Sohn Jesus, dessen Namen ich regelmäßig in dem Gemurmel hörte.

Sie sangen noch einmal, dann war es vorbei. Die Leute erhoben sich und gingen hinaus in den sinkenden Sonnenschein, der in die Kirche gedrungen und auf das Kreuz gefallen war und die Wand hinter dem Pastor golden färbte.

Ich blieb im Vorraum stehen und nickte einigen Leuten zu. Der Pastor stieg vom Podium und kam zu mir.

»Da ist ja der Hirte«, sagte ich.

»Willkommen zu Hause, Andreas.« Er drückte mir die Hand. »Lange her.«

Gewiss war es lange her. Ich war vor fast zwanzig Jahren weggezogen und kam nicht oft zu Besuch nach Hause. Peter war geblieben. Sein Vater war Pastor gewesen, und der Sohn war Pastor geworden. Peter, so konnte man sagen, führte das Familienunternehmen weiter.

»Nett, dich bei uns zu sehen«, sagte er.

»Ich habe den schönen Gesang gehört.«

Er nickte erst mir zu und dann einigen Lämmern seiner Herde, die auf dem Weg hinaus zu den Sommerwiesen waren.

»Bleibst du lange zu Hause?«, fragte er und sah mich wieder an.

»Vielleicht eine Weile. Mama geht es nicht gut. Sie braucht Hilfe und … tja, ich hatte noch Urlaub.«

Eigentlich war das eine Entscheidung, die andere für mich getroffen hatten: meine Mutter, die gerade nach einer Operation aus dem Krankenhaus entlassen worden war; mein Vorgesetzter, dem aufgefallen war, dass meine deutlich sichtbare Müdigkeit sich schließlich über die mir Untergebenen entlud.

»Bei so einem Job braucht man vermutlich eine Menge Freizeit«, sagte Peter. »Polizist zu sein ist sicher anstrengend.«

»Jeder Job ist auf seine Weise anstrengend«, sagte ich, »auch deiner, nehme ich an.«

»Trotzdem gibt es einen Unterschied zum Polizistenjob«, sagte er. »Du bist doch bei der Kriminalpolizei?«

»Kriminalkommissar.«

»Das klingt ... hochrangig. Kommissar in deinen jungen Jahren.«

»Ich bin immerhin schon achtunddreißig, Peter. Genau wie du.«

Am Abend saß ich mit meiner Mutter in der Küche, in der ich so viele Male gesessen hatte. Durch die offenen Fenster kam der Duft der Sommerdämmerung. Wir unterhielten uns über das, was in der letzten Zeit geschehen war, und sie sagte schon früh gute Nacht. Ich blieb noch auf, trank ein Glas Bier und lauschte der Stille, die hier viel größer war als in der Großstadt. Sie war nicht viele Kilometer entfernt, aber es war eine andere Welt.

An diesem Abend fiel mir das Einschlafen schwer. Einmal meinte ich, weit entfernt einen Ruf zu hören oder einen Schrei. Auf der Straße vorm Haus fuhr ein Auto vorbei. Da wusste ich es natürlich noch nicht, aber nach dieser Nacht würde im Ort nichts wieder so werden, wie es einmal gewesen war.

Ich erfuhr es, als wir am Frühstückstisch saßen. Das Telefon klingelte inmitten des hysterischen Vogelgesangs, der durchs über Nacht offen gebliebene Küchenfenster hereindrang. Meine Mutter hob ab, sah mich an, sagte »Er sitzt hier« und reichte mir den Telefonhörer, bevor ich mein Butterbrot fertig gestrichen hatte. »Ich bin's leider«, sagte mein Vorgesetzter.

»Sollte ich nicht zur Ruhe kommen? Das hattest du doch im Sinn, wenn ich mich richtig erinnere.«

»Du hast es also noch nicht gehört?«

»Was gehört?«, fragte ich und schaute auf mein Butterbrot, das auf Belag wartete.

»Von den Morden heute Nacht. In deinem Ort, Andreas.«

»Jesus« war das Einzige, was ich herausbrachte.

»Es sind schon Leute unterwegs«, sagte er. »Die lokale Kripo. Du hast frei. Aber ich wollte, dass du es sofort erfährst.«

»Ich stamme doch von hier«, sagte ich. »Ich könnte ihnen eine Hilfe sein.«

»Lass die Kollegen ihre Arbeit machen«, sagte er. »Das ist nicht unser Fall.«

Die Sonne stand bereits hoch und schien grell auf das Gehölz neben dem Feld. Das Licht wirkte fast unanständig und unwirklich, als es auf die Leichen der beiden Jugendlichen fiel. Es fiel auch auf mich, als ich vor ihnen stand. Ich sprach mit dem Gerichtsmediziner, den ich nicht kannte. Auch die Polizisten, die das Gebiet absperrten, kannte ich nicht, genauso wenig wie die lokalen Kriminalbeamten. Die Einzigen, die ich kannte oder gekannt hatte, waren die Menschen, die auf der anderen Seite der Absperrung standen und auf die unfassbare Szene starrten.

Mein Kripokollege begrüßte mich höflich, aber ich sah in seinen Augen, dass er mich dahin wünschte, wo der Pfeffer wächst. In seiner Situation hätte ich dasselbe gewünscht. Er hieß Birgersson.

»Erschlagen wie zwei Seehunde«, sagte er und deutete mit dem Kopf auf die Leichen.

»Wissen Sie, wer sie sind?«, fragte ich.

»Wir sind hier ja nicht in Los Angeles«, sagte Birgersson und schützte sein Gesicht vor der blendenden Sonne, »auch wenn man das im Augenblick glauben könnte.« Er warf einen Blick auf die Gaffer. »Hier kennt jeder jeden.«

»Wer sind sie?«, fragte ich und meinte die Opfer.

»Ein Junge und ein Mädchen, beide fünfzehn Jahre alt«, sagte er und nannte ihre Namen.

Ich dachte über die Namen nach und sah einige Gesichter, die es in meiner Erinnerung gab.

»Ich glaube, ich kenne die Eltern«, sagte ich.

»Wenn ich richtig informiert bin, haben Sie Urlaub«, sagte er.

Ich nickte.

»Wir können einander hier nicht zwischen den Füßen herumlaufen«, sagte er.

Die Tür zur Kirche stand offen. Drinnen war es kühl und still. Ich ging nach rechts und sah Peter in seinem Arbeitszimmer stehen, das Gesicht dem Fenster zugewandt. Als ich kam, drehte er sich um.

»Du hast es vermutlich schon gehört?«, sagte er.

»Ja.«

»Das ist wohl nur passiert, damit sich der Kommissar hier zu Hause fühlt«, sagte er und sah mich an. »Entschuldige,

Andreas. So hab ich es nicht gemeint.« Er strich sich mit der rechten Hand übers Gesicht. »Es ist nur so, dass ich das Mäd– Mädchen gut kannte.« Er sah mich mit Tränen in den Augen an. »Sie gehörte zu unserer Gemeinde. Ihre Eltern auch.«

»Ich weiß.«

»Vater im Himmel«, sagte er.

Wir waren in dieselbe Klasse gegangen. Stig und Lena, die Eltern des Mädchens, und Peter und ich. Die Eltern des Jungen hießen Bengt und Kerstin und waren in eine andere Klasse gegangen, aber an derselben Schule. Bengt war etwas jünger als ich, Kerstin vier Jahre jünger. Sie gehörten nicht der Gemeinde an. Peter erzählte es gerade.

Der Junge hieß Jonas, das Mädchen Helena.

»Kannten sie sich gut?«, fragte ich.

Ich ging davon aus, dass sie sich gekannt hatten, jedenfalls oberflächlich. Hier kannte ja jeder jeden.

»Wer?«, fragte er.

»Der Junge und das Mädchen. Hatten sie Umgang?«

»Nicht soviel ich weiß.«

Am Abend saß ich wieder mit meiner Mutter am Küchentisch. Durchs Fenster strömten die gleichen Gerüche, die gleichen leisen Geräusche. Morgen würden wir Mittsommer feiern. Ich würde versuchen, sie zu überreden mitzukommen.

»Wenn in diesem Jahr überhaupt gefeiert wird«, sagte sie und ließ die Kaffeetasse am Henkel rundherum, rundherum kreisen. »Wer möchte denn noch feiern nach dem, was passiert ist.«

Ich antwortete nicht. Sie ließ die Tasse kreisen.

»Die Armen«, sagte sie und dachte vermutlich an alle

Betroffenen. Sie schaute mich an. »Kannst du nicht was machen?«

»Was denn?«

»Rauskriegen, was passiert ist. Das müssen sie doch erfahren. Mit der Ungewissheit kann man nicht leben. Es geht einfach nicht. Man muss es wissen. Wer es getan hat und warum. Die Armen müssen wissen, was mit ihren Kindern geschehen ist.«

»Daran arbeitet die Polizei«, antwortete ich.

»Hmpf«, machte sie, und mir war klar, dass es zusammenfasste, was sie vom lokalen Ermittlungsdezernat hielt. Oder was sie vielleicht von allen Kripobeamten außer mir, ihrem Sohn, hielt. Ich sah, dass sie große Schmerzen hatte. In drei Tagen musste sie wieder ins Krankenhaus, und ich war nicht sicher, ob sie jemals zurückkehren würde. Ich wusste, dass sie die gleichen Gedanken hatte, sie aber nicht aussprach.

Der Morgen kam mit derselben Sonne und derselben Wärme. Der Himmel war ohne Fehl, blau, so weit das Auge reichte. Nach einem späten Frühstück schlug ich einen kleinen Spaziergang zum Freilichtpark vor, um zu sehen, wie man trotz allem die Mittsommerfeierlichkeiten für den Nachmittag vorbereitete.

»Ich bin ein bisschen müde«, sagte sie. »Geh allein, Andreas.«

Im Park schmückten Kinder und Erwachsene die Mittsommerstange mit Eichenlaub. Einige Volksmusikanten kratzten diskret an den Saiten ihrer Geigen, als wäre die Musik diesem Tag nicht richtig angemessen. Ich nickte einem Mann zu, den ich kannte, und verließ den Park. Ich hatte mich entschieden.

Stig öffnete. Sein Gesicht war ein Schatten. Vor vier Jahren hatten wir einige Worte gewechselt, als mein Vater begraben wurde und ich einige Tage zu Hause gewesen war. Nichts danach. Er wusste, was ich in der Großstadt tat.

»Nicht du auch noch«, sagte er.

»Darf ich kurz reinkommen?«

»Was soll das für einen Sinn haben?«, sagte er, und ich legte es so aus, dass er nicht meinen Besuch, sondern das Leben allgemein meinte. Oder den Tod. Aber er trat einen Schritt zur Seite, und ich ging hinein. Lena saß am Küchentisch. Die Jalousien versuchten die Sonne auszusperren, die sich durch die Ritzen drängte und Lenas Gesicht fleckig und hart machte. Ich ging zu ihr und umarmte sie, spürte ihre Tränen an meiner Wange.

»Wo war Gott?« war das Erste, was sie sagte.

»Hör auf damit«, sagte Stig.

»Wir haben so sehr versucht zu beten«, sagte sie, aber ich verstand nicht ganz, was sie damit meinte, fragte jedoch nicht. Vielleicht meinte sie, dass Gott ihr keine Hilfe oder Freude im Leben gewesen war. Oder nur jetzt nicht. Sie war schon in der Vorschule gläubig gewesen. Stig war erst als Erwachsener Christ geworden. Oder als er sie kennenlernte. Nach meiner Erinnerung war er in dem Augenblick gläubig geworden.

»Arbeitest du an ... an diesem Fall?«, fragte Stig und setzte sich an den Küchentisch.

»Nein.«

»Dauernd kommen Leute und stellen Fragen.«

»Das ist in so einem Fall nicht zu vermeiden«, sagte ich.

»Aber das hilft doch nichts«, sagte er.

Ich antwortete nicht. Ich hatte selbst einige Fragen.

»Hat Helena diesen Jungen gekannt?«

»Du bist also doch im Dienst?«

»Ich will helfen«, sagte ich.

»Nicht soweit wir wissen«, sagte Lena und hob den Kopf. Ihr Scheitel wurde von einem Sonnenstrahl getroffen, der sich um ihren Kopf zu schlingen schien und ihr einen Glorienschein verlieh. »Aber wir wissen ja nicht alles.«

»Ihr wusstet jedenfalls, wer er war?«

»Schon ... schon, der Ort ist so klein. Das weißt du doch.«

»Was hatte sie an dem Abend vor?«

»Wollte mit einer Freundin ein bisschen mit dem Rad rumfahren«, antwortete sie. »Es ... es war ein schöner Abend, und wir ... haben ihr vertraut.« Sie schaute mich an, als hätte sie ein Verbrechen begangen. »Als sie um halb zwölf noch nicht zurück war, haben wir bei ihrer Freundin angerufen, die ... die schon lange zu Hause war, und da ... da sind wir losgefahren und haben sie gesucht und ... und ...«

»... und einige Jugendliche, die Flaschen sammelten, haben sie gestern Morgen gefunden«, fuhr ihr Mann fort, der mit fest verschränkten Fingern dasaß. Er litt sehr, das sah ich ihm an.

Beim Kiosk am Marktplatz kaufte ich mir etwas zu trinken. Die Sonne hatte den Höchststand erreicht. Auf der anderen Seite des Marktplatzes kamen viele aus dem Supermarkt und verstauten ihren Einkauf im Auto und fuhren nach Hause, um das Mittsommerfest zu feiern. Eine Frau, die ich erkannte, öffnete einem Jungen, der ungefähr zehn war, die Autotür. Sie schaute in meine Richtung, ihr Blick blieb an mir hängen. Ich winkte, stellte die Flasche auf den Kiosktresen und ging zu ihr. Der Junge saß schon im Auto.

»Lange nicht gesehen«, sagte sie.

»Wie geht es dir, Anna?«, fragte ich.

Sie schien ein wenig mit den Schultern zu zucken, strich sich die Haare aus dem Gesicht. Der Junge, von dem ich wusste, dass er ihr Sohn war, schaute mich durch die Autoscheibe an. Da drinnen musste es warm sein.

»Hast du schon was gegessen?«, fragte sie.

Wir saßen im Schatten des Gartens. Der Junge war irgendwo anders. Ich nahm einen Schluck von dem Weißwein, den sie zum Lachs serviert hatte. Sie hatte erzählt, dass sie seit drei Jahren allein mit ihrem Sohn lebte. Das hatte ich nicht gewusst. Ich hatte ein bisschen erzählt, wie es mir seit unserer letzten Begegnung ergangen war.

»Hast du sie getroffen?«, fragte sie.

»Nur Stig und Lena«, antwortete ich.

»Ich hab den Jungen und das Mädchen zusammen gesehen«, sagte sie. »Aber das muss ja nichts bedeuten.«

»Die Eltern sagen, sie wussten von nichts«, sagte ich.

»Er kommt aus einer profanen Familie, wie es so heißt.« Anna trank einen kleinen Schluck Weißwein, eine profane Geste. »Das geht nicht immer gut.«

»Ich habe Stig und Lena nie für Fundamentalisten gehalten«, sagte ich.

»Manchmal zeigen die Menschen ihren wahren Charakter, wenn Sachen auf den Kopf gestellt werden.«

»Aber du kanntest sie doch gar nicht?«, sagte ich.

»Nicht richtig. Auch Bengt und Kerstin nicht, nicht als … Freunde, als Paar. Kerstin und ich sind übrigens gleich alt, wusstest du das?«

»Nein.«

»Wir waren bis in die Neunte befreundet, auch noch einige Zeit danach.« Sie schenkte mir mehr Wein ein. Ich hatte ein leicht schwebendes Gefühl im Kopf. »Ich will ja nicht tratschen, aber Stig und sie hatten mal was miteinander, soviel ich weiß. Das war, bevor er sich für Gott entschied.«

»Was meinst du damit?«

»Bevor er freireligiös wurde.«

»Das nicht, das andere. Du hast gesagt, sie hatten was miteinander.«

»Sie waren zusammen, ganz einfach. Nicht lange, aber ich weiß es. Wie gesagt, Kerstin und ich waren damals Freundinnen. Deshalb kenne ich ihr Geheimnis.«

Ich rührte das Weinglas nicht an, um mir das Gefühl von Leichtigkeit zu erhalten.

Sie schaute mich an. Ihr Blick war leer. Wieder strich sie sich die Haare aus dem Gesicht. Ich spürte eine Hitze im Kopf, die nicht von der Sonne kam. Mein Mund war plötzlich trocken. Auf ihren Lippen war ein Lächeln. Ich starrte auf ihre Lippen.

Wir erhoben uns gleichzeitig und gingen ins Haus.

Als ich vor Bengts und Kerstins Haus stand, waren die Schatten länger geworden. Ich hörte die Geigen aus dem Park, sie hatten einen wehmütigen Klang. Vor einer Weile war ich dort vorbeigegangen, nur wenige tanzten um die Mittsommerstange. Ich klingelte wieder. Ein Hund im Haus bellte. Die Tür wurde von Bengt geöffnet. Es sind immer die Männer, die die Tür öffnen.

»Du bist das«, sagte er.

»Das ist off the record«, sagte ich.

»Du nimmst dir Freiheiten raus«, sagte er, öffnete die Tür jedoch ganz, und ich trat ein.

Wir setzten uns in die Küche. Im oberen Stockwerk hörte ich Wasser laufen.

»Was willst du?«, fragte er. »Off the record.«

»Ich will wissen, wer und warum«, antwortete ich.

»Ein Verrückter«, sagte er. »Verrückte gibt es überall.« Er schaute hinauf in den Himmel oder ins Obergeschoss. »Wir befinden uns im Schock, wie du sicher verstehst. Darum habe ich dich reingelassen.«

»Hast du das Mädchen mal getroffen?«

»Helena? Nein. Ich weiß nicht, warum sie zus– zusammen gefunden wurden«, sagte er mit einer Stimme, die bald brechen würde. »Ich ... ich wusste, wer sie war, aber das ist auch alles.«

Das Geräusch laufenden Wassers im ersten Stock hatte aufgehört. Es war ganz ruhig. Der Hund lag still in seinem Korb in der Diele. An der Wand hing eine Küchenuhr, ich sah das Pendel, hörte aber kein Ticken.

»Ist Kerstin zu Hause?«, fragte ich.

»Ich bin zu Hause.« Sie stand in der Küchentür. Ich hatte sie nicht die Treppe herunterkommen gehört. »Kannst du uns jetzt nicht in Ruhe lassen, Andreas?« Sie sah ihren Mann an: Warum hast du ihn reingelassen? Ihr Gesicht war ohne Regung, eine Maske. Die Trauer war schon tiefer in sie eingedrungen als bei ihrem Mann und hatte die Gesichtszüge ausgelöscht. Ich wollte sie einiges fragen, aber das ging jetzt nicht, nicht hier. Bengt erhob sich, wie zum Zeichen für mich. Kerstin sah nicht auf, als ich die Küche verließ. Die Musik vom Park war plötzlich lauter zu hören.

Meine Mutter hatte sich hingelegt, als ich nach Hause kam. Das Haus war voller Schatten der Dämmerung. Ich rief im zuständigen Polizeipräsidium an und bekam schließlich die Telefonnummer von Kommissar Birgersson. Wir hatten uns gestern Morgen getroffen, aber es schien schon viel länger her zu sein.

»Sie trauen sich was, am Mittsommerfest anzurufen, Sie Nervensäge«, sagte er. Ich hörte an seiner Stimme, dass er einige Schnäpse zum Hering getrunken hatte und vielleicht gerade ein Glas Whisky in der Hand hielt.

»Wie sehen die Alibis der Eltern aus?«, fragte ich.

»Wir haben abgemacht, dass wir einander nicht zwischen den Füßen herumlaufen«, antwortete er.

»Hier läuft niemand herum«, sagte ich.

»Hat sich jemand beklagt?«

»Noch nicht.« Wieder eine Pause. Ich hörte Musik im Hintergrund. Keine Geigen, mehr in Richtung Big Band. Er schien so ein Typ zu sein. »Die Eltern des Jungen haben das Haus nicht verlassen. Sie hatten ein Fest mit zwölf Gästen, die so lange blieben, wie sie konnten. Die Eltern des Mädchens … tja, sie sagen, sie waren zu Hause, und es gibt niemanden, der das bestätigen oder bestreiten könnte. Schließlich sind sie losgegangen, um das Mädchen zu suchen.«

Ich weiß, dachte ich. Ich dachte noch an etwas anderes. Birgersson wusste nicht, was Anna mir heute erzählt hatte, dass sie den Jungen und das Mädchen zusammen gesehen hatte. Das wollte ich noch eine Weile für mich behalten.

»Haben Sie mehr über den Jungen und das Mädchen rausgefunden? Ob sie einander kannten?«

»Sie?«

»Nein«, log ich.

»Wir haben versucht, ihre Kameraden zu befragen, aber so was braucht Zeit, das wissen Sie ja selbst.«

»Die Mutter des Jungen und der Vater des Mädchens kennen sich von früher«, sagte ich jetzt. »Eine Art Verhältnis.«

»Woher wissen Sie das?«

»Ich bin hier aufgewachsen, Birgersson.«

»Na und, was sagt das schon?« Ich hörte Eis im Glas klirren. Es musste noch viel Eis da sein, oder es war ein großer Drink. »Sind nicht alle Jugendlichen früher oder später in so einem Ka– in so einem kleinen Ort zusammen?«, fragte er.

Nicht nur Jugendliche, dachte ich. Manche brauchen etwas länger.

Anna öffnete die Haustür, bevor ich klingeln konnte. Ich versuchte, sie an mich zu ziehen, aber sie wich zurück und zeigte ins Hausinnere.

Peter saß in einem Sessel im Wohnzimmer, das im Dämmerlicht schimmerte, die Abenddämmerung würde anhalten, bis das Morgendämmern übernahm.

Ich hörte Geräusche vom Computer des Jungen aus dem Obergeschoss. Sie klangen wie Schusssalven und Granatexplosionen. Es waren Schusssalven und Granatexplosionen. Peter schaute an mir vorbei aus dem Fenster. Da er Pfingstpastor war und keinen Pastorkragen trug, konnte man nicht sehen, dass er ein Diener Gottes war.

»Du hast also hierhergefunden«, sagte er und blickte mich an. »Das hat nicht lange gedauert.«

»Was soll das heißen?« Ich setzte mich aufs Sofa.

»Anna und ich sind alte … äh … Bekannte«, sagte er, und da verstand ich vielleicht, was er meinte.

»Möchte jemand Kaffee haben?«, fragte Anna, die bei uns stehen geblieben war. Ich merkte, dass sie nervös war. Bisher hatte sie geschwiegen. Ich wusste nicht genau, in was ich hier geraten war. »Oder etwas ... anderes? Peter? Andreas?« Sie sah mich an und dann ihn. Er schaute aus dem Fenster.

»Etwas anderes«, sagte er, ohne den Blick vom Fenster zu nehmen.

Sie lachte nervös auf und ging in die Küche, und ich hörte, wie die Kühlschranktür geöffnet wurde.

»Glaubst du, dass es Gott gibt, Andreas?«, fragte er plötzlich und wandte sich zu mir um.

»Das weiß ich wirklich nicht«, antwortete ich.

»Es geht nicht um Wissen, es geht um Glauben.«

»Ich weiß nicht, ob ich glaube«, sagte ich.

Er lachte auf, anders als Anna, auch anders als Birgersson am Telefon.

»Was machst du hier eigentlich?«, fragte er jetzt. »Warum bist du hergekommen?«

»Das weißt d–«

»Also zu Anna«, sagte er. »Was hast du hier zu suchen?« Seine Stimme klang entschieden anders als sonst, wenn er die Seelen im Haus des Herrn willkommen hieß. Hier war er ein Mensch, ein armer und sündiger Mensch, der allein sein wollte mit einer schönen Frau. Jetzt mochte ich ihn lieber.

»Willst du, dass ich gehe?«

»Ich halte dich nicht auf.«

»Wovon redet ihr?«, fragte Anna, die mit einem Tablett zurückkam, auf dem Gläser, Flaschen und eine Schale mit Oliven standen.

Wir verabschiedeten uns von Anna und gingen in die dunkelste Stunde der Nacht hinaus. Ich schauderte im kühlen Wind. Ich hörte die Eistaucher vom See unterhalb des Damms, auf dem wir standen. Hinter den Tannen rumpelte ein Zug, ein gedämpftes Geräusch. Alles war mir von früher vertraut. Es war, als wäre ich nicht ein halbes Leben lang fort gewesen.

»Erinnerst du dich?«, sagte er, und ich wusste, was er meinte.

Wir gingen in Richtung Kirche. Er schwieg. Drinnen bei Anna hatte er geredet, aber da war etwas, das ihn quälte, etwas, das er mit sich herumtrug und erzählen wollte. So viel hatte ich als Polizist und Ermittlungsleiter gelernt. Wenn Menschen quälendes Wissen mit sich herumschleppen, das sie loswerden wollen. Nicht alle, aber all jene, die keine Psychopathen sind.

Wir gingen an seinem Tempel vorbei und weiter hinunter zum See. Ich hob einen Stein auf und ließ ihn übers Wasser flitschen, eins-zwei-drei-vier. Er warf auch, eins-zwei-drei-vier-fünf. Er war schon immer viel besser gewesen als ich, jedes Mal.

Die Ringe auf dem Wasser, die der Stein hinterlassen hatte, waren wie die Leben, die es eben noch gegeben hatte und die nun ausgelöscht oder zerstört worden waren, auf dem Wasser blieb eine Kräuselung, aber die würde bald verschwinden und alles wäre wieder blank und ruhig.

Wir sahen die Konturen von zwei Schwänen über den See gleiten, wie stille Patrouillenschiffe. Die Abenddämmerung war in Morgendämmerung übergegangen. Bald würden Kähne mit Jungen ablegen, die Hechte fangen wollten. Das hatten wir gemacht, Peter und ich. Am Ufer lag ein Boot. Vielleicht war es dasselbe Boot von damals.

Er hob noch einen Stein auf.

»Möchtest du mir etwas erzählen, Peter?«

Er warf wieder, eins-zwei-drei-vier-fünf-sechs. Die Schwäne, die näher gekommen waren, wichen zurück.

»Du weißt, dass ich Pastor bin, Andreas.«

Ich hob einen Stein auf und warf ihn, eins-zwei-drei-vier.

»Ich habe meine Schweigepflicht«, sagte er.

»Es war Stig«, sagte ich.

Er antwortete nicht. »Er war es, du brauchst mir nicht zu antworten. Du hast deine Schweigepflicht. Aber du hast es gewusst.«

»Wa– was gewusst?« Seine Stimme war jetzt schwach. Er schien plötzlich ganz kraftlos zu sein. Hätte keine Kraft mehr gehabt, noch einen Stein aufzuheben.

Ich wusste es nicht, war mir nicht sicher. Ich hatte den ganzen Tag daran gedacht und einige weitere Telefongespräche geführt. Stig und Kerstin kannten sich von früher. Sie hatten ein Geheimnis. Oder einer von beiden. Es hing mit ihren Kindern zusammen, Stigs Tochter und Kerstins Sohn. Bengts Sohn und Kerstins Sohn. Ihrem Sohn, der Sohn … der und der Vater und der Heilige Geist. Sohn …

In meiner Brusttasche klingelte das Handy, das Geräusch verlor sich über dem Wasser.

Peter ließ den Stein fallen, den er trotz allem aufgehoben hatte.

Es war Anna.

»Kerstin hat mich eben angerufen«, sagte sie, »furchtbar erregt.«

»Was ist passiert?«

»Sie hat Stig etwas erzählt, das ihn total aus der Bahn geworfen hat.«

»Dass er der Vater ihres Sohnes ist. Der Vater von Jonas.«

»Woher weißt du das?«

»Ich weiß es nicht. Ich habe es vermutet.«

Peter schaute mich an.

»Sie hat dieses Geheimnis immer mit sich rumgetragen«, sagte Anna. »Sie hat mir eben erzählt, dass es ein Geheimnis bleiben sollte, aber dann ... dann hat Jonas ihr erzählt, nur ihr, dass er ein Mädchen kennengelernt hat, und das war Helena.«

»Wovon sonst niemand wusste?«

»Kerstin ist nie hundertprozentig sicher gewesen, ob Jonas Stigs Sohn ist. Bengt hatte keinen Verdacht. Aber als sie das von Jonas und Helena erfahren hat, da ... hat sie es ihm gebeichtet.«

»Wann war das?«

»Ich weiß es nicht.«

»Wo ist Kerstin jetzt?«

»Ich glaube, zu Hause.«

»Ist sie allein?«

»Bengt ist wahrscheinlich da.«

»Wo ist Stig?«

»Das ist es eben. Sie hat versucht, ihn zu erreichen, aber er ist verschwunden.«

»Verschwunden?«

»Er ist nicht zu Hause. Sie sagt, Lena weiß auch nicht, wo er ist.«

Wir liefen rasch zum Haus von Stig und Lena. Es war nicht weit. Peter atmete so heftig und unregelmäßig, als würde sein Herz doppelt schnell schlagen.

»Wie viel wusstest du?«, fragte ich.

Er antwortete nicht.

Wir sahen durch die Fenster, wie Lena von einem Zimmer ins andere wanderte.

Sie entdeckte uns und kam heraus.

»Wo ist er?«, rief sie schon von der Treppe. »Was ist passiert?«

Peter machte einen Schritt vorwärts und versuchte, sie in den Arm zu nehmen. Sie war eine seiner Herde. Aber in diesem Augenblick reichte die Kraft des Hirten nicht.

»Kerstin hat angerufen«, sagte sie und schaute mich an. »Ich habe nicht verstanden, was sie mir sagen wollte.«

Kerstin versteht es selbst nicht, dachte ich.

»Wann ist Stig weggegangen?«, fragte ich.

»Vo– vor einer Stunde, mindestens.«

»Hat er etwas gesagt?«

»Nein.«

»Hat er irgendwas mitgenommen?«

»Wa– was?«

»Hat er etwas mitgenommen?«

Ich wusste, dass er Jäger gewesen war, bevor er gläubig wurde. So etwas wusste man voneinander in unserem kleinen Ort.

»Ist sein Gewehr noch da?«, fragte ich.

Sie sah mich an, als hätte sie es nicht verstanden, aber ich glaube, sie verstand es sehr wohl.

»Gibt es einen Waffenschrank?«, fragte ich weiter, und sie machte mit gesenktem Kopf eine Handbewegung ins Haus.

In einem Arbeitsraum im Keller stand ein Schrank mit Glastüren. Sie waren offen, im Schrank war Platz für zwei Elchbüchsen, aber nur eine hing noch da.

Ich schaute Lena an, sie schaute mich an. Sie wusste, was

ich dachte. Als es passierte, war Stig den ganzen Abend nicht zu Hause gewesen. Als die Jugendlichen verschwanden.

»Er war den ganzen Abend nicht zu Hause, Lena?« Ich versuchte, sie zu berühren, vorsichtig. »Oder?«

Sie sah, was ich sah, und zog sich mit ruckartigen Bewegungen zurück, als würden ihre Muskeln über ihren Willen bestimmen.

»Er … er war in der letzten Zeit sehr angespannt.«

Sie wusste es, musste es jetzt wissen, aber sie verstand es nicht. Sie hatte nicht verstanden, was Kerstin gesagt hatte. Verstehen. Wer konnte es verstehen?

Wir hörten einen Schuss in der Nacht, die in Morgengrauen übergegangen war, oder noch mehr, die Sonne schickte zwei Strahlen über die Tannenwipfel. Der Knall des Schusses blieb über dem Wasser hängen, wie Nebel über Wasser.

Es geht niemals vorbei

Wir zogen in einen Ort, zwölf Kilometer von der Stadt entfernt, nicht sehr viel weiter als eine gerade Strecke über ein Moor, aber es hätten hundert Kilometer sein können.

Meine Eltern konnten endlich ein eigenes Café kaufen. Die Schufterei für andere war vorbei. Jetzt mussten sie für sich selbst schuften.

Es war Februar, als wir die lange Reise in die neue Zukunft unternahmen. Auf den Feldern beiderseits der geraden Landstraße lag viel Schnee. So hatte ich mir meine Zukunft allerdings nicht vorgestellt. Ich hatte schon eine Freundin in der Stadt. Sie schrieb mir einen Brief, nachdem ich weggezogen war. Dann zog auch sie weg. Ich weiß nicht, wohin, und wir haben nie wieder voneinander gehört.

Ich ging weiter in die vierte Klasse. Die Klasse war groß, es waren fast vierzig Schüler. Das muss am Lehrermangel gelegen haben. Im Ort gab es nur eine Schule, ein hölzernes Monster aus den zwanziger Jahren. Das Klassenzimmer sah aus wie eine Aula in Büchern oder Filmen über englische Internatsschulen. Ich hatte gerade die Singletonbücher gelesen. Das Treppenhaus der Schule hatte ein schauriges Echo. Es war ein schauriger Ort. Es war ein schauriger Ort, wenn nachmittags die Dunkelheit kam, gab es nicht viel Licht in den Straßen. Es gab nur einen kleinen Marktplatz und einige Geschäfte um ihn herum, unser Café und die Konditorei.

Alle im Ort waren für mich Fremde, und ich vermisste meine Freunde in der Stadt auf eine Art, die mir neu war. Zum ersten Mal im Leben begriff ich, dass ich für immer etwas verloren hatte.

Am ersten Tag hatte ich das Gefühl, dass mich alle Kinder in der neuen Schule anstarrten, aber es waren vermutlich nur meine Klassenkameraden, die in einzelnen Gruppen vor der Steintreppe standen. Ich fand, dass die meisten sehr klein wirkten, als wären sie mehrere Jahre jünger als ich. Manche sahen aus wie Idioten, ich meine, richtige Idioten, als wäre ich in einer riesigen Klasse mit Hilfsschülern, jenseits aller Hilfe, gelandet.

Aber es waren nur Fremde.

»Wie klein ihr seid«, sagte ich.

So etwas kann man sagen, wenn man aus der Stadt in ein Kaff wie dieses kommt. Aber das sagt man niemals ungestraft.

Ein kleiner Junge mit roten Ohren unter einer grünen Mütze machte einige Schritte auf mich zu. Er sah aus, als wäre er aus einer Raumfähre gestiegen.

»Willst du Dresche haben?«, fragte er.

»Nein«, sagte ich.

»Werd bloß nicht pampig, nur weil du aus der Stadt kommst«, sagte er.

Ich antwortete nicht. Es klingelte, und das klang wie Feueralarm. Wenn der Unterricht in der Schule begann, musste es im ganzen Ort zu hören sein. Vielleicht war das Absicht, alle Einwohner sollten daran erinnert werden, dass sie einmal in die Schule gegangen waren, dass es die Schule immer noch gab.

Es war, als wäre ich auf einem fremden Planeten mit einer anderen Sprache gelandet. Ich verstand den Lehrer nicht richtig, ich hörte ihn nicht. Viele Kinder kümmerten sich gar nicht um ihn, einige prügelten sich in einer Ecke, andere flüsterten miteinander, ein paar warfen sich Bälle zu. Der Lehrer schrie. Er war groß und dunkelhaarig und sah zu nett für diesen Planeten aus. In der Stadt hatte ich einen Lehrer gehabt, der war ein Teufel. Wer den Unterricht störte, flog raus, das war wie die Hölle, es war keine Freistatt. Man bekam Strafarbeiten auf. Freitags durfte man keinen Film im größten Klassenzimmer sehen. Ich entging den meisten Strafen. Einmal durfte ich im Sportunterricht nicht am Fußballspiel teilnehmen, aber das war nur einmal passiert. Der Teufel war ein guter Lehrer, er machte jeden Unterricht zu einem Wettkampf. Wenn wir das Einmaleins aufsagen mussten, nahm er unsere Zeit mit einer Stoppuhr. Das war vielleicht nicht so gut. Mir ging das zu schnell, es kam nur auf die Geschwindigkeit an. Noch heute habe ich Probleme mit den höheren Zahlen der siebten und achten Klasse.

In der ersten Pause in der neuen Schule rechnete ich damit, dass mich der kleine Raumfahrer verprügeln würde. Ich sah ihn, aber er hatte es gerade auf einen anderen abgesehen, nicht nur er, es sah aus, als hätte sich die ganze Klasse gegen einen Jungen zusammengerottet. Sie wechselten sich damit ab, den Armen mit Schneebällen, die mit Schotter gemischt waren, zu bewerfen. Das Opfer stand mitten auf dem Fußballplatz, sie hatten ihn dorthin getrieben, damit sie ihn noch mehr triezen konnten. Jungen wie Mädchen beteiligten sich daran. Sie schienen den Jungen mit einem starken kollektiven Hass zu verfolgen. So etwas erkannte ich gleich, als ich es zum ersten Mal sah, und da war ich zehn Jahre alt. Ich hatte mich nie am Mobbing beteiligt, das war nichts für mich. In der Stadt erlebte ich es nie, jedenfalls nicht in meiner Schule.

Ich spürte, dass ich etwas Besonderes war.

Ich hatte ganz still auf der Straße gestanden, als zu John F. Kennedys Beerdigung auf der ganzen Welt die Glocken läuteten.

Ich hatte sogar eine religiöse Phase.

Jedes Mal wenn ich Obst geklaut oder »Windharfe« gespielt hatte, um die Erwachsenen zu ärgern, betete ich zu Gott.

Ich dachte über das Leben nach. Ich überlegte, wie es sein würde, wenn ich groß war, wenn ich achtzehn wurde.

Dann würde ich jemand sein, der sich um andere kümmerte.

Ich stand bereits über allem.

Deswegen pflügte ich geradewegs durch den Mob von Kindern, die den Jungen umringten. Er wurde von denen gequält, die ganz vorn standen, und ich versetzte einem von ihnen einen Schlag, bevor er dem Opfer wieder eine verpassen konnte. Es war nicht der Kleine mit den roten Ohren, dieser war größer, ein fettes Schwein, das Olle hieß.

»Hau ihn eine rein, Olle!«

»Ihm!«, korrigierte ich.

»Scheißstadtpinkel!«

Alle guckten jetzt mich an.

Einige Mädchen drohten mit den Fäusten.

Ich sah den Jungen davonhinken, der eine Menge Prügel eingesteckt hatte. Ich hörte ihn schluchzen. Seine Mütze lag im Dreck. Ich wagte es nicht, mich zu bücken und sie aufzuheben. Da hätte ich bestimmt einen Schlag in den Nacken bekommen.

»So viele gegen einen ist feige«, sagte ich.

»Halt's Maul«, sagte jemand.

»Gib's ihm!«

»Hau ihn eine rein, Olle!«

Olle holte zu einem Schlag aus, traf mich aber nicht. Ich machte einen Schritt rückwärts, bekam einen Schlag in den Nacken und drehte mich um. Olle versetzte mir einen Schlag an den Kopf. Ich schlug zurück. Jetzt hagelte es Schläge von verschiedenen Seiten. Ich weiß nicht, wie viele es waren, aber ich kann mich nicht erinnern, dass es weh tat. Ich glaube nicht, dass ich dachte, es sei besonders gefährlich. Schließlich hatte ich es mir selbst eingebrockt, hatte gewissermaßen um Prügel gebettelt.

Der Junge, den die ganze Klasse verprügelt hatte, hieß Samuel. Das erzählte er mir, als wir zusammen von der Schule nach Hause gingen. Er wohnte nur einige Hundert Meter von mir entfernt.

»Jetzt werden sie dich jagen«, sagte er.

»Lass sie doch«, sagte ich.

»Du weißt nicht, was dich erwartet«, sagte er.

»Das geht auch vorbei«, sagte ich.

»Es geht nie vorbei«, sagte er. Er sah traurig aus.

Ich verstand nicht recht, was er meinte.

»Spielst du Fußball?«, fragte ich.

»Dauernd«, antwortete er.

»Ich auch.«

»Aber nur nachmittags.«

»Was machst du denn abends?«

Er antwortete nicht.

Wir standen vor unserem Café.

»Kommst du mit rein und hörst dir was aus der Jukebox an?«

Er lächelte ein seltsames Lächeln, so eins hatte ich noch nie gesehen. Es ging gewissermaßen nach innen. Als würde er nie erklären können, warum er lächelte. Dass er eigentlich gar nicht lächelte.

»Ich muss nach Hause«, sagte er.

»Morgen können wir es ihnen zeigen«, sagte ich. »Jetzt sind wir zu zweit.«

»Ich prügle mich nie«, sagte er.

Am nächsten Morgen bekam ich in der ersten Pause Dresche. Der kleine Teufel mit den roten Ohren und der grünen Mütze fing an, und dann machten alle anderen mit. Sie schienen Schlange zu stehen, um mich zu schlagen. Ich kann mich nicht erinnern, dass es weh tat, erst als mir ein Mädchen eine Handvoll Schnee, gemischt mit Schotter, ins Gesicht warf. Da fing ich an zu weinen. Das war das Schlimmste, ihnen zu zeigen, dass ich weinte.

Am Nachmittag versuchte ich, mich unter einer Bank im obersten Stock zu verstecken. In der großen Pause fanden sie mich. Ich entkam ihnen nicht.

Samuel ließ sich nicht blicken. Er muss in der Nähe gewesen sein.

Erst als die Schule aus war, sah ich ihn. Ich hatte abgewartet, bis alle anderen gegangen waren. Noch hatten die Teufel nicht angefangen, mir bei Perssons Kleidergeschäft aufzulauern. Das kam später, Monate später, als alles noch viel schlimmer geworden war.

Er hatte auf mich gewartet.

»Wie geht es dir?«, fragte er.

»Warum hast du mir nicht geholfen?«

»Ich hab doch gesagt, dass ich mich nicht prügle.«

»Wenn man sich prügeln muss, dann jetzt, Mensch.«

»Ich habe gebetet«, sagte er. »Ich hab zu Gott gebetet.«

»Aha, aber das hat wohl nichts geholfen.«

»Es wird helfen.«

»Hat es dir geholfen?«, fragte ich.

Er antwortete nicht.

»Vielleicht hast du gebetet, dass ein anderer kommt, der an deiner Stelle die Prügel kriegt.«

»Hab ich nicht«, sagte er.

»Man muss sich verteidigen«, sagte ich.

»Das hilft doch nichts«, sagte er. »Sie werden immer in der Übermacht sein.«

»Man muss es trotzdem tun.«

Ich saß bei der Jukebox und hörte mir die Songs mit der Gratistaste an. Die Jukebox stand ganz hinten im dritten der kleinen Räume, aus denen das Café bestand. Nachmittags war ich allein dort, bevor abends die Jugendlichen kamen. Meine Eltern hatten bis zehn geöffnet. Das war zu der Zeit, als sich alle Jugendlichen im Café trafen. Sie besaßen keine Plattenspieler, und das Fernsehen war noch ganz neu, es gab jedenfalls kein Programm für Jüngere. Im Radio sendeten sie nur dienstagabends und samstagabends Schlager. Etwas später wurde einmal in der Woche um halb sieben dreißig Minuten Pop-Nonstop gespielt. Da konnte man etwas fortschrittlichere Musik als in den anderen Sendungen hören, manchmal den Songs in der Jukebox ähnlich. Ich hörte sie vor allen anderen, da ich immer dabei war, wenn der Aufsteller kam, der alle zwei Wochen einige Platten austauschte. Ich fühlte, dass ich allen voraus war. Dass ich etwas Besonderes war. Dass dies ein Grund sein könnte, warum ich Dresche bezog, mehr deswegen als dafür, dass ich Samuel verteidigt hatte. Ich quälte niemanden. Zum Beispiel war ich am besten im Fußball.

Ich war eben, wie ich war, und das ertrugen manche nicht, weil sie neidisch waren.

Samuel spielte auch gut Fußball. Wir und ein paar andere spielten nachmittags auf dem Fußballplatz. Es gab keinen Wachmann, der uns verscheuchte. Die anderen drei oder vier Jungen gingen in die Vierte und Fünfte, sie waren keine Schläger, jedenfalls nicht von der Sorte alle gegen einen.

Einige der größeren Jungen spielten in der Jugendmannschaft.

»Ihr solltet auch mitspielen«, sagte einer von ihnen zu Samuel und mir. »Ihr seid gut.«

»Ich kann nicht«, sagte Samuel.

»Warum denn nicht?«

»Ich darf nicht.«

»Wer hat es dir verboten?«

»Meine Eltern.«

»Was ist das denn für ein Scheiß?«

»Ihr Gott erlaubt das nicht.« Samuel sah uns nicht an, er schien in den Himmel hinaufzuschauen. Der war blau, in jenem Frühling und Sommer war er immer blau. »Gott mag keinen Fußball.«

»Hat Gott was damit zu tun, wenn du Fußball spielst? Jetzt spielst du doch auch.«

»Das wissen sie nicht.«

»Du meinst, sie sehen dich nicht?«

Er nickte. Er lächelte nicht, nicht einmal nach innen.

»Aber Gott sieht dich«, sagte der Junge, der Weine hieß. »Er sieht alles, oder?«

Samuel nickte.

»Dann ist es doch egal«, sagte Weine. »Dann hat Gott dich sowieso beim Fußballspielen gesehen. Und er findet es okay. Du bist ja gut. Gott hat dich gut gemacht!«

»Ich weiß nicht«, sagte Samuel.

»Was tust du am liebsten?«, fragte ich.

»Fußball spielen«, sagte Samuel.

Der Sommer kam, und ich fuhr zu Mamas Schwester, Tante Britta. Es war ein langer Sommer, und ich hatte nicht ein einziges Mal Angst. In den letzten Wochen vor den Ferien war es in der Schule noch schlimmer gewesen. Ich wurde in jeder Pause gejagt. Der Lehrer, der Pausenaufsicht hatte, sah nie etwas, und ich wollte nicht zu ihm laufen und Schutz suchen. Dann hätten sie mich deswegen noch mehr verprügelt.

Manchmal sah ich Samuel in den Pausen, irgendwo weit entfernt, und ich verstand, was er gesagt hatte. Es geht nie vorbei, hatte er gesagt.

Es würde nie vorbeigehen. Ich hätte bei den Fußballweltmeisterschaften gewinnen können und trotzdem Prügel bezogen. Wenn ich bei Weltmeisterschaften gewann, würde es noch schlimmer werden.

Einmal lief ich über den Schulhof, ich drehte mich um und es sah aus, als wäre die ganze Schule hinter mir her, nicht nur die vierte Klasse, es waren alle, als absolvierten sie eine Weltmeisterschaft im Schulhofrennen, und ich lag zwanzig Meter vor ihnen.

Ich erinnere mich, dass ich in dem Augenblick dachte, hier gibt es jetzt nur mich. Es gibt keinen anderen. Es wird immer nur mich geben. Dass ich sozusagen auserwählt war, immer einsam zu sein. Dass es nicht mehr gut war, etwas Besonderes zu sein. Dass etwas, das einmal gut gewesen war, jetzt etwas Schlechtes geworden war.

Dass es nie vorbeigehen würde.

Dass der, der ich hätte werden können, nie richtig die Chance bekam, ich zu werden. Dass ich ein anderer werden würde, der nicht wirklich genauso gut war.

Dass es Angst war. Dass ich mich schämte, weil ich Angst hatte und weil ich gejagt wurde. Weil an mir etwas war, das niemand mochte.

Und am schlimmsten war es, wenn mir klar wurde, dass alles von Anfang an da gewesen war.

Samuel war weggezogen, als ich von Tante Britta zurückkam. Sein Papa hatte einen Job als Missionar in Südamerika angenommen, irgendwo im Dschungel im Norden Argentiniens. Die Entscheidung war im Sommer gefallen. Als ich wegfuhr, hatte ich nichts davon gewusst und Samuel auch nicht.

Er hatte einen Brief für mich zurückgelassen, den er Mama im Café übergeben hatte.

Er schrieb, dass er eigentlich nicht fahren wollte, dass es aber auch spannend sein würde. Er musste Sprachen lernen, Spanisch und die Sprache der Indianer. Da war ich neidisch auf ihn. Ich war ja mehr oder weniger ein Indianer, ich besaß Kleidung und Ausrüstung, ich wusste alles über Indianer, hatte Wigwams im Wald gebaut, aber ihre Sprache hatte ich nicht gelernt.

Die Gewalt nahm kein Ende, sie setzte sich fort während der ganzen fünften Klasse. Man könnte ja glauben, dass es ihnen langweilig wurde, aber so funktioniert es nicht. Wer Gewalt ausübt, wird niemals müde. Wer Gewalt über sich ergehen lassen muss, passt sich an. Es gibt keine andere Wahl, falls man sich nicht das Leben nehmen will. Aber das wollte ich nicht. Außerhalb der Gemeindegrenzen wartete zu viel, ich spürte es. Ich würde das, was mich erwartete, erreichen, und es würde mir gelingen, nicht wie die anderen zu werden. Man brauchte andere nicht anzugreifen. Wahrscheinlich war es die Jukebox, die mir half, bestimmt war es die Jukebox. Sie war wie ein Monsterengel in diesem kleinen Ort in Nordeuropa gelandet, und sie hatte eine Botschaft aus East Tupelo, USA, mitgebracht: *Don't be cruel.*

Etwa vierzig Jahre später habe ich Samuel wiedergetroffen. Es war in einer Buchhandlung in einer sehr großen Stadt. Er erkannte mich im selben Moment wie ich ihn. Menschen, die versehrt sind und auf dieselbe Art verletzt wurden, erkennen einander oft.

»Wie geht's?«, fragte ich.

»Nicht so gut«, antwortete er.

»Wie war es in Südamerika?«

»Nicht besonders gut.«

»Hast du die Indianersprache gelernt?«, fragte ich.

»Ich hab überhaupt nichts gelernt.«

»Du hattest recht«, sagte ich.

»Womit?«

»Es geht nie vorbei«, antwortete ich.

Er schwieg. Ich fragte ihn nicht, was er in der Großstadt tat. Er sah nicht aus, als würde er hier wohnen. Man kann den Menschen ansehen, wenn sie nur auf der Durchreise sind. Sie brauchen keinen Koffer oder so was dabeizuhaben.

»Hast du die Einladung bekommen, Samuel?«

»Nein. Was für eine Einladung?«

»Klassenfest. Unsere Vierte feiert nächste Woche zu Hause ein Fest.«

»Nennst du das Zuhause?«

»Es kommt einem Zuhause ungefähr so nahe, wie es kommen kann.«

»Ich bin da nie wieder gewesen«, sagte er.

»Jetzt hast du die Gelegenheit.«

»Meinst du im Ernst, dass du zu dem Klassenfest fahren willst?«

»Wir können zusammen fahren.«

»Vielleicht verprügeln sie uns wieder. So was hört nie auf. Na, das weißt du ja.«

»Das Fest soll im Wirtshaus stattfinden. Im Erdgeschoss, ich erinnere mich, dass es dort einen großen Raum gibt. Und nur einen Eingang, auch daran erinnere ich mich. Im Unterschied zu dir bin ich im Lauf der Jahre manchmal dort gewesen, um meine Mutter zu besuchen. Also nur einen Ausgang und ein paar schmale Fenster. Was hältst du davon, wenn wir den Scheiß abbrennen? Die ganze verdammte Klasse abfackeln?«

»Würde es dir danach bessergehen?«, fragte er.

»Das weiß ich erst hinterher.«

Er schien über meinen Vorschlag nachzudenken. Ich hatte überhaupt noch nie daran gedacht, bevor ich es aussprach.

»Vielleicht geht es dann vorbei«, sagte ich. »Vielleicht brauchen wir das.«

»Vielleicht«, sagte er.

»Wir können es auf jeden Fall versuchen.«

»Okay«, sagte er.

Bald würde es dunkel werden

Im Landesinnern war es noch wärmer, als hätte die Hitze dort ihre Quelle. Er spürte immer noch die Nähe des Meeres, als er aus dem Auto stieg, einen Duft nach Salz im Wind, der von Westen kam. Es war später Nachmittag, und die Sonne versank hinter dem Wald, der am Rand des Ortes begann, in dem er aufgewachsen war, mit diesem Westwind und dem Duft nach Salz und der Sehnsucht nach dem Meer. Und vielleicht noch weiter.

Er war seit mindestens fünfzehn Jahren nicht mehr hier gewesen.

Alles war unverändert, nur in anderen Proportionen, kleiner. Er hatte das Auto am Bahnhof abgestellt und ging zu Fuß. Hinter ihm fuhren die Pendelzüge vorbei.

Der Ortskern war unverändert, aber sein Elternhaus war umgebaut worden. Vielleicht hatte man es auch abgerissen und ein neues an derselben Stelle errichtet. Dort gab es niemanden mehr, den er kannte. Seine Eltern gab es auch nicht mehr.

Neue Menschen dort drinnen, andere Stimmen in den neuen Zimmern. So ist das Leben, dachte er, denn so dachte er manchmal. Alles wird abgerissen, dann muss man versuchen, es neu aufzubauen, und das ist nicht leicht. Es kann schief und winklig werden, wenn man sich nicht anstrengt. Manchmal genügt es nicht einmal, sich anzustrengen.

Es gab einen Grund, warum er in all den Jahren nicht zurückgekehrt war. Aus demselben Grund kehrte er jetzt zurück. Nein. Nur zum Teil. Plötzlich konnte er nicht mehr klar denken. Die Erinnerungen hüllten ihn ein wie die Wärme, die schwer und klebrig war.

Er wusste, dass die zähe und dumpfe Ruhe, die wie eine Federdecke über dem Ort lag, durch seine Ankunft zerrissen werden könnte.

Hier gab es ein entsetzliches Geheimnis, und er war Teil davon. Hier gab es ein Rätsel, das immer noch ungelöst war.

Er war das letzte Puzzleteil.

Die wenigen Gesichter im Café waren ihm fremd. Auf merkwürdige Art und Weise schienen mehr Leute zu gehen als zu kommen.

Anscheinend waren die meisten auf dem Weg von hier fort. Es ist immer dasselbe in kleinen Orten, die im Schatten größerer Städte liegen. Er trank seinen Kaffee und wartete. Über allem liegt ein Hauch von Zufälligkeit. Der Schatten der Großstadt verdunkelt die nahe Provinz und die, die es gen Westen zieht, um schließlich im Licht des Meeres anzukommen. Er lächelte ein wenig und schaute in seine Tasse. Er hörte eine Stimme und sah auf.

»Das kann nicht wahr sein«, sagte sie.

Er gab keine Antwort.

»Ich dachte, es wäre ein Scherz, als ich deine Stimme auf dem Anrufbeantworter hörte.« Sie blieb neben dem Tisch stehen. »Ein schlechter Scherz.«

»Willst du dich nicht setzen?«

»Nein.«

»Nun mach schon, Britt.«

»Ich sollte nicht hier sein.« Sie starrte auf den leeren Stuhl am Tisch. Und setzte sich.

»Möchtest du Kaffee?«

»Ich will eine Erklärung haben.«

»Darum bin ich hier. Aber ich weiß nicht viel mehr als du.«

Er hatte gesagt, dass er sie treffen müsse, dass es unerhört wichtig sei. Etwas Neues sei nach so langer Zeit eingetreten.

Alles war lange her, aber ihm hatte es keine Ruhe gelassen. Ich muss zur Ruhe kommen, hatte er viele Male gedacht. Es muss ein Ende haben.

Er hatte sie angerufen. Es war, als suchte er Trost bei ihr. Im Lauf der Jahre war das einige Male passiert. Und mehrere Male in der letzten Zeit. Du musst aufhören, hatte sie gesagt. Du musst aufhören, Jonathan. Du *musst.* Wir müssen vergessen. Es muss ein Ende haben.

»Wir sollten lieber nicht hier sitzen.« Sie schaute sich um.

»Siehst du jemanden, den du kennst?«

»Es gibt immer jemanden, der mich erkennt.«

»Bist du so bekannt?«

»Du hast offenbar vergessen, wie es ist, in so einem Kaff zu leben.«

»Ja.«

»Sei froh!«

Er antwortete nicht.

»Aber vielleicht ist es der günstigste Ort, an dem man sich treffen kann.« Sie sah sich wieder um. »So anonym.«

»Ja.«

»Also?« Jetzt schaute sie ihn an. »Warum bist du hergekommen?« In ihren Augen war keine Wärme. »Du hast versprochen, nie zurückzukommen.« Sie machte eine Handbewegung, und er sah den Ring an ihrem Finger. Ein Ehemann. Er wusste nicht, wie lange sie schon verheiratet war.

»Hast du deinem Mann etwas erzählt ... von uns ... dass du mich hier treffen würdest?«

»Denkst du, ich bin blöd?«

Er schüttelte den Kopf.

»Warum bist du hier?«, wiederholte sie.

»Ich habe einen Brief bekommen.«

Sie wartete. Im Café waren nur noch wenige Leute. Der Nachmittag war in den Sommerabend übergegangen, der durchs Fenster zu sehen war. Die Straßen waren leer. Er sah sie an. Sie schien in ihrer weißen Bluse zu frieren. Es war fast ein Vierteljahrhundert vergangen, aber er hätte sie jederzeit, wo auch immer, wiedererkannt. In den vergangenen Jahren hatte er jeden Tag an sie gedacht. Es waren viele Tage. Er sah, dass sie ihn kaum wiedererkannte. Das Haar. Der Bart. Seine Kleidung, die nicht üblich war. Wenn sie gesehen hätte, wie er sich bewegte, sie hätte ihn nicht erkannt. Niemand hier hatte ihn erkannt. Niemand.

»Nun?«

»Es war kein gewöhnlicher Brief«, sagte er und griff in die Innentasche seines Jacketts. Er zog ein Kuvert hervor und reichte es ihr. Sie nahm es, schaute darauf, dann sah sie ihn an.

»Lies ihn«, sagte er.

In dem einzigen Raum des Cafés saßen nur noch zwei Personen. Sie hielt einen Zeitungsausschnitt in der Hand.

»Es ist ein Kontaktinserat«, sagte er.

»Das sehe ich.«

Sie schaute auf den Text.

»Bist du durch?«

Sie sah ihn an, ohne zu antworten. »Bist du durch?«, wiederholte er.

Sie nickte schweigend.

Leise wiederholte er, was sie gelesen hatte: »FÜR JONATHAN UND BRITT ZUM GEDENKTAG. HERZLICHE GRÜSSE VOM TÜMPEL.«

Jetzt sah sie aus, als wäre sie zu Eis erstarrt. Ihre Haut war fast genauso weiß wie die Bluse.

»In ... in welcher Zeitung hat das gestanden? Und wann?«, fragte sie, ohne ihn anzuschauen. Sie hatte den kleinen Ausschnitt wieder ins Kuvert gesteckt.

»Es steht auf der Rückseite«, sagte er.

Sie zog das Papier wieder heraus und las das Datum, das mit Bleistift geschrieben auf der Rückseite stand, darunter »Göteborgs-Posten«.

»Ich ... versteh das nicht«, sagte sie und sah ihn wieder an. »Ich verstehe es nicht, Jonathan. Hast du das Datum geschrieben?«

»Nein.«

»Nein?«

»Ich hab den Zeitungsausschnitt in einem Briefumschlag bekommen, der in Göteborg abgestempelt war, er sah aus, wie er jetzt aussieht.« Er schaute sich wieder um, und dann guckte er sie an. »Jemand wollte sichergehen, dass ich es sah.«

»Jemand?«

Er antwortete nicht. Er wusste, was sie dachte. Er dachte an dasselbe wie sie. An dasselbe Gesicht.

»Du lieber Gott«, sagte sie.

»Ich hab das natürlich überprüft«, sagte er mit ruhiger Stimme, was ihn selbst wunderte. »Bin zur Bibliothek gegangen. An dem Tag hat die Anzeige in der *Göteborgs-Posten* gestanden.«

Sie schien ihn nicht zu hören.

»Erkennst du das Datum?«, fragte er und beugte sich über den Tisch zu ihr. Sie schien immer noch nicht zuzuhören, starrte geradewegs durch ihn hindurch. »Das Datum? Der ›Gedenktag‹?«

Etwas geschah mit ihren Augen, sie war zurück im Raum und sah ihn wieder an. Er wusste, wo sie gewesen war. »Es kann um etwas ganz anderes gehen«, sagte sie. »Reiner Zufall. Himmel, sind wir denn die einzigen Jonathan und Britt auf der Welt?«

»So hab ich auch zu denken versucht«, sagte er.

»Bleib dabei«, sagte sie, »dann tu ich es auch.«

»Da ist trotzdem noch etwas«, sagte er.

»Sei still. Ich geh sofort, wenn du es sagst.«

»Der Tümpel«, sagte er, musste es sagen. Sie stand auf und ging.

Sie weiß, wo ich bin, dachte er. Sie wird kommen.

Die Sonne war verschwunden, aber es war noch hell. Das Licht war zwischen den Tannen versunken, es war eine Nuance dumpfer geworden, aber es war noch da, als er den Waldweg entlangfuhr, der trocken und fest war, da es seit mehreren Wochen nicht geregnet hatte. Er hatte die Scheibe heruntergelassen und nahm die Düfte wahr, von denen es Tausende zu geben schien, seit die Sonne untergegangen war.

Er parkte das Auto unter dem zweigeteilten Baum, der in

jungen Jahren gespalten worden war. Als Kind hatte er oft in der Gabelung gesessen und in den Wald geschaut und gedacht, wie dunkel er war.

Der Pfad schlängelte sich wie früher: links, rechts, wieder rechts, ein Stückchen geradeaus, links. Die Hütte war noch da und sah genauso aus wie damals.

Die Fenster waren schwarz. Er ging am Haus vorbei. Das wollte er nie mehr betreten. Er hatte nie wieder über diesen Pfad und nie, *nie* mehr weiter runter zum See gehen wollen, der nun zwischen den Tannen aufblitzte.

Der Tümpel.

Er hörte einen Seevogel vom Wasser. Er erreichte das Ufer. Über der Oberfläche schwebten Nebelschwaden. Der Tümpel war größer als in seiner Erinnerung, oder er war in den vergangenen zwanzig Jahren zu einem See angewachsen. Das war kaum vorstellbar. Aber er wollte sich seiner Erinnerung an jene Zeit nicht nähern. Sie hatte ihn hierhergeführt, aber er wollte sie nicht zulassen.

Dann die Gerüche am Wasser, sie waren ganz anders als in der Stadt, wo sie trocken, stark und klar wie das Wasser des Meeres waren. Hier waren sie dunkel, voller Fäulnis und trübe wie das schwarze Wasser nur wenige Meter von seinen Füßen entfernt.

Die Erinnerungen kehrten zurück.

Sie waren in der Hütte gewesen, er und Britt, sie waren nackt, und es war das zweite Mal. Er hatte kein Recht dazu und sie auch nicht.

Niemand kam hierher. Sie konnten nicht voneinander lassen. Sie hatte gesagt, dass sie es wusste, sie war die Seine und er war der Ihre, sie hatte es aber noch nicht ihrem Verlobten gestanden. Jetzt war sie sicher. Sie würde erzählen, was niemand wusste. Ich traue mich, hatte sie gesagt.

Ihr Verlobter war gewalttätig. Einer von diesen großen gewalttätigen, großmäuligen Männern, die wie ein Magnet schöne Frauen anzogen, aber diesmal war er von *ihm* ausgestochen worden, von Jonathan, und in ihm war Jubel und gleichzeitig Angst, was geschehen könnte, wenn das Geheimnis herauskam.

Er hatte sie wieder gestreichelt.

Er stand am Tümpel und erinnerte sich an diese Bewegung. Er drehte sich zur Hütte um, die in der Sommernacht lag. Bald würde es dunkel werden, nur für eine Weile, barmherzig dunkel.

Er hatte sie gestreichelt. Sie hatten ein Geräusch gehört. Reisig, das auf dem Pfad knackte. Damals war Mittsommer gewesen, genau wie jetzt, es war trocken wie jetzt. Noch ein Geräusch, trocken und spröde. Sie hatten Schritte gehört, kein Zweifel, Schritte, Schritte auf dem Pfad und Schritte zur Veranda hinauf. Tritte gegen die Tür und eine Stimme, die schrie, *seine* Stimme, es war jetzt alles andere als ein Geheimnis, er spürte, wie sie in seinen Armen zitterte, und er hörte die Tritte gegen die Tür und das Holz krachen, und er stand auf, nackt, seine Sachen lagen irgendwo unter dem Bett, die Tür war gesplittert, der Mann dort draußen schrie wie ein Wahnsinniger, und Britt fing an zu weinen, *er schlägt uns tot*, sagte sie, und er spürte, wie sein Blut raste, als suchte es überall in seinem Körper verzweifelt Schutz vor den Schlägen, die kommen würden, wenn der draußen sich durch die Tür getreten hatte.

Dann war alles sehr schnell gegangen.

Er hörte jemanden hinter sich und spürte etwas in der

Hand, etwas Hartes und Kaltes. »Das hab ich gefunden«, sagte sie.

Er wusste nicht, was es war, aber es war schwer und scharf, und als der Verrückte durch die Reste der Tür hereinbrach, stand er bereit, den schweren Gegenstand erhoben, und schleuderte ihn nach vorn und spürte den Rückstoß in der Hand, als er irgendwo in Gesichtshöhe traf. Die Waffe, die er mit entsetzlicher Kraft geschwungen hatte, war in dem anderen stecken geblieben und löste sich aus seiner Hand, als der Körper zu Boden sank.

Die Fortsetzung war wie ein Traum. Sie war die Stärkere gewesen, sie wusste, was zu tun war. Er konnte mehr tragen als sie, aber sie sagte ihm, was sie tun mussten.

Der Tümpel war dort gewesen. Der Tümpel hatte alles verborgen.

Er hatte nicht geglaubt, dass er in der Lage war, so große Steine anzuheben.

Als sie fertig waren, wusste er, dass der Tümpel das Geheimnis bewahren würde.

Am nächsten Tag war er abgereist. Ihre Zukunft war zerstört, auch wenn niemand erfahren würde, was geschehen war. Das war ihnen unmittelbar hinterher klargeworden. An diesem Tag war sein Leben zu Ende.

Damals hat es geendet, dachte er, als er jetzt am Ufer stand und über das Wasser und die darin schwimmenden Pflanzen schaute.

Jetzt will ich mein Leben zurückhaben. Ich muss mich befreien.

Der Gedanke hatte ihn in den vergangenen Jahren begleitet.

Als ihm klargeworden war, dass Britt sich gegen die Einsamkeit entschieden hatte und mit einem Mann zusammenlebte, überkam ihn eisiger Schrecken. Sie würde nicht für immer schweigen.

Wenn das Geheimnis erst einmal weitergegeben war, war es nicht mehr zu halten. Das Puzzle musste vollendet werden.

Er wollte ein neues Leben beginnen, um endlich wieder leben zu können. Sie stand seinem Leben im Weg, wenn es sie nicht mehr gab, würde das Geheimnis ein Geheimnis bleiben.

Er versuchte, die schrecklichen Gedanken zu vermeiden, aber es gelang ihm nicht. Er hatte es einmal getan ... Sie bedeutete ihm nichts mehr, jedenfalls nicht mehr als sein eigenes Leben. Das versuchte er sich einzureden.

Es war ihre Schuld. Sie hatte ihm die Waffe gegeben, die jetzt am Grund dieses Tümpels lag, der zu glänzen begonnen hatte, während er hier stand.

Der Brief bot ihm eine Möglichkeit. Sonst hätte er niemals zurückkommen können, hätte nie einen ... Grund gehabt. Sie hätte ein Treffen abgelehnt.

Er hatte lange darüber nachgedacht, wie er den Brief formulieren sollte. Nicht zu viel, nicht zu wenig. Glaubwürdig. Er musste glaubwürdig sein. Dann gab er die Annonce auf, schnitt sie aus und schickte sie an sich selbst.

Er hatte die Sorge in ihren Augen gesehen, vorhin im Café. Es war ihm gelungen.

Der Tümpel glänzte. Er meinte, in der Ferne einen Zug zu hören.

Der Vogel schrie wieder, wie von einem anderen Gewässer. Jetzt roch es milder, besser. Er entspannte sich langsam.

Er spürte das Messer, das er in einer Scheide unter der Achsel trug.

Er fragte sich, wann sie kommen würde. Er wusste, dass sie kommen würde. In diesem Punkt kannte er sie genau.

Niemand in dem trägen Ort hatte ihn in der faulen, stickigen Nachmittagshitze wiedererkannt. Morgen würde er sich den Bart abrasieren und die Haare schneiden, seine normale Kleidung tragen und in seinem normalen Gang gehen.

Plötzlich lächelte er. Er spürte das Messer unter dem Arm. Er hörte ein trockenes Knacken vom Waldpfad.

Noch ein Knacken. Da oben ging jemand. Vielleicht hörte er eine Stimme, die leise seinen Namen sagte. Er bewegte sich auf das Geräusch zu, zur Hütte hinauf. Sie stand wie beim letzten Mal vor der Veranda, in dem anderen Leben.

»Du bist gekommen«, sagte er.

»Hast du etwas anderes erwartet?«

»Nein.«

»Und was passiert jetzt?«, fragte sie.

»Ich weiß es nicht.« Er trat näher. Sie rührte sich nicht.

»Du hast keine Ahnung, wer diese Anzeige aufgegeben hat?«, fragte sie. Er meinte, ihre Zähne im Gesicht blitzen zu sehen.

»Natürlich nicht«, antwortete er. Jetzt, dachte er. Jetzt. Noch fünf Schritte, und dann ist es vorbei. Ich habe es schon einmal getan. Ich-habe-es-schon-einmal-getan. Fünf Schritte, eins, zwei …

»Jedenfalls war es gut«, sagte sie.

Er blieb stehen. »W– was?«

»Es muss ein Ende haben«, sagte sie. »Ich hatte angefangen, so normal zu funktionieren, wie es geht, aber dann hast du dich wieder gemeldet. Ich habe versucht, dir zu erklären, dass es unmöglich ist, aber du wolltest es nicht wahrhaben, Jonathan. Oder verstehen.«

»W– was?«, wiederholte er. Noch immer hatte er nicht diesen entscheidenden dritten, vierten und fünften Schritt gemacht.

»Du hast uns keine andere Wahl gelassen«, sagte sie. »Ich habe dich gebeten. Ich habe versucht, es dir zu erklären. Aber du konntest es nicht verstehen. Oder du wolltest es nicht.« *Jetzt.* Er machte noch einen Schritt. Er konnte sie fast berühren.

»Vorher hat mir das Leben nichts bedeutet, aber jetzt habe ich meine Lebenslust wiedergefunden«, sagte sie. »Ich glaube, auch das kannst du nicht verstehen. Aber ich kann mich nicht mehr ... auf dich verlassen, Jonathan. Das Geheimnis ist nicht mehr sicher. Verstehst du, was ich sage?«

Mehr, als du glaubst, dachte er. Er schob eine Hand in sein Jackett und spürte den Griff des Messers. »Leb wohl, Bri–«

Hinter der Giebelfront der Hütte tauchte ein Mann auf.

»Du bist hierhergekommen Jonathan.« Sie sah ihn an und dann zu der Seite, von der sich der Mann näherte, wie ein großer Panther. Im Schatten war er schwarz wie ein Panther. »Du bist gekommen. Du hast angerufen. Du hast in der Vergangenheit herumgewühlt, immer mehr. Hast alles wieder aufgewühlt.«

Er schaute zwischen ihr und ihm hin und her, vor und zurück.

»Hast du die Anzeige selber aufgegeben, Jonathan?«, fuhr sie fort.

»W– was?«

»Ich muss es wissen. Hast du die Anzeige aufgegeben?«

Er dachte nach: Er brauchte das Messer nicht zu zeigen. Er konnte einfach weggehen, ohne dass sie es erfuhr. Wenn er zugab, dass er die Anzeige aufgegeben hatte, würde sie glauben, dass er sie treffen und vielleicht wieder mit ihr leben wollte. Sie würde ihm glauben. Sie würde glauben, dass es die Wahrheit war, aber er konnte ihr ja nicht die ganze Wahrheit sagen.

Er würde eine zweite Chance bekommen, bald, ein andermal. Und dann würde sie diesen Panther auch mitbringen. Du kannst nichts mitnehmen, wohin du gehst, aber die beiden sollten einander mitnehmen. Der Panther gehörte jetzt dazu. Ihm war klar, dass sie ihm alles erzählt hatte.

»Ja«, sagte er.

»Du hast die Anzeige selbst aufgegeben?«

»Ja. Ich wollte so gern eine Chance haben, dich zu treffen.«
Er sah die Erleichterung in ihrem Gesicht. Es gab keinen dritten Beteiligten. Er sah, dass sie so dachte. Kein Zeuge aus der Vergangenheit. Er sah, wie sie dem Panther zunickte, der näher kam.

Jetzt war es vorbei. Jetzt konnte er gehen. Er zog die Hand aus dem Jackett und machte einen Schritt nach rechts.

»Adieu, Jonathan«, sagte sie, und er sah eine rasche Bewegung von der Seite. Etwas traf ihn im Gesicht. Alles in seinem Kopf wurde rot, und er fühlte, wie er hochgehoben und dann heruntergelassen wurde, er spürte, wie er in etwas versank, das schwarz und feucht war, und dann spürte er nichts mehr.

Stille Minute

Der See lag unterhalb der Kiefern, die nicht weit vom Ufer entfernt standen. Die Erde war mit Kiefernzapfen bedeckt, man muss vorsichtig gehen, wenn man barfuß ist, dachte das Mädchen, als es zum ersten Mal den Pfad in Sandalen entlangging. Die Zapfen knirschten unter ihren Füßen. Sie bückte sich und hob einen Zapfen auf, er war nicht groß, aber scharfkantig.

Sie hatten gerade die Campinghütte hinter den Föhren bezogen, sie wirkte klein, enthielt aber zwei Zimmer und einen Alkoven, und dieses Bett bekam das Mädchen, der Alkoven war fast wie ein eigenes Zimmer mit einem eigenen Fenster.

Der Strand war leer, das war seltsam, aber vielleicht wohnten nicht viele auf dem Campingplatz, es gab nur etwa fünf Hütten, und Zelte hatte sie nicht gesehen. Der Platz lag tief im Wald, und an der Landstraße hatte kein Hinweisschild gestanden. Sie waren durch ein Dorf mit einer Kirche gefahren, eine der ältesten im Land, hatte Papa gesagt. Die Kirche war einer der Gründe, warum sie hierhergekommen waren! Alte Kirchen waren Papas Hobby, komisch, dass er nicht Pfarrer geworden war. Aber sie ging selbst auch gern in alte Kirchen, wenn sich dort niemand anders aufhielt, es war dunkel, kühl und geheimnisvoll, als ob es doch immer jemand dort drinnen gab, vielleicht jemand, vor dem man sich fürchten musste. Vielleicht war es der Teufel! Sie wusste, dass der Teufel einmal der Engel des Lichts gewesen war, aber Gott ihn aus dem Himmelreich gejagt hatte, und das hatte er Gott nie verziehen, vielleicht waren Kirchen der Ort, wo der Teufel dem Himmelreich hier auf Erden am nächsten kommen konnte, dachte sie.

Es war immer noch warm, obwohl es nun schon ziemlich spät war. Sie lief wieder hinauf zur Hütte und zog sich im Auto den Badeanzug an, alle anderen waren in der Hütte und schienen hin und her zu laufen. Ihre kleinen Brüder Pelle und Nisse trugen schon ihre Badehosen, sie hatten eigentlich immer Badehosen an. Sie waren neun und sieben Jahre alt. Sie war zwölf, fast wie eine Mutter.

»Lisa, du musst auf die Jungen aufpassen, wenn ihr badet«, sagte Mama.

Sieh einer an, sie war eine Mutter! Sie konnte kaum einen Schritt machen, ohne dass die beiden mit ihr herumalberten, sich anschlichen, eben all der Unfug, den kleine Jungen im Kopf hatten.

»Okay«, sagte sie, obwohl sie es nicht okay fand.

Als sie an den Strand kamen, war dort eine andere Familie, ein Mädchen, ein Junge und ihre Eltern, vermutete sie. Das Mädchen war etwa so alt wie sie und ihr kleiner Bruder vielleicht so alt wie Pelle. Sie waren ganz offensichtlich Geschwister und sahen ihren Eltern verblüffend ähnlich, als ob sie die eine Hälfte des Gesichts vom Papa und die andere Hälfte von der Mama hätten. Das wirkte merkwürdig, wie Gesichter in einem Comic.

Ihr Papa sprang vom Steg ins Wasser und schwamm hinaus. Es war nicht weit bis zum gegenüberliegenden Ufer, es war eher ein Teich, ein Tümpel, sie würde selbst ohne weiteres zur anderen Seite schwimmen können und wieder zurück und dann gleich noch mal.

Pelle und Nisse sprangen ins Wasser, aber der andere Junge blieb am Ufer sitzen und schaute nur zu. Seine Schwester ging hinein, vorsichtig, als ob sie erst fühlen wollte, wie kalt es war, aber es war nicht kalt, es war warm, Sommer, fast einen Monat lang war es so warm gewesen, und Papa und Mama hatten gesagt, wenn wir in Urlaub fahren, wird es wohl regnen, doch der Regen kam nicht, es war, als würde es nie wieder regnen, das Land würde vielleicht eine Wüste werden, sie müssten auf Kamelen reiten, das war bestimmt spannend! In ihrer Familie hieß es immer, sie habe eine lebhafte Phantasie, manchmal ein bisschen *zu* lebhaft, fand Mama, aber was war schlimm daran? Wenn man sich keine spannenden Sachen ausdenken konnte, die passieren könnten, war das Leben doch nicht mehr lustig. Musste todlangweilig sein.

Jetzt schwamm das fremde Mädchen. Sie hatte nicht in Lisas Richtung geguckt, vielleicht war sie schüchtern. Vielleicht kommen sie aus einem anderen Land, dachte Lisa, Deutschland vielleicht, im Sommer kommen viele deutsche Touristen hierher. Vielleicht wohnen sie in einer der Hütten. Ich habe ein Auto vor der Hütte gesehen, die am weitesten von uns entfernt ist, es sah deutsch aus, haha. Ich kann Pelle fragen, der weiß alles über Autos, Nisse weiß alles über Motorräder, aber ich hab hier noch kein Motorrad gesehen. Beide wissen alles übers Tauchen, sind mehr unter als über dem Wasser, können wo auch immer im See wieder auftauchen, wie Haubentaucher.

Und dann war die andere Familie verschwunden, einfach

so. Sie mussten gegangen sein, als sie ein Stück in den See hinausgeschwommen war. Sie hatte Pelle und Nisse am Steg grölen und schreien gehört, wie sie immer lärmten, aber sie konnte nicht hören, wie die Familie wegging. Sie fragte die beiden, als sie aus dem Wasser kam.

»Ja, die sind gegangen«, sagte Pelle.

»Haben sie was gesagt?«

»Nee, wir auch nicht«, sagte Nisse und grinste wie ein Blödmann.

»Vielleicht sind es Deutsche«, sagte sie.

»Vielleicht sind es Beutsche«, sagte Pelle.

»Vielleicht sind es Keutsche«, sagte Nisse.

»Vielleicht sind es Meutsche«, sagte Pelle.

»Vielleicht sind es Fleutsche«, sagte Nisse.

Sie hörte ihre idiotischen Albereien immer noch, während sie zu den Kiefern hinaufging, so was musste sie jeden Tag ertragen, wenn Papa da gewesen wäre, hätte er sagen können, sie sollten die Klappe halten, aber ihr gehorchten die beiden nie.

Jetzt war es draußen still, so eine Stille hatte sie noch nie erlebt. Totenstill war es, fast hätte es in ihren Ohren angefangen zu rauschen, damit es nicht *zu* still war. Zu Hause in der Stadt gab es immer Geräusche, Autos, Krankenwagen, Busse, Straßenbahnen, Leute, die spazieren gingen, aber hier gab es nichts, nicht einmal den Wind konnte sie hören, den Wind in den Bäumen.

Sie las mit der Taschenlampe ein spannendes Buch unter der Decke. Alle anderen schliefen, heute Abend schnarchte niemand, das war seltsam, aber vielleicht war es deswegen so still.

Das Buch handelte von vier Kindern, die in eine Höhle im Wald geschlichen waren und dann nicht mehr rauskamen. Jemand hatte den Ausgang blockiert, vielleicht war auch plötzlich ein großer Stein vom Berg über der Höhle heruntergefallen. Sie las gerade, wie die Kinder überlegten, ob es einen Weg hinaus gab. Die Höhle endete in einer Art Tunnel, und die Anführerin beschloss, erst einmal allein zu erkunden, wie lang der Tunnel war. Sie war zwölf Jahre alt. Sie hatte eine Taschenlampe, und sie wür–

Da hörte Lisa etwas von draußen. Sie knipste die Taschenlampe aus. Jetzt war es nur dunkel und still. Auf dem Campingplatz gab es keine Beleuchtung. Eigentlich war es kein richtiger Campingplatz, aber es gab einen Abwaschtisch, fließendes Wasser und eine Dusche, aus der aber nur kaltes Wasser kam.

»Die verdammten Bauerntölpel, die den Platz betreiben, kümmern sich nicht um so was Neumodisches wie warmes Wasser und Strom«, hatte Papa zu Mama gesagt, als Lisa auf der Treppe vor der Hütte saß und die beiden wahrscheinlich glaubten, sie sei außer Hörweite. Manchmal fluchte Papa auch, und das war seltsam, da er sich doch so sehr für Kirchen interessierte. Aber er behauptete, man müsse nicht jeden Tag zu Gott beten, wenn man sich für Kirchen interessiere, er interessiere sich für die Architektur, wie die Kirchen außen und innen aussahen, und für all die Jahrhunderte, die vergangen waren, die diese Kirchen zu den ältesten Gebäuden im ganzen Land machten, mehr als tausend Jahre alt. Sie waren älter als diese Campinghütten, hatte Papa gefrotzelt, als sie hier ankamen, die konnten nicht älter als zweihundert Jahre sein, er und Mama hatten gelacht, aber sie hatte den Witz nicht recht verstanden.

Sie lauschte wieder. Da draußen ging jemand! Sie zitterte plötzlich, als ob sie fröre.

Es knackte, als würde ... als würde jemand mit großen Schuhen über Kiefernzapfen gehen, jemand, der vielleicht gar nicht bedachte, dass ihn jemand hören könnte. Wer war dort draußen? Sie schaute auf die Leuchtziffern ihrer Armbanduhr, es war fast eins, und sie war nur deswegen noch wach, weil das Buch so spannend war. Der da draußen dachte, dass alle schliefen. Aber hier wohnten ja nur ihre und die andere Familie, jeder an einem Ende des Platzes. Die übrigen Hütten waren leer, das hatte Mama erzählt. Schön, hatte sie gesagt, das werden ruhige Tage. Wir können grillen, baden und Waldspaziergänge machen. Und Friedhofsspaziergänge, hatte Papa hinzugefügt, er interessierte sich auch für Friedhöfe, sie waren wie die Gärten der Kirchen, nur voller Toten, huh!

Jetzt war es still, sie sah wieder auf ihre Uhr, folgte dem Sekundenzeiger, eine ganze stille Minute. Kein Knirschen mehr von Kiefernzapfen. Sie wagte kaum zu atmen, als wäre das bis nach draußen zu hören, als könnte es der hören, der dort stand. Es musste ein Er sein. Wenn er nun das Licht ihrer Taschenlampe gesehen hatte! Nein, das war nicht möglich, sie war unter der Decke gewesen, die hatte sie zurückgeschlagen, um zu horchen, und die Taschenlampe war aus. Aber wenn er es doch gesehen hatte?

Jetzt wieder das Knacken, die Schritte, aber weiter entfernt, wirklich weiter entfernt, kaum noch zu hören, aber sie wusste ja, dass es sie gab.

Das, was da draußen war, entfernte sich immer weiter, aber sie hatte immer noch Angst.

Mama und Papa wollte sie nicht wecken.

Sie würden ihr ja doch nicht glauben.

Aber wenn Papa trotzdem rausgehen würde, könnte etwas Schreckliches passieren.

Und dann dachte sie, dass es Tiere sein könnten, vielleicht ein Elch, ein Reh oder ein Dachs, kein Hase, der war zu leicht, würde nur über die Kiefernzapfen huschen, aber ein Elch ... oder ein Wolf! Sie hatte gelesen, dass es in diesen Wäldern Wölfe gab wie zu der Zeit, als die richtig alten Kirchen erbaut worden waren, da hatte es noch überall Wölfe gegeben.

Vielleicht war es der alte Wolf. Sie hatte ein Buch über einen Wolf gelesen, der Jahr für Jahr zu seinem alten Revier zurückkehrte, auch noch, als er tot war. Es war ein Wolfsgespenst, und warum sollte es keine Wolfsgespenster geben, wenn es Menschengespenster gab? Aber dies war wohl kein Gespenst, und er würde keine Menschen anfallen, es war nur ausgedacht, dass einsame Wölfe Menschen anfallen, wenn sie keinen richtigen Hunger haben. Dieser Sommer war vielleicht zu warm gewesen, um Nahrung zu finden, weil sich alle Beutetiere vor der Sonne versteckten.

Sie lauschte wieder, aber jetzt war es still, genauso still wie vorher, bevor sie die Schritte hörte. Auch die Kiefernzapfen waren still. Vielleicht war es doch ein Tier gewesen, so musste es sein. Auf dem Campingplatz arbeitete niemand, es gab keine Rezeption, man musste auf einem weit entfernten Bauernhof bezahlen. Es konnte doch niemand mitten in der Nacht arbeiten wollen, und dann auch noch in der Gespensterstunde. Sie schaute wieder auf die Uhr. So spät war sie fast noch nie wach gewesen. Sie wollte nicht mehr lesen.

Und dann schlief sie ein.

Am nächsten Morgen badeten sie, Lisa und ihre Brüder. Nach einer Weile kamen das andere Mädchen und ihr kleiner Bruder an den Strand. Auch jetzt sagten sie nichts, sie grüßten nicht einmal. Pelle und Nisse war das egal, aber Lisa war es nicht egal. Vielleicht waren sie doch aus einem anderen Land.

Sie ging zu dem Mädchen, das allein auf einer kleinen Decke saß. Ihr Bruder war unten am Wasser.

»Hallo«, sagte sie.

Das Mädchen nickte, sagte aber nichts.

»Schönes Wetter«, sagte Lisa. »Das geht wohl nie vorbei.«

»Es geht vorbei«, sagte das Mädchen. Sie sah nicht froh aus, als sie das sagte. Aber sie sagte es auf Schwedisch.

»Na ja, irgendwann muss der Sommer wohl zu Ende gehen«, sagte Lisa.

»Es geht vorbei«, wiederholte das Mädchen, genauso ernst wie vorher.

»Wie heißt du?«

»Rebecka.«

»Bist du aus der Stadt?«

»Welcher Stadt?«

Lisa nannte die Hauptstadt des Landes, aus der kam sie selbst. Aber es war eine dumme Frage, schließlich konnte nicht jeder von dort kommen.

»Nein«, sagte Rebecka, mehr nicht.

»Willst du nicht baden?«

»Nein.«

»Wollen wir was anderes machen?«

»Ich muss auf meinen kleinen Bruder aufpassen.«

»Ich auch.« Lisa lächelte, aber Rebecka lächelte nicht.

»Wie lange bleibt ihr hier?«, fragte Lisa.

Rebecka sah sie an. Sie hatte schwarze Augen, oder sie wirkten schwarz im Sonnenschein, bei Sonnenschein war alles entweder schwarz oder weiß. Sie antwortete nicht auf die Frage.

»Wir fahren morgen«, sagte Lisa. »Ein Ausflug. Wir wollen alte Kirchen angucken, haha, aber in einigen Tagen oder so sind wir wieder da.«

»Fahrt nicht«, sagte Rebecka.

Sie sah ängstlich aus, als sie das sagte, vielleicht war es auch etwas anderes als Angst, Lisa sah etwas in ihren Augen, was vorher nicht da gewesen war, es war ein noch schwärzeres Schwarz.

»Wie meinst du das?«

»Ihr sollt nicht fahren!«, sagte Rebecka lauter, in dem Augenblick rief einer der Jungen nach Lisa, sie drehte sich um und sah, wie Pelle mit Nisse huckepack ins Wasser sprang.

Sie lachten wie verrückt, es sah lebensgefährlich aus, Lisa stand auf und ging zum Steg, als sie sich umdrehte, war Rebecka verschwunden, sie war nicht einmal oben bei den Bäumen, und ihr kleiner Bruder war auch nicht mehr am Strand. Lisa schauderte es mitten in der Sonne, als wäre innerhalb weniger Minuten Winter am See geworden.

Sie versuchte, unter der Bettdecke zu lesen, aber die Geschichte war nicht mehr spannend. Die Kinder in dem Buch hatten einen Weg aus der Höhle gefunden, und das war allzu leicht gegangen. Sie hätte selbst eine viel spannendere Geschichte erfinden können. Manchmal dachte sie, sie könnte Schriftstellerin werden. Mama hatte gesagt, du hast so eine lebhafte Phantasie, Lisa, du könntest Schriftstellerin werden. Vielleicht würde sie es schaffen! Sie hatte schon ein wenig geschrieben, Rechtschreibung konnte sie jedenfalls, haha. Vielleicht konnte sie Mysterys schreiben, das waren Geschichten, für die es keine richtigen Erklärungen gab. In einem Puzzle gab es immer Teile, die zusammenpassten, und schließlich passten alle Teile, und dann konnte man die Geschichte erklären, aber in einem Mystery gab es keine Puzzleteile, und wenn es welche gab, dann passten sie nicht zusammen.

Rebecka hatte Angst gehabt. Hatte sie auch Schritte gehört? Lisa wollte sie fragen, aber da war sie schon verschwunden. Den ganzen Tag sah sie sie nicht mehr, auch abends nicht. Das Auto der Familie stand nicht mehr vor ihrer Hütte, und sie hörte es am Abend nicht zurückkommen, sah es auch nicht. Vielleicht unternahmen sie einen längeren Ausflug, würden vielleicht mehrere Tage wegbleiben. Aber warum hatte Rebecka gesagt, Lisa solle bleiben?

Sie schloss die Augen. Es war genauso still wie in der Nacht davor, so still, als hielte man eine stille Minute für jemanden ab, der gestorben war. Das hatte sie im Fernsehen gesehen, zusammen mit Papa, es war bei einem Fußballspiel gewesen, eine Minute Stille, die Minute fühlte sich fast wie eine ganze Stunde an, Totenstille, als würde es zehntausendmal stiller werden als bei einem normalen Schweigen. Es war wie hier, mehrere stille Minuten hintereinander, die wie eine ganze Nacht waren. Sie schaute auf die Uhr, fast Mitternacht. Und da hörte sie ein Geräusch, ein Brummen, das in weiter Ferne begann und näher kam, immer näher, jetzt klang es wie ein Auto, es musste ihr Auto sein, jetzt war es vor ihrer Hütte, sie sah ein Aufleuchten hinter den Vorhängen, das mussten die Scheinwerfer sein, dann erloschen sie, und das Motorengeräusch erstarb. Das dachte sie, Licht und

Geräusche erstarben. Nun mussten sie aus dem Auto steigen, aber das hörte sie nicht, vielleicht wollten sie die andere Familie nicht wecken, unsere Familie, dachte sie, hier sind ja nur wir und sie, das war seltsam, denn es war immer noch schönes Wetter und Urlaubszeit, und Papa hatte beim Mittagessen gesagt, dass dies ein wunderbarer Ort war, ein nicht entdeckter Ort, hatte er gesagt, das ist gut für uns. Ein mystischer Ort, hatte sie gesagt, und alle hatten gelacht, du mit deiner Phantasie, hatte Papa gesagt. Sie hatte nichts von Rebecka erzählt, dass sie mit ihr gesprochen hatte und dass diese innerhalb von Sekunden verschwunden war, sie hätten sie nur ausgelacht, geglaubt, das habe sie sich ausgedacht.

Ein Kiefernzapfen knackte. Es war dasselbe Geräusch wie in der letzten Nacht. Jemand ging vorbei, noch ein Zapfen, es war, als riefen die Zapfen ihr etwas zu, nur ihr.

Sie meinte, Schritte zu hören, aber das konnte nicht sein. Wieder knackte ein Zapfen, jetzt weiter entfernt, sie richtete sich auf, ihre Ohren schmerzten, als sie versuchte, so sehr zu horchen, wie sie nur konnte. In ihrem Kopf brauste es. Sie wartete darauf, etwas zu hören.

Sie hörte einen Schrei!

Nur einen einzigen.

Der Schrei hallte über dem Wald wider, alle mussten ihn gehört haben, das ganze Land musste ihn gehört haben, der Schrei musste bis zur Hauptstadt geflogen sein.

Jetzt war das Echo verstummt, es war wieder still, genauso totenstill wie vorher.

War es ein Vogel? Es könnte ein Vogel gewesen sein, der vom alten Wolf erschreckt worden war.

Aber sie hatte keine Flügelschläge gehört. Und keinen Wolf, der davonlief, das wäre auf jeden Fall zu hören gewesen, wenn er einen großen Vogel jagte, ein Auerhuhn oder ein Birkhuhn.

Vögel haben viele Stimmen, sie können schreien wie Menschen, sprechen wie Menschen.

Sie saß im Bett, wagte nicht, sich zu rühren, lauschte, der Nacken tat ihr weh, in der Hütte war es still, niemand sagte etwas, niemand sprang auf, niemand hatte etwas gehört, jetzt schnarchten sie, das klang, als würden alle schnarchen, wie ein Orchester. Ich werde nie schnarchen, dachte sie, schnarchen ist lebensgefährlich.

Und dann erinnerte sie sich an nichts mehr, sie musste eingeschlafen sein, nachdem sie sich aufgerichtet hatte, wie ein Pony, das im Stehen einschläft.

Sie standen früh auf, um zu einer Kirche zu fahren, die weit entfernt war, danach würden sie einige Tage im Hotel wohnen, das war aufregend, sie hatte noch nie im Hotel übernachtet. Vielleicht fühlte es sich so an, wenn man in ein fremdes Land reiste, oder als wäre man sehr reich und wohnte in der Hauptstadt im Hotel.

Beim Frühstück sagte sie:

»Ich habe heute Nacht einen Schrei gehört.«

Mama schaute sie an. Sie sah nicht besonders interessiert aus.

»Es war ein richtiger Schrei«, sagte Lisa.

»Ein Seevogel«, sagte Papa.

»Habt ihr das gehört?«, fragte sie. »Hat es jemand gehört?«

Alle schüttelten den Kopf.

»Der Schrei kam von der anderen Hütte«, sagte sie. »Rebeckas Hütte.«

»Rebecka?«, sagte Mama.
»Das Mädchen heißt Rebecka.«
»Kennst du sie?«
»Ich hab mit ihr geredet.«
»Davon hast du gar nichts erzählt«, sagte Papa.
»Es hat ja auch niemand gefragt.«
»Na, wir müssen uns langsam auf den Weg machen«, sagte Papa.
»Nachts läuft da draußen jemand rum«, sagte Lisa.
»Ach?« Papa sah nicht aus, als würde er sich fürchten.
»Ich habe in zwei Nächten Schritte gehört. Die Kiefernzapfen knacken, wenn jemand mit Schuhen darübergeht. Ich habe es gehört.«
»Vielleicht war es der Wind«, sagte Mama.
»Es war überhaupt nicht windig, das wisst ihr doch«, sagte Lisa.
»Vielleicht ein Tier«, sagte Papa.
»Ein Elefant!«, rief Pelle.
»Ein Wisent!«, rief Nisse.
»Ein Jaguar!«
»Ein Nilpferd!«
»Ein Nashorn!«
»Eine Giraffe!«
»Jetzt haltet mal die Klappe!«, rief Papa.
»Darüber darf man keine Witze machen«, sagte Lisa.
»Jedenfalls müssen wir jetzt fahren«, sagte Papa. »Wenn wir weg sind, kann es hier so viel knacken, wie es will.«
»Quatsch, das hat sie alles erfunden«, sagte Pelle.
»Rebecka wollte nicht, dass wir wegfahren«, sagte Lisa. »Sie hatte Angst.«
»Lisa ...«, sagte Mama.

»Ich hab mir das nicht ausgedacht! ›Ihr dürft nicht fahren!‹, hat sie gesagt.«

Mama schaute Papa an. Er zuckte mit den Schultern, verließ die Hütte, nach einer Weile kam er wieder herein.

»Ihr Auto steht da, es ist erst halb acht, die schlafen noch. Es sind Ferien, nur Kirchenbesucher wie wir stehen so früh auf. Und jetzt fahren wir!«

Sie schauten sich mehrere Kirchen an, sahen Friedhöfe, Dörfer, Kühe, Pferde und Schafe, dann kamen sie zu der kleinen Stadt, in der sie übernachten wollten. Das Hotel hieß Stadthotel und war groß und fein. Auf der Veranda hingen Blumenkästen, dort werden wir heute Abend gut essen, sagte Papa.

Das Zimmer war groß, fünfmal größer als die Hütte. Und fünfzigmal teurer, dachte sie. Vielleicht waren sie reich geworden, ohne dass es ihr jemand erzählt hatte. Alle schienen fröhlich zu sein, nur sie nicht. Sie dachte an Rebecka, an den Badesteg, an den Schrei und an Rebeckas Augen. Wir hätten bleiben sollen, dachte sie, es war falsch wegzufahren. Sie hatte es Papa gesagt.

»Aber wir kommen doch in ein paar Tagen zurück«, hatte er geantwortet. »Dieser Ort ist eine kleine Perle.«

Sie konnte nicht schlafen. Draußen war es nicht still, Gäste saßen auf der Veranda und redeten und lachten bis in die späte Nacht. Autos fuhren herum, Leute schrien, aber das waren andere Schreie als die, die sie auf dem Campingplatz gehört hatte, diese Schreie waren nicht damit zu vergleichen. Hätte sie den Schrei in der Nacht aufnehmen können und später Mama und Papa hören lassen, dann hätten sie ihr geglaubt. Jetzt glaubte ihr niemand.

Drei Tage später waren sie wieder auf dem Campingplatz. Für Lisa hatten sie sich wie drei Wochen angefühlt. Sie hielt Ausschau nach Rebecka und dem Auto, aber es stand nicht vor der Hütte.

Sie bezogen dieselbe Hütte, die sie vorher gehabt hatten.

»Das ist wie nach Hause kommen«, sagte Papa.

»Wir sollten vielleicht immer hier wohnen.« Mama lachte.

»Jedenfalls im Sommer«, sagte Papa, »wenn die Sommer so sind wie dieser.«

Es ist kein Sommer, dachte sie, es ist Winter, aber die anderen hatten nicht genügend Phantasie, um das zu verstehen. Sie hatten fünfundzwanzig Grad minus, aber die verstehen nichts. Nur ich friere. Nur ich sehe den Schnee unten am Wasser, die anderen glauben, es ist Sand. Nur ich sehe das Eis auf dem Wasser, die anderen glauben, es ist Sonnengeglitzer.

Nur ich sehe, was unter dem Eis ist.

Langsam ging sie zu Rebeckas Hütte.

Dort war es still, still wie in der Nacht. Still wie im Grab, aber wie kann jemand wissen, ob es in einem Grab still ist, niemand ist dort gewesen und wieder rausgekommen und hat erzählt, wie es ist.

Jetzt stand sie vor der Tür, es war genauso eine Tür wie zu ihrer Hütte, alles sah gleich aus.

Neben der Hütte waren tiefe Reifenspuren wie von einem Blitzstart oder einer scharfen Bremsung. Sie sahen aus, als wäre ein Fahrzeug mehrmals in derselben Spur hin und her gefahren, als wäre sie dann festgetreten, platt gefahren oder irgendwie abgeschliffen worden, als ob jemand Sand über die Spuren geschaufelt hätte. Im hohen Gras neben der Hütte gab es Sand.

Sie klopfte an die Tür.

Niemand öffnete.

Sie klopfte noch einmal, diesmal fester, trotzdem öffnete niemand. Jetzt ging sie zu einem der Fenster und spähte hinein, das konnte sie, wenn sie sich auf Zehenspitzen stellte. Aber drinnen war nichts zu sehen, alles lag im Schatten. In der Hütte war es ganz still und schwarz.

»Sie sind nicht da«, sagte sie, als sie zurückkam. Papa las ein Buch, sie erriet, dass es von Kirchen handelte, sie brauchte es übrigens gar nicht zu erraten, denn auf dem Umschlag war eine Kirche abgebildet. Papa schaute auf.

»Sie sind wohl irgendwohin gefahren«, sagte er.

»Nein.«

»Wie willst du wissen, was sie tun?«

»Ich weiß es«, sagte sie.

»Lisa ...«

Lisa hier und Lisa da, dachte sie. Immer war das so, wenn sie etwas sagte, was die anderen nicht verstanden.

»Sie kommen nicht wieder«, sagte sie.

»Wir sind hier in einem Feriendorf, Lisa«, sagte Papa, »die Leute kommen nicht wieder, jedenfalls nicht in denselben Ferien.«

»Wir sind zurückgekommen.«

»Wir sind eine Ausnahme.«

»Wie willst du das alles wissen, Papa?«, sagte sie und ging weg.

In der Nacht hörte sie wieder die Schritte, eins-zwei-drei-vier. Die Kiefernzapfen knackten. Sie hörte keinen Schrei. Die Schritte waren genau vor ihrer Hütte. Sie entfernten sich nicht, so als stünde jemand draußen und betrachtete die Hütte – starrte auf die Hütte. Die Leuchtziffern zeigten, dass es ein Uhr in der Nacht war, als sie unter der Bettdecke nachschaute. Als sie den Kopf wieder herausstreckte, hörte sie keine Schritte mehr, die ganze Nacht nicht, vielleicht hatte sie überhaupt nicht geschlafen, sie wusste es nicht. »Es geht vorbei«, hatte Rebecka gesagt, Lisa erinnerte sich daran, was hatte sie damit gemeint, den Sommer ganz bestimmt nicht.

»Wie geht es dir, Lisa?«, fragte Mama beim Frühstück. »Du bist ein bisschen blass.«

»Das Mädchen schläft schlecht«, sagte Papa und schaute sie an. »Ich habe dich heute Nacht gehört, du sollst nicht unter der Bettdecke lesen. Du brauchst deinen Schlaf. Lesen kannst du am Tag.«

»Ich habe nicht gelesen«, sagte sie.

»Aha.«

»Ich habe gehorcht.«

»Ah so.«

»Ihr glaubt mir nicht, oder?«

»Was hast du gehört?«, fragte Mama.

»Draußen ist jemand.«

»Du hast ja Angst im Dunkeln!«, rief Pelle, und Nisse rief: »Angsthase, Angsthase!«

»Still!«, sagte Papa mit scharfer Stimme.

»Ich will nach Hause«, sagte Lisa.

»Wir fahren übermorgen.«

»Wir müssen jetzt fahren! Jetzt!«

»Aber Schätzchen, was ist denn?«, fragte Mama.

»Wo ist Rebecka?«, sagte sie. »Ich will wissen, wo sie ist.«

Den ganzen Vormittag hatte sie Rebeckas Hütte beobachtet. Niemand war gekommen oder gegangen. Das Auto war immer noch weg.

Mittags wollte sie nichts essen.

»Okay«, sagte Papa und sah sie an. »Wir fahren zu dem Bauern, du und ich, Lisa.«

»Was willst du denn sagen?«, fragte Mama.

»Dass Lisa sich mit der Tochter der anderen Gäste angefreundet hat, wir wollen wissen, ob sie vielleicht eine Adresse hinterlassen haben.«

»Ja, das ist gut.«

Damit niemand glaubt, dass wir eine Familie mit allzu lebhafter Phantasie sind, dachte Lisa, aber sie war froh, dass Papa bereit war, mit ihr zu dem Bauern zu fahren, der die Hütten vermietete, und nach Rebecka zu fragen. Bestimmt hatte die Familie ausgecheckt, falls es hier auch so hieß, so nannte man das jedenfalls im Hotel. Aber sie wollte ganz sicher sein.

Sie fuhren los. Es war warm wie an allen anderen Tagen, aber ihr war kalt, und sie hatte eine Strickjacke übergezogen. Du kriegst wahrscheinlich eine Erkältung, hatte Mama gesagt.

Als sie auf den Hofplatz einbogen, stolzierte ein Hahn vor ihnen her.

Sie stiegen aus dem Auto.

Papa rief. »Hallo? Hallo?« Und nach einer Weile tauchte der Bauer aus der Scheune auf. Beim Näherkommen zog er ein Paar Handschuhe aus und warf sie auf die Erde, fast hätten sie den Hahn getroffen.

Der Bauer war alt, älter als Papa, und er hatte einen Sohn, der auch alt war. Papa hatte hinterher gesagt, der Sohn habe in einiger Entfernung gestanden, als sie das erste Mal hier waren, um den Schlüssel zu holen und zu bezahlen. Der Sohn hatte ein Stück entfernt gestanden, als hätte er Angst. Er war erst näher gekommen, als sie abfuhren. Lisa hatte sich umgedreht und ihn neben seinem Vater stehen sehen. Er hatte dem Auto nachgestarrt, bis er aus Lisas Blickfeld verschwunden war.

Jetzt sah sie ihn. Er saß auf einem Traktor und guckte auf sie herunter.

»Ich habe nur eine kleine Frage«, sagte Papa.

Der Bauer schaute sie schweigend an. Er trug eine Kappe, und sein Gesicht war im Schatten, fast so, als hätte er eine Haube über dem Kopf, dachte Lisa.

»Es geht um die andere Familie, die auf dem Campingplatz war«, sagte Papa. »Hat sie ausgecheckt?«

Papa schien vergessen zu haben, was er hatte fragen wollen, damit es nicht merkwürdig wirkte.

»Was ist mit denen?«, fragte der Bauer.

»Äh, also meine Tochter hat sich mit dem Mädchen angefreundet, und wir waren ja einige Tage weg, wie Sie wissen, und jetzt scheinen sie abgereist zu sein. Die Mädchen haben vergessen, ihre Adressen und Telefonnummern auszutauschen.«

»Was hab ich damit zu tun?«, fragte der Bauer. Vielleicht war er ein Idiot, ein richtiger Idiot.

»Ja, falls Sie ihre Adresse …«, sagte Papa und versuchte, immer noch nett und fröhlich zu wirken.

»Keine Adresse«, sagte der Bauer, »die haben den Schlüssel abgegeben und sind abgefahren.«

»Ja … danke«, sagte Papa.

»Wann war das?«, fragte Lisa.

Der Bauer schaute auf sie herunter, als hätte er sie erst jetzt bemerkt.

»Was?«

»Wann sind sie abgereist?«, fragte sie.

»Gestern«, sagte der Bauer, drehte sich um und ging weg. In dem Augenblick startete sein Sohn den Traktor. An dem vorn eine riesige Schaufel war. Als ob der Traktor einen Berg abfahren oder ein ganzes Dorf in den See schaufeln sollte, dachte sie. An den mächtigen Rädern klebte Schlamm, und die Kotflügel waren mit Seerosenblättern bedeckt, sie sahen aus wie die Seerosen auf ihrem See. Er fuhr über den Hofplatz und auf das Feld daneben, der Sohn drehte sich nach ihr um und starrte sie an, als müsste er gar nicht darauf achten, wohin er den Traktor steuerte.

Sie ging am Seeufer entlang. Nur beim Spielplatz gab es ein bisschen Sand, sonst nichts als Buschwerk, Schilf und Seerosen bis nah ans Ufer. Anscheinend konnte man nur an der Stelle beim Spielplatz ins Wasser gehen. Es war schwer voranzukommen, man hätte fast ein großes Messer oder eine Machete gebraucht. Sie hatte mehrere Bücher über den Dschungel gelesen, hier war es wie in einem Dschungel.

Jemand rief vom Strand. Sie ging zurück. Mama stand am Badesteg.

»Wo sind die Jungen?«, fragte sie und sah sich besorgt um.

»Eben waren sie noch hier«, antwortete sie.

»Du solltest doch auf sie aufpassen, Lisa.«

»Warum immer ich?«, sagte sie. »Die können doch auf sich selber aufpassen.«

»Himmel«, sagte Mama.

Sie hörten Rufe.

Pelle und Nisse kamen links vom Steg aus dem Schilf geschwommen, das ein wenig von einer Landzunge verborgen war. Die Taucherbrille hatten sie auf die Stirn über das Haar geschoben.

»Ihr dürft nicht so weit rausschwimmen!«, rief Mama. Ihre Stimme klang schrill, als hätte sie einen Frosch im Hals.

»Wir haben nur was erforscht«, sagte Pelle, als die Jungen an Land wateten.

»Was erforscht?«

»Da hinten sieht es aus wie ein Autofriedhof.« Er wedelte mit der Hand in Richtung Landzunge und Schilf.

»Autofriedhof?«

»Ja.«

»Es reicht mit den Friedhöfen in unserer Familie«, sagte Mama.

»Auf dem Land war es früher üblich, alte Autos im See zu versenken«, sagte Papa beim Abendbrot.

»Die Autos sahen aber gar nicht alt aus«, sagte Pelle.

»Ist wohl immer noch billiger, als sie zu verschrotten«, sagte Papa.

»Warum gerade in diesem See?«, fragte Lisa.

»Tja ... der ist wohl abgelegen genug«, sagte Papa.

»Morgen werden wir sie zählen!«, sagte Nisse. »Die Autos.«

»Wehe!«, sagte Mama. »Das ist lebensgefährlich.«

»Ich komme morgen mit«, sagte Papa. »Wir können ja mal vorsichtig gucken.«

Sie versuchte, unter der Bettdecke zu lesen. Es war ein neues Buch, aber es interessierte sie nicht. Alles wirkte bloß kindisch, als wäre sie zu groß geworden für solche Bücher, als wäre sie in diesem Sommer groß geworden.

Sie knipste die Taschenlampe aus. Es war fast ein Uhr. Sie wartete auf die Schritte draußen. Fast sehnte sie sich nach ihnen, das Knacken der Kiefernzapfen würde beweisen, dass sie sich das nicht ausgedacht hatte. Sie hoffte, noch jemand in der Hütte lauschte, dann könnten sie morgen darüber reden.

Jetzt knirschte es, mehrere Male, als ob jemand liefe. Sie hörte die Schritte! Jemand lief, lief auf sie zu, auf ihre Hütte zu. Es waren nur wenige Schritte, sie hörte, wie die Tür geöffnet wurde, sie hatten abgeschlossen, aber da kam jemand, der einen Schlüssel zu haben schien, sie spürte ihr Herz bis hinauf in den Hals schlagen, so sagte man, das Herz schlägt einem bis zum Hals, jetzt war die Tür offen, es wurde heller in der Hütte, draußen schien der Mond, heute Abend war Vollmond, sie hatten beim Abendessen darüber geredet, heute Nacht war der Werwolf unterwegs, davon hatte sie beim Abendessen nichts gesagt, sie hatte schon genug gesagt, aber sie hatte etwas über den Werwolf gelesen und vielleicht geglaubt, was in dem Buch gestanden hatte. Glaubte sie noch daran? Jetzt sah sie einen Schatten an der Tür, etwas, das noch dunkler war als alles andere, sie sah etwas aufblitzen! Ein Messer, es musste ein großes Messer sein, gleichzeitig hörte sie ein dumpfes Geräusch von draußen, vom Platz vor der Hütte, etwas Schweres fiel zur Erde, und dann wieder schnelle Schritte, sie kamen auf die Hütte zu, wo war Papa? Wo war Mama? Wie konnten sie jetzt schlafen, nun hörte sie Mama, es war ein Schrei, er klang wie der Schrei, den sie in jener Nacht gehört hatte, und jetzt schrie sie selbst, sie sah den Schatten in die Hütte kommen, der größer war als alles andere, wieder blitzte es, und dann sah sie einen zweiten Schatten hinter dem ersten, es sind zwei, dachte sie, es sind zwei Mörder, jetzt werden wir ermordet genau wie Rebecka, der erste Schatten erstarrte, dann auch der zweite, sie sah etwas wie einen Blitz an der Decke und etwas, das fiel, ein schreckliches Geräusch, als würde etwas zerbrechen, Glas oder etwas noch Härteres, der erste Schatten sank zu Boden, und sie sah den anderen, der die Arme hob, sie wieder fallen ließ, und es krachte noch einmal, wieder hörte sie einen Schrei, und sie wusste nicht, woher er kam.

»Der Bauerntölpel und sein Sohn, beide auf die gleiche Weise degeneriert«, sagte Papa.

Sie verstand nicht, wieso seine Stimme so ruhig klang. Nicht nach dem, was er hatte tun müssen.

Die Polizei war noch da. Es war schon hell, obwohl es erst halb vier war. Es waren drei oder vier Polizeiautos, sie hatte keine Kraft, sie zu zählen. Pelle und Nisse zählten sie, immer wieder von vorn.

»Mit denen stimmte etwas nicht, das hat mir nicht gefallen«, sagte Papa. »Sie waren seltsamer, als die Leute auf dem Land sonst sind. Und meine Tochter hat nachts Geräusche gehört.«

Die Polizisten schauten sie an. Sie glaubten ihr. Papa hatte ihr zugehört.

Und er hatte in der Nacht draußen gesessen, versteckt hinter einer Kiefer, fünfzehn Meter von der Hütte entfernt. Er hatte den Wagenheber dabeigehabt.

Der Bauerntölpel und sein Sohn waren kurz vor eins gekommen. Sie waren vom See heraufgeschlichen.

»Der Sohn ging voran, als er die Tür öffnen wollte, bin

ich ihm gefolgt. Die Kiefernzapfen auf dem Weg zur Hütte hatte ich beiseitegeräumt«, sagte Papa und sah Lisa an. »Ich konnte beide niederschlagen.«

Die drei Polizisten, die Papa zuhörten, nickten.

»Werde ich jetzt wegen Körperverletzung verklagt?«, fragte Papa.

»Technisch gesehen, ja«, sagte einer der Polizisten. Er sah aus wie ein Chef. »Aber das will ich nicht gesagt haben.«

»Sie wollten in die Hütte einbrechen.«

»Die Frage ist, warum«, sagte der Chef.

»Meine Söhne haben gestern Abend eine Entdeckung gemacht«, sagte Papa.

Am Nachmittag gingen Taucher zu den Autos hinunter. Pelle und Nisse hatten ihnen die Stelle gezeigt. Es waren vier Autos. Drei von ihnen hatten schon lange am Grund des Sees gestanden. Eins war erst kürzlich versenkt worden. Die Familie saß noch in dem Auto. Ein Taucher kam an die Oberfläche und gab ein merkwürdiges Zeichen.

»Jetzt gehen wir hier weg«, sagte der Chef, und Lisa verstand.

Dort unten war Rebecka.

Auch in den anderen Autos gab es Überreste von Menschen, aber Lisa wusste, dass Rebecka aussah, als hätte sie eben noch am Strand gesessen. Als wäre sie noch lebendig, als hätten sie sich nie getrennt, als könnten sie sich naher kennenlernen.

Fünfzehn Jahre später kehrte Lisa an den See zurück. Sie hatte gerade ihr erstes Buch beendet, es war ein Buch für Jugendliche und sollte veröffentlicht werden. Vielleicht würde sie sich eines Tages Schriftstellerin nennen können. Es war Winter, der Schnee lag hoch. Die Hütten waren abgerissen, aber der See war noch da, bedeckt von Eis und Schnee. Er sah aus wie ein Feld, wie irgendein Feld. Sie hatte die Geschichte ihrem Freund erzählt. Dies war nun der letzte Teil. Sie standen am Ufer, sie sah das Eis und einige gefrorene Schilfhalme.

Sie bückte sich und prüfte das Eis.

»Wie geht es dir?«, fragte er.

»Es ist okay«, sagte sie.

»Willst du eine Geschichte darüber schreiben?«, fragte er.

»Das muss jemand anderes tun«, antwortete sie.

Größer als das Leben

Es war am Ende von einem der schönsten Tage, die Gott geschaffen hatte. Die Sonne war auf dem Weg zu anderen Orten, würde aber in wenigen Stunden wieder zurückkehren.

Der Junge verlor das Bewusstsein nach dem zweiten oder dritten Schlag. Er sah eine rote Dunkelheit. Er hörte die Stimme nicht mehr, die in sein Ohr schrie.

Es gab zwei Gründe, warum ausgerechnet Erik Winter an diesem Morgen mit Wind in den Haaren auf dem Achterdeck des Polizeibootes stand. Hauptsächlich aber war sein Job der Grund. Er war Kriminalkommissar, und dies war eine der Dienstreisen, die zum Job gehörten. Dienstreisen an den Abgrund.

Der zweite Grund: Er kannte oder hatte einen Elternteil des Jungen gekannt, der am vorhergehenden Abend ins Koma geprügelt worden war.

Winter stieg beim Bootsanleger Brännö aus. Er war nicht allein. Der Schärendampfer, der gleichzeitig anlegte, war voller Menschen auf dem Weg zu einem Tag auf den Inseln: Asperö, Brännö, Styrsö und Vrångö, das weit draußen lag, dort, wo sich das Meer zur endlosen Horizontlinie öffnete.

Winter hatte eine Kollegin dabei. Vier Augen waren oft besser als zwei, zwei Gehirne waren besser als eins und so weiter.

»Es wird ein heißer Tag«, sagte Kriminalinspektorin Aneta Djanali.

»Es *ist* schon ein heißer Tag«, sagte Winter und machte einen letzten Schritt auf die Frau zu, die ihnen entgegenkam.

Sie standen in einer Bucht auf der anderen Seite der Insel, wohin die Sonne noch nicht reichte. Das Wasser lag im Schatten, und das Bootshaus wirkte schwarz, war aber rot gestrichen. Das Gebiet war abgesperrt. An einem Steg lag ein Schärenboot. Die Wasseroberfläche war unbewegt. Wie ohne Leben, dachte Winter und drehte sich zu der Frau um, die sie hierhergeführt hatte.

Sie hatte einen schwarzen Ring von Müdigkeit unter einem Auge, nur einem Auge, als hätte sie sich nachts in einem Zustand zwischen Wachen und Ruhen befunden. Was stimmen musste. Und er dachte, dass sie sich nicht verändert hatte, seitdem sie vor vielen Jahren in einem sehr kurzen Sommermonat ein Paar gewesen waren, in einem Sommer wie diesem.

Elisabeth Lidner machte eine hilflose Geste zum Bootsschuppen, der nicht größer war als eine Spielhütte.

»Da drin hat er gelegen«, sagte sie. »Johan hat dort gelegen.«

»Wer hat ihn gefunden?«, fragte Winter.

»Seine Freundin«, antwortete Elisabeth Lidner. »Liv … sie heißt Liv.«

»Morgens um vier«, sagte Winter. Er hatte einen kurzen Rapport von der Leitungszentrale der Wasserschutzpolizei bekommen, bei der der Alarm eingegangen war und die dafür gesorgt hatte, dass der Junge schnell ins Krankenhaus kam. »Was hatte er hier um vier Uhr morgens zu suchen?«

»Ich weiß es nicht«, sagte Elisabeth Lidner.

»Waren die beiden in der Nacht zusammen?«, fragte Winter.

»Sie sagt nein«, antwortete Elisabeth Lidner und begann wieder zu weinen.

Winter und Aneta Djanali warteten am Bootsschuppen. Johan Lidners Mutter war auf dem Weg ins Krankenhaus. Ihr Mann wachte dort. In wenigen Minuten würde die Freundin des Jungen zum Schuppen kommen, den die Sonne schon vor ihr erreicht hatte, er war nicht mehr schwarz. Wie Scheinwerfer erleuchteten die Sonnenstrahlen das Innere. Winter konnte die Flecken auf dem blankgewetzten Holzboden sehen. Womöglich stehe ich am Tatort eines Verbrechens. Ehe der Tag vorbei ist, wissen wir es.

»Hier bin ich viele Male gewesen«, sagte er und machte eine Kopfbewegung zum Bootssteg. »Das war unser Steg.« Er schaute zum Bootsschuppen. »Und der da unser Schuppen.« Er sah Aneta Djanali an. »Das ist lange her.«

»Wie alt ist Johan?«, fragte Aneta Djanali.

»Achtzehn«, antwortete Winter. Er blinzelte über die Bucht, die silbern in der Sonne glitzerte. »Sie hat schon damals davon gesprochen, dass sie Kinder haben will.« Er blinzelte immer noch. »Aber dafür war ich nicht der Richtige.« Er zog die Sonnenbrille aus der Brusttasche. »Damals noch nicht.«

Hinter den schwarzen Brillengläsern wurde alles Scharfkantige weicher, milder und braun statt rot und weiß.

»Hast du ihren Mann gekannt?«, fragte Aneta Djanali. »Johans Vater?«

»Hab ich nie getroffen«, antwortete Winter.

»Da kommt Liv.« Aneta Djanali nickte zu der Silhouette, die plötzlich auf dem Pfad auftauchte.

»Elisabeths Mann ist tiefreligiös«, sagte Winter wie zu sich selbst.

»Elisabeth nicht?«

»Ich weiß nicht«, sagte Winter.

»Was bedeutet das eigentlich«, sagte Aneta Djanali »dass jemand tiefreligiös ist?«

»Auch das weiß ich nicht«, wiederholte Winter. »Aber die Freikirche ist sehr einflussreich hier draußen auf den Inseln.«

Das Mädchen hatte einen erschrockenen Ausdruck in den Augen. Sie saßen auf dem Steg. Winter erinnerte sich, dass er hier irgendwo seinen Namen eingeritzt hatte. Es war noch dasselbe Holz, hundert Jahre alt, größer als das Leben: Es war schon da gewesen, bevor er hierhergekommen war, es würde noch da sein, wenn er fort war.

Sie hatten sich eine Weile unterhalten. Das Mädchen schaute auf die Planken oder durch die Ritzen ins Wasser.

»Was hat Johan gestern Abend gemacht?«, fragte Aneta Djanali.

»Wir waren unten auf dem Bootsanleger«, sagte Liv, »tanzen.«

Tanz in der Sommernacht am Wasser, dachte Winter. Eine liebe alte Tradition.

Aber das wusste nicht jeder zu schätzen. Es gab Leute, die hielten Tanzen für ein Werk des Teufels. Den Tanz – und all das Böse, was er mit sich brachte.

»Was ist passiert?«, fragte Aneta Djanali.

»Wa–?«

»Ihr habt euch getrennt, oder? Ihr wart nicht den ganzen Abend zusammen?«

»Doch …«

Winter studierte Livs Profil oder ihr Halbprofil. Ihr war anzusehen, dass sie etwas wusste, was sie wissen mussten.

»Das musst du mir jetzt erklären«, sagte Aneta Djanali.

Gut, dachte Winter. Offene Fragen.

»Ja … es war nach zwölf, ich war müde und bin nach Hause gegangen. Soviel ich verstanden habe, wollte Johan auch nach Hause.«

»Dort ist er nicht angekommen«, sagte Aneta Djanali.

Liv antwortete nicht. Winter betrachtete weiter ihr Profil, ihr eines Auge, das zwischen Steg und Aneta Djanalis kohlrabenschwarzem Gesicht hin und her zuckte. Vor der kleinen Bucht war das Meer, und Winter konnte die Küstenlinie auf der anderen Seite sehen. Den Strand, an dem er ein Haus für sich und seine Familie bauen wollte, konnte er nicht sehen, aber er wusste, dass er dort war. Erst vorgestern waren sie auf dem Grundstück gewesen und hatten Pfade zum Ufer hinunter getreten. Er hatte etwas wie Glück empfunden.

»Und einige Stunden später bist du hierhergegangen?«, hörte er Aneta Djanali fragen.

Liv nickte schwach.

»Was ist passiert?«

Sie erzählte.

»Und da hast du Johan gefunden«, unterbrach Aneta Djanali ihre Erzählung.

Liv nickte wieder.

»Warum bist du zum Schuppen gegangen?«

»Ich ... konnte nicht schlafen. Es war ... Ich wollte ein bisschen raus, war ja hell genug.« Plötzlich schaute sie auf, als wäre sie überrascht, dass es das Licht an diesem Morgen immer noch gab.

»Aber warum zum Schuppen?«, fragte Aneta Djanali.

»Ich geh öfter hierher«, antwortete Liv.

Sie blieben bis zum Nachmittag auf der Insel. Es gab viele Fragen und viele Menschen, denen sie die Fragen stellen mussten. Aber die meisten potentiellen Zeugen waren nach dem Tanz mit den extra eingesetzten Dampfern in die Stadt zurückgefahren.

Was war in der Nacht passiert? Am Abend? Wen hatte Johan getroffen? Waren es mehrere? Hing das mit der Tanzveranstaltung zusammen? War er mit jemandem in Streit geraten?

Nicht soweit sie es aus den Gesprächen mit den Inselbewohnern herausbekommen konnten, die dort gewesen waren, Älteren, Leuten mittleren Alters, Jugendlichen. Winter hatte im Dezernat um Verstärkung gebeten.

Es kam aufs Jetzt-oder-nie an.

Er rief im Krankenhaus an und sprach mit dem Arzt. Johan würde vielleicht nie mehr zu Bewusstsein kommen. Es waren entscheidende Stunden.

In einem Café, das einige Hundert Meter vom Hafen entfernt lag, arrangierte er rasch ein Gespräch mit vier Jugendlichen, die auch auf dem Anleger gewesen waren. Sie waren sechzehn, siebzehn und achtzehn.

»Was sagen eure Eltern, wenn ihr zum Tanzen geht?«, fragte er.

Einer grinste, verlegen. Das war auch eine Antwort.

»Habt ihr Zoff mit Jugendlichen aus der Stadt?«, fragte Winter. Keiner antwortete.

»Ich hab gehört, dass es so ist«, sagte er und wandte sich an den Jungen, der ihm am nächsten saß. »Oder?«

»Tja ...«, sagte der Junge.

»Worüber zofft ihr euch?«

»Äh ...«, sagte der Junge.

»Es ist ein bisschen mehr als das übliche Städter-gegen-Inselbewohner, oder?«

Winter wandte sich an das Mädchen in der Gruppe. Sie schien die Älteste zu sein.

»Manche kommen rüber, um Stoff zu verkaufen, oder?«

Es war Abend und genauso hell wie immer. Winter und Aneta Djanali parkten vor dem Haupteingang des Krankenhauses. Die Luft war warm, als sie aus dem Auto stiegen. Aneta Djanali schien die starke Abendsonne in die Augen.

»Meine Eltern konnten sich nie an das Licht im Sommer gewöhnen«, sagte sie und schaute zu den langen Schatten. »Die Nacht, die nie kam.«

Ihre Eltern waren vor den Verfolgungen im unruhigen Burkina Faso nach Schweden, nach Göteborg geflüchtet.

»Ich erinnere mich, dass meine Mutter einmal gesagt hat, in Burkina Faso konnte man sich jedenfalls darauf verlassen, dass es dunkel wird.«

Winter sah Johan Lidners Gestalt durch die Glaswand. Er sah auch den Vater, Martin Lidner. Der Mann saß mit gefalteten Händen da, als betete er.

Elisabeth Lidner war wieder auf der Insel. Winter hatte

sie vor einer Weile gefragt: »Habt ihr euch keine Sorgen gemacht, als Johan nicht direkt nach Hause gekommen ist?«

»Er hat angerufen und gesagt, er wolle bei Liv übernachten«, antwortete sie. »Ich wollte dort nicht anrufen, um nicht misstrauisch zu wirken.«

»Aber Martin ist doch losgegangen, um ihn zu suchen?«

»Das war später«, antwortete sie »Nachdem Liv angerufen hatte.«

»Wie war es denn nun?«, fragte Winter wieder. »Ist Martin losgegangen, nachdem Liv angerufen hat?«

»So muss es gewesen sein.«

»Aha, Sie sind das«, sagte Martin Lidner, der aufschaute, als Winter sich neben ihn vor Johans Zimmer setzte. Das Licht war blau und kalt, wie ein Tag ohne eigenes Leben.

Winter war ein Fremder für Martin Lidner. Er wusste nicht, ob Elisabeth etwas von ihm erzählt hatte. Sie hatte ihn heute Morgen angerufen. Aber das spielte keine Rolle.

Winter stellte sich vor.

»Ja, ich verstehe, wer Sie sind«, sagte Lidner.

Er hatte seine Hände noch fester gefaltet, wie bei einem Gebet, das niemand unterbrechen durfte. Seine Hände sahen aus wie ein Stück Stein.

»Wann sind Sie zum Bootsschuppen gekommen?«, fragte Winter.

»Was? Was haben Sie gesagt?«

»Wann sind Sie zum Bootsschuppen gekommen, in dem Johan lag?«, fragte Winter.

»Als ... nachdem das Mädchen angerufen hat. Liv. Sie ist dort gewesen.« Lidner schaute zu seinem Sohn. »Es war nach alldem.«

»Aber Sie sind doch vorher losgegangen?«

»Wirklich?« Lidners Hände blieben gefaltet. Sein Blick schien nach innen zu gehen. »Vielleicht. Ich konnte nicht schlafen. Es war eine warme Nacht.«

»Wohin sind Sie gegangen?«

»Wohin ich ... was soll das? Was meinen Sie?«

Winter schwieg. Sein Blick ging von Martin Lidner zu seinem Sohn. Das Gesicht des Jungen war so weiß wie das Kissen. Aber sein Zustand hatte sich im Lauf des Abends verändert, von dem, was man kritisch nennt, zu stabil. Was die Schädelverletzungen für Folgen haben würden, wussten die Ärzte noch nicht, aber Johan würde aller Wahrscheinlichkeit nach überleben.

»Johan schafft das«, sagte Winter, während er immer noch in das Gesicht des Jungen schaute.

Martin Lidner sagte nichts. Winter wandte sich ihm zu. Lidner schloss die Augen über seinen gefalteten Händen. Betete er? Oder suchte er andere Antworten? Oder wusste er einfach nicht, was er mit seinen Händen anfangen sollte?

Es waren dieselben Hände, dachte Winter jetzt. Es könnten dieselben Hände gewesen sein.

Er schaute wieder den Jungen an. Johan könnte sein eigener Sohn sein.

»Er hatte Amphetamine im Körper.« Sein Blick kehrte zu Lidner zurück.

Der antwortete nicht.

»Nicht viel, aber es gab Spuren«, sagte Winter.

»Diese ... diese ... Teufel«, sagte Lidner, und das war kein Fluch. Jetzt schaute er Winter an. Sein Blick war klar.

»Die ... die kommen *hierher*«, sagte er, »die kommen raus zur *Insel*, zu *uns*, mit ... mit diesem Zeug.«

»Wie lange hat Johan Drogen genommen?«, fragte Winter.

»Ich weiß es nicht«, sagte Lidner. Seine Stimme war kraftlos. Winter konnte ihn kaum verstehen. »Ich weiß nicht, wie lange das Böse in seinem Körper gewohnt hat.«

»Was haben Sie gesagt?« Winter beugte sich vor. »Ich habe Sie nicht richtig verstanden.«

»*Das Böse* war in seinem Körper«, sagte Lidner und öffnete seine Hände, schaute sie an, als ob er sie zum allerersten Mal sähe. Winter sah, wie hart sie waren, wie schwer, und er sah auch das eigentümliche Licht, das jetzt in Lidners Augen leuchtete: »Ich muss ihn von dem Bösen befreien, das sich in seinem Körper eingenistet hat!« Er hielt die Hände hoch.

Als Winter das Krankenhaus verließ, war die Dämmerung endlich gekommen.

Er fuhr den Hügel hinunter durch ein Zwielicht, das sich nicht entscheiden konnte. Noch ein Tag im Land der Mitternachtssonne. Noch ein Tag im Dienst.

Angela wartete mit gekühltem Wein. Sie würden auf dem Balkon sitzen, über den Lichtern der Stadt, in der warmen Nacht.

Er hatte einen Geschmack nach Steinen und Erde im Mund. Plötzlich war er sehr müde, kraftlos. Er versuchte daran zu denken, was in den Nachtstunden auf der Insel passiert war, und versuchte gleichzeitig, nicht daran zu denken.

Eben hatte er das Wort »Böse« gehört, das in einem anderen Zusammenhang benutzt worden war, aus einem weiteren Zusammenhang gerissen, einem verwirrten Zusammenhang, und er wusste, dass alles mit Menschen zusammenhing, es war ein Wort, das immer mit den Handlungen von Menschen zusammenhing, es schwebte nicht über dem Land, der Stadt und den Inseln wie ein Wesen, wie ein böser Geist. Martin Lidner hatte geglaubt, das Böse vertreiben zu müssen. Und was hatte er für diese Tat benutzt?

Warum war er nicht an dem Platz geblieben? Hatte Elisabeth einen Verdacht gehabt? Konnte sie ihn verdächtigen? Nein. Wie viel hatte Liv gesehen? Oder gewusst?

Er bog auf den Vasaplatsen ein. Es würde weitergehen, morgen, es ging immer weiter.

Aber zuerst: der Balkon.

Niemals in Wirklichkeit

Sie hörte die Wetterberichte, und er konzentrierte sich aufs Fahren. Er folgte der Sonne. Ein Blitzen, ein Schatten konnte reichen. Er war bereit, in jedem denkbar scharfen Winkel abzubiegen. U-förmige Abzweigungen waren seine Spezialität geworden.

Karten lesen konnte sie wirklich gut. Sie entfernten sich immer mehr von der Zivilisation, aber sie verfehlte keine Abfahrt.

»Das ist ja, als wärst du in dieser Gegend aufgewachsen«, sagte er.

Sie antwortete nicht, studierte weiter die Karte auf ihrem Schoß.

»In etwa einem Kilometer kommt eine Dreifachgabelung«, sagte sie.

»Hm.«

»Da musst du links abbiegen.«

»Ist das der Weg in die Sonne?«, fragte er.

»Hier im Westen des Landes soll das Wetter besser sein«, sagte sie. »Das haben sie gerade im Lokalsender gesagt.«

»Umso größer also die Chance, die Sonne zu finden«, sagte er.

Im Nordwesten sah er, dass die blaugrauen Wolken Risse bekamen, als ob jemand mit Spießen hineingestochen hätte. Vielleicht war es Gott, dachte er. Vielleicht ist er endlich mal von Nutzen.

»Da ist die Gabelung«, sagte sie.

Der Himmel war unbegreiflich blau, als sie durch das Dorf fuhren.

»Ach, so sieht das also aus, wenn die Sonne rauskommt«, sagte er und griff nach seiner Sonnenbrille. »Vielleicht gibt es trotz allem einen Gott.«

»Glaubst du, er denkt an uns?«, fragte sie.

»Vielleicht *glaubt* er sogar an uns«, sagte er.

»Das ist ja fast Lästerung«, sagte sie.

»Ich glaube, das ist ihm egal. Er ist vollauf damit beschäftigt, den Hochdruck aufzubauen.«

»Woher weißt du, dass es ein Er ist?«, fragte sie leise, aber er hatte es gehört.

»Und sprich mit den Leuten hier nicht zu viel über Gott«, fuhr sie fort. »In dieser Gegend sind sie religiös.«

»Dann sollte man doch gerade über Gott sprechen?«, sagte er.

»Das kann man auf unterschiedliche Art tun.«

»Erstaunlich, was du plötzlich alles weißt, über Menschen und Gott.«

Sie antwortete nicht.

»Jedenfalls bleiben wir hier«, sagte er. »Wir haben so lange nach der Sonne gesucht und hauen doch nicht sofort wieder ab, wenn wir sie endlich gefunden haben.«

Er bog mitten im Dorf nach rechts in einer weiteren Dreifachgabelung ab. Auf einem Hügel lag eine kleine Kirche. Sie war weiß verputzt und mindestens tausend Jahre alt. Obwohl hier die meisten freireligiös waren, pflegten sie ihre uralten Staatskirchen. Vielleicht hatte das nichts mit Religion zu tun.

Ein Mann mit Baseballkappe mähte den Abhang auf einem Rasentraktor. Das Motorgeräusch war weich, fast wie das Summen einer Hummel, das Gras dicht und saftig, keine Sonne hatte es verbrannt. Vielleicht hatten sie hier seit Wochen darauf gewartet, es endlich mähen zu können. Noch ein paar Tage und man hätte die Sense hervorholen müssen. Den Sensenmann rufen, dachte er und lächelte.

Der Mann mit der Kappe schaute auf, als das Auto vorbeifuhr, sah aber sofort wieder weg, ohne zu grüßen.

»Vielleicht gibt es ja einen kleinen Badeplatz in der Nähe«, sagte sie.

»Dann schlagen wir dort unser Lager auf«, sagte er.

Sie waren allein am See. Oder Tümpel oder was es nun war. Hier hatten die Dorfbewohner den Fluss aufgestaut und sich einen eigenen kleinen See geschaffen. Er sah den Damm auf der anderen Seite, bis dorthin waren es nicht mehr als hundert Meter.

Am Badeplatz gab es einen Tisch, zwei Bänke und je eine Umkleidekabine für Damen und Herren.

»Solche Dinger hab ich seit meiner Kindheit nicht mehr gesehen«, sagte er und zeigte mit dem Kopf auf die roten Schuppen. Er stand mitten auf der Wiese. Das Wasser blitzte im Sonnenlicht. Die Luft war plötzlich sehr warm geworden. Es war ein Gefühl, als wären sie in ein anderes Land geraten.

Hier fühl ich mich zu Hause, dachte er, hoffentlich findet kein anderer hierher.

Neben dem Badeplatz befand sich der Campingplatz oder wie man das nennen sollte. Jedenfalls hatte man eine Leitung für zwei Wasserhähne gelegt, und auf einem hölzernen Abwaschtisch stand ein Bottich, außerdem gab es ein Plumpsklo aus demselben Holz und Abstellplätze für Autos und Zelte. Was wollte man mehr?

Sie schaute vom Gepäck auf.

»Wir müssen irgendwohin fahren und einkaufen. In der Kühltasche ist nur noch ein bisschen Mineralwasser.«

»Ich weiß, ich weiß«, antwortete er. »Aber zuerst stellen wir das Zelt auf.«

Es waren nicht mehr als zwanzig Kilometer in die nächste Stadt, wenn man sie so nennen konnte: ein stillgelegter Bahnhof, die leeren Schaufenster geschlossener Lädchen, eine leere Hauptstraße mitten in der Sonne. Wenn in einem Schaufenster keine Waren mehr ausgestellt werden, kann man es kaum noch Schaufenster nennen, dachte er.

Aber es gab einen Supermarkt und einen staatlichen Schnapsladen.

Was braucht man mehr im Urlaub?

»Ich nehm den Schnapsladen und du den Supermarkt«, sagte er.

»Wollen wir nicht zusammen einkaufen?«, fragte sie. »Wir haben ja Zeit.«

Er antwortete nicht.

»So was soll man doch im Urlaub machen«, fügte sie hinzu. »Sich Zeit nehmen.

»Ja, ja«, sagte er.

Im Supermarkt war es kühl, fast kalt. Soweit er sehen konnte, waren sie allein, abgesehen von dem Mädchen an der Kasse, am anderen Ende des Raumes. Kein Kunde. Als sie durch die Stadt gefahren waren, hatte er keinen Menschen auf den Straßen gesehen. Vielleicht waren alle geflohen, bevor die Sonne kam. Dieser Ort lag ungefähr in der Mitte zwischen den beiden Küsten. Die Menschen hatten schließlich die Geduld verloren und jagten der Sonne im Osten oder Westen hinterher. Er hatte es umgekehrt gemacht, und das zahlte sich nun aus. Die Sonne war hier, um zu bleiben, wenn das Hoch erst im Binnenland Fuß fasste, konnte es nichts mehr vertreiben.

»Die Koteletts sehen gut aus«, sagte er.

Er genoss die Dämmerung, die endlos zu sein schien. Die Sonne wollte einfach nicht hinter den Baumwipfeln untergehen, jetzt, wo sie sich endlich zeigen durfte. Er hatte einen kleinen Whisky getrunken, während er die Marinade für die Koteletts vorbereitete, und dann noch einen kleinen, während er den Grill montierte. Das Leben war wunderbar. Man brauchte ja nur ihn anzusehen: in kurzen Hosen, siebenundzwanzig Grad am Abend, ein herrlicher Duft nach Wald und ein anderer herrlicher Duft nach Wasser und bald ein herrlicher Duft vom Grill!

Er zündete ihn an und nippte an seinem dritten Whisky.

»Willst du wirklich keinen?«, fragte er und hielt sein Glas hoch. Ein Sonnenstrahl traf den Alkohol, und der Bernstein darin blitzte auf. Eine wunderbare Farbe.

»Nein, mir reicht der Wein.« Sie nickte mit dem Kopf zu der Flasche, die entkorkt im Schatten des Campingtisches stand, an dem sie den Salat mischte.

Er hatte gleich zwei Flaschen öffnen wollen, aber sie war der Meinung, sie sollten erst mal mit einer anfangen. Und sie waren sich einig, dass sie keinen Wein in Ballons kaufen würden, nicht einmal im Urlaub, an diesem entlegenen Ort. Man sollte in jeder Lebenslage Stil bewahren. Leute, die Ballonwein tranken, konnten ihn ebenso gut aus Pappbechern trinken. Und mit Plastikbesteck von Plastiktellern essen. Im Übrigen sollten sie sich zur Hölle scheren. Dies ist mein Urlaub, meine Sonne, mein See und mein Campingplatz. Etwas ist doch gut in diesem Scheißland, man kann sein Zelt überall aufschlagen, ohne von irgendeinem Bauerntrampel erschossen zu werden.

Vielleicht sollte ich rauf zur Weggabelung traben und das Hinweisschild auf den Badeplatz abmontieren. Dies ist unser Platz. Aufsteckschlüssel hab ich ja dabei. Die Idee erschien ihm plötzlich glänzend, aber ihm war auch klar, dass der Whisky die Idee beflügelte. Ein Bauerntölpel könnte mit einer Ladung Heu vorbeikommen und fragen, was er da trieb, und das wäre nicht gut, würde nur unnötige Zeit kosten.

Er hielt die Hand über den Grill.

»Jetzt leg ich die Koteletts drauf«, sagte er.

Später saß er in der Dunkelheit, wie man sie zu einer anderen Jahreszeit nennen könnte, aber nicht jetzt. Die Sonne war nur kurz untergegangen und kehrte hinter dem Tannenhorizont wieder um. Das Wasser war still. Er sah die Konturen am gegenüberliegenden Ufer. Es war wie ein Dschungel, ein Dschungel, nur hundert Meter entfernt.

Plötzlich sah er ein Licht.

»Was ist das da?«

Er drehte sich zu ihr um und zeigte übers Wasser. Sie hatte gesagt, sie wolle schlafen gehen, saß aber immer noch da. Das war typisch für sie. Sagte das eine, tat das andere. Er hätte während der letzten Stunde gern allein hier gesessen. Die Stille, den Frieden genossen. Jetzt schien sie ihn zu beobachten. Ja. Sie beobachtete ihn. In der letzten Zeit hatte er immer häufiger das Gefühl gehabt. Als würde sie ihn studieren.

Doch nun starrte sie über den See, so als täte sie das nur, weil er es tat.

»Da – wieder!«

Es blinkte. Ein, zwei, drei Mal, ganz kurz. Wie von einer Taschenlampe.

»Wo?«, fragte sie.

»Siehst du es denn nicht?!«

»Hat es wirklich geblitzt?«

»Darauf kannst du Gift nehmen, dass es so war!«

»Vielleicht hab ich was gesehen«, sagte sie.

»Vielleicht? Da war jemand mit einer Taschenlampe.«

»Kann es nicht ein Reflex gewesen sein?«

»Ein Reflex?«, sagte er. »Woher sollte der kommen?«

Sie zuckte mit den Schultern.

»Die Sonne geht erst in ein paar Stunden wieder auf.« Er suchte nach etwas, das sich in den Konturen des Dschungels bewegte, aber jetzt war alles still. »Auf der anderen Seite war jemand.«

»Vielleicht ein Spaziergänger.«

»Hm.«

»Also, ich leg mich jetzt schlafen.«

»Du hast die Ruhe weg«, sagte er. »Zu Hause traust du dich nicht mal, im Dunkeln zu schlafen.«

»Hier ist es anders«, sagte sie.

Am Morgen waren die vagen Konturen verschwunden. Unter der Sonne war alles glashell und leuchtend. Er ging sofort ins Wasser, es war kristallklar und kalt. Er warf sich hinein und spürte, wie die Kälte ihn umschloss, und als er wieder an die Oberfläche kam, war er den Kater schon los, ehe er ihn bemerkt hatte.

Das war Urlaub!

Er sah sie aus dem Zelt kommen. Sie streckte sich, gähnte, blinzelte in die Sonne, blinzelte in seine Richtung.

»Willst du nicht reinhüpfen?«, fragte er und schlug mit der Hand auf die Wasseroberfläche.

»Bald«, sagte sie und ging in Richtung Plumpsklo.

»Gab's nicht eine Konditorei in dem Scheißkaff?«, rief er ihr nach.

Sie drehte sich um.

»Ich glaube, ja.«

»Ich hab einen Riesenjieper auf frische Brötchen. Und Kopenhagener. Ich fahr ins Dorf und kauf was fürs Frühstück.«

Er schwamm aufs Ufer zu.

»Kannst du denn fahren, Bengt?«

»Wie meinst du das?«

»Der Whisky.«

»Blödsinn, das war doch gestern. Und ich würde hunderttausend darauf wetten, dass es im Umkreis von hundert Kilometern kein Bullenauto gibt.«

»Wir haben keine hunderttausend«, sagte sie und drehte sich wieder um.

Beim Hinweisschild bog er nach links ab und bei der Dreifachgabelung im Ort wieder nach links. Die weiß verputzte Kirche leuchtete so grell, dass er Kopfschmerzen bekam, trotz Sonnenbrille.

Hundert Meter entfernt versperrte ein quer stehender Pick-up die Straße.

Ein Mann mit Baseballkappe stand mit erhobener Hand vor dem Auto.

Was zum Teufel.

Er ließ die Scheibe runter. Der Mann hockte sich hin.

»Was ist hier los?«

»Eine Elchfamilie wird die Straße überqueren«, antwortete der Mann.

Er sprach einen Dialekt, der ihm vage bekannt vorkam, wie eine Satzmelodie, die man irgendwo gehört hatte, aber nicht einordnen konnte.

»Ich seh keine Elche.«

»Ein Stück weiter vorn. Wir wollen nicht, dass jemand zu Schaden kommt.«

»Ihr habt die Sache unter Kontrolle.«

»Wir machen unseren Job.«

»Ich dachte, euer Job ist es, Elche zu schießen«, sagte er und lachte.

»Das ist es auch.« Der Mann lächelte und richtete sich auf. »Aber um diese Jahreszeit geht es um Elchsafari.«

»Ach ja, da waren Schilder.«

»Haben Sie sie gesehen?«

»Die waren kaum zu übersehen.«

Er hatte die blau-weißen Schilder an zwei Ausfahrten des Ortes gesehen, »Elchsafari«, hatte darauf gestanden, mit einem dicken Pfeil und der Abbildung eines Elchs.

»Haben Sie schon mal einen Elch gesehen?«, fragte der Mann.

»X-mal.«

»Ach?«

»Auf Bildern.« Er lachte wieder. »Aber noch nie in Wirklichkeit.«

Der Mann lächelte.

»Das ließe sich leicht einrichten.«

»Wie meinen Sie das?«

»Heute Abend gehen wir los, in der Dämmerung. Ich kann garantieren, dass Sie etwas sehen werden, was Sie noch nie gesehen haben.« Er lächelte wieder. »In der Wirklichkeit.«

»Was ist das eigentlich?«, fragte er. »Eine Elchsafari?«

»Wir sind ein paar Männer, die wissen, wo die Elche im Wald sind. Wir führen Leute hin und zeigen sie ihnen. So einfach ist das.« Der Mann beugte sich wieder vor. »Natürlich nehmen wir was zu essen mit, bisschen Bier und Branntwein. Wir haben einen Windschutz und grillen bis spät in die Nacht.« Der Mann lächelte unter seinem Kappenschirm. Seine Augen waren nicht zu sehen. »Es ist immer sehr nett.«

Windschutz, Grillen, der Wald. Wilde Tiere. Das klang wahrhaftig wie ein Abenteuer, ein organisiertes Abenteuer zwar, aber immerhin. Bier und Branntwein. Er hatte eine ganz trockene Kehle, trockene Lippen, sah sich selbst mit einem Klaren in der Hand vorm Feuer. Männer unter sich. Reich der Männer, ja Teufel auch.

»Außerdem findet ein Fünfkampf statt. Der ist sehr beliebt.« Der Mann lächelte wieder. Seine Zähne waren dunkel, vielleicht vom Schatten unter dem Kappenschirm. »Dabei geht's ziemlich wild zu.«

»Was … was kostet der Spaß?«

»Fünfhundert. Fleisch, so viel Sie essen können, und Schnaps, so viel Sie trinken können, inbegriffen. Und die Elche!«

»Wann?«

»Treffpunkt um sieben vor der Kirche«, sagte der Mann und nickte in die Richtung, aus der er gekommen war. »Oberhalb der Kreuzung.«

»Sind es viele?«

»Bis jetzt fünf, sechs, wenn Sie dabei sind. Das reicht, mehr machen den Wald unruhig.«

Machen den Wald unruhig, dachte er. Guter Ausdruck. Als ob der Wald ein eigenes Leben hätte. Vielleicht hatte er das. Vielleicht war das Blinken, das er in der Nacht gesehen hatte, das Blinzeln des Waldes gewesen.

»Ich bin dabei«, sagte er.

Als er zurückkehrte, kam sie gerade aus dem Wasser.

»Das war schön«, sagte sie.

»Hab ich doch gesagt.«

»Hast du die Brötchen?«

»Na Mensch, was denkst du denn.«

»He, du bist ja ganz schön aufgekratzt.«

»Und – stört dich das?«

»Nein, nein.«

»Du könntest mir ruhig ein bisschen dankbar sein, dass ich losgefahren bin und Brötchen und Kopenhagener gekauft habe.«

»Das war doch deine Idee.«

»Es ist also egal, meinst du?«

»Hab ich das gesagt?«

»Du meinst also, ich hätte es genauso gut lassen können?« Er wog die Tüte in der Hand. Sie schien jetzt schwerer zu sein als vorher. »Dann können wir ja auf das Frühstück pfeifen?«

»Jetzt sei nicht blöd, Bengt.«

»Blöd? Bin ich blöd?« Er machte einen Schritt auf sie zu. »Willst du behaupten, ich bin blöd?«

Er sah, dass sie zurückzuckte. Als fürchtete sie, er würde ihr eine scheuern. Das war schon passiert, aber er wusste, dass sie es verstanden hatte, dass er damals dazu gezwungen war. Oder auch sonst mal. Sie war zu weit gegangen, und er hatte die Hand oder seinen Arm nicht daran hindern können. Darüber hatten sie geredet. Sie hatte es verstanden. Aber er verstand nicht, dass sie es offenbar doch nicht richtig begriffen hatte. Sie nannte ihn blöd. Mitten im Urlaub. Wo er doch gerade eingekauft, sich wirklich angestrengt hatte. Als er gerade angefangen hatte, sich zu entspannen. Leibhaftige Elche zu sehen kriegen würde. Würde sie das auch blöd finden?

Er wog die Tüte in der Hand.

Und schleuderte sie, so weit er konnte.

Sie war schwer genug, um ein ganzes Stück weit über den See zu fliegen.

Er sah, wie sie mit der Strömung davontrieb.

Er hörte sie schluchzen, aber er drehte sich nicht um. So erging es einem eben, wenn man gute Taten nicht zu schätzen wusste. Dann gab's eben keine frischen Brötchen. Dann gab's eben Wind von vorn.

Sie schwieg während des Essens, und das war auch gut so. Er trank nur zwei Bier. An einem anderen Tag hätte er noch einige Schnäpse getrunken, aber der Abend würde lang werden.

Er hatte es ihr erzählt, und sie hatte genickt, fast so, als ob sie schon alles wüsste. Er bekam ein seltsames Gefühl. Er hatte ihr von der Elchsafari erzählt, und sie hatte genickt und dann weggeschaut, über den See, zu dem gegenüberliegenden Ufer, der Stelle, wo in der Nacht die Lichter geblinkt hatten. Als ob dort jemand stünde. Aber das war wohl ihre Art, das zu verarbeiten, was er gesagt hatte. Ihr war bewusst, dass sie ihm nicht mit Protesten kommen konnte, Herr im Himmel, es war ja schließlich auch sein Urlaub. Er durfte wohl auch ein bisschen Spaß haben.

»Ist das mit ... Übernachtung?«, fragte sie nach einer Weile.

»Nein, nein. Wir brechen das Lager irgendwann nach Mitternacht ab.«

Der Ausdruck gefiel ihm. Das Lager abbrechen. Das war etwas Handfestes, unter Männern. Abbrechen. Das Lager.

»Wo liegt denn dieser ... Windschutz?«

»Da draußen.« Er zeigte in den Wald, der sie umgab. »Mehr muss man nicht wissen.«

Noch einmal schaute sie weg.

Er trank den Rest Bier aus und erhob sich.

»Ich spring mal ins Wasser.«

Er ging an den See und tauchte unter. Es war entschieden wärmer als heute Morgen. Er vermied es, weiter hinauszuschwimmen. Irgendwo hatte er gehört, dass es gefährlich war, gleich nach dem Essen zu schwimmen, man konnte untergehen wie ein Stein aus Granit. Er wollte nicht zu Granit werden. Davon gab es genügend auf dem Grund des Sees und am Ufer.

Er sah, dass sie aufstand und ins Zelt ging. Nach einer Minute kam sie wieder heraus, ging zum Abwaschtisch und holte eine Plastikschüssel für das schmutzige Geschirr. Wenn sie noch ein Weilchen Geduld gehabt hätte, hätte er ihr angeboten, den Abwasch zu übernehmen. Die Chance hatte sie verpasst.

Er legte sich auf den Rücken und ließ sich treiben. Das war leicht, als würde das Wasser eine Spur Salz enthalten. Er atmete die Düfte nach Wald, Ufer und Wasser ein. Dieser Badeplatz war eine Perle. Seltsam nur, dass sie die Einzigen hier waren. Zwar war die Gegend dünn besiedelt, aber es war doch gerade Hochsaison. Dann kamen Menschen aus halb Europa. In der Konditorei hatte er Deutsch gehört. Die Deutschen hatten hierhergefunden.

Die Landstraße war asphaltiert und das Hinweisschild zum Badeplatz gut sichtbar. Auf dem Campingplatz müssten eigentlich mehr Zelte stehen. Das war zum Glück nicht der Fall, aber trotzdem. Und einige Dorfbewohner müssten auch hierherfinden, um zu baden, auf den Höfen musste es Kinder geben. Und auch die Bauerntölpel sollten herkommen und sich nach dem Arbeitstag das Heu abspülen.

Aber niemand.

Vielleicht war es zu heiß. Vielleicht waren die Kinder in einem Camp am Meer. Nein, wohl kaum. Eher war es denkbar, dass es hier Sommerkinder aus der Stadt gab. Sommerkinder. Ein seltsames Wort, als ob es die Kinder nur im Sommer gäbe, nur dann Kinder da wären.

Sie war Sommerkind gewesen. Er konnte sich nicht erinnern, wann sie ihm davon erzählt hatte oder jemand anderes, wer immer das gewesen sein mochte. Hatte sie nicht als Kind einige Sommer irgendwo auf dem Land verbracht? Vielleicht in einem Ort wie diesem. Er konnte sich nicht erinnern, wo. Aber eine Bauersfrau war sie nicht geworden. Das Einzige, was ihr aus dieser Zeit geblieben war, war ein merkwürdiges Überbleibsel eines merkwürdigen Dialekts, hin und wieder ein Wort. Ungefähr so merkwürdig wie die Kappe des Elchsafarimannes. Vielleicht redeten alle Bauernstoffel ähnlich, vielleicht war das etwas Universelles.

Er lächelte und ließ sich weiter treiben.

Fünf Minuten vor sieben parkte er unterhalb der Kirche. Die Sonne brannte immer noch stark. Er schloss das Auto ab und ging den Abhang hinauf. Im Lauf des Abends würde sie einen Spaziergang hierher unternehmen und das Auto abholen. Es waren nicht mehr als drei, vier Kilometer vom Camping- und Badeplatz. Sie hatte das selbst vorgeschlagen. Wenn sie nur öfter so gute Ideen hätte.

In dem gleißenden Sonnenlicht sah die Kirche aus, als würde sie von innen leuchten. Hier war alles weiß, die Fassade der Kirche, das Gras, die Gräber im Gegenlicht und der Himmel über ihm. Bald würde das blaue Abendlicht vom Himmel herabsinken. Das war die beste Zeit.

Er blieb vor der eisernen Pforte stehen. Der Friedhof dahinter war ganz klein, nur an die zwanzig Gräber zeugten davon, dass wenige Menschen hier lebten oder besser gesagt gelebt hatten. Hier hatten wenige ihr Leben verbracht, und deswegen waren auch nur wenige gestorben. Er überlegte kurz, ob er hier leben könnte. Die Antwort auf diese Frage war schlicht Nein. Solange die Sonne schien, mochte es ja gehen, aber sonst? Sie waren hier auf dem Hochland, im Winter konnten es bis zu minus dreißig Grad werden. Bei dem Gedanken schauderte er fast. Er sah wieder zu den Gräbern. Könnte er hier sterben? Kaum. Wenn man nicht hier lebte, konnte man hier auch nicht sterben, oder? Er lächelte. Hinter sich hörte er einen Automotor, und er drehte sich um. Der Pick-up fuhr über den Schotter, und der Mann mit der

Kappe steckte den Kopf durch das geöffnete Fenster auf der Fahrerseite.

»Steigen Sie ein«, rief er.

Er ging zum Auto und setzte sich auf den Beifahrersitz.

»Wo sind die anderen?«, fragte er.

»Warten schon im Wald.«

»Ich dachte, wir sollten uns hier treffen?«

»Sie sind eher gekommen. Mein Partner hat sie rausgefahren.«

Er fragte nicht weiter. Sie fuhren denselben Weg, den er gekommen war. Durchs Fenster wehte warmer Wind. Rechter Hand sah er Kühe auf der Weide grasen. Ihre Euter waren prall. Bald war es Zeit fürs Melken. Die Cowboys kämen angeritten, um die Tiere in den Stall zu treiben. *Movin', movin', movin'*. Vor vielen Jahren hatte er eine Fernsehserie gesehen, und die Titelmelodie war hängengeblieben. Die Serie könnte hier aufgenommen worden sein. Hier schien sich nichts verändert zu haben, nur dass die Pferde gegen Pickups ausgetauscht worden waren. Aber auf den Feldern gab es noch reichlich Reitpferde.

Sie fuhren an der Abzweigung zum Badeplatz vorbei. Glaubte er jedenfalls.

Es gab kein Schild mehr.

Er drehte sich um, als sie vorbei waren.

Ja, das war ganz sicher die Abzweigung. Er erkannte eine Zwillingstanne fünfzig Meter entfernt am Weg zum Badeplatz. Er wandte sich zum Fahrer.

»Das Schild ist weg.«

Der Mann mit der Kappe warf ihm einen raschen Blick zu, antwortete aber nicht.

»Das Schild zum Badeplatz. Dort steht doch mein Zelt.«

Der Mann hob den Blick zum Rückspiegel.

»Das Schild?«

»Ja, das Schild. Blau und weiß. Das übliche Schild für Badeplätze.«

»Hm. Sie haben recht«, sagte der Fahrer, den Blick immer noch in den Rückspiegel gerichtet. »Da hat immer eins gestanden.«

»Jetzt nicht mehr.«

»Hm. Vielleicht haben sie es abgebaut, um es zu warten.«

»Mitten in der Hochsaison?«

»Tja, ich weiß auch nicht.« Der Mann sah ihn kurz an. »Ist das so wichtig?«

»Nee, eigentlich nicht ... aber ich finde es sehr merkwürdig.«

Der Mann schwieg. Er bog plötzlich in einen Waldweg ein, der vor einigen Sekunden noch gar nicht zu sehen gewesen war. Dort stand kein Schild.

Der Weg war eher ein breiter Waldpfad. Vielleicht die Landstraße der Elche, dachte er. Hier können sie sich gemächlich bewegen, nichts Böses ahnend, und oben im Hochsitz warten die Bauerntölpel und zielen. Er warf dem Fahrer einen schnellen Blick zu. Lieber vorsichtig sein. Neben ihm saß so ein Bauerntölpel. Wäre nicht gut, wenn der seine Gedanken lesen könnte. Er sah aus wie ein harter Teufel.

Jetzt teilte sich der Weg in eine krumme dreizackige Feuerzange, er musste plötzlich an das abendliche Grillen denken. Den Branntwein, das Bier. Er hatte keinen Nachmittagswhisky getrunken, und das spürte er jetzt. Seine Kehle war trocken. Die Zunge fühlte sich an wie etwas, das nicht in seinen Mund gehörte. Nie mehr auf den Nachmittagswhisky verzichten.

Der Pick-up schaukelte eine Steigung hinauf. Der Wald lichtete sich, oben war er ganz verschwunden. Der Fahrer hielt an und stellte den Motor ab.

»Da sind wir«, sagte er und stieg aus.

Hier oben hatte man das Gefühl, auf dem Dach der Welt zu stehen oder mindestens auf dem Dach dieser Region. Der Blick reichte kilometerweit. Es war wie mitten auf einem Meer, und die Horizontlinie bestand aus Tannenwipfeln. Die Sonne senkte sich nun doch am westlichen Horizont. Man könnte ihren Untergang auf dem ganzen Weg abwärts mit den Augen verfolgen, bis sie feuerrot wurde, und wer lange genug stehen blieb, könnte auch beobachten, wie sie wieder aufging.

Aber jetzt war es Zeit, sich zu bewegen.

»Da sind die anderen«, sagte der Kappenmann.

Einige Figuren kamen vom Waldrand herangeschlendert. Er zählte vier Personen. Sie trugen derbe Jeans und karierte Hemden, Stiefel und Kappen wie der Mann neben ihm. Sie sahen alle aus wie Söhne dieser Gegend. Er sah nicht aus wie ein Sohn dieser Gegend. Er trug ein blaues Leinenhemd, das in einer Chinohose steckte. Und Segelschuhe, derbe zwar, aber immerhin. Er trug keine Kappe.

Der Kappenmann stellte ihn den anderen vor, als wäre er der einzige Fremde hier. Vielleicht war es so. Fünfhundert Lappen waren möglicherweise viel Geld für diese Bauerntölpel, ein Hunderter für jeden. Damit konnten sie im Landhandel ein paar Säcke von wer weiß was kaufen, was sie so brauchten.

Aber bisher hat noch keiner Geld verlangt, dachte er.

»Dann nehmen wir jetzt unsere Position ein«, sagte der Kappenmann. Er nannte ihn Kappenmann, obwohl alle

Kappen trugen. Es klang ein wenig merkwürdig: Dann nehmen wir unsere Position ein.

Der Kappenmann ging voran auf eine Art Aussichtsturm zu, der ziemlich neu aussah. Er wirkte etwas überflüssig in dieser kahlen Höhe, aber vielleicht hatte man von dort oben eine noch bessere Sicht auf die Elche. Vielleicht war er auch nötig, um die Elche nicht zu stören.

Sie stiegen die primitive Leiter hinauf.

Es war höher, als es von unten aussah, aber so war es immer. Das Gefühl hatte er jedes Mal, wenn er auf einem Sprungturm stand, aber es war lange her, seit er zuletzt auf einem Sprungturm gestanden hatte. Oder irgendeinem Turm. Plötzlich hatte er ein Gefühl, als wäre es schon sehr lange her, seitdem er überhaupt etwas getan hatte. Er hatte nur existiert, was immer das war. Er war nicht auf Türme geklettert wie jetzt. Hatte keine Feuer angezündet. Branntwein hatte er getrunken, aber das konnte man ja überall. Er hatte sich eingebildet, in der Wirklichkeit zu leben. Aber wahres Leben, das war dies hier.

Er spürte den Wind in der Höhe.

Er fühlte sich groß und gleichzeitig klein.

»Gucken Sie mal da unten«, hörte er einen der Männer sagen.

Er schaute nach unten.

Etwas bewegte sich zwischen den Tannen. Er sah, wie sich die Zweige bewegten, sich hoben, senkten. Er sah etwas Braunes oder Schwarzes, das war nicht zu erkennen, weil die Sonne hinterm Horizont unterging, und das bedeutete, dass die Farben im Boden versanken.

Er sah, wie die Elche zu der Dreifachgabelung zogen und sich weiter nach Osten bewegten. Die Elche! Seine ersten Elche! Sie sahen aus wie eine Familie, obwohl die Tiere von hier oben alle gleich groß wirkten. Sie kamen wie auf Bestellung anspaziert. Für eine Sekunde dachte er, sie seien dressiert, sich zu zeigen, wenn Leute auf den Turm geklettert waren, doch das war wohl kaum vorstellbar. Aber man konnte ja nicht wissen. Die Leute in dieser Ungegend kommunizierten mit den Tieren vielleicht besser als mit Stadtbewohnern wie ihm.

Die Elche schritten ohne Eile weiter in östliche Richtung. Einige Male blieben sie stehen und schnappten nach Zweigen, wie um Frische und Geschmack zu testen. Ihre Bewegungen waren ruckartig und ein bisschen plump, aber gleichzeitig strahlten sie etwas aus, das einmalig war. Die Könige des Waldes, und Königinnen. Plötzlich wünschte er, sie würde hier neben ihm stehen. Er war selbst überrascht von dem Gedanken. Alles hätte anders sein können, dachte er. Sie hätten eine Familie sein können, eine richtige Familie.

Wie die Elche da unten.

Jetzt entfernten sie sich, wieder zurück in den Wald. Der Moment war vorbei. Er hatte seinen Augenblick in der Wirklichkeit gehabt, und nun war der Moment vorbei, entfernte sich langsam schreitend ostwärts.

Er schaute sich um und sah, dass alle Männer ihn betrachteten. Seine Reaktion beobachteten. Er war ziemlich sicher, dass er hier der Einzige war, der zahlte, aber das war ihm egal. Er hatte seinen Augenblick bekommen.

Er war ein anderer geworden.

Er wollte es ihr erzählen, auf der Stelle. Aber das war unmöglich. Er würde nicht zum Campingplatz finden, konnte nicht den ganzen Weg zurückgehen, und die Männer mussten ihm etwas bieten für sein Geld. Für sie war es sicher eine

Ehrensache, und er würde sie beleidigen, wenn er verlangte, dass sie ihn schon jetzt zurückbrachten.

Der Kappenmann übernahm wieder die Führung und stieg als Erster die Leiter runter.

Unten angekommen, zerrte er eine große Holzkiste unter dem Turm hervor und nahm etwas heraus. Er konnte nicht sehen, was es war, weil ihm der Mann den Rücken zukehrte.

Er trat näher und sah die Scheiben, die der Mann auf die Erde gelegt hatte, die Jagdscheiben, Zielscheiben. Darauf waren Elche abgebildet, fast in Lebensgröße. Der Kappenmann richtete eine Scheibe auf. Der Elch wirkte beinah lebendig.

Einige der anderen in karierten Hemden waren zum Pickup gegangen und kehrten mit den Armen voller Gewehre zurück.

Der Kappenmann schüttelte den Pappelch.

»Jetzt wollen wir ein bisschen jagen.«

»Wie … das?«, fragte er.

»Wir stellen die Scheiben am Waldrand auf.« Der Kappenmann lächelte. »Und versuchen sie zu treffen.«

»Ich hab … noch nie geschossen«, sagte er.

»Dann wird es höchste Zeit.«

Der Kappenmann nickte einem der Männer in den karierten Hemden zu, der ihm ein Gewehr reichte. Er nahm es entgegen und spürte das Gewicht. Plötzlich fiel ihm das Gewicht der Brötchentüte ein, die er in den See geworfen hatte. Er bereute es. Plötzlich bereute er das mehr als alles andere, was er jemals getan hatte. Während er hier mit dem verdammten Gewehr in der Hand stand, umgeben von den Bauerntölpeln, war ihm, als hätte er etwas Unverzeihliches begangen, als er die Tüte wegwarf. Er wusste nicht, warum er in dieser Sekunde so dachte, aber ihm war, als hätte er in dem Moment eine Grenze überschritten. Eine letzte Grenze. Eine letzte Grenze in ihrer Beziehung. Er hatte die allerletzte Grenze überschritten.

Einige Male hatte sie in eine andere Richtung gehen wollen, weg von ihm. Zu einer anderen Grenze. Aber er hatte ihr keinen Schritt erlaubt. Sie hatte gewusst, was passieren würde, wenn sie versuchte, ihn zu verlassen.

»Dann stellen wir jetzt die Scheiben auf«, sagte der Kappenmann.

Er wusste selbst nicht, was passiert wäre, wenn sie versucht hätte, ihn zu verlassen. Vielleicht wusste sie mehr als er. Wusste mehr über ihn. Was er ihr antun würde, wenn sie es versuchte.

Herr im Himmel, lass mich hier wegkommen. Ich will hier weg, ehe es zu spät ist. Bald ist es zu spät, dachte er und fragte sich gleichzeitig, warum er so dachte.

Er stand dabei, während die Männer die Scheiben in verschiedenen Abständen an dem verdammten Waldrand aufstellten. Einige waren zu sehen, einige nicht, als ob er einfach geradewegs in den Wald schießen sollte. Aber er würde nicht schießen, für ihn war das Abenteuer beendet. Er wollte hier weg, zurück zu ihr. Er war jetzt ein anderer.

Die Männer standen um ihn herum, die Gewehre in der Armbeuge. Sie sahen aus, als wären sie mit einem Gewehr im Arm geboren worden. So war es wohl in dieser Gegend.

Sie schauten ihn an, als warteten sie darauf, dass er den ersten Schuss abgab. Wer den ersten Schuss abgibt, hat noch niemals geschossen, dachte er und grinste fast. Aber keiner hatte ihm gezeigt, wie man es machte. Er hatte nicht einmal Patronen bekommen oder wie die hießen.

»Ich glaube, eine der Scheiben ist umgefallen«, sagte der Kappenmann und nickte ihm zu. »Könnten Sie hingehen und sie wieder aufrichten?«

»Ich?«, antwortete er.

Der Kappenmann nickte wieder.

Vorsichtig legte er das Gewehr auf die Erde, als wäre es geladen, und ging auf den Waldrand zu.

Er konnte keine Scheibe entdecken, die flach auf dem Boden lag. Wenn da eine gelegen hatte, dann war sie jetzt weg, wie das Schild zum Badeplatz.

»Mehr nach links«, hörte er die Stimme des Kappenmannes hinter sich. »Hinter dem Wacholder.« Und plötzlich erkannte er den Dialekt.

Es war die gleiche Sprachmelodie, die manchmal bei ihr anklang.

Hier war sie Sommerkind gewesen.

Hier.

Sie kannte diese Männer.

Sie waren hier Kinder gewesen, und das nicht nur im Sommer.

Sie hatte die Karte gelesen.

Es war ein Gefühl, als wäre es hundert Jahre her.

Sie hatte sie beide hierhergelotst.

In Wirklichkeit gab es gar keinen Campingplatz.

Jetzt sah er die Scheibe hinter dem Wacholder. Sie stand aufrecht. Der Elch schielte ihn aus dem Augenwinkel an, oder er schielte auf etwas hinter ihm. Er drehte sich um. Er sah die karierten Hemden, die Kappen, die Stiefel. Die Gewehre. Sie waren jetzt erhoben. Auf ihn gerichtet. Ihr sollt zum Teufel auf den Elch zielen, dachte er, bevor er es verstand. Wirklich verstand. Er hörte von den Gewehren ein scharfes metallisches Geräusch, das er nicht kannte. Wusste jedoch, was es bedeutete. Bestimmte Dinge erkennt man beim ersten Mal.

Der Himmel hinter den Männern stand in Flammen. Er sah den Turm wie eine Silhouette vor dem Feuer. Er sah die Figur, die dort oben stand. Er wollte winken. Er wollte rufen. Er wollte alles erklären. Er wollte die Leiter hinaufstürmen. Er wollte fliegen. Plötzlich ergriff die Abendbrise ihren Rock, der wie eine schwarze Fahne flatterte.

Viareggio

Tempel. Das Wort kam ihm in derselben Sekunde in den Sinn, als er durch die schwere Eichentür trat. Tempel. Dies ist ein Tempel.

Im Foyer, in dem er jetzt stand, herrschte die passende Beleuchtung. Das Pult, an dem der Oberkellner die Gäste zu empfangen pflegte, war eingehüllt von gelbem Licht. Eingehüllt. Es war ein weiteres Wort, das heute Abend von Bedeutung war.

Er durchquerte den Speisesaal, dessen einsame Eleganz sich seit seinem letzten Besuch nicht verändert hatte. Eleganz hatte hier immer geherrscht, aber niemand hatte diesen Tempel mit Einsamkeit verknüpft. Im Gegenteil. Ein Magnet für Gemeinschaft. Eine Art Heiligtum für die Sinne. Ja, dachte er, als er langsam durch den prächtigen Saal ging, der in dasselbe gelbe Licht gehüllt war wie das Foyer: Dies war ein Tempel für die Sinne, hier waren sie vereint. Wird es so bleiben? Wird dieser Raum weiterhin ein Tempel für ehrbare Wollüste bleiben?

Jetzt stand er in der Restaurantküche. Sie war groß, größer, als es den Anschein hatte. Wie das Innere eines Schiffes. Das Licht war zu einem blauen Schimmer gedimmt und verlieh all den glänzenden Flächen einen bleichen Farbton, der an Knochen denken ließ. Menschenknochen. Die ihn an einen ganz anderen Saal erinnerten als den, in dem er jetzt stand, ein Saal, in dem harter Stahl matt auf Bänken glühte, an denen weißgekleidete Leute ihre Arbeit taten. Er hatte den Vergleich noch im Kopf, als er einige Schritte in die Küche machte. Der Unterschied für ihn bestand darin, dass er mit dem Lichtschimmer in einem Obduktionssaal vertraut war, mit dem Geruch nach bleichem Tod, auch dass er bei einigen Gelegenheiten mitten in einem Raum wie diesem gestanden hatte, jedoch niemals zu dieser Zeit, um drei Uhr morgens, wenn alle Geräusche erstorben sind, die hunderte von Düften zum letzten Mal von den Ventilatoren eingesogen werden und wenn alle Köche nach Hause gegangen sind.

Alle außer einem hatten den Tempel verlassen.

Deswegen war er hier. Deswegen war er wieder hier. Auch in der Küche roch es nach bleichem Tod. Er hatte ihn noch nicht wahrgenommen, aber er wusste, dass der Geruch da war. Innerhalb einer Minute würde er ihm begegnen.

Er schaute auf die Uhr, die mitten über einem der schimmernden Herde tickte. Sie zeigte eine Minute nach drei.

Vor genau vier Stunden hatte er auf dieser Uhr gesehen, wie sich die Zeit bewegte, langsam, als wollte sie stehenbleiben. Genau an dieser Stelle hatte er gestanden, wo er jetzt stand, hatte gedacht, dass die Zeit seinetwegen gern stehenbleiben sollte, dass das Leben nie besser sein würde als in diesem Moment. Perfekt, dachte er und genoss den Lärm um sich herum. Alles war perfekt.

Aber die Zeit ging weiter, langsam durch die Nacht. Und plötzlich blieb sie für immer stehen.

Kriminalkommissar Erik Winter hatte seine Bisque an Meereskrebsen und Limande gerade halb verzehrt, als der Küchenmeister an seinen Tisch glitt, eine lautlose Bewegung eines großen Mannes, der sonst durchs Leben lärmte. Winter hob gerade den Löffel.

»Na?«, sagte der Meister. »Ein kleines Urteil, bevor du dir das ins Gesicht steckst?«

Winter hielt in der Bewegung inne. »Interessant der Safran im Fond.«

Der Meister nickte schweigend.

»Ich habe einen Augenblick überlegt, ob es auch mit Rotzunge funktioniert hätte«, fuhr Winter fort, »aber die Antwort ist wohl Nein.«

»Gut«, sagte der Meister »wenn du so weitermachst, bist du bald qualifiziert, in die Küche zu kommen und Soßentöpfe zu schrubben.«

»Es wäre mir eine große Ehre, Lars.«

»Du bist nah dran, Erik«, sagte Lars Hirschmann und wies in Richtung der Schwingtüren zur Küche, »sehr nah.« Er schaute auf Winters Teller. »Was hältst du vom Spargelsalat?«

Winter spießte einen zarten Spargel auf seine Gabel, frisch geernteter dünner grüner Spargel. In dieser Qualität gab es ihn nur wenige Tage. Der Spargelsalat war ein Grund, warum er beschlossen hatte, heute Abend hier zu essen. Weißt du, dass du deswegen für einen Snob gehalten werden könntest?, hatte seine Frau Angela gesagt, als sie durch den Frühlingsabend hierherspazierten. Unter anderem deswegen, fügte sie hinzu. Das ist das Gegenteil von Snobismus, antwortete er. Es geht darum, ein Leben mit höchstmöglicher Qualität zu führen, so gut, wie man nur eben kann. Wenn wir uns darüber einig sind, dass das Leben ungerecht kurz ist, müssen wir es selbst in die Hand nehmen, oder?

»Der Spargelsalat?«, wiederholte Winter und schob den Spargel in den Mund. »Ich merke«, sagte er dann, »dass du den Essig gegen den aus dem anderen Dorf im Elsass, von dem wir letzte Woche gesprochen haben, ausgetauscht hast.«

Angela begann zu lachen.

»Sie findet, ich sei ein Snob«, sagte Winter und lächelte Hirschmann an.

»Wie kommst du denn darauf, Angela?«, fragte Hirschmann.

»Und das Spargelpüree im Dressing«, fügte Winter hinzu, »interessant!«

»Interessant? Ist das alles, was dir dazu einfällt?«

»Es schmeckt ganz einfach gut«, sagte Angela und aß noch einen Spargel.

»So kann man es auch ausdrücken«, sagte Winter und nahm ebenfalls noch einen Spargel.

»Ich muss in die Küche und nachsehen, wie weit die Fortsetzung ist«, sagte Hirschmann.

Die Fortsetzung war nicht schlechter gewesen.

Gegrillte Austern mit Sellerie und gebratenem Speck. Mit Salz gegrillter Hornhecht in Sardellenfarce, Zwiebeln und Sojaöl. Gegrillter Steinbutt.

»Ist dies das beste Restaurant der Welt?«, fragte Winter im Lauf des Abends. Angela antwortete nicht. Es war eine rhetorische Frage. Vor allen Dingen, was Fisch und Schalentiere betraf.

Einige Minuten vor elf ging Winter in die Küche, um sich bei Hirschmann zu bedanken. Angela hatte gesagt, dass sie sich im Augenblick nicht rühren könne.

Der Meister holte eine Flasche Calvados aus einem Geheimfach über der Anrichte.

»Ich kann nur meine Frau zitieren«, sagte Winter und schnupperte an der Flasche. »Also was das Abendessen angeht.«

»Ja?«

»Es war einfach verdammt gut.«

Hirschmann lachte und goss einige Zehntelliter Alkohol in große Kelchgläser. Winter stand in der Küche und nahm das Glas entgegen. Er schaute auf die Uhr, die über einem der schimmernden Herde tickte. Sie hatte eine Minute nach elf gezeigt.

Winter meinte, immer noch den Geschmack von dem alten Calvados im Mund zu haben. Immer noch spürte er die Wirkung. Er drehte den Kopf und betrachtete die halboffene Tür zum Kühlraum. In zehn Sekunden würde er ihn betreten. Vor zwei Stunden war er mit dem angenehm benommenen Gefühl eingeschlafen, dass er an diesem Abend das Bestmögliche für sich getan hatte. Dass er zumindest heute Abend ein Leben voller Qualität geführt hatte.

Er wurde von einem Klingeln geweckt, das nicht aufhörte, obwohl er auf den Wecker geschlagen hatte. Plötzlich brach es ab, und er hörte Angelas Stimme: »Diesen Anruf musst wohl du entgegennehmen, Erik.«

Er ging durch die Küche in Richtung Kühlraum. Der Fußboden glänzte wie ein Spiegel oder eine blanke Wasseroberfläche. Er konnte sein Gesicht dort unten ahnen, aber er schaute geradeaus.

Neben der Tür stand ein Mann in Uniform. Es war kein

Polizist. Polizisten in Uniform bewegten sich hinter Winter, er hörte sie im Speisesaal, er wusste, dass sie die schmale Straße vor dem Restaurant absperrten. Der Mann in Uniform war von einer der vielen Sicherheitsfirmen. Diese hieß Securitas, der Name stand in roten Buchstaben auf einer Brusttasche der Uniform. Winter hatte gelesen, die Regierung habe vorgeschlagen, dass gewisse Aufgaben der Polizei von Sicherheitsfirmen übernommen werden sollten, da es nicht genügend Polizisten gab, um die Mitbürger der modernen Welt zu schützen. Dieser Wachmann zum Beispiel taugte nicht für das Gewaltdezernat. Er zitterte immer noch nach der Entdeckung, die er in dem Raum hinter sich gemacht hatte. Auf seinem Gesicht lag ein blauer Schimmer, der an das kalte Licht im Kühlraum erinnerte. Er hob den Kopf, als Winter auf ihn zukam und sich vorstellte.

»Er ... er sitzt da drin«, sagte der Wachmann und machte mit dem Kopf eine Bewegung in Richtung Tür.

»Was ist passiert?«, fragte Winter.

»W– wie meinen Sie das?«

»Darüber reden wir später«, sagte Winter und ging an dem Mann vorbei, der sich anscheinend an der Wand abstützen musste, um sich auf den Beinen zu halten.

»Wie geht es in der richtigen Welt da draußen zu?«, hatte Hirschmann gefragt und an seinem Calvados genippt.

»Der richtigen Welt? Die ist doch hier drin«, antwortete Winter. »Wirklicher als hier kann es gar nicht werden.«

»Keine Morde«, sagte Hirschmann. »Hier drin haben wir keine Morde.« Er ließ sein Glas kreiseln, und der Alkohol warf Reflexe wie ein Prisma. »Solche Orte werden bald einzigartig sein, wenn man den Zeitungen glauben kann.«

Er hob das Glas, als prostete er jemandem zu. »Mordfreie Zonen.«

»Glaub niemals, was in den Zeitungen steht«, sagte Winter. »Aber … ja, dies ist ein geschützter Ort.«

Hirschmann ließ sein Glas wieder kreiseln.

»In Restaurantküchen kann es ziemlich heiß hergehen«, sagte er. »Da gibt es viel heißen Willen.« Er hob den Glaskelch zu einem Koch, der gerade eine zischende Pfanne von einer Gasflamme zog. »Heißer Herd, heißes Gericht, heißer Wille.«

»Aber keine Todesfälle«, sagte Winter.

»Noch nicht.«

»Das klingt, als würdest du einen erwarten«, sagte Winter.

»Es gibt viel Tod in Restaurantküchen«, sagte Hirschmann und sah aus wie ein Philosoph, ein Philosoph in weißem Kittel. Winter drehte sich um, um festzustellen, was Hirschmann sah, aber da gab es nichts anderes als Kupfertöpfe, die in einer langen Reihe über dem Herd hingen, auf dem Soßen montiert wurden.

»Eigentlich ist der Tod das Einzige, was an diesem Ort gilt«, hatte Hirschmann hinzugefügt.

»Soll das eine philosophische Betrachtung sein?«, fragte Winter. »Oder bist du nur deprimiert, Lars?«

»Nichts lebt mehr, wenn es hier ankommt«, fuhr Hirschmann fort. »Abgesehen von den Hummern im Aquarium.«

»Hättest du es lieber, wenn die Ochsen auf eigenen Beinen hereinmarschierten, um geschlachtet zu werden?«, fragte Winter. »Dass die Rebhühner hereinflögen, sich auf eine Stange setzten und darauf warteten, dass du ihnen den Hals umdrehst?«

»Bei dir klingt das brutal und unangenehm«, sagte Hirschmann. »Aber du verstehst trotzdem, was ich meine.«

»Vielleicht bist du auf dem besten Weg, Vegetarier zu werden?«, sagte Winter.

»Glaubst du nicht, dass die Mohrrüben schreien, wenn sie aus der Erde gezogen werden? Siehst du nicht, wie die roten Beten bluten, wenn man sie schneidet?«

Winter lachte, und Hirschmann hatte mitgelacht. Er hatte einen Finger zum Himmel erhoben. »Würde ich Vegetarier werden, was Gott verhüten möge, gäbe es nur ein Land auf Erden, wo ich meinen Wahnsinn entwickeln könnte.«

»Welches Land?«, fragte Winter, obwohl er es wusste.

»Italien«, antwortete Hirschmann.

»Hm.«

»Dort kann man wirklich alles zubereiten, was in der Erde wächst.«

»Wann fährst du?«, fragte Winter.

»Ich bin kein Vegetarier«, hatte Hirschmann geantwortet.

»Ich meine, zu deinem jährlichen Italienbesuch.«

»Übermorgen.«

Es würde kein Übermorgen für Hirschmann geben, überhaupt kein Morgen und keinen Tag. Winter dachte an das Gespräch, das er mit seinem Freund geführt hatte. Er hatte die Vorfreude auf die jährliche Reise in Hirschmanns Augen gesehen. Wie alle erfolgreichen Köche war er ein weitgereister Mann, aber Italien bedeutete etwas Besonderes für ihn, das wusste Winter. Er zögerte immer noch vor der Tür zum Kühlraum und dachte an den Anruf, den er vor weniger als einer halben Stunde vom Wachhabenden der Leitzentrale bekommen hatte.

Hirschmann war vom Wachmann identifiziert worden. Die Tür zum Kühlraum stand offen, und das hatte ihn misstrauisch gemacht.

»Wie kann er so sicher sein?«, fragte Winter in den Telefonhörer, während er versuchte, das Hemd anzuziehen.

»Der Mann arbeitet wohl schon seit Jahren dort«, antwortete der Wachhabende. »Das Restaurant gehört zu seiner Runde. Wenn ich es richtig verstanden habe, hat er jede zweite Nacht mit Hirschmann geredet.«

»Wie das?«

»Hirschmann ist offenbar bis spät in die Nacht geblieben und hat die Küche kontrolliert oder was weiß ich.«

»Dieser Wachmann hat dir ja eine Menge erzählt in der kurzen Zeit«, sagte Winter, während er die Hose anzog, dieselbe, die er am Abend getragen hatte, genau wie das Hemd, das nach Essen und Zigarillos roch. Es roch nach Hirschmanns Restaurant.

»Er steht wohl unter Schock. Dann reden die Menschen wie ein Wasserfall.«

»Sind schon Leute von uns auf dem Weg dorthin?«

»Sie müssten jetzt angekommen sein, Erik.«

»Sorg dafür, dass sie den Wachmann dabehalten.«

»Natürlich.«

»Der Ordnung halber: Sagt der Wachmann, dass die Leiche, die er vorgefunden hat, Lars Hirschmann ist?«

»Nicht mit genau diesen Worten. Aber es ist so.«

»Bist du ganz sicher?«

»Ja. Aber fahr selbst hin und schau nach.«

»Bin schon unterwegs«, sagte Winter und legte auf.

Er war auf dem Weg in den Kühlraum. Die Kälte war trocken und dicht, sie schlug ihm entgegen wie ein Wintertag. Er sah gestapelte Kisten und Kartons. Flaschen. Er sah Körper. Vögel, Teile von Lämmern, Schweinen. Fische, die Farce von Quenelles und Pâtés werden sollten.

Lars Hirschmann saß auf einem Stuhl am Ende des langen schmalen Raumes. Als Winter auf ihn zuging, war ihm plötzlich so, als wollte Hirschmann aufstehen, um etwas zu sagen, etwas zu tun. Etwas zuzubereiten. Als ob er sich nur eine Minute ausruhte, bevor es Zeit war, mit ein paar letzten Handgriffen Ordnung für die Nacht zu schaffen, vielleicht ein letztes Glas Wein zu trinken, nach Hause zu gehen und einige Stunden zu schlafen. Winter wusste, dass Hirschmann nur wenige Stunden Schlaf brauchte. Seine Energie speiste sich aus der kreativen Nervosität, die immer wie ein Kraftfeld mitten in der Restaurantküche schwebte.

Winter ging die letzten Schritte bis zur Leiche. Er schloss die Augen und stand ganz still. Dann öffnete er sie und begegnete Hirschmanns gebrochenem Blick, der etwas direkt hinter ihm zu fixieren schien, so wie er es heute Abend getan hatte. Winter drehte sich um, aber dort war nichts, nur das eiskalte Licht, das aus der Küche hereinfiel. Er studierte Hirschmanns Gesicht, seine Haltung auf dem Stuhl, versuchte, an seine eigene Arbeit zu denken, daran zu denken, dass er hier war, um wieder einmal seine verdammte Arbeit zu tun. Die Arbeit, die er gewählt hatte, um sich und seine Familie zu ernähren. An all das versuchte er zu denken, Lars Hirschmann war ein weiteres Opfer in einer Reihe von Opfern, die er, Winter, in der Vergangenheit gesehen hatte und die er in Zukunft noch sehen würde.

Aber er war nicht in der Lage, den Gedanken auszublenden, dass es die Leiche eines Freundes war, die vor ihm auf dem Stuhl saß. Darüber war er froh. Wenn ihm das gelungen wäre ... dann hätte er einen Grad von Professionalität erreicht, die alle Gefühle ausschaltete. Dies war in gewisser Weise ein Test. Wenn es ihn gefühlsmäßig nicht belastet hätte, wäre es das Ende seiner Karriere gewesen, in diesem Jetzt, in diesem Kühlraum, im Herzen des besten Restaurants der Stadt. Dann wäre er ein Roboter. Ein Roboter empfindet keine Empathie. Ein Roboter marschiert geradeaus. Einem Roboter fehlt Intuition. Das war Winters größte Stärke als Ermittler von komplizierten Gewaltverbrechen. Intuition. Ein Gedanke hinter einem Gedanken. Phantasie hinter dem Gedanken. Ein Bild, das es nicht gab, das es aber gegeben hatte. Eine Tat, die in Winters Wachträumen wiedererstand.

Von draußen hörte er jetzt Stimmen. Er drehte sich um und ging zurück in die Küche. Dort standen seine Kollegen Bertil Ringmar und die Gerichtsmedizinerin Pia Fröberg, neben ihnen Leute von der Spurensicherung. Ein Dritter mit zwei Kameras kam aus dem Speisesaal. Draußen erkannte Winter Uniformen. Der Wachmann wartete immer noch neben der Tür zum Kühlraum. Er sah immer noch krank aus, schien immer noch an der Wand Halt zu suchen.

»Bist du da drinnen fertig?«, fragte Pia Fröberg. »Kann ich reingehen?« Sie hob ihre Tasche auf und machte einen Schritt auf den Kühlraum zu. »Es ist Zeit.«

Winter nickte und trat einen Schritt zur Seite, als sie an ihm vorbeiging. Sie hatte natürlich recht. Je eher sie die Leiche untersuchen konnte, umso besser.

»Wirf du auch einen Blick darauf, Bertil«, sagte er zu seinem Kollegen und machte eine Geste zum Kühlraum.

»Hast du was Besonderes im Sinn?«, fragte Ringmar. »Etwas, worauf ich achten soll?«

»Seine Haltung«, sagte Winter. »Seine Position auf dem Stuhl.« Ringmar nickte und folgte Pia Fröberg. Winter hörte, wie sie sich im Kühlraum bewegte. Er gab den Weg frei für die Leute von der Spurensicherung und wandte sich an den jungen Wachmann.

»Wie heißen Sie?«

»Be– ... Bengt Richardsson.«

»Erzählen Sie, was passiert ist.«

Offene Fragen. In einer Situation wie dieser waren offene Fragen immer am besten.

»Passiert? W– ... wann?«

Richardsson hatte sich von der Wand gelöst und konnte auf eigenen Beinen stehen. Die blaue Farbe war aus seinem Gesicht gewichen.

»Erzählen Sie von dem Moment an, als Sie durch die Tür von der Straße reingekommen sind«, sagte Winter.

»Ich ... ich hab aufgeschlossen wie gewöhnlich.«

Winter nickte.

»Auch wenn noch jemand in ... der Küche oder so war, die Tür zur Straße war immer abgeschlossen. Ich glaube, der Küchenmeister schließt ab, wenn alle anderen gegangen sind.«

»Weiter«, sagte Winter und dachte, dass dieses Verhör war, wie Verhöre zu sein pflegten, er bekam Antworten auf mehr Fragen, als er stellte.

»Also ... ich hab aufgeschlossen und den Alarm im Vorraum kontrolliert, hab die Toiletten geprüft ... wie üblich also, und dann bin ich die übliche Runde durch den Speisesaal gegangen ... und den anderen kleinen Restaurantraum, und dann hierher.«

Er machte eine Handbewegung, als wollte er verdeutlichen, dass sie in der Küche standen.

»Und?«

»Ja … ich hab auch hier den Alarm kontrolliert, die Schalter und Rauchmelder, und dann hab ich gesehen, dass die Tür offen stand.«

»Die Tür stand offen?«

»Zum Kühlraum«, sagte Richardsson. »Die ist sonst ja geschlossen.« Er drehte sich um. »Außer wenn jemand drin ist.«

»Das hätte heute Nacht auch der Fall sein können«, sagte Winter. »Dass jemand drin war.«

»So … war es ja auch«, sagte Richardsson.

Normalerweise wäre das hier ein komischer Dialog gewesen, dachte Winter.

»Ist es nie vorgekommen, dass die Tür offen stand, wenn Sie in die Küche kamen?«, fragte er.

»Doch … aber dann habe ich gerufen, und jemand hat geantwortet. Oder ist rausgekommen. Oder beides.«

»Was haben Sie also heute Nacht getan?«

»Ich hab gerufen.« Richardsson zeigte zum Kühlraum. »Und niemand hat geantwortet.«

»Weiter.«

»Da … bin ich also zur Tür gegangen und hab reingeschaut. Aber ich hab nichts gesehen und noch mal gerufen. Ich hab wieder keine Antwort bekommen und bin hineingegangen und da … da hab ich ihn gesehen.«

Richardsson schwankte und schien das Gleichgewicht zu verlieren.

Winter stützte ihn mit am Arm.

»Wen haben Sie gesehen?«, fragte er. »Ich muss Ihnen die Frage stellen.«

»Lars … Lars Hirschmann.«

»Sie haben ihn erkannt?«

»Ja … natürlich.«

»Warum ist das natürlich?«

»Er … er ist öfter hier gewesen … spät am Abend … nachts, wenn ich gekommen bin.« Richardsson streckte sich. Winter konnte ihn loslassen. »Ein paarmal haben wir uns ein bisschen unterhalten.«

Winter dachte über weitere Fragen nach, die er Richardsson stellen wollte. Es braucht Zeit, dachte er. Es könnte eine Ermittlung werden, bei der sich die Zeit wie eine Ewigkeit anfühlt. Oder es kann schnell gehen, sehr schnell. Es kann vorbei sein, ehe diese Nacht zu Ende ist.

»Erzählen Sie, was passiert ist, als Sie so nah herankamen, dass Sie Hirschmann erkannten.«

»Ich … hab ihn erkannt.«

»Haben Sie was gesagt?«

»Was?«

»Haben Sie ihn angesprochen?«, fragte Winter.

»Er … er war doch tot«, sagte Richardsson.

»Das haben Sie auf den ersten Blick gesehen?«

»Was?«

»Wie konnten Sie erkennen, dass er tot war?«, fragte Winter.

»Ich … ich bin näher rangegangen«, antwortete Richardsson. »Ich hab etwas zu ihm gesagt, und er hat nicht geantwortet, da bin ich noch näh– … näher rangegangen, und da hab ich gesehen, dass er tot ist.«

»Was haben Sie zu ihm gesagt?«, fragte Winter.

»Da– … daran kann ich mich nicht erinnern, wahrscheinlich ›Hallo‹ oder so was. Ich glaub, ich hab seinen Namen gesagt.«

»Wie spät war es, als Sie meinten, dass Hirschmann tot ist?«

»Äh … ich hab tatsächlich auf die Uhr gesehen, als ich angerufen hab … und ich hab die Polizei fast sofort verständigt …« Richardsson schaute auf seine Armbanduhr, wie um zu kontrollieren, ob sie noch da war. »Es war zehn nach zwei.«

»Exakt?«

»Ja … wenn ich es richtig gesehen habe.«

»Wann haben Sie die Tür zur Straße aufgeschlossen?«

»Äh … etwa fünf vor zwei.«

Eine Viertelstunde, dachte Winter. Eine Viertelstunde, um den Alarm, die Toiletten, Schalter zu kontrollieren und durch die Räume zu gehen. Ja, das könnte stimmen.

»Haben Sie was gehört?«, fragte er. »Von dem Moment an, als Sie die Tür von draußen geöffnet haben, bis Sie im Kühlraum standen? Irgendeine Art Geräusch?«

»Ja … das Übliche.«

»Was ist das Übliche?«

»Das Summen der Ventilatoren … die Kühlschränke und Tiefkühlschränke … tja, all das.«

»Haben Sie etwas Ungewöhnliches gehört?«

»Nein.«

»Bitte denken Sie nach. Vielleicht fällt Ihnen was ein. Denken Sie heute Nacht darüber nach und morgen.«

Richardsson nickte.

»Haben Sie auf der Straße vor dem Restaurant jemanden getroffen?«

»Nein.«

»Haben Sie jemanden gesehen?«

»Nein, niemanden.«

»Ein Auto, das vorbeigefahren ist?«

»Nein.«

»Ein Auto, das draußen geparkt war?«

»Nein ... vorm Haus ist ... ja Parkverbot ...«

»Sie zögern ...«

»Da stand wohl ein Auto, dreißig Meter entfernt ... vielleicht vierzig ... außerhalb der Straßenbeleuchtung, es war also dunkel ... aber ein neues Modell ... Volvo, glaub ich, V70 vielleicht. Es stand auf der anderen Seite der Parkzone ...«

»In welche Richtung?«

»Äh ... Richtung Aschebergsgatan in südlicher Richtung.«

»Standen dort mehrere Autos?«

»Nein ... bis zum nächsten Auto gab es einige Lücken.«

Winter schaute auf die Uhr. Es war zwanzig vor vier. Er zog sein Handy aus der Innentasche seines Jacketts und gab schnell eine Nummer ein.

»Tord? Hallo.« Er hatte den Verantwortlichen für die Absperrung vor dem Restaurant gewählt. »Siehst du außerhalb der Parkzone abgestellte Autos?«

»Wir haben alle Kennzeichen von denen registriert, die sich auf der Straße befinden«, antwortete Polizeiinspektor Tord Nilsén. »Wofür hältst du uns denn?«

»Ich weiß, dass du deinen Job beherrschst, Tord. Ich habe nur eine Frage. Steht da vierzig, vielleicht dreißig Meter südlich ein neueres Modell? Außerhalb der Parkzone?«

»Augenblick.« Winter hörte Nilsén etwas zu jemandem sagen, und dann ertönte ein kurzes Rauschen. Die Stimme des Inspektors kehrte zurück. »Nein.«

»Dort steht kein Auto? Vielleicht ein Volvo?«

»Jetzt bin ich auf dem Weg dahin.« Winter hörte Nilséns Schritte auf dem Kopfsteinpflaster der alten Gasse. »Hier steht kein Auto, weder ein Volvo noch ein anderes.« Pause. Winter hörte den Kollegen atmen. »Bis zur nächsten Karre gibt es einige Parklücken. Und das ist ein Japaner, ein kleiner.«

»Sperr den ganzen Weg zum Japaner ab«, sagte Winter. »Lass da niemanden rumtrampeln.«

»Ist jemand abgehauen?«, fragte Nilsén.

»Ich weiß es nicht. Tu nur, was ich sage.«

»Okay«, sagte Nilsén.

Winter drückte auf »Aus«.

»Versuchen Sie bitte, das Auto näher zu beschreiben«, bat er Richardsson.

»Volvo, glaub ich, sah aus wie ein V70.«

»Wie sicher sind Sie?«, fragte Winter.

»Tja … in dieser Stadt gibt es ja fast nur V70, da wird man vielleicht blind …«

Darüber könnte man lächeln, dachte Winter. Richardsson hat recht. Göteborg ist die Heimatstadt von Volvo, und die Göteborger fahren die Autos ihrer Heimatstadt. Die meisten bevorzugen Kombis.

»Hat jemand in dem Auto gesessen?«

»Nicht soweit ich sehen konnte.« Die Farbe war in Richardssons Gesicht zurückgekehrt, als würde ihn das Verhör beleben. »Ich hab die Karre ja nur aus dem Augenwinkel gesehen.«

»Aus welchem Augenwinkel?«

»Was?«

»Welchem Augenwinkel?«, wiederholte Winter.

»Äh … es muss der linke gewesen sein.«

»Okay.« Lieber kontrollieren, dachte Winter. Hat das Auto wirklich südlich gestanden oder nördlich?

Er zog das Handy wieder raus, rief Nilsén an, und der schickte eine Fahndung nach dem Auto los. Es wäre leichter, nach einer Nadel im Heuhaufen zu suchen, dachte Nilsén, während er die Leitzentrale anrief.

Noch ein paar Fragen, dachte Winter, als er das Blitzlichtgewitter im Kühlraum aufflackern sah. Lars Hirschmann hatte seine letzte Fotosession. Er hatte an Hunderten teilgenommen, vielleicht Tausenden. Er war mit dem Kochteam rund um die Erde gereist, und die Fotoblitze hatten bei jedem Wetter geknistert, in jedem Klima, über allen Anrichten und Herden.

»Wann haben Sie Hirschmann zuletzt gesehen?«, fragte Winter.

»Wohl so vor zwei Wochen, vielleicht zehn Tagen.«

»Wo haben Sie ihn getroffen?«

»Getrof– ... hier natürlich.«

»Erzählen Sie.«

»Da gibt's nicht viel zu erzählen. Manchmal war er noch da, wenn ich meine Runde machte. Das ist alles.«

»So spät?«

Bengt Richardsson zuckte mit den Schultern.

»Er schien ... alles zu kontrollieren. Wenn die anderen nach Hause gegangen waren.«

»Hat er das gesagt?«

»Ja.« Richardsson versuchte zu lächeln. Er hatte ein wenig Kraft gesammelt. »Und er strahlte das auch aus ... Kontrolle.«

Winter nickte. Hirschmann war ein Mann, der Autorität ausstrahlte. Delegieren war ihm schwergefallen.

»Worüber haben Sie sich unterhalten?«

»Tja ... wir haben nur ein paar Worte gewechselt, so was, wie der Abend gewesen war. Nichts Besonderes.«

»Beim letzten Mal. Haben Sie da über was Besonderes geredet?«

»Nein ... ich kann mich nicht erinnern.«

»Hat Hirschmann irgendwann einmal über andere Personen gesprochen?«

»Tja, das ist schon mal vorgekommen. Aber im Augenblick fällt mir nichts ein.«

»Er hat nie angedeutet, dass er bedroht wird? Dass er Angst vor etwas hatte, vor jemandem?«

»Nein. Nicht bei mir. So gut kannten wir uns ja nicht.«

»Haben Sie jemandem davon erzählt, dass Hirschmann nach Schließen des Restaurants ein Stündchen allein hier blieb?«

Richardsson schien nachzudenken.

»Überlegen Sie genau«, sagte Winter.

»Vielleicht hab ich auf der Arbeitsstelle mal im Vorbeigehen was erwähnt. Ich weiß nicht. Aber ich lauf natürlich nicht rum und quatsche darüber.« Er sah Winter an. »Unser Job ist schließlich Sicherheit.« Er blickte in Richtung Speisesaal und die Halle dahinter. »Sind wir bald ... fertig?«

»Wir sind jetzt fertig«, sagte Winter. »Aber wir hören wieder voneinander.«

Richardsson nickte, riss sich zusammen und entfernte sich über den blanken Fußboden. Sein Körper warf einen undeutlichen Schatten. Winter hörte Geräusche hinter sich.

Pia Fröberg und Ringmar kamen aus dem Kühlraum.

»Es ist kürzlich passiert«, sagte Pia Fröberg, stellte ihre Tasche ab, zog die Handschuhe aus und ließ sie in einen Plastikbehälter fallen. »Zwischen zehn und zwei.«

»Der Wachmann hat ihn zehn nach zwei gefunden«, sagte Winter.

»Vielleicht hat er ihn schon eher gefunden«, sagte Ringmar und sah sich um. »Wo ist er?«

»Auf dem Weg nach Hause«, sagte Winter.

»Ist das klug?«, fragte Ringmar.

»Das ist sehr klug. Er braucht alle Ruhe, die er nur bekommen kann.«

»So habe ich es nicht gemeint«, sagte Ringmar.

»Er haut nicht ab«, sagte Winter. »Wenn er es tut, ist der Fall ja gelöst, oder?«

»Das ist auch eine Methode«, sagte Ringmar. »Sofort alle Verdächtigen laufenlassen. Die, die abtauchen, sind die Schuldigen.«

»Unseren jungen Wachmann würde ich nicht für verdächtig halten«, sagte Winter.

»Wen sollen wir denn für verdächtig halten?«, fragte Ringmar.

Winter antwortete nicht. Jetzt ging die Arbeit weiter, die Ermittlungsarbeit, die lange, die notwendige, die schwere. Plötzlich stand er da mit einem Leben, dessen Vergangenheit erforscht werden musste, da es keine Zukunft mehr hatte. Die Antwort lag in der Vergangenheit, immer lag sie dort. Die Vergangenheit warf Schatten, denen sehr schwer zu entgehen war.

Er drehte sich zu Pia Fröberg um. »Ist es so, wie ich glaube?«, fragte er.

»Zwei Schnitte«, antwortete sie.

»Ein Profi.«

»Mehr wage ich vor der Obduktion nicht zu sagen.« Pia Fröberg hob ihre Tasche auf. »Ich nehme ihn jetzt mit.« Sie zögerte, dann legte sie Winter eine Hand auf die Schulter. »Es tut mir leid, Erik. Ich weiß ja, es war ein Freund.«

»Danke, Pia. Danke, dass du das gesagt hast.«

Sie nickte, drehte sich um und ging zurück in den Kühlraum, wo Hirschmann auf eine Rollbahre gelegt werden sollte, darauf würde er durch den Speisesaal geschoben werden, seine letzte Reise aus diesem Tempel.

»Ich bin auch traurig«, sagte Ringmar.

»Ich weiß, Bertil.«

»Vor einigen Monaten bin ich auch hier gewesen«, sagte Ringmar. »Nicht hier in der Küche, sondern im Restaurant.« Er machte eine Geste zum Speisesaal, wo sich jetzt niemand mehr aufzuhalten schien. »Wir haben natürlich sehr gut gegessen. Und Hirschmann ist beim Kaffee zu uns gekommen und hat gefragt, ob alles zu unserer Zufriedenheit war.«

»So machte er es immer.«

»Er wusste nicht, wer ich bin«, sagte Ringmar, »dass wir beide Kollegen sind. Das glaube ich jedenfalls nicht. Aber er war trotzdem freundlich.«

Winter musste lächeln.

»Meinst du, er war auch nett zu Leuten, von denen er wusste, dass sie nicht meine Bekannten sind?«

»Offenbar«, sagte Ringmar und lächelte ebenfalls, aber dann wurde er wieder ernst. »Womit haben wir es hier also zu tun?«

»Mit einem Mord.«

»Ein Mord also. Welcher Typ von Mord?«

»Jähe Gewalttätigkeit.«

»Ja«, sagte Ringmar, »es muss schnell gegangen sein.«

Sie waren wieder mitten in ihrer Routine, spielten sich

Fragen und Antworten zu. Fast zehn Jahre hatten sie beim Gewaltdezernat in Göteborg zusammengearbeitet. Dies war eine ihrer Methoden.

Ihr Spezialgebiet war Mord.

»Er hat jemanden nahe kommen lassen«, sagte Winter. »Im Kühlraum.«

»Ja. Aber warum dort?«

»Er brauchte Hilfe.«

»Hilfe bei was?«

»Etwas anzuheben. Etwas Schweres zu holen. Vielleicht wollte er auch etwas zeigen.«

»Was zeigen? Etwas Neues? Etwas Spannendes? Ist es noch da? Das, was er zeigen wollte?«

»Wir müssen das Personal verhören und mit dem vergleichen, was wir da drin finden«, sagte Ringmar.

»Wer ist mit ihm gegangen? Ein Kollege? Ein Bekannter?«

»War er wirklich allein hier?«

»Hat jemand auf ihn gewartet?«

»Wie konnte sich dieser Jemand versteckt halten?«

»Er oder sie hat sich vielleicht gar nicht versteckt.«

»Personal?«

»Das müssen wir rausfinden.«

»Gäste?«

»Auch das müssen wir rausfinden«, sagte Winter. »Wir müssen die Buchungen durchgehen.« Er machte einen Schritt in Richtung Speisesaal. »Ich war ja selbst einer der Gäste.«

»Und dir ist nichts Verdächtiges aufgefallen, nehme ich an.«

»Wenn man sich in einem guten Restaurant für etwas nicht interessiert, dann sind es andere Gäste«, sagte Winter. »Man ist vollauf mit dem Essen beschäftigt.«

Ringmar sah sich in der Küche um. Am hinteren Ende gab es ein längliches schmales Fenster. Draußen waren die ersten Tupfen der Morgendämmerung zu ahnen. Bald würde hier Licht eindringen und sich mit der kalten elektrischen Beleuchtung mischen, und ein neuer Tag wurde geboren.

»Was ist das Motiv?«, sagte Ringmar mehr zu sich selbst.

»So gut habe ich ihn nicht gekannt«, sagte Winter, »nicht genug, dass er mir etwas von Feinden erzählt hätte.«

»Wer waren seine Feinde? Andere Meisterköche?«

»Es gibt Konkurrenz, aber es gibt auch Grenzen«, sagte Winter.

»Womit konkurrieren sie?«

»Essen natürlich. Rezepte. Rezepte der besten Gerichte. Rezepte der Gerichte von Weltklasse.«

»Reicht das?«, sagte Ringmar.

»Mit Rezepten? Nein. Es reicht nicht, nur lesen zu können. Du musst auch die Griffe beherrschen. Du musst der Geschickteste sein, mit den Händen und auch im Kopf.«

»Und Hirschmann war offenbar der Geschickteste?«

»Ja.«

»Und jemand wollte ihm beides nehmen.«

»Wenn es das Motiv ist? Ich weiß es nicht«, sagte Winter. »Das hängt vielleicht gar nicht zusammen mit … dem hier«, sagte er und bewegte die Hand über alles, was sie sahen.

»Oder es gab hier etwas, das es wert war, ihn zu töten«, sagte Ringmar.

»Wie meinst du das?«

»Hirschmann besaß vielleicht etwas, das es wert war, ihn zu töten«, fuhr Ringmar fort. »Mehr als … der, der er war. Mehr wert, als dass er der Geschickteste war.«

»Warte mal«, sagte Winter und ging zur Anrichte.

Vor einigen Stunden hatte er dort gestanden. Hirschmann war auf einen Stuhl gestiegen und hatte die Flasche alten Calvados aus einem geheimen Fach über der Anrichte genommen.

Geheimes Fach.

Es war teils Spaß, teils Ernst. In dem Fach verwahrte Hirschmann einige seiner Rezeptsammlungen, diverse lose Aufzeichnungen, Entwürfe, Ideen, schnell auf einem Blatt Papier festgehalten, das gerade zur Hand war, wenn eine Idee von Gott über ihn kam. Nicht viele wussten von dem Fach, wie Hirschmann gesagt hatte. Hier gibt es die wahren Geheimnisse, und dabei hatte er gezwinkert. Nur ich und jetzt du. Das Fach war hoch angebracht und von unten nicht einsehbar. Das Einzige, was Winter sehen und was er erreichen konnte, war die Calvadosflasche. Er rührte sie nicht an. Er sah sich nach etwas um, auf das er steigen konnte, und entdeckte unter einer der Anrichten einen Schemel. Er entschied sich, nicht daraufzusteigen.

»Sven, kannst du diesen Schemel bitte in Plastik verpacken«, sagte er zu einem der Männer von der Spurensicherung, die sich in der Restaurantküche aufhielten.

Er ging in den Speisesaal, nahm den Stuhl, auf dem er am Abend gesessen hatte, und trug ihn in die Küche. Er breitete ein Stück Plastik darüber und stieg darauf, um in das Fach schauen zu können. Es war leer. Dort gab es nichts, abgesehen von der Flasche.

Nur eine glatte, leere Fläche. Es sah aus, als stünde die Flasche ungefähr am selben Platz, auf den Hirschmann sie am Abend gestellt hatte. Aber das war eine Sache für die Spurensicherung.

Derjenige, der die Papiere und Ordner genommen hatte,

die sich in dem Fach befanden, musste die Flasche verschoben haben.

Er stieg vom Stuhl herunter.

»Was machst du da?«, fragte Ringmar.

»Jemand hat das Fach ausgeräumt«, sagte Winter.

»Jetzt kann ich dir nicht folgen.«

»Da oben hatte Hirschmann einige ›Geheimnisse‹ verwahrt, wie er sagte. Jetzt sind sie weg.«

»Eine etwas sehr öffentliche Stelle, um seine Geheimnisse zu verwahren«, sagte Ringmar.

»Von unten konnte man nichts sehen«, sagte Winter.

»Aber trotzdem.«

»Ich weiß nicht, wie viele davon wussten.«

»War es etwas, das sich zu stehlen lohnte?«, fragte Ringmar.

»Auch das weiß ich nicht.«

»Hast du je gesehen, was sich in dem Fach befand?«

»Nein.« Winter schaute wieder hinauf. Es gab nur einen kaum sichtbaren Vorsprung. Wer ihn nicht kannte, würde ihn nicht bemerken. »Und ich hatte gestern Abend auch keinen Grund, Hirschmanns Worte zu kontrollieren.«

»Vielleicht war es nur ein Scherz«, sagte Ringmar.

»Das glaube ich nicht.«

»Dann hat ihn also jemand wegen etwas ermordet, was darin lag?«

»Das ist eine Hypothese«, sagte Winter.

»Was gab's denn da oben?«

»Rezepte«, antwortete Winter.

»Rezepte?«

»Ja. Geheime Rezepte, kann man wohl sagen. Solche, die nur Hirschmann kannte. Solche, die sein Essen zweisternig machten.«

»Was ist zweisternig?«

»Es gibt nur eine Handvoll zweisterniger Restaurants im Norden«, sagte Winter.

»Hätte er die Rezepte nicht lieber in einem Banksafe verwahren sollen?«, sagte Ringmar.

»Er brauchte sie«, sagte Winter. »Er brauchte sie hier.«

»Hat ein Meisterkoch so was nicht im Kopf?«

»Vielleicht hat er mit neuen Gerichten experimentiert«, sagte Winter. »Er machte sich Notizen und hat sie da oben versteckt.« Er nickte zum Bord. »Womöglich war es nicht diskret genug.«

»Das ist nicht realistisch«, sagte Ringmar. »Rezepte können doch keine tödliche Bedrohung darstellen.«

»In dieser Branche herrscht tödlicher Ernst«, sagte Winter. »So viel habe ich gelernt. Es geht ums Gewinnen oder Verschwinden. Reinster Darwin. Vielleicht überlebt nur der Stärkste.«

»Nicht einmal er«, sagte Ringmar und warf einen Blick zum Kühlraum.

»Nein«, sagte Winter, »nicht einmal er.«

»Wenn wir davon ausgehen, dass der Mörder irgendwas haben wollte, was sich da oben befand ... warum hat er es dann nicht einfach genommen? Als Hirschmann ihm den Rücken zukehrte oder nicht da war?« Ringmar schaute zu dem Fach hinauf. »Warum den Meister ermorden?«

»Für einen anderen war es unmöglich, an die Schätze zu gelangen«, sagte Winter. »Hirschmann war ja immer hier. Er war der Erste, der kam, und der Letzte, der ging.«

»Aber irgendwann hat er die Küche doch mal verlassen«, sagte Ringmar.

»Wir müssen das Personal fragen«, sagte Winter.

»Das ist ein bisschen dünn«, sagte Ringmar.

»Fällt dir was Besseres ein?«

»Im Augenblick nicht. Vielleicht das Auto da draußen.«

Winter nickte. Es war wie immer. Die ersten Stunden waren wichtig, aber sie vergingen jedes Mal zu schnell. Die ersten Hypothesen waren wichtig, die ersten Vermutungen, die nie nur Vermutungen waren. Die ersten Verhöre waren wichtig. Er hatte einen langen Tag voller Verhöre vor sich mit all jenen, die sich vor wenigen Stunden in dieser Küche bewegt hatten. Die Gästeliste. Sie mussten die Gästeliste durchgehen und mit allen sprechen, die an diesem Abend im Speisesaal gesessen hatten. Seinen eigenen Namen und Angelas würde er streichen.

Es würde ein langer Tag voller Gedanken werden, irgendwann im Lauf des sehr langen Nachmittags würden die Techniker die Spuren vorstellen. Winter würde über die Obduktion nachdenken. Über die Fotos aus dem Obduktionssaal und die vom Tatort. Die Bilder vom Tod. Er hatte Tausende von Fotos vom Tod gesehen, aus allen Perspektiven. Er wusste alles über den Tod, wie er zu den Menschen kommen kann und wie Menschen aussehen, wenn sie tot sind.

Der Tatort, dachte er. Wenn es der Ort des Mordes war. Pia Fröberg glaubte es. Er glaubte es auch.

»Wir nehmen Fingerabdrücke von dieser Flasche«, sagte Ringmar.

»Du wirst meine finden«, sagte Winter. »Und Hirschmanns.«

Aber auf der Flasche gab es weder Fingerabdrücke von Winter noch von Lars Hirschmann.

Es gab überhaupt keine Abdrücke.

»Das ist ja ein Ding«, sagte Ringmar.

Sie saßen in Winters Arbeitszimmer. Das Fenster stand offen zum milden Frühling. Vögel sangen am frühen Nachmittag, aber Winter kannte ihre Namen nicht.

Von der Spurensicherung waren gerade die Ergebnisse gekommen.

»Abgewischt«, sagte Winter. »Ich habe diese Flasche in der Hand gehabt und Lars auch.«

»Ich muss wohl anfangen, besser auf deine weit hergeholten Hypothesen zu hören«, sagte Ringmar.

»Hm.«

»Falls wir es hier nicht mit einer übereifrigen Putzfrau zu tun haben.«

»Bergenhem hat mit ihr gesprochen«, sagte Winter. »Sie wirkte nicht übereifrig, aber ihr Dienst fängt erst um fünf Uhr morgens an. Bergenhem hat sie im Restaurant erwartet.«

Kriminalinspektor Lars Bergenhem war der jüngste der Kriminalpolizisten im Gewaltdezernat. Er war für die Arbeiten am frühen Morgen prädestiniert. Jedenfalls versuchten ihn die Kollegen immer davon zu überzeugen.

»Jemand hat die Flasche also nach euch in der Hand gehalten«, sagte Ringmar.

»Das klingt logisch«, sagte Winter ohne Ironie. »Oder jemand hat sie vorher in der Hand gehalten ... sie musste also nur abgewischt werden.«

»Warum?«

»Ich weiß es nicht, Bertil.«

»Musste man die Flasche nicht beiseiteschieben, um an das zu gelangen, was dahinter lag?«

»Ich glaube, ja.«

Winter griff nach einem Blatt Papier, das auf einem der Stapel auf seinem großen Schreibtisch lag. Er studierte es einen Moment. Es war eine Liste mit an die zehn Namen.

»Sind wir jetzt mit allen durch?«, fragte er und schaute auf.

»Ja«, antwortete Ringmar, »keiner der Köche ist untergetaucht, leider.«

»Das Leben ist nie einfach«, sagte Winter und legte das Blatt wieder hin.

»Nein«, antwortete Ringmar, »und der Tod auch nicht, leider.«

»Dann fangen wir mal an«, sagte Winter.

Aber bevor er mit seinen Verhören begann, nahm er den Lift nach unten, setzte sich in seinen Mercedes und fuhr in westlicher Richtung. Die Nachmittagssonne blendete ihn, und er klappte den Sonnenschutz herunter. Die verlassenen Werftkräne auf der anderen Seite des Flusses glühten feuerrot, als hätten sie nach fünfzig Jahren Dienst und zehn Jahren Ruhestand plötzlich Feuer gefangen. Ihre Zeit war längst vergangen. Er kam am Fischereihafen vorbei und nahm den starken Geruch wahr.

Dort wurde jetzt nicht gearbeitet, schon seit Stunden nicht mehr. Eine Schar Möwen schwebte noch über dem Hafenbecken auf der Suche nach letzten Fischabfällen. Die Fischkisten standen zu hohen Pyramiden gestapelt auf der Vorderseite der langen schmalen Baracken, wo die Händler ihre Kontore hatten. Eins von ihnen hatte einen riesigen Meereskrebs als Logo an der Wand. Die mächtigen Zangen des Krebses schienen nach einem Truck zu greifen, der unten auf dem asphaltierten Platz geparkt war, als wollte der

Krebs den Truck in der nächsten Sekunde anheben und quer über Hafen und Fluss geradewegs zu den Skeletten der Kräne schleudern.

Winter dachte an Lars Hirschmann. Zwei-, dreimal in der Woche stand er hier in aller Frühe, wenn die Fischauktion begann.

Einmal war Winter dabei gewesen, aus Neugier. Neun von zehn Malen hatte er lieber Fisch und Schalentiere auf seinem Teller. Er wollte sehen, wie das Gold vom Meer hereinkam, das Gold und das Silber.

Sie glänzten wie Gold und Silber, wie Diamanten. Es war vor einem halben Jahr gewesen, vor Weihnachten, und sehr kalt.

Winter umrundete ein weiteres neu erbautes und sinnloses Rondell und fuhr am westlichen Teil des Fischereihafens vorbei. Er sah einige kleine Trawler auf dem Weg hinaus aus dem Hafenbecken. Sie waren älterer Bauart, vielleicht waren sie schon während des Krieges genutzt worden. Er kannte Geschichten über waghalsige junge Fischern von Inseln in den südlichen Schären, die Männer waren über die Nordsee geradewegs über die Minenfelder nach Schottland gefahren und hatten ihre Fracht dort abgeladen. Und damit ein Vermögen gemacht. Und auf halbem Weg nach Hause begegneten sie ihrem Tod. Das war allzu oft geschehen. Die, die den Krieg überlebten, bauten neue Häuser aus Holz auf den Inseln und vererbten ihren Söhnen die Fischerei, die Söhne brachten ihren Fang in diesen Fischereihafen, einen der attraktivsten Fischereihäfen der Welt, wo die besten Früchte des kalten Meeres in flachen Holzkisten herangewuchtet werden, begleitet von blitzschnellen mundartlichen Rufen der Versteigerer.

Winter hatte neben Hirschmann gestanden und sich an den Fischen berauscht, am Fisch selbst und am großen Meer. Die Männer um ihn herum trugen die Spuren des großen Meeres in ihren Gesichtern, die rot und glühend und von einem Netz von Runzeln überzogen waren, als wären die Gesichter Jahrzehnte vor dem übrigen Körper gealtert.

Er sah das Gewimmel in den Hunderten von Kisten mit lebenden Meereskrebsen, manche von ihnen so groß wie Hummer oder Langusten; und die Hummer selbst, die vom 20. September bis zum 30. April gefischt werden durften; und die Krabben, die gerade jetzt am besten waren. Die Miesmuscheln, die später im Frühling noch besser waren. Die Grönlandkrabben, die in der kalten Jahreszeit am besten und am billigsten waren. Es roch nach Meer, nur nach Meer. An einem späten Freitagnachmittag war in Göteborg mehr als die halbe Bevölkerung auf dem Heimweg von der Arbeit mit einer Papiertüte frischer Krabben für das traditionelle Abendessen aus Krabben, Zitrone, Toastbrot, Mayonnaise, vielleicht ein wenig falschem Kaviar, einer Flasche gutem Weißwein oder zwei. Einfach, delikat, Weltklasse. Winter stand freitags auf dem Heimweg oft vor einem kleinen Fischwagen. Die Fischwagen in Göteborg waren einzigartig, es gab sie in allen Stadtteilen, kleine Kioske auf Rädern, wo Schalentiere und einige ausgewählte frisch gefangene Fische verkauft wurden.

Er hatte neben Hirschmann gestanden und Dorschfische wie zum Beispiel Schellfisch gesehen, vereinzelte Seehechte, den bedrohten Dorsch, den hervorragenden Weißling, der einer von Winters Favoriten war, zusammen mit lieblichen Plattfischen wie Limanden, Rotzungen, Schollen, Seezungen natürlich, dem exklusiven Steinbutt, Glattbutt und dem enormen Heilbutt. Dort gab es Lachsfische, fette Heringe und die wunderbaren Austernfische, Seewolf und den Anglerfisch mit seiner unheimlichen Fratze.

»Dass so was Hässliches so fein sein kann«, sagte Hirschmann an diesem kalten Novembermorgen, als Atemluft wie ein eigenes Wesen in der Halle schwebte. Er zeigte auf einen Anglerfisch, der sie mit seinem riesigen Maul und seinen schrecklichen Zähnen angrinste. »Siehst du, dass er zu lächeln versucht, Erik?«, sagte Hirschmann. »Aber dieses Lächeln erreicht nie die Augen.«

Winter erinnerte sich an Hirschmanns Worte. Er erinnerte sich sehr gut, nachdem er am Fischereihafen vorbeigefahren war, der nun wie eine versinkende Kulisse im Rückspiegel verschwand.

Er fuhr durch die westlichen Stadtteile, und fünf Minuten später sah er links zwischen den Häusern das offene Meer. Die Sonnenreflexe verwandelten die Wasseroberfläche zu einem silbernen Spiegel oder zu Fischschuppen. Das Geflimmer blendete ihn, und er setzte die Sonnenbrille auf, bog in eine schmale Straße ein, der er noch hundert Meter folgte. Er fuhr so nah wie möglich an den Straßenrand und stellte den Motor ab. Vor sich, etwa fünfzig Meter entfernt, sah er einen Wald aus Schiffsmasten. Hätte er hier ein paar Wochen früher geparkt, hätte es da hinten keinen Wald gegeben. Aber jetzt waren alle Segelboote im Wasser. Göteborg hat mehr Segelboote als Autos. Jeder, der das Festland verlassen kann, tut es. Den Menschen dieser Stadt gefällt es auf dem Wasser besser als an Land. Es war, als hätten sie das Lebensstadium im nassen Element nie endgültig aufgegeben, als hätte sich die Evolution hier nicht ganz vollzogen. Das war wieder Darwin.

Er stieg aus und sah zu dem Haus hinauf, vor dem er geparkt hatte. Es war eins der typischen Häuser in diesem Stadtteil, sie waren Anfang des zwanzigsten Jahrhunderts als Strandhäuser für das reiche Bürgertum erbaut worden, das in großen Wohnungen in der Innenstadt lebte und im Sommer mit dem ganzen Haushalt in diese Holzhäuser umzog, die Winter an mittelalterliche Burgen erinnerten. Lars Hirschmanns Haus war eins der kleineren, als wäre es einst als Gartenhäuschen zu einem der Strandhäuser gebaut worden. Aber das Häuschen war groß genug, und da es den Besucher mit der Breitseite empfing, wirkte es doppelt so groß, wie es war, wenn man es betrat.

Hirschmann hatte allein gelebt. Er gehörte zu der Kategorie Männer, die nie geheiratet, nie Kinder bekommen hatten.

Winter war auf dem besten Weg gewesen, genauso zu werden.

Er war reifer geworden. Ja, so sah er es. Er hatte zu leben gelernt, ein soziales Leben, das bedeutete, Verantwortung für eine Beziehung zu übernehmen. Das war ihm nicht möglich gewesen, solange er sich auf seine Karriere konzentriert hatte.

Hirschmann war nicht auf die gleiche Art reifer geworden, aber vielleicht konnte man es auch nicht vergleichen. Winter wusste nicht viel über die private Vergangenheit des Freundes. Das wunderte ihn nicht. Es war sehr schwer, wirklich etwas über die Vergangenheit von Menschen zu erfahren. Sein Job hatte ihn gelehrt, dass nichts so ist, wie es zu sein scheint. Am allerwenigsten das Leben von Menschen. Erst im Tod tritt die Vergangenheit hervor, als riefe sie: Sieh mich an. Hier ist der, der ich war. Hier hast du das Warum.

Der Gedanke war wie ein kalter Wind. Winter stand in der Diele, nachdem ihn der Schlosser, der eine Minute nach ihm gekommen war, hineingelassen hatte und wieder weggefahren war. Winter wollte Hirschmanns Schlüssel nicht benutzen, den er in dessen Kleidung gefunden hatte, nicht einmal, nachdem er auf Fingerabdrücke überprüft worden war. Es war eine Frage von … Respekt.

Winter ging durch die Zimmer. Es waren weniger, als ein Betrachter von außen glauben konnte. Im Lauf der Jahre war Winter ein halbes Dutzend Mal hier gewesen. Hirschmann war nicht der Typ, der häufig zum Mittagessen zu sich nach Hause einlud. Das kam in erster Linie daher, weil er nie zu Hause war. Wenn es aber einmal geschah und Winter ihn besuchte, war der Kochaufwand minimal, nur einige Dutzend Austern von den Bänken in der Nordsee, ein gedünsteter Hummer, vielleicht noch Meereskrebse mit Aioli, einfache Gerichte, die innerhalb weniger Minuten auf dem Tisch standen.

Winter war im Esszimmer. Das Licht fiel in zwei Streifen durch das Fenster zum Meer und zerschnitt den Tisch in drei Teile. Er spürte erneut die Kälte. Zwei Schnitte. Hirschmann hatte das Leben durch zwei Schnitte verloren. Winter schloss die Augen und sah wieder hin, da waren die Strahlen verschwunden.

Vor dem Esszimmer war ein Zimmer, das Hirschmann seine Arbeitskammer genannt hatte. Dort standen ein schwerer Schreibtisch aus Eiche, ein breiter Ledersessel, Bücherregale vom Boden bis zur Decke, vollgestopft mit Literatur und Papieren. Hirschmann hatte kulinarische Literatur gesammelt, in allen Sprachen. Er hatte nicht alle Sprachen gesprochen, aber er kannte die authentischen Namen von

Gerichten aus Portugal bis Sri Lanka, vom Fischfrikassee Caldeirada de peixe bis zum Fischcurry Kiri malu, von dem mexikanischen Krabbengericht Camarones en frio bis zum japanischen Fischsukiyaki Chirinabe. Er hielt sich, wie in allem, ans Meer.

Winter blieb vor den Bücherregalen stehen. Morgen wäre Hirschmann wieder vor Ort in Italien gewesen. Wenn Winter sich richtig erinnerte, hatte Hirschmann von einer der kleinen Städte an der toskanischen Küste gesprochen, aber er erinnerte sich nicht, von welcher. Er sah sich um. Irgendwo in diesem Haus mussten ja die Flugtickets liegen, vielleicht nach Florenz, vielleicht nach Rom. Irgendwo gab es Vouchers von einem Hotel oder eine Bestätigung. Nicht, dass es eine Rolle spielte. Oder doch? Hing Hirschmanns Tod mit der bevorstehenden Reise zusammen?

Winter drehte sich um. Die Sonne schien nicht mehr durchs Fenster. Er meinte ein Segel dort draußen zu sehen, das sich im Wind bewegte, als gehörte es zu einem fliegenden Schiff. Hirschmann hatte Segelboote gehabt, besaß jedoch im Augenblick keins mehr. Er mietete Boote, auch in Italien. In Gedanken kehrte Winter dahin zurück, worüber er kürzlich nachgedacht hatte. Im Lauf der Jahre hatte er gelernt, dass nichts auszuschließen war. Wenn er jetzt begann, in Hirschmanns Vergangenheit zu suchen, wäre es ein Fehler, Hirschmanns Reise auszuschließen. Aber sie lag nicht in der Vergangenheit, sie lag in der Zukunft. Gleichzeitig war sie plötzlich Teil der Vergangenheit geworden.

Winters Handy klingelte. Er zuckte zusammen. Das Geräusch klang unanständig laut in dem stillen Haus.

»Ja?«

»Wir haben das Auto gefunden.« Es war Ringmars Stimme.

»Wie bitte?«

»Das Auto, den Volvo, der in der Nähe vom Restaurant geparkt war. Das Kombimodell.«

»Bist du sicher?« Es klingt wie Wunschdenken, dachte Winter. Eine falsche Spur. »Wir wissen ja nicht mal, ob es ein Volvo war. Wir wissen nicht mal, ob da überhaupt ein Auto gestanden hat.«

»Heute Morgen scheinst du dem Wachmann noch vertraut zu haben«, sagte Ringmar.

»Also erzähle.«

»Einer der Köche besitzt einen Volvo V70, Modell vom letzten Jahr, wir haben ihn gefragt, ob er ihn heute Nacht in der Nähe vom Restaurant geparkt hat. Und er hat es bestätigt.«

»Dann ist das also gelöst«, sagte Winter.

»Ich hab doch gesagt, dass wir das Auto gefunden haben.«

»Hast du ihn gefragt, warum er dort geparkt hat?«

»Nicht ich, Aneta hat ihn angerufen. Nein, ist zu ihm nach Hause gefahren.«

»Was hat er ihr geantwortet?«

»Dass er nachts immer dort parkt. Diese Nacht war keine Ausnahme.«

»An der Geschichte ist etwas seltsam«, sagte Winter. »Richardsson, also der Wachmann, hat das Auto gesehen, als er kam, aber als wir die Stelle eine Stunde später kontrolliert haben, war es weg.«

»Hm.«

»Die Erklärung könnte sein, dass dieser Koch bis zwei geblieben ist. Richardsson sagt, er hat die Tür um fünf nach zwei aufgeschlossen. Zu der Zeit stand das Auto also noch da, wenn es dasselbe ist. In diesem Fall muss es bedeuten, dass der Koch noch im Restaurant war. Wie heißt er übrigens?«

»Dinter. Erland Dinter.«

»Merkwürdiger Name, Dinter.«

»Nicht merkwürdiger als Winter«, sagte Ringmar.

»Dinter war noch im Lokal, weil sein Auto noch da war«, sagte Winter, ohne Ringmars Bemerkung zu kommentieren. »Aber Richardsson ist ihm nicht begegnet. Nach seiner Aussage war nur Hirschmann noch da gewesen. Wo befand sich dann dieser Dinter? Warum ist er so lange geblieben? Ohne dass ihn jemand gesehen hat?«

»Das sind Fragen, die du ihm stellen musst«, sagte Ringmar.

»Das tue ich, darauf kannst du Gift nehmen«, sagte Winter.

Erland Dinter war ein Mann in mittleren Jahren, von mittlerer Größe. Seine Haare waren dunkel und halblang, und er hatte unter den Augen dunkle Ringe, die lange Nächte verrieten.

Er saß Winter in dem Zimmer im Polizeipräsidium gegenüber. Winter konnte sich nicht erinnern, Dinters Gesicht am vergangenen Abend in der Restaurantküche gesehen zu haben. Aber er hatte auch nicht darauf geachtet. Das bereute er jetzt.

Dinter hatte sich als Souschef vorgestellt. Winter wusste, das bedeutete, dass Dinter stellvertretender Küchenchef war. Hirschmann hatte seinen Namen nicht erwähnt. Aber Winter hatte vor seinem letzten Besuch eine Zeitlang nicht mit Hirschmann gesprochen. Plötzlich wurde ihm klar, dass es wirklich sein letzter Besuch gewesen war. Nie mehr. Plötzlich war ihm, als würde er nie mehr richtig gut in einem Restaurant essen, und dass er es auch gar nicht mehr wollte. Auch das gehörte der Vergangenheit an.

»Sind Sie neu angestellt?«, fragte er.

»Tja ... seit einigen Wochen.« Dinter beugte sich vor. »In der Branche kann man das nicht neu angestellt nennen.«

»Wie meinen Sie das?«

»In der Restaurantbranche herrscht eine große Fluktuation. Den einen Monat dort, den anderen Monat hier. Lokale machen zu, werden woanders neu eröffnet. Man weiß nie.«

»Wie sind Sie bei Hirschmann gelandet?«, fragte Winter.

»Er hat angerufen«, sagte Dinter. »Fragte, ob ich rüberkommen will. Da war ein Platz frei geworden.« Dinter lächelte schwach. »Man kann ja nicht ablehnen, wenn der große Lars Hirschmann ruft.«

»Haben Sie schon mal mit ihm zusammengearbeitet?«, fragte Winter.

»Nein.«

»Ach?«

»Es hat sich einfach nicht ergeben.«

»Ist das nicht seltsam? Zwei so gute Köche wie Sie, die Stadt ist nicht besonders groß, und es gibt nicht viele wirklich gute Restaurants.«

»Es werden mehr und mehr«, sagte Dinter.

»Wo haben Sie gearbeitet, als Hirschmann anrief?«

Dinter nannte den Namen. Es war eines der besseren Lokale. »Ich war Küchenmeister.«

»Trotzdem haben Sie sich entschieden, eine Stufe auf der Karriereleiter abzusteigen?«

»Unter Lars Hirschmann zu arbeiten ist kein Abstieg«, antwortete Dinter.

»Obwohl Sie noch nie mit ihm zusammengearbeitet haben?«

»Jeder kennt doch seinen Ruf.«

»Bei welcher Gelegenheit haben Sie sich kennengelernt?«, fragte Winter.

»Überhaupt nicht.« Dinter beugte sich wieder vor. Winter sah, wie sich seine Hände bewegten. Er sah die Narben an Dinters Fingern. Sie waren auch Kennzeichen eines Kochs. »Es klingt vielleicht komisch, aber ich hab die meiste Zeit meiner Karriere im Ausland gearbeitet, und ... tja ... da hat sich keine Möglichkeit ergeben, sich zu treffen.«

»Trotzdem ruft er Sie an und bietet Ihnen den Job als Souschef an?«

»Ich hab mir inzwischen wohl auch einen Ruf erarbeitet«, sagte Dinter. Winter meinte, wieder die Andeutung dieses Lächelns zu sehen.

»Wie ist es dann gegangen?«, fragte er.

»Wie bitte?«

»Wie es gegangen ist, als Sie zu Hirschmann kamen? Hat die Arbeit gut funktioniert?«

»Ja. Aber das sollten Sie die anderen Angestellten auch fragen.«

»Wie war es an dem Abend?«, fragte Winter.

Er forschte in Dinters Gesicht nach einer Andeutung von Verwunderung, aber das Einzige, was er sah, war wieder der Schatten des Lächelns. Winter gefiel es nicht. Es war fast so, als fehlte Dinter die Fähigkeit zu trauern. Aber vielleicht stand er immer noch unter so was wie Schock. Vielleicht dachte er auch schon über seine zukünftige Karriere nach.

»Ich habe Sie gestern in der Küche gesehen«, sagte Dinter jetzt.

»Ich Sie nicht.«

»Nein. Die letzte Stunde geht es immer etwas chaotisch zu. Hirschmann hält die Küche ja eine Stunde länger geöffnet als die meisten anderen.« Dinter lehnte sich auf dem Stuhl zurück. Winter fiel auf, dass er immer noch in der Gegenwart von Hirschmann sprach. »Für einen Gast sind wir nur ein Haufen Anonymer in Weiß.«

»So sehen Sie das?«, fragte Winter. Dinter zuckte mit den Schultern.

»Ich habe Sie eben gefragt, wie es gestern funktioniert hat.«

»Wie immer«, antwortete Dinter. »Hektisch, aber ohne Pannen.«

»Nichts Ungewöhnliches?«

»Wie meinen Sie das?«

»Ich weiß es nicht«, sagte Winter. »Da Ihr Chef später in der Nacht ermordet wurde, denkt man vielleicht darüber nach, ob im Lauf des Abends etwas Ungewöhnliches passiert ist, oder?«

»Ich hatte keine Zeit, an irgendwas anderes zu denken als an den Job.«

»Wann hatten Sie Schluss?«, fragte Winter und suchte nach der Andeutung eines Zögerns in Dinters Gesicht. Er sah nichts als ein Blinzeln, aber der Mann musste ja müde sein. Wer in Winters Gesicht nach Spuren von etwas suchte, würde das gleiche Blinzeln finden.

»Um die übliche Zeit«, antwortete Dinter.

»Wann ist die übliche Zeit?«

»Halb eins.«

»Wer war da noch anwesend?«

»Die Tellerwäscher. Sie hören um eins auf.«

»Sonst niemand?«

»Meinen Sie, im ganzen Restaurant oder in der Küche?«

»Überall«, sagte Winter.

»Der Oberkellner ging etwa zehn Minuten vor mir. Er war der Letzte von der Bedienung.«

»War noch jemand abgesehen von den Tellerwäschern in der Küche?«

»Niemand außer Hirschmann.« Dinter beugte sich wieder vor. Das Stillsitzen fiel ihm schwer. Aber Winter wusste nicht, ob der Stuhl bequem war. »Er ist immer der Letzte.«

»Haben Sie miteinander gesprochen?«

»Wann? Meinen Sie, gestern Abend?«

»Ja.«

»Ach, nur ein paar Worte. Das Übliche. Bisschen über den Abend und den nächsten Tag.«

»Was haben Sie über den nächsten Tag gesagt?«, fragte Winter.

»Herr im Himmel ... was haben wir geredet ... über das Menü ... Wir wollten Köhler ausprobieren, wenn wir welchen bekommen. Hirschmann sagte, es sei jetzt an der Zeit, dass die Leute lernten, Köhler zu essen. Dass er einen unverdient schlechten Ruf habe.«

»Der Meinung bin ich auch«, sagte Winter.

»Nun wird nichts daraus«, fuhr Dinter fort. Winter schwieg, wartete auf eine Fortsetzung. »Niemand weiß, wie es weitergeht.«

»Wie sehen Ihre Pläne aus?«, fragte Winter.

»Ich weiß es nicht«, antwortete Dinter.

»Kann das Restaurant weiterbetrieben werden?«

»Auch das weiß ich nicht.«

Winter erhob sich, ging zum Fenster und öffnete es. Die Sonne versank hinter den Häusern auf der anderen Seite des Fattighusån. Er hörte Vögel singen, aber ihre Namen kannte er nicht. Das war ein Manko. Er hatte schon oft daran gedacht, etwas über Vögel zu lernen, sich vielleicht eine CD mit Vogelgesang zu kaufen mit einem erklärenden Sprecher, aber es war immer etwas dazwischengekommen. In der Nähe sang jetzt ein Vogel so laut, dass es wie eine Botschaft klang. Vielleicht gab es eine CD, die Vogelgesang übersetzen konnte.

Er drehte sich um.

»Warum sind Sie nicht mit dem Auto nach Hause gefahren, Dinter?«

»Wie … bitte?«

Von dort, wo Winter stand, konnte er kein Lächeln in Dinters Gesicht sehen, und der Abstand war auch zu groß, um nach Verwunderung zu forschen. Aber manchmal war es gut, aus der Distanz zu übertölpeln.

»Sie sagen, Sie haben um halb eins Schluss gemacht, aber Ihr Auto wurde sehr viel später in der Nähe des Restaurants gesehen.«

»Ach?«

»Hat Ihnen das nicht einer meiner Kollegen erzählt?«, fragte Winter.

»Nichts von irgendwelchen Zeiten. Ihre Kollegin … hat nur nach dem Volvo gefragt, und ich habe gesagt, dass es meiner ist.«

»Warum sind Sie nicht direkt nach Arbeitsschluss nach Hause gefahren?«

»Wer hat gesagt, dass ich es nicht getan habe?«

»Wir haben Zeugen, die das Auto später in der Nacht gesehen haben.« Winter achtete darauf, keine genauen Zeiten zu nennen. »Es war auf der Straße geparkt.«

»Ja, das stimmt«, sagte Dinter.

»Was stimmt?«

»Ich habe das Auto ... etwas später geholt. Es war so gegen zwei.«

»Warum das?«

»Ich brauchte einen Spaziergang. Ich wollte nicht direkt nach Hause fahren.«

»Warum nicht?«

»Es war nicht das erste Mal«, antwortete Dinter. »Wenn man in einer großen Restaurantküche arbeitet, denkt man bei Dienstschluss nicht als Erstes daran, nach Hause zu fahren und zu schlafen.«

»Warum nicht? Ist man denn nicht müde?«

»Müde ... das ist nicht das richtige Wort. Man ist erschöpft ... aber auch überdreht. Das Tempo ist so enorm, dass man nicht einfach nach Hause fahren und die Nachttischlampe ausknipsen kann. Das wäre so, als würde man nach einer anstrengenden Büroarbeit nachmittags um fünf sofort schlafen gehen.« Dinter wedelte mit einer Hand. »Aber in einer Restaurantküche geht es zehnmal stressiger zu als in einem Büro.«

»Was haben Sie also gemacht?«

»Als ich aufgehört habe? Ich bin im Zentrum spazieren gegangen. Das ist die beste Art runterzukommen.« Dinter wedelte wieder mit der Hand. »Besser, als zu saufen.«

»Ist das die Alternative?«, fragte Winter.

»Einfach mit einem Glas oder zwei sitzen zu bleiben? Absolut.«

»Ist das üblich in der Branche?«

»Das Üblichste.«

»Aber Sie sind lieber spazieren gegangen?«

»Das ist gesünder.«

»Gehen Sie immer allein spazieren?«

»Ja.«

»Haben Sie schon mal jemanden gefragt, ob er mitkommen will?«

»Nein. Dann wäre es mit der Entspannung vorbei.«

»Lars Hirschmann hat Sie nie begleitet?«

»Nein. Er wollte hierbleiben. Ich glaube, er hat die Stille genossen, nachdem vorher der Bär los war.«

»Letzte Nacht haben Sie also einen Spaziergang unternommen?«, sagte Winter.

»Ja.«

»Ist Ihnen jemand begegnet?«

»Tja ... einige Nachteulen aus einer Bar. Einige Jüngere. Von denen halte ich mich fern. Ich bin auf die andere Straßenseite gegangen. Ein paar Taxis sind vorbeigefahren. Das war wohl alles.«

»Was ist dann passiert?«

»Dann was?«

»Als Sie sich entspannt hatten und vom Spaziergang zurückkamen.«

»Ich bin zum Auto gegangen und nach Hause gefahren.«

»Wie spät war es da?«, fragte Winter.

»Äh ... ja ... als ich ins Auto gestiegen bin, hab ich auf die Uhr am Armaturenbrett geschaut ... Ich glaube, es war kurz nach zwei. Einige Minuten nach zwei.«

Fünf vor zwei hatte der Wachmann das leere Auto gesehen. Wenn es leer gewesen war. Einige Minuten später war er im Restaurant rumgegangen, während Dinter von dort wegfuhr. Ob er es gewesen war? Pia Fröberg hatte heute Nacht gesagt, dass Hirschmann irgendwann zwischen zwölf und zwei ermordet wurde. Heute Nachmittag hatte sie angerufen und die Zeit von eins bis halb zwei korrigiert. Die Tellerwäscher waren nach Aussage von Dinter bis eins da gewesen. Er hatte kaum einen Grund zu lügen, und alle Zeitangaben dieser Art würden sie im Lauf des Tages bestätigt bekommen. Zwischen eins und halb zwei. Da war Hirschmann allein in seinem Restaurant gewesen. Da hatte Dinter einen beruhigenden Spaziergang gemacht. Da war Hirschmann ermordet worden.

»Beschreiben Sie mir Ihren Spazierweg genau«, sagte Winter.

Sie saßen in Ringmars Zimmer. Die Sonne ging gerade unter. Winter dachte an Dinters Worte, direkt nach Büroschluss nach Hause zu gehen und sich schlafen zu legen. Im Augenblick hätte er nichts dagegen gehabt. Er hatte heute Nacht eineinhalb Stunden geschlafen, und er hatte immer noch einen leichten Hangover nach Hirschmanns uraltem Calvados. Auf diese Weise war ihm eine Erinnerung an Hirschmann geblieben, in Winters Körper gab es etwas Konkretes, wie eine körperliche Erinnerung, die verweilte. Bald würde auch sie verschwunden sein.

»Wie wirkte er?«, fragte Ringmar. »Nervös?«

»Im Gegenteil.«

»Verdächtig ruhig?«

»Du weißt, wie es ist, Bertil. Die, die total durchgedreht sind, können die Unschuldigsten sein, und der ruhige Blick kann der Blick eines Psychopathen sein.«

»Was also ist dieser Dinter?«

»Vielleicht ein müder Koch, der einen Spaziergang macht, um sich zu beruhigen«, sagte Winter.

»Glaubst du das?«

»Es wirkt plausibel.«

»Wir werden ja sehen, ob es Leute gibt, die ihn heute Nacht getroffen haben«, sagte Ringmar, »oder gesehen.«

»Wir müssen seinen Hintergrund überprüfen«, sagte Winter.

»Wenn er so tüchtig ist, wie es scheint, dürfte das nicht schwer sein«, sagte Ringmar.

»Das ist zu einfach«, sagte Winter.

»Was meinst du?«

»Dass Dinter unser Mann ist.«

»Glauben wir das denn?«

»Ich habe doch gesagt, es ist zu einfach«, sagte Winter.

»Hast du ihn nach dem geheimen Rezeptfach gefragt?«, fragte Ringmar.

»Natürlich nicht.«

»Vielleicht hätte er reagiert. Hätte die Maske fallen lassen.«

»Das glaube ich nicht.«

»Ist es nicht ein wenig seltsam, dass Hirschmann und Dinter sich nie irgendwo begegnet sind?«

»Das könnte man meinen«, sagte Winter.

»Andererseits hat er ja keinen Grund, uns in diesem Punkt zu belügen.«

»Warum nicht?«

»Wäre es nicht ganz natürlich, wenn sie einander von früher gekannt hätten? Wenn es wahr wäre?«

»Ja, schon.«

»Warum also lügen? Selbst wenn er Hirschmann ermordet hat?«

Winter antwortete nicht. Er hatte das Gesicht dem Fenster zugekehrt und sah, wie der letzte Rest des Tages dem Abend widerwillig das Licht überließ. Es waren noch nicht einmal vierundzwanzig Stunden vergangen, seit er das Restaurant zusammen mit Angela betreten hatte. Er hörte keine Vögel mehr. Auch sie waren in der Dunkelheit verschwunden.

»Warum lügen ... falls er lügt?«

Winter richtete den Blick auf Ringmar. Sie hatten noch kein Licht angemacht. Ringmars Gesicht war ein heller Schatten. »Weil es in ihrer Vergangenheit vielleicht etwas gibt, das sie verbindet«, sagte Winter. »Etwas, von dem wir nichts wissen sollen.«

»Weiter«, sagte Ringmar.

»Sie haben etwas getan ... etwas erlebt ... etwas Gemeinsames erlebt, das schließlich zu Hirschmanns Tod geführt hat.«

»Hängt es mit dem Beruf zusammen?«

»Vielleicht ja, vielleicht nein.«

»Hat es etwas mit ihrem Erwachsenenleben zu tun?«

»Vielleicht ja, vielleicht nein.«

»Ihrer Jugend?«

»Könnte sein.«

»In diesem Land? Oder im Ausland?«

»Im Ausland ist es schwerer, Spuren zu finden«, sagte Winter.

»Dann sagen wir im Ausland. Dinter und Hirschmann haben im Ausland gemeinsam etwas erlebt. Vielleicht schon vor mehreren Jahren. Ein Geheimnis.«

»Geheimnis für wen? Für beide? Für nur einen von beiden?«

»Ein Geheimnis in einer Restaurantküche?«

»Ein geheimes Rezept, das sie beide kannten? Oder das jemand gestohlen hat? Hirschmann? Es Dinter gestohlen hat?«

»Warum nicht?«, sagte Ringmar. »Wenn wir unsere wilde Phantasie loslassen sollen, dann jetzt.«

»Oder etwas ganz anderes«, sagte Winter. »Etwas, das gar nichts mit Rezepten zu tun hat, nichts mit Essen.«

»In dieser Geschichte hat alles mit Essen zu tun«, sagte Ringmar. »Wir dürfen nicht vergessen, dass Hirschmann Dinter angestellt hat.«

»Wir müssen die Umstände dieser Anstellung überprüfen.«

»Warum?«

»Wollte Hirschmann ihn anstellen? Warum jemanden anstellen, mit dem einen vielleicht eine unsaubere Vergangenheit verbindet?«

»Wenn das so ist, gilt das auch für Dinter«, sagte Winter. »Warum sich anstellen lassen?«

Ringmar streckte plötzlich die Hand aus und knipste die Schreibtischlampe an. »Nein, Erik, hier tappen wir im Dunkeln.«

Winter konnte Ringmars Gesicht außerhalb des Halbkreises von Licht nicht sehen. Es fiel auf alle Papiere und Fotografien, die auf Winters Schreibtisch in verschiedenen Haufen gestapelt waren. Nur er kannte sich in dieser Ordnung aus.

»Wir beschäftigen uns mit Dinter, weil wir nichts anderes oder keinen anderen haben.«

»Wir haben *etwas*«, sagte Winter. »Es sind noch keine

vierundzwanzig Stunden vergangen. Alle Routineuntersuchungen laufen. Und wir beide sind voll im Gang mit unseren Phantasien.«

»Wir haben es hier mit einer Art Mysterium des geschlossenen Raums zu tun«, sagte Ringmar. »Es gibt ein einsames Opfer in einem geschlossenen Raum, das von einem Netz von Geheimnissen umgeben ist.«

»Der geschlossene Raum«, wiederholte Winter. »Da hast du was gesagt, Bertil.« Er erhob sich. »Wir fahren noch mal zum Restaurant. Ich glaube, wir waren nicht genau genug.«

Sie standen wieder in der Küche. Das Licht war jetzt blau wie ein Leichentuch. Alle Oberflächen sahen aus wie Gebeine.

»Heute Vormittag hat der andere Teilhaber angerufen«, sagte Ringmar. »Zuerst hat er versucht, noch einmal seine Trauer auszudrücken, und dann hat er gesagt, dass sie beschlossen haben, das Restaurant so schnell wie möglich wieder zu eröffnen.«

»Das kann ich verstehen«, sagte Winter. »In der Restaurantbranche bedeutet Zeit in höchstem Maße Geld.«

»Er hat gefragt, wann sie wieder öffnen können.«

»Was hast du geantwortet?«

»Dass es deine Entscheidung ist.«

»Richte ihm aus, dass es noch dauern kann«, sagte Winter, der mit den Augen den Abstand zwischen der Tür zum Speisesaal und der Tür vom Kühlraum zu messen versuchte.

»Was fangen sie mit ihren Sternen an?« Ringmar machte eine Handbewegung von oben, die vielleicht Sternenfall vorstellen sollte.

»Den Sternen? Meinst du die Sterne im Guide? Guide Rouge?«

»Ja, oder wie die nun heißen. Du verstehst, was ich meine.«

»Hm ... die bleiben wohl bis zur nächsten Inspektion, und dann gibt es sie nicht mehr.«

»Deswegen wollen sie so schnell wieder öffnen.«

»Was sich nicht lohnt«, sagte Winter.

»Dann steht und fällt also alles mit Lars Hirschmann?«

»Er war einer der wenigen hier oben im kalten Norden, dem man zwei Sterne zuerkannt hat«, sagte Winter.

»Und sein Stellvertreter? Dinter?«

»Er hat nicht Hirschmanns Format. Wenn es so wäre, hätte er schon lange ein eigenes Restaurant.«

»Das hat er jetzt.« Ringmar drehte sich zu Winter um. »Er hat jetzt das beste Restaurant im kalten Norden.«

»Die Schlussfolgerung ist genau richtig«, sagte Winter.

»Du hast recht«, sagte Ringmar. »Wir müssen diesen Suppenchef wohl mal unter die Lupe nehmen.«

»Souschef«, sagte Winter. »Es heißt Souschef.«

»Besteht da ein Unterschied?«

»Etwa wie zwischen dir, Herr Kommissar, und Wachmann Richardsson.«

»Aha«, sagte Ringmar, »Richardsson trägt eine Uniform, ich aber nicht.«

Winter ging vorsichtig durch den Raum. Wenn die Arbeitsroutine der Spurensicherung funktioniert hatte, konnten sich die beiden Mordermittler relativ unbekümmert in allen Räumen bewegen.

»Wir müssen hier ein bisschen rekonstruieren«, sagte er. »Du bist Wachmann Richardsson.«

»Und wer bist du?«

»Ich bin Hirschmann.« Winter ging zu der kleinen Nische unter dem Geheimfach. »Ich stehe hier.«

In Gedanken kehrte er zurück zu dem Verhör mit dem Wachmann. Er hatte Richardsson gefragt, wo genau Hirschmann gestanden hatte, als er hereinkam, wo er langgegangen war, wie Hirschmann sich bewegt hatte ...

Plötzlich fiel ihm ein, dass er Richardsson nicht gefragt hatte, ob Hirschmann etwas aus dem geheimen Fach genommen hatte. Oder etwas reingelegt. Das kam sicher vom Schock. Den verwirrenden Umständen. Dass er, Kriminalkommissar Erik Winter, trotz allem auch nur ein Mensch war.

Jetzt gewann er einen neuen Einblick, wie Menschen von verwirrenden und schrecklichen Ereignissen in der eigenen Umgebung beeinflusst werden. In diesem Fall war er nicht nur Beobachter. Nicht nur ein Outsider wie sonst. Er war persönlich engagiert. Das war eine Schwäche, aber gleichzeitig auch eine Stärke. Er spürte es jetzt.

»Es ist einige Minuten nach eins«, sagte er und drehte sich zu Ringmar um, der am anderen Ende der Küche stand. Winter sprach lauter. »Die beiden Jungs an der Spüle haben sich die Hände abgetrocknet und sind nach Hause gegangen. Der Oberkellner ist vor fünfundzwanzig Minuten gegangen. Es dauert noch eine Stunde, bis Richardsson kommt. Hirschmann ist allein in der Küche. Was macht er?«

»Sollen wir hier jetzt eine Stunde herumstehen und glotzen?«, rief Bertil. »Bevor er das Restaurant betritt?«

»Bleib stehen«, rief Winter zurück.

Er dachte nach. Hirschmann ist allein. Er ist nicht allein. Er ist allein. Er ist nicht allein. Er ist allein. Wir sagen, dass er allein ist. Er hört etwas. Jemand kommt von dort, wo Bertil steht. Es ist jemand, den er kennt. Jemand geht durch die Küche. Hirschmann sagt etwas und erhält eine Antwort.

Nimmt er die Calvadosflasche herunter? Steht sie schon auf der Anrichte vor ihm?

Winter schaute zur Anrichte.

Er kehrte zurück zu seiner Rekonstruktion der vergangenen Nacht. Hirschmann steht mit dem Besucher zusammen. Der Besucher ist hier, um ihn zu ermorden. Noch stellt er keine Bedrohung für Hirschmann dar. Der Meister fühlt sich sicher. Steht er neben einem Kollegen? Einem alten Freund? Jemandem vom Personal? Es ist jemand, den er kennt oder wiedererkennt. Es ist kein Einbrecher.

Es kann ein Einbrecher sein, denkt Winter jetzt, aber ein Einbrecher, der einen Schlüssel hat. Kein Schloss ist beschädigt, keine eingeschlagenen Fensterscheiben. Der Fremde schleicht Hirschmann nach, als dieser sich im Kühlraum befindet, und überrascht ihn dort. Hirschmann hat keine Chance. Innerhalb von Sekunden ist es vorbei.

Winter kehrte zu dem Bild von Hirschmann zurück, der sich mit jemandem unterhält, den er kennt. Sie stehen hier. Aus irgendeinem Grund geht Hirschmann in den Kühlraum. Um etwas zu holen? Um etwas zu kontrollieren? Hatte er nicht schon alles kontrolliert? Pflegte er um diese Uhrzeit in den Kühlraum zu gehen? Nein. Winter hatte danach gefragt. Aber in der vergangenen Nacht hatte Hirschmann es getan. Sein Besucher folgte ihm. Warum sind sie in den Kühlraum gegangen?, dachte Winter wieder. Was wollte Hirschmann holen? Oder kontrollieren?

Oder dort lagern?

Vielleicht hatte er etwas lagern wollen.

Gibt es eine aktualisierte Inventarübersicht für den Kühlraum?, dachte Winter. Das müssen wir kontrollieren. Gibt es etwas im Kühlraum, was es vorher nicht dort gab? Vor dem

Mord? Hat der Mörder es mitgenommen? Wurde Hirschmann deswegen ermordet?

Ein Leben voller Fragen. Winter lebte ein Leben voll von Fragen, aber ohne Antworten. Das Leben war eine Frage.

Er schaute auf. Ringmar stand immer noch an der Tür.

Er schien in seinen eigenen Gedanken versunken zu sein.

Plötzlich verlor Winter das Interesse daran, hineinzugehen und sich auf den Stuhl im Kühlraum zu setzen. Es war ein anderer Stuhl, der, auf den der Mörder Hirschmann gesetzt hatte, befand sich in Plastik verpackt bei der Spurensicherung.

»Du bist nicht mehr Richardsson!«, rief er quer durch die Küche. »Jetzt bist du wieder Kommissar Ringmar.«

Ringmar kam auf ihn zu. Winter sah seinen bleichen Schatten, der sich im Fußboden spiegelte. Hier hatte Hirschmann gestanden und gesehen, wie ein anderer Schatten über den Fußboden gleitend auf ihn zukam. Der Boden hatte den Schatten registriert, aber nur einige Sekunden lang oder eine Minute. Von ihm gab es keine Spuren. Drei Sekunden lang wünschte Winter sich hundert Jahre weiter in die Zukunft, in der die Kriminaltechniker eine Methode erfunden hätten, Schatten auf blanken Fußböden zu registrieren. Jemand ging über einen frisch gewienerten Fußboden, und die Spuren würden bleiben. Ein Negativ. Eine Fotografie. Winter sah einen Fotoblitz vor seinem inneren Auge. Hirschmanns letzte Fotosession. Hirschmann war vermutlich einer der meistfotografierten Männer in Europa. Es musste Tausende von Fotos von ihm geben, überall auf der Welt.

Hirschmann auf Fotografien.

Winter schaute zu dem leeren Fach hinauf. Er ging in den

Speisesaal und holte einen sicheren Stuhl, stieg darauf, um nachzusehen, aber es war leer wie vorher.

»Woran denkst du?«, fragte Ringmar.

»Fotos«, antwortete Winter und stieg vom Stuhl.

»Was für Fotos?«

»Stell dir vor, vielleicht war es gar kein Rezept, sondern etwas anderes, was mit seiner Arbeit zusammenhing?«, sagte Winter, ohne Ringmar anzuschauen. »Nicht so etwas ... Konkretes.« Jetzt sah er Ringmar an. »Auf das der Mörder aus war. Wenn er nun hinter etwas her war. Vielleicht waren es keine Notizen, nicht so was.«

»Was war es denn?«

»Vielleicht ein Foto.«

»Von was?«

»Vom Mörder.« Winter griff nach Ringmars Jackettärmel. »Ein Foto, auf dem der Mörder und Hirschmann zusammen waren.«

»Das wir nicht sehen sollten?«

»Genau.«

»Warum nicht?«

»Weil es ihn entlarven würde natürlich.«

»Aber war es wirklich das, wohinter er her war?«, fragte Ringmar.

»Wie meinst du das?«

»Hätte er Hirschmann nicht ermordet, dann hätte das Foto doch da oben liegen bleiben können.«

»Vielleicht hat er es gebraucht«, sagte Winter.

»Warum?«

»Die Frage kenne ich, Bertil.«

»Es kann andere Motive geben«, sagte Ringmar. »Aber als der Mord begangen war, musste der Beweis verschwinden, das war lebenswichtig ... oder die Indizien ... zum Beispiel ein Foto.«

»Todeswichtig«, sagte Winter.

»Jetzt haben wir eine weitere wilde Hypothese«, sagte Ringmar. »Die Fotohypothese.«

»Freust du dich darüber?«

»Wir müssen bald anfangen zu sortieren«, sagte Ringmar. »Bevor wir ernsthaft mit der Arbeit beginnen.«

»Sind wir nicht schon ernsthaft mittendrin?«, fragte Winter. »Wie viel hast du geschlafen in den vergangenen vierundzwanzig Stunden?«

»Ich hab ein Nickerchen neben der Tür gemacht, als ich Richardsson darstellen sollte«, antwortete Ringmar.

»Du hast ausgesehen, als würdest du nachdenken«, sagte Winter.

»Das ist einer meiner Tricks.«

»Ich habe eben an Hirschmann und was heute Nacht eventuell geschehen ist und an diese Küche gedacht«, sagte Winter und machte einen Schritt, als wollte er den Fußboden testen. »Hier stimmt irgendwas nicht. Wir haben uns Zeugenaussagen angehört, aber irgendwas stimmt nicht.« Er drehte sich zu Ringmar um. »Alles klingt logisch, aber wir haben nicht aufmerksam genug zugehört.«

»Wir werden die Zeugenaussagen ja wieder lesen«, sagte Ringmar und zuckte mit den Schultern. »Das gehört zu unserer Routine. Wie viele Dutzend Male haben wir ein und dieselbe elende Zeugenaussage gelesen?«

»Krebse werden im Dutzend verkauft«, sagte Winter mehr zu sich selbst.

»An Abendlektüre wird es uns nie mangeln«, fuhr Ringmar fort. »Es könnte ja ...«

Winters Handy klingelte und unterbrach ihn. Winter nahm es aus der Jackettinnentasche und meldete sich.

Es war Möllerström, der Registrator im Dezernat.

»Ich habe einen Anruf von einem Wachmann der Securitas bekommen«, sagte er.

»Ja?«

»Ich hab den Namen ... Richardsson. Wachmann. Er will mit dir reden.«

»Er hat doch meine Handynummer«, sagte Winter.

»Die hat er wohl verschlampt.«

»Hat er dir eine Nummer gegeben, unter der ich ihn erreichen kann?«, fragte Winter.

»Ich hab sie hier«, sagte Möllerström.

Winter wählte die Nummer.

»Wenn man vom Teufel spricht«, sagte Ringmar, während Winter wartete, dass sich jemand meldete.

»Richardsson? Hallo. Sie wollten mich sprechen.« Winter hörte zu.

»Ach?«

Er lauschte wieder. »Sind Sie sicher?«

Ringmar hörte die Stimme des anderen, aber keine Worte. Es könnte irgendeine Sprache sein.

»Wie oft?«, hörte er Winter fragen. »Sind Sie sicher, dass Sie sich richtig erinnern? Was? Ja, das ist schon ein bisschen merkwürdig. Was? Ja, ich verstehe. Sie waren verwirrt. Okay. Denken Sie noch ein wenig nach, dann treffen wir uns morgen und gehen noch einmal alles durch. Was haben Sie gesagt? Nein, wir sind im Augenblick nicht dort. Okay. Okay. Mein Kollege, der vorhin mit Ihnen gesprochen hat, wird Sie anrufen und Ihnen einen Termin für morgen geben. Ade.«

Winter drückte auf »Aus« und steckte das Telefon zurück in die Jacke.

»Was war das denn?«, fragte Ringmar.

»Richardsson erinnert sich plötzlich, dass er heute Nacht doch jemanden in der Nähe vom Restaurant gesehen hat«, antwortete Winter.

Ringmar pfiff durch die Zähne.

»Fehlt nur noch, dass er die Person auch identifiziert hat«, sagte er.

»Erland Dinter«, sagte Winter.

»Erzähl von Anfang an«, sagte Ringmar.

»Dieses Viertel gehört ja zu seiner Runde. Als er heute Nacht nach Hause gekommen ist und sich beruhigt hatte, wie er sagte, und nachdem er geschlafen hatte und herumgewandert war, wurden seine Erinnerungen etwas klarer.«

»Allerhand!«, sagte Ringmar.

»Während seiner Runde, die bei Hirschmann endet, ist er dreimal einem Mann begegnet. Jetzt ist ihm eingefallen, dass er ihn wiedererkannt hat.«

»Wie kann er Dinter wiedererkennen?«, fragte Ringmar.

»Er hat ihn im Restaurant gesehen.«

»Aber Dinter hat doch nur wenige Wochen dort gearbeitet?«

»Würdest du ihn nicht nach einem einzigen Tag wiedererkennen?«, fragte Winter.

»Schon …«, antwortete Ringmar, »wenn ich ihn treffen würde.« Er strich sich übers Kinn. »Er hat Dinter also gesehen, als der spazieren ging. Hat er ihn möglicherweise gegen halb zwei vorm Restaurant gesehen?«

»Im Gegenteil, wenn ich die Geographie dieser Stadt richtig kenne. Nach Richardssons Aussage war Dinter zur Zeit des Mordes vom Restaurant so weit entfernt, wie man sich zu Fuß davon entfernen kann.«

»Hat er sich so ausgedrückt?«, fragte Ringmar.

»Das sind meine Worte«, sagte Winter. »Aber sie beinhalten dasselbe.«

»Dinter muss das sehr gelegen kommen«, sagte Ringmar.

»Richardsson hätte es ja schon heute Nacht sagen können, als wir ihn verhört haben«, sagte Winter. »Vielleicht stand er wirklich unter Schock. Oder er ist ein guter Schauspieler.«

»Auf wie viele Schauspieler sind wir in diesem Job schon gestoßen?«, fragte Ringmar.

»Viele«, antwortete Winter.

»Wir brauchten keinen teuren Eintritt für die Vorstellungen beim Stadttheater hinzublättern.«

Winter musste lächeln.

»Haben wir Richardssons nächtliche Runde rekonstruiert?«, fragte Ringmar und sah sich um, als wäre sie mit Pfeilen auf dem glänzenden Küchenfußboden markiert.

»Noch nicht«, antwortete Winter.

»Er könnte auch lügen«, sagte Ringmar.

»Wenn das so ist, ständen wir vor einem weiteren riesigen Warum«, sagte Winter.

»Irgendwas ist mir aufgefallen, als du eben mit Richardsson gesprochen hast«, sagte Ringmar. »Du hast was gesagt wie, dass wir im Augenblick nicht dort sind. Worum ging es?«

»Richardsson hat gefragt, ob wir hier sind.«

»Warum wohl?«

»Ich weiß es nicht, Bertil. Darüber denke ich nach, wenn wir nicht mehr hier sind.«

»Du hast ihn angelogen«, sagte Ringmar.

»Ich habe gelogen«, sagte Winter, »und ich habe das Gefühl, dass er es wusste.«

»Er weiß, dass wir hier sind?«

Winter nickte. »We've gotta get out of this place«, sagte er und ging in Richtung Speisesaal.

»Das ist von The Animals«, sagte Ringmar.

»Die sind hier ja passend«, sagte Winter.

Winter versuchte, sich auf die Caponata zu konzentrieren. Er legte sie zum Abkühlen auf einen Servierteller und sog die süßsauren Düfte ein. Angela roch sie auch. Sie stand hinter ihm, die Arme um seinen Bauch geschlungen.

»Es ist lange her, dass du die gemacht hast«, sagte sie.

»Zu Ehren von ... Lars«, sagte Winter.

»Meinst du das ernst?«

»Wirklich. Vor sechsunddreißig Stunden habe ich noch geglaubt, dass ich nie wieder an einem Herd stehen möchte, aber schon jetzt habe ich ein anderes Gefühl.«

»Du hast Hunger.« Angela lächelte.

»Nicht nur das.«

Sie sog wieder die üppigen Düfte nach dem sizilianischen Gericht aus Auberginen, Tomaten und Paprika ein.

»Sind auch Kapern drin?«, fragte sie.

»Kapern, Rosinen, gehackte Oliven, Zucker, Rotweinessig, etwas Salz und geröstete Pinienkerne«, antwortete Winter.

»Es duftet ... nach Italien«, sagte Angela.

»Das soll es auch«, sagte Winter.

Angela ließ ihn los, brach ein Stück vom toskanischen Brot ab und tauchte es in einen kleinen Fonduetopf mit Bagna caoda, die auf einer Spiritusflamme warm gehalten wurde. Es schmeckte wunderbar nach Sardellen und Knoblauch.

»Ich deck den Tisch«, sagte sie.

»Elsa konnte sich wohl nicht wach halten«, sagte Winter. Er hätte gern zusammen mit seiner dreijährigen Tochter gegessen. In den vergangenen vierundzwanzig Stunden hatte er sie nicht sehr viele Minuten gesehen.

»Sie mochte das Sardellenpüree«, sagte er, und Angela hörte den Stolz in seiner Stimme.

»Kinder mögen Salziges«, sagte sie.

»Wir müssen etwas für sie übrig lassen«, sagte er.

»Unbedingt!« Angela ging zu einem Bord und nahm zwei große tiefe Teller herunter.

»Die möchtest du sicher für die Pasta haben?«, sagte sie.

Winter nickte, beugte sich über den Mörser und schnupperte an dem Pesto. Der war fertig. Er stellte einen großen Topf mit Wasser auf den Herd und zündete das Gas an. Nachdem sie die Caponata gegessen hatten, wollte er Kartoffelscheiben und danach frische Schnittbohnen acht Minuten lang kochen. Die würde er mit dem Pesto und den frisch gekochten Linguine, die noch dampften, zu einem einfachen, aber sehr schmackhaften Trenette al pesto mischen.

Er war ruhig oder ruhiger, wie er oft wurde, wenn er Essen zubereitete. Es war eine beruhigende Beschäftigung. Hatte Lars Hirschmann seine Kunst auf die Art betrachtet? Winter wusste es nicht. Darüber hatten sie nicht gesprochen.

Zur Pasta trank er ein Glas Chianti, Wasser zur Caponata und Bagna caoda. Es war spät, es war Samstagabend. Durch das Küchenfenster drangen Nachtgeräusche. Bis nach unten waren es drei Stockwerke. Sie hörten Gesprächsfetzen, die aus dem Hof zu ihnen aufstiegen, ein sicheres Zeichen des Frühlings, Stimmen in der Nacht, Menschen, die auch nach Einbruch der Dunkelheit draußen sitzen, wenn der Wind wärmer geworden ist. Während er an seinem Wein nippte, dachte er an den Ausdruck Einbruch der Dunkelheit. Einbruch bei wem? Bei was? Plötzlich fiel ihm Dylan Thomas ein, *do not go gentle into that good night, rage, rage, against the dying of the light*, aber der Tod des Lichts konnte manchmal eine milde Befreiung sein, wie ein Streicheln nach dem grellen Licht am Himmel.

Heute Abend brauchte er Dunkelheit. Hier wollte er sitzen, mittendrin, nur mit zwei Kerzen auf dem Tisch.

Aber daraus wurde nichts.

Dafür sorgte Angela.

»Ich hab vor gar nicht so langer Zeit ein Bild von Lars Hirschmann gesehen«, sagte sie und ließ ihr Glas kreisen. Der rote Wein glänzte schwarz im Glas, als sie es näher an die Kerzenflamme rückte. »Es war in ... in der *Elle*, glaube ich. Oder ... ich weiß nicht.« Sie setzte das Glas ab. »Hab ich dir das nicht erzählt?«

»Nein.«

»Er war es jedenfalls. Umgeben von seinen Schülern und einigen anderen Lehrern.«

»Schüler? Lehrer?«

»An seiner Schule in Italien.«

»Hatte er eine Schule in Italien?«, fragte Winter und spürte plötzlich den ersten kalten Windhauch. Er sah, wie sich die Gardine am Fenster bewegte.

»Habt ihr nie darüber gesprochen?«

»Nein.«

»Warum nicht?«

»Wir haben über andere Dinge gesprochen. Ich hatte ja keinen Grund, ihn nach was zu fragen, von dem ich nichts wusste, und er hatte offenbar keine Lust, davon zu erzählen.«

»Manchmal verstehe ich euch Männer nicht.«

»Und was soll das bedeuten?«

»Was ihr alles auslasst, wenn er ihr euch unterhaltet. Oder was ihr macht.«

»Wir haben über Italien gesprochen«, sagte Winter. »Ob er dort einen Kochkurs geleitet hat, war wohl nicht so wichtig.« Er trank einen kleinen Schluck. »Es klingt doch nicht besonders interessant. Oder lustig.«

»Auf dem Bild sah er nicht gerade aus, als würde er sich unwohl fühlen«, sagte Angela.

»Hast du sie hier?« Winter stellte sein Glas ab. »Die Zeitschrift?«

»Ich glaube, ja.« Sie stand auf. »Ich schau mal in dem Stapel im Schlafzimmer nach.«

Einige Minuten später war sie zurück. Winter war inzwischen aufgestanden und hatte das Fenster geschlossen. Die Stimmen von unten waren verstummt. Die Geräusche der Stadt waren nur noch ein Summen, und er dachte an die Ventilation in Lars Hirschmanns Restaurant. Sie war nur zu hören, wenn Stille und Dunkelheit herrschten.

Angela blätterte in der Zeitschrift und schaute auf.

»Hier ist es.« Sie hielt ihm das Heft hin.

Winter beugte sich vor und betrachtete das Bild. Er sah Hirschmann an einem Tisch voller Gemüse, Käse und Flaschen. Er war umgeben von etwa zehn Personen, aber es gab keinen Zweifel, wer im Mittelpunkt stand. Hinter den Personen auf dem Foto war eine Art Mauer oder eine Wand, die jedenfalls an eine Mauer erinnerte. Oberhalb der Köpfe hing ein gerahmtes Schild, das an der Mauer befestigt war. Winter las: Viareggio.

Einige Personen hatten ein Weinglas erhoben, als prosteten sie dem Fotografen zu. Hirschmann war einer von ihnen. Winter las den Bildtext, der kurz berichtete, dass der berühmte Sternekoch Lars Hirschmann seit mehreren Jahren einen sehr begehrten vierzehntägigen Workshop in der schönen italienischen Küstenstadt gab. Die Schüler kamen aus ganz Europa. »Workshop«, sagte Winter. »Das klingt, als bildete er die Leute im Feilen oder Hobeln aus.«

»Scheint ein exklusiver Kurs zu sein«, sagte Angela.

»Wirklich sonderbar, dass er mir nichts davon erzählt hat«, sagte Winter.

»Vielleicht ist es, wie du vermutest«, sagte Angela. »Für ihn war das nichts Exklusives.«

»Aber ich wusste, dass er an die toskanische Küste fuhr«, sagte Winter.

»Sieh einer an. Das war ihm also wichtig.«

»Viareggio. Die Stadt wurde schon im neunzehnten Jahrhundert Badeort«, sagte Winter. »Ich war dort einmal in meiner Jugend. Bevor ich die Reife hatte, dich kennenzulernen. Ich glaube, dir würden die Belle-Époque-Bauten gefallen.«

»Mir gefällt alles, was schön ist«, sagte Angela und hob ihr Weinglas auf dieselbe Art wie die Personen auf dem Foto in der Zeitschrift, die Winter jetzt auf den Tisch legte.

»Viareggio«, wiederholte er.

»Wie sehr gefiel es Lars eigentlich, fotografiert zu werden?«, fragte Angela und schaute wieder auf das Bild. »Er scheint sich in der Rolle ziemlich wohl zu fühlen.«

»Ich glaube nicht, dass es ein Problem für ihn war«, antwortete Winter. »Er war vermutlich etwas eitel.«

»Vielleicht hat er jedes Foto von sich aufbewahrt.«

»Glaubst du?«

»Ich denke an die Bilder von diesem Workshop«, sagte Angela. »Wenn er viele Jahre Kurse geleitet hat, gibt es womöglich einen Haufen solcher Bilder.« Sie nickte mit dem Kopf zur Illustrierten. »Das Foto da sieht ja ein wenig … gestellt aus. Du weißt, jetzt ist es Zeit für ein Bild von der kleinen Gruppe dieses Jahres.«

»Kleine Gruppe des Jahres«, wiederholte Winter. Er stand auf und blieb stehen.

»Was ist, Erik?«

»Etwas, das du gesagt hast«, antwortete er. »Über Fotos. Und Italien. Und Hirschmann.« Er setzte sich wieder. »Ich war heute im Haus von Hirschmann, in dem Haus am Meer, ganz auf die Schnelle. Ich hab überlegt, ob es wohl in seinem Haus etwas geben könnte, was uns bei der Suche nach dem Mörder helfen könnte. Ich dachte an Notizen … Geheimnisse … vielleicht kulinarische Geheimnisse, die so wertvoll sind, dass man ihn dafür tötet.«

»Ist das denn möglich?«, fragte Angela.

»Ich weiß es nicht. Jedenfalls glaube ich es. Mich kann nichts mehr überraschen, wenn es um Menschen geht.«

»Hast du was gefunden?«

»Ich hatte keine Zeit zum Suchen. Ich war kaum im Haus, da rief Ringmar wegen einer Spur an.«

Er stand wieder auf.

»Was hast du vor, Erik?«

»Ich fahr noch mal zu dem Haus.«

»Jetzt?« Sie schaute auf die Uhr über dem Herd. »Es ist fünf nach elf.«

»Dann ist es genau vierundzwanzig Stunden her, dass ich

in Hirschmanns Küche stand und bei einem Glas Calvados mit ihm geredet habe.«

»Heute Abend hast du auch getrunken.«

»Nur ein Glas«, sagte er. »Das ist unterhalb der Grenze.«

»Aber es scheint mir übertrieben, gegen Mitternacht zu Hirschmanns Haus zu fahren.«

»Du bist schuld.« Er zeigte auf die Zeitschrift, die aufgeschlagen auf dem Küchentisch lag. »Hättest du mir das Bild nicht gezeigt, wäre ich nicht auf die Idee gekommen.«

»Mein Versehen«, sagte Angela.

»Das war kein Versehen.« Er schob den Stuhl an den Tisch. »Vielleicht steckt ein Sinn dahinter.«

»Erik ...«, sagte Angela und schaute in die kompakte Dunkelheit des Hinterhofes, »es ist doch nicht ... gefährlich, jetzt dorthin zu fahren?«

»Gefährlich? Warum sollte es gefährlich sein?«

»Du kannst mich nicht reinlegen. Ihr jagt einen Mörder. Er läuft doch frei herum, oder? Er weiß, dass ihr hinter ihm her seid.«

»Hirschmanns Haus wäre der letzte Ort, wohin er gehen würde«, sagte Winter. »Davon ist der Mörder weit entfernt. Vermutlich ist er auch weit entfernt von dieser Stadt.«

Er fuhr am Fluss entlang, zum zweiten Mal in diesen langen vierundzwanzig Stunden. Der Himmel war klar und schwarz, er konnte die Sterne überm Meer sehen. Es waren mehr als drei. Das war die Grenze für die besten Restaurants der Welt. Er fragte sich, warum. Nur drei. Der Himmel war ja voller Sterne, Millionen von Sternen.

Die toten Werftkräne auf der anderen Seite des Flusses wurden von kräftigen Scheinwerfern angeleuchtet, in deren

Licht die Kräne wie Skelette von lange toten Dinosauriern aussahen. Sterne führten zum Tod der Dinosaurier, dachte er, oder ein großer Meteorit, der auf die Erde krachte. Vielleicht kein Stern im eigentlichen Sinn, aber ein kosmischer Körper, der in die Erdatmosphäre eindrang und Tod brachte. Hier auf der Erde brauchen wir keine Sterne, dachte er. Lasst sie am Himmel. Lars Hirschmann hatte Sterne, und sie führten vielleicht zu seinem Tod.

Der Fischereihafen lag still und dunkel da, ohne Laute, ohne Licht. Winter sah die Konturen einiger Trawler, die am Anleger schliefen. Er schaute auf die Uhr am Armaturenbrett. Zwanzig vor zwölf.

Als er vor Hirschmanns Haus parkte, meinte er Wellengeplätscher zu hören. Vermutlich waren das die Segelboote, die sich langsam in der Dünung eines unsichtbaren Schiffs bewegten, das weit draußen auf dem Meer vorbeigefahren war. Vor dem helleren Himmel der Stadt sah er die Silhouetten der Segelbootmasten wie einen Wald von toten Bäumen. Es war ein Paradoxon. Im vergangenen Monat war die Natur in Göteborg explodiert, Tausende von Segelbooten waren zu Wasser gelassen worden, alle Masten waren nackt, wie die Natur im Winter. Man sollte sie wenigstens mit Laub bekränzen, dachte er. Ein Kranz aus Zweigen und Laub und damit den Frühling und die Wiederkehr des Lebens feiern, eine kleine, aber wichtige Geste.

Winter schloss das Auto mit der Fernbedienung ab. Das Geräusch war laut in der Nacht, fast wie ein Pistolenschuss. Er war allein. In einigen Häusern, die näher am Wasser standen, waren noch Fenster erleuchtet. Auf der letzten schmalen Straße nach Långedrag war ihm kein Auto begegnet. Beim Abbiegen zu Hirschmanns Haus hatte er nur das Licht der

Scheinwerfer am Fähranleger gesehen, die sich im Kreis zu drehen schienen, als er sein Auto wendete.

Winter öffnete die Tür mit dem Zweitschlüssel, den er am späten Nachmittag hatte anfertigen lassen.

Er ging durch die Diele, ohne Licht einzuschalten. Die schwache Beleuchtung der Straßenlaternen vor dem Haus ließ hier drinnen alles wie Silber schimmern. Es war nicht schwer, sich zurechtzufinden, nicht einmal, wenn man noch nie in diesem Haus gewesen wäre.

Er stand im Esszimmer. Plötzlich bekam es einen anderen Glanz, wie von mattem Gold. Draußen fuhr ein Auto vorbei, und das Scheinwerferlicht wurde an die Wand geworfen. Er dachte an fallende Sterne. Das künstliche Licht war genauso schnell verschwunden, wie es aufgeflammt war, und einige Sekunden später hörte Winter keinen Automotor mehr.

Er ging in Hirschmanns Arbeitskammer. Hier hatte er gestanden, als Ringmar ihn wegen Dinters Auto angerufen hatte und er das Haus verlassen musste. Er hatte vor Hirschmanns Bücherregalen gestanden, die mit kulinarischer Literatur, kulinarischen Notizen vollgestopft waren. Merkwürdigerweise hatte er in dem Augenblick an das gedacht, was der Anlass dafür war, dass er nun zurückgekehrt war: Die kleinen Städte entlang der toskanischen Mittelmeerküste mit ihren Fisch- und Schalentiergerichten, sie waren verwandt mit dieser Stadt hier oben an der Nordsee. Am Nachmittag war er lange vor den Bücherregalen stehen geblieben. Woran hatte er gedacht? An die Flugtickets nach Italien, die hier irgendwo liegen mussten, irgendwo gab es ein Voucher für ein Hotel oder eine Bestätigung, irgendwas. Morgen würden sie vermutlich jemanden bei der Fluggesellschaft wegen Hirschmanns Reise erreichen, aber Winter war nicht sicher, ob es ihnen helfen würde.

Jetzt wusste er, wohin Hirschmann unterwegs gewesen war. Viareggio.

Irgendwo in diesen Regalen gab es Viareggio. Vielleicht Fotos.

Vielleicht etwas über Hirschmanns Zeit bei diesem Kochkursinstitut oder was es nun war. Auch das würden sie herausfinden, aber Winter wollte es *jetzt* wissen. Er wollte *jetzt* Klarheit, als ob alles davon abhinge, dass er die Antwort hier fand, an diesem Abend, der gerade in Nacht übergegangen war. Er schaute auf seine Armbanduhr, es war nach Mitternacht.

Die Uhrzeiger näherten sich dem Glockenschlag, als Hirschmann vor vierundzwanzig Stunden sein Leben verloren hatte. Nur vierundzwanzig Stunden. Winter empfand sie bereits wie eine Woche, einen Monat, ein Jahr. Er war schläfrig vom Wein, den er zum Essen getrunken hatte, aber plötzlich war die Müdigkeit wie weggeblasen.

Er stand immer noch im Dunkeln. Papiere und Buchrücken schimmerten diskret silbrig in der Straßenbeleuchtung. Winter sah sich um, ging zum Schreibtisch und knipste die starke Lampe an.

Er wollte das Licht gerade auf die Bücherregale richten, als er merkte, dass es schon jemand getan hatte.

Er sah sich nach anderen Lichtquellen um, aber es gab nur die eine. Entsprach das Hirschmann, Licht auf seine Bücher zu richten?

Nicht soviel Winter wusste. Plötzlich fiel ihm ein, dass es einen Schalter hinter dem linken Bücherregal gab, der die Beleuchtung der Bücher raffiniert regelte. Der Geheimschalter, wie Hirschmann gesagt hatte. Geheimes Fach, geheimer Schalter.

Winter ging zu den Regalen, steckte die Hand in den Spalt hinter das linke Regal und ertastete den Schalter etwa zehn Zentimeter tiefer. Er drehte ihn, und das Licht fiel auf die Bücher, von oben und von unten. Winter zog die Hand zurück und schaute wieder zum Schreibtisch und zu der Lampe.

Hier hatte er am Nachmittag gestanden. Denk nach, denk nach, Erik. War die Lampe genauso ausgerichtet gewesen? Denk nach. Er war einige ... Schritte auf den Schreibtisch zugegangen. Er hatte aus dem Fenster geschaut und Möwen über den Masten kreisen gesehen. Wo hatte er gestanden?

Winter ging noch ein paar Schritte weiter vor. Ungefähr hier. Ungefähr hier hatte er gestanden. Er sah zum Schreibtisch, zu der Lampe und dann zum Fenster, von dem er nur einen kleinen Teil sehen konnte.

Jetzt verdeckte die Lampe das Fenster. Als er gestern hier gestanden hatte, war der Lampenschirm nicht so ausgerichtet gewesen wie jetzt. Da war er sich sicher. Nun erinnerte er sich, wie es auf dem Schreibtisch ausgesehen hatte. Das konnte er gut. Das war sein Job, und er war ein Star. Winter drehte sich langsam um, zu den Büchern, zu der Tür, die ins Esszimmer führte.

Jemand war heute Abend hier gewesen, jemand, der etwas gesucht hatte.

Vielleicht hatte derjenige dasselbe gesucht wie er jetzt, und war deshalb hergekommen, um zu suchen, als ihn Ringmars Anruf unterbrach.

Das Handy in seiner Jackentasche vibrierte. Er erkannte die Nummer auf dem Display.

»Herrgott, Ringmar. Bist du das wieder. Ich stehe hier und versuche nachzudenken.«

»Wo stehst du?«

»In Hirschmanns Arbeitszimmer. In seinem Haus.«

»Um diese Zeit?«

»Warum rufst du um diese Zeit an?«

»Jetzt pass mal auf ...«

»Jemand ist hier gewesen«, unterbrach ihn Winter.

»Was?«

»Ich glaube, dass jemand im Haus gewesen ist und nach etwas gesucht hat.«

»Nach dem besten Rezept der Welt«, sagte Ringmar.

»Ich glaube, es geht um ein Foto.« Winter hatte sich wieder dem Fenster zugewandt und meinte, dass sich der Reflex eines Scheinwerfers im Wasser auf der gegenüberliegenden Seite der Bucht spiegelte. »Warum rufst du an, Bertil? Du solltest schlafen.«

»So verdammt alt bin ich noch nicht. Und du hast mich eben unterbrochen. Ich sitze hier nämlich über den Zeugenverhören. Heute Nachmittag haben wir ja darüber gesprochen, wie wichtig lesen, lesen und wieder lesen ist, um was Neues zu entdecken. Also habe ich heute Abend gelesen.«

»Ja?«

»Vor mir liegt das Verhör mit einem der Tellerwäscher. Einer der neuen Jungs bei der SpuSi hat mit ihm geredet. Es ist erst nach sechs bei der Registratur eingegangen, so dass es noch keiner von uns gelesen hat, deswegen hab ich das Verhör und den ganzen Mist mitgenommen. Okay. Es handelt sich hier um einen gewissen Johan Stridh. Wie du dich vielleicht erinnerst, haben die Tellerwäscher um eins Feierabend.«

»Ich erinnere mich.«

»Dieser Johan Stridh ist gefragt worden, wann er das Restaurant verlassen hat, und er sagt, er war nur einige Minuten nach eins draußen.«

Winter hörte Ringmar atmen. Es schien, als würden nachts alle Geräusche auch im Telefon verstärkt. »Dann wurde er gefragt, wie er dort weggekommen ist, und er antwortete, dass er sein Auto etwa hundertfünfzig Meter entfernt geparkt hatte, und dorthin ist er gegangen.«

»Ja?« Winter strich mit der Hand über ein paar Buchrücken. Sie fühlten sich weich an.

»Die nächste Frage war, ob er andere Autos in der Nähe des Restaurants gesehen hat, also innerhalb der Parkverbotszone, und er sagt nein.«

»Worauf willst du damit hinaus, Bertil?«

»Jetzt hör zu, Erik. Weißt du, was er dann gesagt hat? Er sagt, das einzige Auto, das er in der Nähe gesehen hat, zählt ja nicht.« Ringmar atmete wieder hörbar, vielleicht heftiger. »Er sagt, das *kann* ja nicht zählen.«

»Jetzt kann ich dir nicht ganz folgen«, sagte Winter.

»Er hat vom Auto des Wachmannes geredet«, sagte Ringmar. »Von der Securitas. Bengt Richardssons Auto. Das Auto, das zur selben Zeit in anderen Straßen hätte patroullieren sollen, wenn wir Richardsson glauben können. Stridh sagt, er hat den Wagen flüchtig gesehen, als er langsam durch eine Parallelstraße fuhr. Er hat gesehen, wie er angehalten hat.«

»Hast du schon mit diesem Stridh gesprochen?«, fragte Winter.

»Bei ihm zu Hause meldet sich niemand.«

»Hast du mit Richardsson gesprochen?«

»Nein. Ich wollte erst mit dir reden. Aber ich hab's überprüft, Richardsson ist auf Nachttour.«

»Da fährt also ein Stück entfernt ein Securitas-Auto ... ist das nicht ganz natürlich? Es gibt doch noch mehr Autos von der Securitas in der Stadt?«

»Nicht in dem Stadtteil.«

»Es kann ja ein Kollege von Richardsson auf dem Weg zu seinem Distrikt gewesen sein. Vielleicht hat er eine Abkürzung genommen.«

»Daran hab ich natürlich auch gedacht«, sagte Ringmar. »Du brauchst also keine Angst zu haben, mich zu enttäuschen.«

»Vielleicht hat Richardsson die Abkürzung gewählt«, sagte Winter. »Ohne darüber nachzudenken. Und deswegen hat er es uns nicht erzählt.«

»Ich habe auf die Karte geschaut und sie mit Richardssons Beschreibung seiner Route in der vergangenen Nacht verglichen«, sagte Ringmar. »Er war nicht in der Nähe dieser Parallelstraße.«

»Wie ich eben gesagt habe. Er hat nicht dran gedacht.«

»Hm. Ich weiß nicht recht.«

»Er ist morgen bestimmt noch da«, sagte Winter. »Und Tellerwäscher Stridh ist auch nicht aus der Stadt getürmt.«

»Morgen? Können wir uns nicht schon heute Nacht mit Richardsson unterhalten?«

»Ich ... hab hier was zu tun, Bertil.« Winter fuhr wieder mit der Hand über die Buchrücken. »Es könnte ... wichtig sein. Auch das hier. Wenn du mit Richardsson reden willst, bitte. Falls du Wagen brauchst, ruf Nilsén in der Leitzentrale an.«

»Mal sehen, wie ich mich entscheide«, antwortete Ringmar. »Ich muss erst ein wenig nachdenken.«

»Bis dann.« Winter drückte auf »Aus«.

Er hatte Bücher und Papiere aus dem Regal genommen. Seit dem Telefonat mit Ringmar waren zwanzig Minuten vergangen. Er fand Literatur und Notizen über die Küche der ganzen Welt, aber keine Fotos.

Er hielt inne und dachte nach.

Hirschmann hatte gern Geheimnisse gehabt, halb im Spaß, halb im Ernst.

Gab es auch hier ein geheimes Fach? War es eher Ernst als Spaß?

Winter nahm so viele Bücher vom linken Regal, dass er es von der Stelle bewegen konnte. Er zog es einen halben Meter von der Wand weg. Dahinter entdeckte er den Lichtschalter. Und daneben einen kleineren Schalter, gewissermaßen verborgen von dem Lichtschalter und für die Finger unmöglich zu erreichen, wenn man die Hand nur von außen in die Lücke zwängte.

Winter drückte darauf. Nichts geschah.

Er sah sich um, aber in dem Arbeitszimmer, das von der Beleuchtung über den Bücherregalen in einen blauen Schimmer getaucht war, rührte sich nichts. Es erinnerte an die Beleuchtung in Hirschmanns Restaurantküche.

Winter drückte wieder, diesmal fester.

Er hörte ein eigentümliches Geräusch, wie ein Vogelzwitschern. Es kam von den Bücherregalen an der Wand gegenüber. Er drückte noch einmal, und das Geräusch wiederholte sich. Es war kein Vogel. Es war ein Schloss, das sich geöffnet hatte, eine Tür, die widerwillig quietschend aufgeglitten war.

Winter ging auf die andere Seite. Er nahm Bücher aus dem Regal, das ihm am nächsten war, so viele, dass er es auch verschieben konnte, und zog es von der Wand weg.

Der Tresor war offen. Es war einer der einfacheren. Jeder Einbrecher mit kurzer Ausbildung im Stehlen hätte den ohne Schwierigkeiten geknackt.

Aber dazu muss man wissen, wo er ist, dachte Winter, bückte sich und schaute hinein. Zunächst sah er nichts, nach einer halben Minute hatten sich seine Augen jedoch ans Dunkel gewöhnt. Er wagte es nicht, die Hand in einen unbekannten Hohlraum zu stecken. Das war eine gute Grundregel.

Er nahm die Umrisse eines Ordners wahr und zog ihn heraus. Mehr war nicht im Tresor. Er hielt den Ordner in der Hand. Darauf stand nur ein einziges Wort, quer über den Umschlag: Viareggio.

Vorsichtig öffnete er den Ordner. Auf der ersten Seite standen einige Rezepte, ganz rechts eine Reihe von Jahreszahlen. Sie reichten etwa fünfzehn Jahre zurück, übersprangen jedoch zwei oder drei Jahre.

Die nächste Seite enthielt mehr Rezepte.

Es gab eine Überschrift: »Die besten Rezepte der Welt.«

Winter blätterte vorsichtig weiter, ohne die Rezepte zu lesen. Eine neue Überschrift: »Forts. Beste Rezepte der Welt.«

In einem anderen Zusammenhang hätte das komisch sein können. Aber Winter fand nichts komisch an dem, was er jetzt sah. Plötzlich spürte er die Kälte im Körper, als wäre die Temperatur hier drinnen innerhalb von zwanzig Sekunden um zwanzig Grad gesunken. Er meinte irgendwo im Haus ein Geräusch zu hören und schaute auf, aber alles war still. Alte Häuser machten Geräusche, ständig, sie wimmerten wie alte mürrische Männer. Oder jüngere mürrische Männer.

Winter blätterte weiter. Auf der nächsten Doppelseite waren Fotografien eingeklebt, vier auf jeder Seite.

Er blätterte weiter und weiter und wieder weiter. Auf allen Fotos war derselbe Hintergrund zu sehen.

Er erkannte ihn von dem Bild in Angelas Zeitschrift. Auf jedem Foto stand Hirschmann umgeben von Menschen. Von Bild zu Bild andere Menschen. Winter studierte sie auf der ersten Doppelseite. Nur Lars Hirschmanns Gesicht wiederholte sich ständig. Hirschmann und die gemauerte Wand dahinter mit dem Namen der Stadt, in der sie sich befanden.

Winter blätterte vor und zurück. So viele Gesichter. Männer, Frauen, jünger, älter. Einige mit weißen Mützen, andere nicht, alle in weißen Schürzen, einige in weißen Kitteln. An den Frisuren konnte er ablesen, dass die Zeit vergangen war. Die Männer hatten längere Haare auf den Bildern, die, wie er annahm, in den achtziger Jahren aufgenommen worden waren. Auf keiner Seite war ein Datum vermerkt. Es war, als hätte Hirschmann gewollt, dass die Bilder für sich selbst sprachen, genau wie die Rezepte. Winter versuchte, ein Rezept zu lesen, aber er war plötzlich traurig über das Schicksal seines Freundes, verzweifelt über das, was geschehen war. Was wie und wie lange und zusammen mit was blanchiert wurde und dergleichen verlor seine Bedeutung im Schatten der vergangenen vierundzwanzig Stunden.

Wieder knarrte es in dem alten Haus, irgendwo hier im Erdgeschoss. Eine Sekunde danach hörte Winter den Wind, der zugenommen hatte. Vermutlich hatte er an der Tür gerüttelt, aber Winter hatte sie hinter sich geschlossen.

Er blätterte wieder um. Auf der Seite gab es nur drei Fotos, was bedeutete, weniger Gesichter als auf den vorhergehenden Seiten.

Er studierte das mittlere Bild. Es war etwas größer als die

beiden anderen. Hirschmann stand wie üblich im Zentrum einer Gruppe von Menschen. Seine Frisur verriet, dass das Foto aus der Vergangenheit war. Einige Frisöre würden sie vermutlich im Altertum ansiedeln. Hirschmanns Gesicht war im Halbprofil zu sehen, als würde er etwas zu dem Mann sagen, der rechts von ihm stand. Winter folgte Hirschmanns Profil, folgte seinem Blick. Der Mann rechts von ihm schaute geradeaus.

Es war Erland Dinter.

Wieder spürte Winter die Kälte im Körper.

Himmel, es war Erland Dinter, ein etwa zehn Jahre jüngerer Dinter, aber er war es. Die Zeit hatte ihn verändert, aber nicht sehr viel.

Dinter, der vor noch nicht einmal vierundzwanzig Stunden behauptet hatte, er habe noch nie mit Lars Hirschmann zusammengearbeitet. Nie mit ihm verkehrt.

Hier standen sie zusammen in einer Kochschule in Italien.

Winter studierte die anderen Gesichter auf dem Foto. Sein Blick brauchte nicht viel weiter zu wandern.

Schräg hinter Dinter stand Bengt Richardsson.

Winter schauderte vor Kälte, die sich wieder in seinem Körper ausbreitete. Das Licht fiel auf Richardssons Gesicht, so dass er am deutlichsten erkennbar war in dieser kleinen Gruppe. Sein Gesicht hatte sich im Lauf der Jahre nicht verändert. Bei ihm hatte die Zeit stillgestanden. Das jugendliche Gesicht war auf nahezu unheimliche Weise unverändert, als existierte für Richardsson keine Vergangenheit.

Dinter und Richardsson. Der Koch und der Wachmann. Das klang wie der Titel von einem Stück, vielleicht einem Drama. Einer Tragödie.

Beide an einem Ort auf demselben Bild irgendwo in der

Vergangenheit. Beide an einem Ort in denselben Räumen in der Gegenwart. Das war gestern. Der eine mit einer Zeugenaussage über den anderen. Beide in selbstverständlichen Rollen in einem wirklichen Drama. Unschuldigen Rollen. Da, nur für einen Augenblick, hatte Winter Dinter verdächtigt, genau wie er alle für einen Moment verdächtigte, aber ein rechtschaffener Wachmann hatte Dinter für so gut wie unschuldig erklärt.

Doch beide hatten eine alte Verbindung zu Hirschmann.

Im Augenblick spielte das *Warum* keine Rolle oder wie viele *Warum* es geben mochte. Winter genügte es zu wissen, dass er hier, in diesem alten Haus an der kalten Nordsee, die Mörder auf ein und demselben Bild entdeckt hatte.

»Äh ... Entschuldigung«, sagte jemand. Winter schaute von dem Ordner auf.

In der Tür stand Bengt Richardsson.

Er trug seine Uniform. Er hatte eine Pistole in der Hand.

Als Erstes dachte Winter, dass ein Wachmann keine Erlaubnis hatte, eine Feuerwaffe zu tragen. Aber die Pistole war nicht auf Winter gerichtet. Richardsson sah nicht gefährlich aus. Er schien nicht angreifen zu wollen.

Er weiß nicht, was ich weiß, dachte Winter.

Er weiß nicht, was dieser Ordner enthält, den ich in der Hand halte.

Er wagt nicht, es darauf ankommen zu lassen, nicht jetzt. Er weiß nicht, ob es Beweise gibt, Bildbeweise der alten Verbindung. Er hat gesucht, aber diesen Ordner hat er nicht gefunden. Er weiß nicht, dass es dieser Ordner ist. Wenn es ihm klar wird, schießt er mir in den Kopf.

»Ich habe ... Licht gesehen«, sagte Richardsson.

»Haben Sie Ihr Revier gewechselt?«, fragte Winter.

»Wir ... rotieren«, antwortete Richardsson. »Dies ist mein erster Abend hier draußen.«

Die erste Nacht, dachte Winter. Es ist wieder Nacht.

»Ich hab ein Auto vor dem Haus gesehen«, sagte Richardsson.

»Und da haben Sie die Pistole gezogen«, sagte Winter und zeigte mit dem Kopf auf die Waffe, die er immer noch in der Hand hielt. »Die hat wohl nichts mit Ihrem Dienst zu tun?«

»Ja ... ich hoffe, Sie erstatten keinen Bericht.« Richardsson steckte die Pistole ins Holster. »Ich brauche sie zum Schutz. Was meinen Sie, wie wir uns ohne Waffe schützen sollten?«

Winter antwortete nicht. Er schlug den Ordner zu, machte einen Schritt und legte ihn auf den Schreibtisch.

»Was ist das?«, fragte Richardsson. Sein Gesicht sah genauso jung aus wie auf dem Foto im Ordner. Seine Augen verrieten nicht, was er wusste oder getan hatte.

»Nur einige Rezepte«, sagte Winter und zeigte auf die Bücherregale hinter sich. »Davon gibt es viele. Hunderte, glaube ich.« Als er den Arm nach hinten bewegte, spürte er den Druck des leeren Pistolenholsters unter seiner Achsel. Die Sig Sauer lag auf dem Fußboden hinter dem Regal, vor dem Safe. Er hatte sie rausgezogen, als er beim Öffnen des Tresors die seltsamen Laute gehört hatte, und als er sich hinter das Regal gepresst und in den Tresor gespäht hatte, hatte er die Pistole auf den Fußboden gelegt, dort lag sie nun, außer Sichtweite für Richardsson, aber nutzlos für Winter.

»Suchen Sie ... was Besonderes?«, fragte Richardsson und machte einige Schritte ins Zimmer. Er zeigte auf die Regale, die von den Wänden weggezogen waren. »Sie haben gründliche Arbeit geleistet.«

»Tja«, sagte Winter und zuckte mit den Schultern. »Für mich kann alles und jedes was Besonderes sein.«

»Wie das?«

»Wenn man eine Voruntersuchung einleitet, kann alles wichtig sein.«

»Wie der Ordner da.« Richardsson nickte zum Schreibtisch.

»Leider nicht«, sagte Winter.

»Darf man einen Blick reinwerfen?«, fragte Richardsson.

Bevor Winter antworten konnte, klingelte das Handy an Richardssons Gürtel. Er schien es nicht zu hören.

»Wollen Sie sich nicht melden?«, fragte Winter.

»Es ist nichts Wichtiges.«

»Woher wissen Sie das?«

Aber Richardsson antwortete nicht. Er machte einen weiteren Schritt, die blassen Augen auf den Schreibtisch gerichtet.

Plötzlich klingelte Winters Handy. Richardsson schaute auf. Winters Handy steckte sichtbar in seiner Brusttasche. Richardsson nickte. Winter meldete sich und hielt die Hand übers Handy.

»Ja?«

»Wir können Richardsson nicht erreichen«, sagte Ringmar. »Ich glaube, es wäre gut, wenn wir ihn heute Nacht verhören.«

»Sucht weiter«, sagte Winter.

»Er meldet sich nicht am Telefon«, sagte Ringmar. »Wir fragen uns, wo er sich aufhält.«

Winter sah Richardsson an. Er stand jetzt am Schreibtisch und griff nach dem Ordner, ohne Winter anzuschauen. Richardsson konnte Ringmars Stimme nicht hören, nicht aus dem Abstand.

»Hirschmanns Haus«, sagte Winter und hielt den Blick auf Richardsson gerichtet, der die erste Seite aufschlug, die mit den besten Rezepten der Welt.

»Wie bitte?«, sagte Ringmar.

»Ja, Hirschmanns Haus«, wiederholte Winter in neutralem Ton.

»Bist du noch dort?«, fragte Ringmar.

»Ja.«

»Ist ... er dort?«

»Genau das.«

»Du bist in Gefahr.«

»Ja, danke«, sagte Winter und versuchte unbekümmert zu klingen.

Richardsson blickte auf und lächelte. Er war jetzt auf Rezeptseite zwei.

»Wir sind unterwegs.« Ringmar beendete das Gespräch. Winter steckte sein Handy in die Brusttasche.

»Ihnen geht es offenbar wie mir«, sagte Richardsson. »Die liebe lange Nacht im Dienst.«

»Der Unterschied ist nur, dass ich mich melde, wenn jemand während der Dienstzeit anruft«, sagte Winter.

Richardsson zuckte mit den Schultern.

»Ich möchte, dass Sie hier drin nichts anrühren«, sagte Winter. »Das ist die übliche Routine.«

»Aber ich bin doch selber fast ein Polizist«, sagte Richardsson. »Und bald übernehmen wir den größten Teil Ihres Jobs.«

»Das wird uns entlasten«, sagte Winter. Er versuchte abzuschätzen, ob er es bis zu Richardsson schaffen würde, um ihn mit einem Hieb bewusstlos zu schlagen, bevor der Kerl seine Pistole aus dem offenen Holster ziehen konnte. »Wir brauchen alle Hilfe, die wir kriegen können.«

Richardsson blätterte weiter in dem Ordner. Er schien nicht zuzuhören. Er war in eine Seite vertieft. Winter wusste, welche. Richardsson bewegte langsam die Hand in Richtung Pistolenholster, als ob sein Gehirn äußerst langsam etwas zu registrieren begann. Winter machte einen Schritt vor, und Richardsson schaute auf, plötzlich schnell wie ein Reptil.

»Wollen Sie gehen?«, fragte er.

»Es ist Zeit«, antwortete Winter.

»Sie müssen noch warten«, sagte Richardsson, zog die Pistole und ließ den Ordner auf den Tisch fallen, wo er mit einem bösartigen Geräusch aufprallte. »Bleiben Sie stehen!«

»Legen Sie die Pistole weg«, sagte Winter.

»Damit Sie Ihre eigene ziehen können, wie?«

»Ich habe keine«, sagte Winter. »Sie ist bei der Waffeninspektion.«

»Das glaube, wer will.«

Winter breitete die Arme aus.

»Wenn ich mein Jackett links öffnen kann, werden Sie sehen, dass ich unbewaffnet bin«, sagte er.

Richardsson hob seine Pistole und zielte geradewegs auf Winters Kopf.

»Machen Sie es langsam«, sagte er. »Wenn Sie lügen, ist das Ihre letzte Lüge.«

Winter zeigte das leere Holster.

»All right«, sagte Richardsson, die Waffe immer noch auf Winter gerichtet. »Halten Sie die Arme ausgestreckt.«

»Sie sehen noch genauso aus wie auf dem Foto«, sagte Winter und machte eine Kopfbewegung zu dem Ordner auf dem Tisch.

»Mir war klar, dass Sie es gesehen haben«, sagte Richardsson, »war mir sofort klar, als ich hier reinkam.«

»Sie wären ein guter Detektiv geworden«, sagte Winter.

»Ich bin so gut wie ein Detektiv«, sagte Richardsson.

»Dann fahren wir vielleicht zusammen los mit diesem Beweismaterial?«

»Was für Beweismaterial?«, fragte Richardsson.

»Das wissen Sie besser als ich«, sagte Winter.

»Ich bin ein besserer Detektiv.« Richardsson lächelte. Ein unheimliches Lächeln. »Ich kann Herrn Kommissar Winter alles erklären.«

»Bitte.« Langsam senkte Winter die Arme.

»Wagen Sie es nicht, sich zu bewegen!«

»Ich hab diese Haltung nicht trainiert«, sagte Winter. »Mir tun die Arme weh.«

»Senken Sie sie vorsichtig.« Richardsson hob erneut die Pistole.

»Sie sollten diesen Fall erklären«, sagte Winter und ließ die Arme sinken.

»Ja ... genau. Erklären ...«

»Wer hat Hirschmann ermordet?«, fragte Winter.

»Sind Sie noch nicht dahintergekommen? Was sind Sie denn für ein Detektiv?«

»Ich schwanke zwischen zwei Verdächtigen«, sagte Winter.

»Das ist ein guter Anfang. Fünfzig Prozent Chancen.«

»Aber beide kann man für gleich schuldig halten«, sagte Winter und nickte Richardsson zu. »Falls nicht einer von ihnen zur Zusammenarbeit bereit ist.«

»Zusammenarbeit? Versuchen Sie nicht, mich zu bluffen. Wir sind hier nicht in den USA.«

»Ich bin immer an Zusammenarbeit interessiert«, sagte Winter.

»Ich war es nicht«, sagte Richardsson.

»Gut«, sagte Winter.

»Ich habe nur das eine oder andere unter Kontrolle gehabt.«

»Okay.«

»Ich mag keine Messer.« Richardsson lächelte wieder. Immer noch hielt er die Pistole in der Hand. Messer mochte er vielleicht nicht, aber mit Pistolen hatte er keine Probleme. Er könnte Winter mit demselben trägen Engagement erschießen, mit dem man auf dem Jahrmarkt auf Scheiben schießt. »Ich bin einfach nie gut im Messerwerfen geworden.«

»Trotzdem haben Sie versucht, Koch zu werden.«

»Zu hektisch«, sagte Richardsson. »Erland war besser für den Job geeignet.«

»Warum hat er Hirschmann umgebracht?«

»Was spielt das für eine Rolle. Er ist tot, oder? Wen kümmert es, warum.«

Richardsson hob erneut die Pistole. Winter wusste, dass er innerhalb einer Minute tot sein konnte, einer halben, innerhalb von Sekunden. Richardsson dachte, er könnte Winter erschießen und damit alle Probleme aus der Welt schaffen.

»Mich interessiert das Warum«, sagte Winter. »Ich will nur wissen, warum.« Er hob den Blick. »Sie können sich doch leisten, es zu sagen.«

»Geld«, sagte Richardsson. »Unter anderem.«

»In welcher Form?«

»Erland schuldete Hirschmann einen Haufen Geld. Die haben früher zusammen Geschäfte gemacht.« Richardssons Hand zitterte plötzlich. »Sie haben mehrere Dinger zusammen gedreht.«

»Erland hat doch für Hirschmann gearbeitet«, sagte Winter.

»Gratis«, sagte Richardsson.

Winter schwieg.

»Hirschmann war ein Schwein«, sagte Richardsson. »Er hat es verdient, wie ein Schwein zu sterben.«

Und so war er gestorben. Abgestochen wie Schlachtvieh.

Zwei Schnitte. Das Leben war aus ihm herausgeflossen.

»Erland ist ein Meister des Messers«, sagte Richardsson.

»Woher kennen Sie ihn?«, fragte Winter.

»Er ist mein Bruder.«

»Sie sehen sich nicht ähnlich«, sagte Winter.

»Weil er mein Stiefbruder ist.« Richardsson lächelte ein Lächeln, das Winter frieren ließ. »Und man muss seinem Bruder doch helfen, oder?« Er hob erneut die Pistole. »Oder?«

»Wie ist er vorgegangen?«, fragte Winter rasch. »Hat er es lange geplant?«

»Nein, nein. Er ist geblieben, um mit Hirschmann über die Schulden zu reden, aber Hirschmann hat ihn ausgelacht.« Plötzlich lachte Richardsson auf. »Und dann hat er nicht mehr gelacht.« Richardsson zeigte mit der freien Hand auf sich selbst. »Dann hat Erland *mich* angerufen und gefragt, ob ich mich um den Rest kümmern kann.« Er zeigte mit der Pistole auf Winter. »Genau wie ich mich auch jetzt um alles kümmere. Erland tut nichts. Ich muss den Rest erledigen.«

»Und was tun Sie dann?«, fragte Winter. »Zurück nach Italien fahren?«

»Italien? Ja, vielleicht. Mir hat Italien gefallen.« Richardsson sah träumerisch aus, als schwebte er durch einen eigenen Raum, ein eigenes Universum mit eigenen Sternen.

Er blinzelte und fokussierte seinen Blick wieder auf Winter.

Ich muss Zeit gewinnen, dachte Winter. Zeit ist jetzt alles, was ich habe, und sie vergeht so furchtbar schnell.

»Was tun Sie jetzt?«, fragte er.

»Ich muss Sie wohl erschießen«, sagte Richardsson.

»Das brauchen Sie nicht.«

»Warum nicht?«, fragte Richardsson.

Warum nicht, warum nicht. Winter empfand plötzlich eine komische Verzweiflung, als ob dieses *Warum*, mit dem er in seinem Beruf ständig beschäftigt war, zu dem er immer wieder zurückkehrte, jetzt das letzte Wort sein würde, das er einen Menschen aussprechen hörte, und das letzte Wort, das er selbst dachte.

»Weil ich niemandem etwas davon erzählen werde«, sagte er. Im Fenster schräg hinter Richardsson blitzte für den Bruchteil einer Sekunde ein Licht auf.

»Ich glaube Ihnen nicht«, sagte Richardsson.

Er sah plötzlich ängstlich aus. Ängstlich und sehr gefährlich.

»Ich verspreche es Ihnen«, sagte Winter. »Ehrenwort.«

»Ehrenwort?«

»Ich schwöre, dass ich unser Geheimnis nie verraten werde«, sagte Winter.

»WARUM SOLLTE ICH IHNEN GLAUBEN?«, schrie Richardsson und zielte mit erhobener Pistole auf Winters Kopf. »WARU–«, und das war das Letzte, was er schrie, denn eine Kugel aus einer anderen Dienstwaffe zerschlug die Fensterscheibe und traf ihn am Hinterkopf, seine blassen

Augen drehten sich nach innen, und einen Meter von dem Ordner mit den besten Rezepten der Welt entfernt wurde er zu Boden geschleudert.

Himmelsleiter

Die Sonne am Fenster hinter mir senkte sich über Stockholm. Diese hübsch gepuderte Leiche war in der Abenddämmerung immer am schönsten. Stockholm vertrug kein Tageslicht, es lebte in der Nacht, wie ein Vampir.

Die Frau betrat mein Büro mit dem Sonnenlicht in den Augen. Mich konnte sie nur als Silhouette wahrnehmen. Aber ich konnte sie eingehend betrachten.

Als sie sich in dem Sessel vor meinem Schreibtisch niederließ, sah ich, dass sie sehr stark geschminkt war. Na ja, Sessel und Sessel, Schreibtisch und Schreibtisch, das war eine Ermessensfrage, aber mehr hatte ich nicht zu bieten, und sie hatte offenbar beschlossen, dass es reichte. Für was? Zur Hilfe?

So denke ich jedes Mal, wenn ein Klient zu mir kommt. Mein Selbstvertrauen war nie besonders ausgeprägt. Ich bin immer noch ganz ordentlich in meinem Job, doch die Handgriffe beginnen einzurosten. Es gibt Anzeichen: Sentimentalität, Mitleid, Nachdenklichkeit, all das, was mit Güte verknüpft wird, machte es komplizierter, aber ich konnte mir selbst kaum mehr helfen, schon gar nicht an diesem Tag, ich hatte einen schweren Kater und bereits einen Schluck dagegen genommen, ein schlechtes Zeichen, aber mein Leben besteht aus schlechten Zeichen, in meinem Job geht es um schlechte Neuigkeiten, sehr schlechte Neuigkeiten. Ich hatte versucht, mich von der Depression abzulenken und das Buch zu lesen, das vor mir lag, aber die Wörter verschwammen mehr als sonst vor den Augen.

Menschen in Gestalt von Monstern oder Engeln betreten in unregelmäßigen Abständen mein Büro in der Birkagatan. Die Frau, die jetzt ihre Beine im Sessel vor mir übereinanderschlug, sah aus wie ein Engel, der beschlossen hat, das ewige Licht zu verlassen und die Treppe zum Schwarzen, dem Irdischen hinunterzusteigen. Zu mir. Aber ihre Augen waren kalt, als hätte sie schon alles gesehen, als wäre sie hier unten schon überall gewesen.

»Kann ich gleich zur Sache kommen?«, fragte sie.

»Aber sicher.«

»Ich brauche Hilfe, um John zu finden.«

»Wer ist John?«

»Ein Mann, den ich kenne.«

»Ich muss natürlich mehr über ihn wissen«, sagte ich.

»Er ist verschwunden«, sagte sie und schaute auf etwas draußen vor dem Fenster hinter mir, aber dort gab es nichts anderes als Stockholm, das seinen Tod in Schönheit starb. Ihr Blick kehrte zurück zum Bücherregal links vom Fenster. Das Regal war gefüllt mit Kriminalliteratur: Dostojewski, Gogol, Borges, Joyce, Stendhal, Yates, Burroughs, Hemingway, Strindberg, wieder Joyce. Sie sah auf das aufgeschlagene Buch vor mir.

»Was lesen Sie?«

»*Finnegan's Wake*«, antwortete ich. »Der Autor heißt James Joyce.«

»Ist es gut?«

»Ich habe gerade erst angefangen.«

»Sie sind doch kurz vorm Ende.« Sie wies mit dem Kopf zum Umschlag.

»Ich fange immer am Ende an«, sagte ich.

»Macht man das so?«

»Mit diesem Buch macht man das so. Ich habe das Rätsel gelöst.«

»Aha«, sagte sie, als würde sie das Rätsel kennen. »Ich lese nie.«

»Lesen ist gut für die Seele«, sagte ich.

»Was soll ich denn lesen? Haben Sie einen Vorschlag?«

»*Das rote Zimmer*«, sagte ich. »August Strindberg. Es handelt von Stockholm.«

»Ich hab Stockholm satt«, sagte sie.

»Wer Stockholm satthat, hat das Leben über«, sagte ich.

»Das klingt ja, als wären Sie ein Philosoph.«

»In diesem Job wird man das.«

»Sie sehen müde aus«, sagte sie.

»Das wird man in diesem Job.«

»Können Sie eine Hilfe für mich zusammenphilosophieren?«

»Ist John Ihr Gatte?«, fragte ich.

Sie schaute mich an, als verstünde sie das Wort nicht. Es ist ein altmodischer Ausdruck, Gatte. Ich bin ein altmodischer Mann. Ich habe eine schlichte Flasche Dewar's White Label in meiner Schreibtischschublade, ich trage Anzug und Schlips. Ich hatte ihn gerade lockern wollen, als sie hereinkam. Ich höre Led Zeppelin und Black Sabbath, in dieser Reihenfolge. Wenn es Abend wird, will ich meine Jugend wieder fühlen, 1969–1970. Ich hatte gut ein Jahr, viele bekommen gar nichts.

»Sind Sie verheiratet?«, fragte ich nachdrücklicher.

»Ja«, sagte sie mit einer eleganten Handbewegung. »Aber nicht miteinander.«

Ich studierte mein inneres Phantombild von ihr, lange nachdem sie gegangen war. Sie hatte gesagt, sie heiße Rebecka, und das mochte stimmen, ich habe sie nicht um ihren Ausweis gebeten, wir sind hier nicht bei der Polizei. Ich kann zum Beispiel Jimmy Page oder Tony Iommi heißen, oder Peter Kempinsky, wie es an der Gegensprechanlage an der Haustür steht. Das ist ein hübscher Name, ich habe ihn selbst gewählt.

Ich saß in dem künstlichen Lichtgeflimmer, das aus der Stadt dort draußen hereindrang. Birkastan. Mein Stadtteil. Ich war nicht hier geboren, aber hier fing ich an zu leben. Der Kater wurde noch schlimmer, als ich daran dachte, jetzt war mir schlecht, ich brauchte Medizin, öffnete die Schublade, nahm die Flasche heraus und goss zwei Fingerbreit ins Glas, das ich vom Bücherregal genommen hatte, dort hatte es hinter Malcolm Lowry gestanden. Ich hob das Glas, trank und spürte die Wärme in der Brust und das Feuer im Hals. Das Wasser des Lebens. Gesöff des Teufels. Musik des Teufels. Ich hob die Flasche und hielt sie gegen das Fenster. Der Schnaps war klar, er schimmerte im Licht der Nacht, rein und wahrhaftig, nicht wie das trübe Leben. Ich trank noch einen Schluck. In der Schreibtischschublade lag auch meine andere Medizin. Ich wusste, dass die einzige Stelle, an der ich die Tabletten wiederfand, neben dem Whisky war. Venlafaxin Hexal und Dewar's, eine großartige Kombination gegen Depression, eine nicht unbekannte Kur, jedoch von der Psychiatrie verurteilt. Ich schluckte zwei Tabletten zusammen mit dem letzten Whisky. Sie schmeckten nach nichts.

John, John, John, dachte ich. John verfolgen, dachte ich. Wo bist du, mein Freund. Ich hatte den Auftrag angenommen. Es würde nicht leicht werden, und das hatte ich ihr erklärt. Menschen, die sich verstecken wollen, können das ganz leicht. Ich betrachtete das Foto, das sie mir gegeben hatte. John stand vor einem nichtssagenden Hintergrund, er sah nichtssagend aus, sah gut aus, sympathisch. Es wäre besser gewesen, wenn er wie ein Stinkstiefel ausgesehen hätte.

»Er ist keinem Verbrechen zum Opfer gefallen«, sagte sie und schlug die Beine wieder übereinander.

»Woher wollen Sie das wissen?«, fragte ich.

Sie antwortete nicht. Ich glaubte ihr, gutgläubig, wie ich bin.

»Er kann wer weiß wo sein«, sagte ich. »Hier in der Stadt, auf dem Land, außer Landes.«

»Nein. Er ist in Stockholm. Er verlässt Stockholm nicht. Ich glaube nicht mal, dass er Birkastan verlässt.«

»Warum nicht? Massen von Menschen verlassen Stockholm, ganz zu schweigen von diesem Stadtteil.«

»Nicht er. John nicht. Er kann es nicht.«

»Warum nicht?«

Auch darauf antwortete sie nicht. Vielleicht würde sie das später tun, aber ich war nicht sicher, ob wir uns wiedersehen würden. Ich wollte sie nicht wiedersehen. Es wäre für keinen von uns beiden gut. Ihre hübschen Beine sahen künstlich aus, wie aus einer seltenen Holzart gedrechselt, das vergeblich vom Artenschutzabkommen unter Schutz gestellt worden war.

Sie hatte gezahlt und war gegangen, fünfhunderttausend königliche Kronen, bar in einem Kuvert. Das war die Hälfte des Honorars. Eine große Summe? Ich brauchte sie. Die Frau war vorbereitet gewesen. Ich wusste, wer sie vorbereitet hatte, beim nächsten Mal würde ich ihn zu einem Glas Glenfarclas einladen, dem vierzigjährigen. Sie war sicher gewesen, dass ich der Richtige war, und sie hatte recht, aber aus falschem Grund.

In der Luft war eine Spur von Frühling, als ich zu den Atlasmuren runterging, ein Versprechen von Licht. Stockholm würde sich langsam zurück zu einem neuen Sommer tauen, es war jedes Jahr das gleiche Wunder. Auf die Weise war die Stadt größer als das Leben, größer als wir alle; sie hatte es gegeben, ehe wir kamen, und es würde sie noch geben, wenn wir fort waren. Ich hatte bis jetzt keine genauen Pläne, die Welt zu verlassen, aber ich war nicht ganz sicher wegen John. Ich glaubte es zu wissen, konnte mich jedoch täuschen. Das war mir schon früher passiert. Ich war nur ein sündiger Mensch, den das Gewissen plagte.

Auf der anderen Seite der Bucht schimmerte Kungsholmen Strand wie Katzengold. Dorthin ging ich selten, Kungsholmen war ein Stadtteil, auf den sich kein Mensch mit Verstand einließ, es lächelt immer, aber das Lächeln ist falsch. Kungsholmen blinzelte wie jetzt mit seinen roten und gelben Katzenaugen. Aber wer aus den nördlichen Stadtteilen kommt, lässt sich nicht reinlegen.

Es roch nach Holzkohle, Feuer und Thymian im Degiulio's. Sie hatten zwei Tische auf dem Trottoir der Atlasgatan stehen lassen, vielleicht würden sich Touristen dorthin verirren und vom Frühling träumen. Vielleicht sind Italiener daran gewöhnt, bei zehn Grad über null draußen zu essen.

Ich setzte mich an meinen gewohnten Tisch ganz hinten im Lokal. Maria hatte Blumen auf den Tisch gestellt, wie sie es immer tat, eine halbe Stunde bevor ich kam. Heute Abend waren es gelbe Tulpen, meine Lieblingsblumen. Ich beugte mich vor und sog den Duft ein. Für eine Weile war ich ein Mensch.

Jetzt stand sie neben meinem Tisch. Meine Menschenfreundin auf dieser Welt.

»Du siehst müde aus, Peter«, sagte sie.

»Bring mir ein Glas von diesem roten Regionalen, den ich gestern getrunken habe«, sagte ich. »Bitte ein großes.«

»Alba«, sagte sie.

»Ja, genau.«

Sie ging zur Bar, schenkte den Wein ein und kam mit einem großen Glas zurück. Die Flammen aus dem Ofen fielen darauf und veränderten die rote Farbe. Es gibt so viele rote Farbnuancen. Ich habe die meisten gesehen.

»Kann man heute Abend eine Lasagne mit Pilzen haben?«, fragte ich. »Kein Fleisch.«

»Hier kann man alles haben«, sagte sie.

»Dann möchte ich auch einen kleinen Grappa«, sagte ich.

»Du hast gestern Abend zu viel Grappa getrunken, Peter.«

»Deswegen brauche ich jetzt ein Glas.«

Sie sah mich mit einem Blick an, der etwas in mir weckte, das ich seit langem vergessen hatte: Jemand hatte sich über mich gebeugt, als ich ein kleines Kind war, ein guter Mensch, nicht meine Mutter, das war meine erste Erinnerung, ich hatte sie nie richtig einfangen und festhalten können, aber ich wusste, dass es der glücklichste Augenblick meines Lebens gewesen war.

»Klar«, sagte ich, »dann bring mir noch ein Glas Alba.«

»Du hast das erste ja noch gar nicht ausgetrunken«, sagte sie.

»Das mach ich, während du das zweite Glas holst«, sagte ich. »Zufrieden? Kann man hier alles kriegen, was man will, oder nicht?«

»Du scheinst heute Abend außergewöhnlich unglücklich zu sein«, sagte sie.

»Ich muss eine Person finden«, sagte ich.

»Das ist doch nichts Neues?«

»Mir scheint, ich hab das nicht mehr im Griff«, sagte ich.

»Was hast du nicht mehr im Griff?«

»Das will ich endlich rausfinden, wenn ich endlich mein zweites Glas bekomme.«

Ich bekam das Glas. Die Farbe war noch immer sehr rot.

»Bestell dem Koch, er soll am Käse sparen«, sagte ich.

»Warum sagst du das jedes Mal?«

»Ich darf eigentlich gar keinen Käse essen«, sagte ich. »Das ist die Leiche nach Milch.«

»Was bedeutet das denn? Das klingt ja schrecklich.«

»Es bedeutet das, was ich sage.«

»Hast du das selbst erfunden?«

»Nein, das ist Bloom.«

»Bloom?«

»*Ulysses*. James Joyce. Bloom isst Käse. Der Käse isst sich selber. Er ist selbstverzehrend. Wie Hunde, die fressen sich selber, spucken sich selbst aus, fressen sich wieder selber.«

»Hör auf damit«, sagte sie.

»Das kann ich nicht, Maria.«

»Ich meine dein Gequatsche. Ich mag das nicht.«

»Aber es ist wahr«, sagte ich. »Alle essen alle. Die Stadt isst sich selber auf.«

Sie ließ mich allein am Tisch zurück. Ich sah mich um, aber es gab niemanden und nichts zu sehen, was ich nicht schon mal gesehen hatte. Ich war der einzige Gast, der einen Stammtisch hatte wie ich, jedenfalls an den meisten Abenden. Die Einwohner von Birka kamen, um Steinofenpizza abzuholen, niemand ließ sich während der Wartezeit an einem Tisch nieder. Ich trank und schloss die Augen. Maria hatte die Opernmusik aus dem siebzehnten Jahrhundert leise gestellt, eine Musikform, die gut zu Pizza passt. Große Gesten, große Versprechen und große Stimmen, aber überwiegend Oberfläche und Leere, ein fettes, hinterher ein schweres Gefühl im Zwerchfell, als hätte die Arie den Körper mit Zement gefüllt.

Eine junge Frau kam aus der Dämmerung herein und bestellte drei Pizzen: Margherita und Margherita und ... Margherita, hörte ich, der dritte Name kam etwas gedehnt, aber sie hielt sich an den Plan, ein Gewohnheitsmensch wie ich, Einfachheit first, sie war hübsch auf eine altmodische Art, und so etwas gefällt mir, das wisst ihr schon, sie könnte geradewegs aus einem schwedischen Film der vierziger Jahre gestiegen sein, dieses runde Gesicht, die topfartige Frisur, sie trug eine Art Trenchcoat, Jussi Björling hätte die Oper im Hintergrund singen können, aber in Schweden gab es in den Vierzigern keine Pizzeria, ich bezweifle, dass es damals überhaupt schon Essen zum Abholen gab, höchstens warme Würstchen, in Papier gewickelt, oder gebratenen Hering, das gab es auch in meinem Jahrzehnt, in den fünfziger Jahren, ich wurde 1953 geboren, und wir sind das geburtenschwächste Jahrzehnt der Nachkriegszeit. Ich möchte wissen, wie viele es von uns noch gibt. Vielleicht bin ich der Einzige. Die Metropolitan Opera in New York City war viele

Jahre hauptsächlich Jussi Björlings Bühne, aber er starb an gebrochenem Herzen in den Stockholmer Schären. Da war er neunundvierzig Jahre alt, zehn Jahre jünger, als ich jetzt bin. Das ist ungerecht. Er war echt in einer falschen Branche. Er trank, aber wer tut das nicht. Er hatte immer einen schwarzen Hund, der ihm folgte, wer hat das nicht.

Die Frau sah in meine Richtung. Ich hob mein Glas zum Gruß. Es war *numero due*, und es war auch nicht mehr viel im Glas. Sie schaute weg, ohne zu nicken oder zu lächeln. Für sie war ich ein einsamer Trinker, der in einer einsamen Pizzeria im einsamsten Stadtteil von Stockholm saß. Aber sie täuschte sich. Ich war ein Denker. In diesem Augenblick dachte ich an meine Jugend, zwei Monate vor meinem sechzehnten Geburtstag. Led Zeppelin hatten ihre erste LP *Led Zeppelin* herausgebracht, am zwölften Januar 1969. *Mil novecientos sesenta y nueve*. Da hat das Leben angefangen. Und es war nur einen Monat vor meinem siebzehnten Geburtstag, als Black Sabbath ihe erste LP, *Black Sabbath* herausbrachten, am Freitag, den dreizehnten Februar 1970. Led Zeppelin veränderten die Rockmusik für immer, und Black Sabbath brachten die Riffs voran und die erste Heavy-Metal-Platte heraus. Den Sound hatte es auf Led Zeppelins erster Platte auch gegeben, aber die schwere Härte fehlte noch. Sie wurde mit Sabbath geboren, und alles andere danach war nur Wiederholung, genau wie mein Leben. Wie hier, im Degiulio's, die Frau hatte ihre Pizzen bekommen und befand sich wieder auf dem Weg in die Dunkelheit, ohne zu mir herzusehen. Vor mir stand mein drittes Glas Alba zusammen mit der Lasagne, ein perfektes Stück Torte. Ich sog den Duft ein, er war etwas bitter von den Steinpilzen, Trichterpfifferlingen und dem schwarzen Pfeffer.

Das Handy kratzte träge in meiner Brusttasche, wie ein Pacemaker, dessen Batterie sich dem Ende nähert. Ich nahm das Telefon raus und schaute aufs Display. Es war die Klientin.

»Ja?«

»Jemand hat John gesehen«, sagte sie.

»Wo?«

»Am Bahnhof Karlsbergs, er ist gerade weggegangen«, sagte sie.

»In welche Richtung?«

»Ich weiß es nicht. Himmel, wir verlieren wichtige Zeit!«

»Wer hat ihn gesehen?«, fragte ich.

»Das spielt keine Rolle!«, sagte sie.

»Für mich schon«, sagte ich.

»Es ist nicht von Bedeutung«, sagte sie.

»Ich lege jetzt auf«, sagte ich. »Ich rufe später noch mal an.«

Ich drückte auf »Aus« und erhob mich. Maria schaute auf.

»Ich geh eine Weile weg«, sagte ich.

»Sei vorsichtig«, sagte sie.

Draußen hatte sich die Nacht über die Stadt gesenkt. Ich hörte Geräusche von oben und schaute hinauf. An die zehn Raben flogen in ungeordneter Formation Richtung Westen, die Schar sah vor dem künstlich erleuchteten Himmel aus wie ein Rorschachtest. Ich versuchte nicht, das Bild zu deuten, das würde mich nur erschrecken. Die Schreie der Raben waren heiser und höhnisch, als wüssten die Vögel alles.

Ich folgte der Atlasgatan zur St. Eriksgatan, bog nach links ab und ging weiter südwärts Richtung Norrbackagatan.

Vor dem Bahnhof war es still. Es war die Zeit, in der Normalität herrscht, wenn die normale Menschheit sich zurückzieht, abwäscht, Kinder ins Bett bringt, Kreuzworträtsel löst, all das, wonach ich mich mein Leben lang gesehnt hatte.

Ich ging denselben Weg zurück und begegnete niemandem.

Maria nickte wieder, als ich das Degiulio's betrat.

»Noch mal alles von vorn«, sagte ich zu ihr, »inklusive Wein.«

Ich setzte mich an meinen Tisch und rief Rebecka an.

»Nichts«, sagte ich.

»Sind Sie wirklich dort gewesen?«

»Jetzt will ich gleich essen«, sagte ich.

»Aber dann kann es zu spät sein!«, sagte sie.

In ihrer Stimme klang Verzweiflung an, ein kratzender Ton wie von einer Eisenfeile. Ich hatte das viele Male gehört: Der Klient kommt in mein Büro mit eingeübter Coolness, eingeübten Sätzen, aber sie brechen schnell zusammen und werden vom Wind davongetragen, wie schlechte Rockmusik oder schlechte Literatur. Zurück bleibt nur die nackte Panik.

»Es ist nie zu spät«, sagte ich. Ein eingeübter Satz, oberflächlich und falsch.

»Ich habe mich auf Sie verlassen!«, sagte sie.

»Gratuliere.«

»Er könnte wieder verschwinden!«

»Dann finde ich ihn wieder«, sagte ich und stach meine Gabel in die Lasagne, die Maria vor mich hingestellt hatte. Es war ein neues Stück, nicht das alte, noch einmal in der Mikrowelle aufgewärmte. Die Lasagne dampfte, so soll es sein, das Essen soll auf der Zunge brennen, wenn man will, man muss immer die Wahl haben.

»Sie haben ihn doch nicht gefunden!«

»Nein.«

Maria brachte den Wein. Er hatte die gleiche Farbe wie vorhin.

»Ich meine, ich finde ihn«, fuhr ich fort. »Ist John noch an einer anderen Stelle gesehen worden?«

»Nein, es war hier«, sagte sie, »in Birkastan.«

Jetzt hatte sie sich verraten, vorher hatte sie gesagt, sie wohne in Östermalm, dorthin wollte sie direkt zurückfahren, nachdem sie in meinem Büro gewesen war.

»Können Sie etwas genauer sein? Abgesehen vom Bahnhof?«

»Haben Sie was getrunken?«, fragte sie.

»Ich habe eine Frage gestellt«, sagte ich.

»Es klingt, als hätten Sie was getrunken«, sagte sie.

»Ich versuche gerade zu essen«, sagte ich.

Sie sagte etwas, aber das Ende hörte ich nicht mehr, weil ich auf »Aus« drückte und das Handy zurück in die Brusttasche steckte und zu essen begann. Ich erinnerte mich, dass ich als Kind einen Onkel zu meiner Mama hinaus in den Wald bei Nykvarn begleitet und Pilze gesucht hatte. Wir fanden eine große Lichtung, die vor lauter Pfifferlingen wie echtes Gold glänzte, und das war das letzte Mal, dass ich froh war, so froh, wie der Mensch sonst nur in Illustrierten, Abendzeitungen und am Samstagabend im Fernsehen ist. Ich dachte, morgen ist Samstag. Ich dachte an John. Ich dachte an »Good Times Bad Times«, den Eröffnungssong von Led Zeps erstem Album.

Der Bahnhof war still wie der Himmel über dem Karlsbergsee. Wenn sich John früher am Abend hier aufgehalten hatte, so war er jetzt weg, eingesogen von der glitzernden Stadt.

There's a lady who's sure all that glitters is gold, dachte ich und betrachtete den Fahrradständer, in dem Reihen von angeschlossenen Fahrrädern ohne Räder standen. Die waren geklaut worden. Auf nichts und niemanden war mehr Verlass. Es sah aus wie eine künstlerische Installation, ein Kommentar zu etwas, dessen ich mir bewusst sein müsste. Das ist die wahre Kunst für mich: Bilder, an mein Inneres geschickt, die das Innere erleuchten, etwas Reines, Klares und Einfaches.

Rebecka hatte wieder versucht anzurufen, und ich rief sie zurück. Langsam rollte ein Pendelzug aus dem Bahnhof, ein Glühwürmchen auf dem Weg nach Norden.

»Ich muss wissen, wer John heute Abend gesehen hat«, sagte ich.

»Sind Sie jetzt in der Stadt?«

»Ich bin am Bahnhof. Wer hat ihn gesehen?«

Sie antwortete nicht. Sie kannte die Antwort. Eigentlich war mein Auftrag damit erledigt. Sie wusste genauso gut wie ich, dass niemand von unserer Abmachung wissen durfte. Dann wäre ich in dieser Branche erledigt. Alles beruhte auf Schweigen. Wenn sie das Schweigen selbst gebrochen hatte, war sie jetzt sehr schlecht dran. Ich fragte mich, ob sie es begriff, ob sie es wirklich verstand.

»Ich gehe nach Hause«, sagte ich. »Nett, Sie kennengelernt zu haben.«

»Warten Sie!«, sagte sie laut.

»Worauf?«

»Es war John«, sagte sie.

»Wie bitte?«

»Es war John, der angerufen hat.«

»Sie sagen also, dass der verschwundene John angerufen und berichtet hat, wo er sich befindet?«

»Ja.«

»Warum?«

»Er hat sich Sorgen gemacht.«

»Haha.«

»Das ist kein Scherz. Jemand ist hinter ihm her. Jemand sucht ihn.«

»Ich.«

»Er kennt Sie nicht.«

»Wer sucht John?«

»Er wusste es nicht.«

»Warum glaubt er es dann?«

»Wir kamen nicht ... Er kam nicht dazu, es zu sagen, weil er das Gespräch beendet hat. Er hat von einem Handy mit Prepaidkarte angerufen. Das ist jetzt tot.«

Es geht um die Vergangenheit des Mannes, dachte ich. So ist es immer. Niemand kann den Schatten der Vergangenheit entfliehen, ein banaler Gedanke, aber wahr wie jede Selbstverständlichkeit.

Vielleicht war sie wirklich ein bisschen verrückt, meine Rebecka. John existierte nur in ihrem Kopf. Aber wenn ein realer John durch Birkastans Straßen wanderte und ihn jemand verfolgte, konnte das bedeuten, dass mir eine halbe Million Kronen entgingen.

»Ich geh nicht nach Hause«, sagte ich. »Wo sind Sie?«

»In einer ... Pizzeria in einer Seitengasse«, sagte sie. »Das einzige Lokal, das noch geöffnet hat.«

»Degiulio's. Haben Sie mich verfolgt?«

»Nein«, log sie.

»Warten Sie«, sagte ich. »Ich bin gleich da.«

John wohnte in der Drejargatan, erster Stock. Ich war dorthin gegangen, nachdem Rebecka mein Büro verlassen hatte. Niemand hatte geöffnet. Auf dem Schild an der Tür der Name »Beijer«, sonst nichts. Ich stand wieder davor, ich klingelte wieder. Es war ziemlich spät, Johns Frau müsste zu Hause sein, wenn sie in Stockholm war, aber niemand öffnete.

Ich holte meinen Universalöffner heraus. Im Schloss klickte es. Ich öffnete die Tür. Die Lichter der Stadt waren in der Wohnung, strichen durch den Vorraum wie Scheinwerfer. Es war still, eine Stille, die ich kannte. Ich konnte sie förmlich riechen. Ich zog die Waffe aus dem Holster in meiner Achselhöhle, ging durch den Vorraum, folgte dem künstlichen Licht in ein Zimmer, sah die Konturen von etwas, trat näher, sah den Körper, der auf dem Sofa lag, ein Arm hing über der Seitenlehne, als würde sie ruhen, auf die Nacht warten, aber für sie war die Nacht vorbei und der Tag und alle anderen Tage bis in alle Ewigkeit. Eines Tages werden wir sterben, aber die übrigen Nächte und Tage sollen wir leben, und ihr großer Tag war jetzt gekommen. Ich berührte ihren Arm, er war kühl, aber nicht kalt, sie war heute gestorben, aber im Zimmer war es warm, jetzt spürte ich die Wärme, ich sah das Kondenswasser am Fenster zur Straße, ich sah das Gesicht der Frau, das immer noch schön war mit ihrer Todesgrimasse, und ich kannte nicht einmal ihren Namen.

John, dachte ich, hast du das getan, John?

In dem kleinen V-förmigen Park zwischen Drejargatan und Birkagatan sah ich auf einer der Bänke eine Silhouette. Ich wusste, es sind genau zwanzig Bänke, und bei Tageslicht sind sie grün.

»Wer ist da?«, fragte die Silhouette.

»Kempinsky«, sagte ich.

»Was machst du draußen in der Nacht?«

»Und du, Arne?«

»Warte darauf, dass ich mich schlafen legen kann.«

Ich trat näher. Arne war einer der Penner des Viertels. Jetzt war er im Schein der Straßenbeleuchtung gut zu sehen, die gespannte Gesichtshaut, die Alkoholikern im letzten Stadium asiatische Züge verleiht. Dort war ich noch nicht ganz angekommen. Ich hatte seit mindestens einer Stunde nichts getrunken.

»Dass es endlich ruhig wird«, fuhr Arne fort. »Kein Privatleben.«

»Was meinst du?«

»Ich bleibe hier«, sagte er.

»Wie meinst du das, dass es nicht ruhig wird?«, fragte ich.

»Die Leute kommen und gehen«, sagte er. »Scheißbetrieb.«

»Unter der Brücke?«

»Wo sonst?«

Als ich ins Degiulio's zurückkehrte, stellte Maria gerade die Stühle auf die Tische. Sie war allein im Lokal.

»Hast du hier eine Frau gesehen?«, fragte ich. »Sie sollte auf mich warten.«

»Hier war niemand«, antwortete sie. »Nicht, seit du das letzte Mal gegangen bist.«

»Nein, ich komme und gehe«, sagte ich und wählte Rebeckas Nummer. Niemand meldete sich. Ich hinterließ keine Nachricht.

Die Grotten unter der St. Eriksbrücke sind eine populäre Unterkunft für Penner, außerdem gratis. Ich war jetzt fünf Meter tief hineingegangen. Es stank nach Urin und Fäkalien, nach festgefressenem Schmutz, Staub, feuchtem Beton, Krankheit und Tod. Ich sah keinen Menschen, allein Gott und der Teufel wussten, was sich im Schatten verbarg. Nichts rührte sich. Der Ort wurde von einigen eingelassenen Lampen in den Wänden erleuchtet, der Schein war blau wie in einer toten Iris. Ein einsames Klosett aus gesprungenem Porzellan stand mitten auf dem dreckigen Betonboden. Eine weitere Kunstinstallation, die mir gefiel. Im Hintergrund sah ich Schrott von einer Fitnessbude, Geräte für die Gesundheit, die jetzt, aus ihren Halterungen entfernt, keine Form mehr hatten, als wären sie an Rheuma erkrankt und heimlich hierhertransportiert worden.

Graffiti bedeckten die nackten Wände, derbe Bilder, derbe Wörter, Mitteilungen aus einer anderen Welt, die unter der Unterwelt lag, *there's a sign on the wall but she wants to be sure, 'cause you know sometimes words have two meanings*, dachte ich, aber ein Wort kann mehr als zwei Bedeutungen haben, Wörter sind nur die äußerste Schicht, ich trat näher an etwas heran, das wie ein Aushang aussah, »EXTRA! EXTRA! Ganze Katzenfamilie Verschwunden! Hat Der Sammler Wieder Zugeschlagen?« Das gab keinen Sinn. Es war ein Scherz. Es war kein Scherz. Der Aushang passte perfekt in dieses Milieu. Der Sammler bewegte sich in der Unwirklichkeit der wirklichen Wirklichkeit. Hier drin roch alles nach Paranoia, Angst, verzweifelten Worten, verzweifelten Bildern, aber Antworten gab es hier nicht, nur die wahnsinnigen Fragen, Ozzy Osbourne hatte sein ganzes Leben lang gesucht, und was hatte er gefunden, *I can't see the things that make true happiness, I must be blind*, er sang auch meinen Song wie alle blinden Propheten.

Ich meinte links ein Geräusch zu hören und drehte mich um. Es könnte eine Katze sein, es könnte der Sammler sein. Hunderte von gemalten Gesichtern bedeckten die Wand hinter mir, wie ein Werk von Warhol, alle schwarzweiß, Männer und Frauen, es war, als hätte ich plötzlich eine Kunsthalle betreten, vielleicht war es so, es war Monate her, seit ich zuletzt hier gewesen war, vielleicht hatte man alles um mich herum als Kunst klassifiziert, während ich oben auf der Erde war. Alle Gesichter schienen mich zu betrachten, die Augen folgten mir, der alte optische Scherz, mit dem sich Maler seit Tausenden von Jahren amüsierten. Ich ging näher hin. Ein Gesicht am rechten Rand war kleiner als die anderen. Es hatte eine andere schwarzweiße Nuance. Es war still, aber nicht so still wie eine Zeichnung. Jetzt erkannte ich die Konturen eines Körpers. Ich sah ein Paar Schuhe auf dem Boden.

»John?«, sagte ich.

Ich bekam keine Antwort. Die Augen betrachteten mich. Jetzt wirkten sie nicht mehr so wirklich, wieder mehr wie Teil einer Collage. Ich blinzelte, als ich erneut hinschaute, war das Gesicht noch da. Ich spürte das Gewicht meines Colts Peacemaker im Holster, wie ich ihn immer spüre, wenn alle Sinne geöffnet sind, wenn alles sich einem Ende nähert. Es war vielleicht nicht der handlichste Revolver für meine Profession, aber es war die vierte Version vom SAA, angepasst an eine neue Welt.

»Hier ist Peter Kempinsky«, sagte ich. »Sie können rauskommen.«

»Wer zum Teufel sind Sie?«, sagte das Gesicht. Es bewegte

sich jetzt, löste sich aus den Schatten. »Warum verfolgen Sie mich?«

Er stand einige Meter von mir entfernt. Ein Mann in meinem Alter, ungefähr gleich groß, er trug einen Anzug wie ich, mit angenehmem Äußeren, wir hätten Freunde sein können, wenn Rebecka nicht wäre.

»Warum verfolgen Sie mich?«, wiederholte er.

»Warum fliehen Sie?«, fragte ich.

»Ich bin nicht auf der Flucht. Hat man in dieser Stadt nicht mehr das Recht hinzugehen, wohin man will?«

»Und dann entscheiden Sie sich für diesen Ort«, sagte ich.

»Ich hatte Angst«, sagte er.

»Vor mir?«

»Vor irgendjemandem, der mir gefolgt ist.«

»Warum sollte Sie jemand verfolgen?«

»Sie ist das«, sagte er.

»Wer?«

»Rebecka«, sagte er. »Sie hat Sie auf mich angesetzt. Sie kann kein Nein akzeptieren. Sie schickt einen Bullen oder einen Privatdetektiv oder Kumpel oder was zum Teufel Sie nun sind, um mich zu überreden, zu ihr zurückzukehren.«

»Sie täuschen sich, John«, sagte ich und zog den Colt raus. »Sie hat mich geschickt, um Sie zu töten.«

Die Angst in seinen Augen war echt wie das Leben und der Tod, ich habe das schwarze Licht viele Male gesehen, Sekunden bevor ich jemanden tötete. Aber er war noch nicht mit dem Leben fertig. Ich weiß nicht, worauf ich wartete.

»Sie begehen einen großen Fehler«, sagte er.

Das hatte ich schon viele Male gehört. Ein Berufskiller bekommt alle möglichen Entschuldigungen zu hören. Aber es waren nicht meine Fehler, sie lagen in der Vergangenheit meiner Klienten und der Vergangenheit der Opfer.

»Es ist mein Job«, sagte ich.

»Nein, nein! Sie haben es nicht verstanden. Sie ist so falsch wie das Wasser unter der Brücke da hinten! Es geht nur um Rache. Und sie wird Sie nicht entkommen lassen.«

»Interessant«, sagte ich und hob den Revolver. Der Ort war perfekt, ein Friedhof für professionell Ermordete. In der besten aller Welten würde ich morgen Abend wieder im Degiulio's sein, Rebecka würde mir den Rest des Geldes übergeben, ich würde einen wohlverdienten Grappa trinken, vielleicht mit zu Maria gehen, das war schon mal passiert, oder Rebecka, alles war möglich in dieser Stadt.

»Sie wird Sie auslöschen!«, rief John quer über das Betonmeer.

Ich antwortete nicht. So was hatte ich auch schon gehört. Aber das altmodische »auslöschen« gefiel mir.

»Sie hat meine Frau umgebracht!«, rief John. Es klang wie die letzte Lüge eines Ertrinkenden.

Versuch ein wenig Würde zu bewahren, dachte ich. *And as we wind down on the road. Our shadows taller than our soul.* Die Strophe hat mir immer gefallen, unsere Schatten größer als unsere Seele. Ich habe darüber nachgedacht, was es bedeutet. Die Seele ist für mich etwas, das es auf der Rückseite des Mondes gibt, etwas, das alle kennen, worüber alle reden, die aber noch niemand gesehen hat, und niemand weiß, was das ist. Ich habe versucht zu erkennen, ob die Seele aus den Menschen flieht, die ich ermordet habe, aber das ist nie gelungen. Ein kleiner fliehender Schatten hätte gereicht, ein Windhauch für eine Zehntelsekunde. Aber nein.

»Warum haben Sie sie heute Abend angerufen?«, fragte ich.

»Was?«

»Sie haben vom Karlbergs-Bahnhof angerufen und gesagt, dass jemand Sie verfolgt.«

»Verfluchter Gott«, sagte er. »Die Fotze hat Sie wirklich von vorn und hinten beschissen.«

»Ich verbitte mir diese Sprache«, sagte ich.

»Kapieren Sie das nicht?!«, rief er. Seine Stimme hallte im Gewölbe wider, wie ein Soundtrack zu den Bildern an den Wänden, Velvet Underground vielleicht, Musik zu der schwarzweißen Bühne, auf der wir uns befanden. »Ich habe Schluss gemacht. Sie kann das nicht akzeptieren! Sie ist geisteskrank! Sie wird auch Sie nicht akzeptieren!«

»Was bedeutet das?«

»Sie wird Sie umbringen.«

Seine Stimme klang ruhiger, als spräche er eine Wahrheit aus. Als wäre das sein Trost auf dem Weg in den Himmel. Ich hatte die Treppe hinten in der rechten Ecke entdeckt, wie hinter einer ruinierten Anlage zum Training des Trapezmuskels. Die Treppe führte hinauf in die Dunkelheit, erreichte vielleicht dennoch das Licht im Himmel. John würde es womöglich bis dorthin schaffen, mit meiner Hilfe.

»Was hat sie Ihnen dafür bezahlt?«, fragte er. »Eine halbe Million? Sie wird sich das Geld zurückholen. Denken Sie nach! Denken Sie nach! Warum sagt sie, dass ich sie angerufen habe? Warum lügt sie? Warum fragen Sie sie nicht nach meiner Frau!? Warum fragen Sie nicht nach Maud?«

»Ich hatte keine Möglichkeit, sie zu fragen«, sagte ich.

»Dann wissen Sie es also?«, sagte er.

»Genauso wie Sie«, sagte ich.

»Nein, nein, sie war das!«, rief er. »Ich bin zu spät nach Hause gekommen!«

»Das wird tatsächlich eine Million«, sagte ich und umklammerte den Hahn wie eine Geliebte, wie einen einzigen Freund, aber ehe die Explosion die Stille an diesem widerlichen Ort für immer tötete, sah ich etwas aufblitzen, dort, wo die Treppe in der Dunkelheit verschwand.

Sie kam die Himmelsleiter heruntergeschritten wie ein Engel. Das Blitzen, das ich gesehen hatte, war die Pistole in ihrer Hand, eine Verlängerung ihres Armes, die aussah wie eine Glock 17, halbautomatisch, in der falschen Hand gefährlich. Rebecka wurde von den Lampen beleuchtet, die im Beton eingemauert waren, ein blauer Engel. Ich hielt immer noch den Revolver in der Hand, er zielte noch immer genau auf Johns Kopf.

»Drücken Sie ab«, sagte sie, »erledigen Sie Ihren Job, Peter Kempinsky.«

»Niemals unter Drohung«, sagte ich und senkte den Lauf. Der zeigte jetzt auf das Klosett. Das Porzellan leuchtete weiß wie Rebeckas Gesicht. Ihr Mund, wie eine schwarze Wunde, erinnerte mich an Mauds Hals. Sie war nur noch wenige Stufen vom Betonboden entfernt.

John rührte sich nicht, sein Gesicht war wieder im Schatten, als hätte er sich zurückgezogen, aber er hatte sich nicht von der Stelle bewegt.

»Ich habe Sie dafür bezahlt, dass Sie einen Auftrag ausführen«, sagte sie.

Das war ein Ausdruck, der mir gefiel, »einen Auftrag ausführen«, einen Auftrag, den ich bewältigen konnte, aber ich hatte mich entschieden, definitiv entschieden: Ich mochte sie nicht.

»Haben Sie Johns Frau ermordet?«, fragte ich.

Sie lachte, ihr Lachen klang, als würden Eisstückchen auf dem Zement zermalmt.

»Was spielt das für eine Rolle?«, fragte sie.

»Ich arbeite nicht für Mörder«, sagte ich.

»Sie haben zu viel getrunken«, sagte sie. »Sie wissen nicht, was Sie sagen. Sie sind selbst ein Mörder!«

»Ich übernehme nur Aufträge von Unschuldigen«, sagte ich und schoss ihr in den Hals, nur einen Schuss, ich bin ein guter Schütze.

Die Glock fiel ihr aus der Hand, sie zersprang nicht beim Aufprall, es gibt Menschen, die behaupten, die Glock sei aus Plastik, aber das ist ein Mythos. Rebecka brach zusammen und wurde ein Teil der Treppe, die sie weder zur Erde noch zurück in den schwarzen Himmel führen würde, von dem sie gekommen war.

»Sie haben eine halbe Million verloren«, sagte John.

Seine Stimme klang immer noch ruhig, schien von etwas Starkem beeinflusst, dem Geschmack nach Tod vielleicht, dem Geruch.

»Sie hatte das Geld sowieso nicht dabei«, sagte ich, schob den Revolver ins Holster und ging. Ich fühlte überhaupt nichts, es machte mich traurig, wie das Gefühl, etwas verloren zu haben, was man nie besessen hat.

Der Mond war groß und stark über der Atlasmuren. Hier draußen war er heller als dort, wo ich gewesen war. Ich bog in die Völundsgatan ein und blieb vor der James Joyce International Literary Society stehen, nicht mehr als ein Loch in einer Wand mit einem Fenster. Das Zimmer dahinter war erleuchtet, eine nächtliche Séance.

Ich öffnete die Tür und betrat den Raum. Es roch nach Kaffee und Druckerschwärze. Um einen Tisch saßen einige Personen. Sie schauten mich an, zwei Männer und zwei Frauen mittleren Alters. Ich kannte sie. Einer der Männer trug einen karierten Cardigan, der mir gefiel. Es roch auch nach Whisky, das merkte ich jetzt. Ich sah eine Flasche, vierzig Jahre alter Glenfarclas.

»Wie war es?«, fragte der Mann.

»Relativ gut«, antwortete ich.

»Ach?«

»Ich bin dir ein Glas schuldig.« Ich wies mit dem Kopf auf die Flasche.

»Deswegen habe ich sie mitgebracht«, sagte er, und die anderen lachten. Ich lachte auch. Es tat gut zu lachen. Auf dem Tisch lagen Bücher. Ich nahm eins in die Hand.

»Mit diesem werden wir uns also heute Abend beschäftigen«, sagte ich.

»*Dubliner*. Hast du es gelesen?«

»Nur einmal«, antwortete ich und schlug die letzte Seite des Buches auf.